Road Princess

NICA STEVENS

Road Princess

CARLSEN

Außerdem von Nica Stevens im Carlsen Verlag lieferbar:
Morgen wirst du bleiben
Midnightsong. Es begann in New York

MIX
Papier aus verantwortungsvollen Quellen
FSC® C083411
www.fsc.org

Veröffentlicht im Carlsen Verlag
Februar 2021

Lektorat: Rebecca Wiltsch
Umschlagbild: shutterstock.com © Kiselev Andrey Valerevich / Kaponia Aliaksei / Krivosheev Vitaly
Umschlaggestaltung: formlabor
Herstellung: Björn Liebchen
Satz: Pinkuin Satz und Datentechnik, Berlin
Gesetzt aus der Alegreya ht Pro
Druck und Bindung: CPI books GmbH, Leck
ISBN 978-3-551-55518-2

Glaub an dich und das,
was dir wichtig ist.
Niemand sollte dich davon abhalten,
deine Ziele zu verwirklichen.

PROLOG

Sie müsste längst hier sein.

Er hatte den Wagen seines Vaters außer Sichtweite geparkt und hockte nun hinter einem Gebüsch. Von hier aus hatte er das Eingangstor des bewachten Luxusviertels im Blick, in das man nur mit persönlicher Kennung oder Einladung Zugang erhielt. Kein ungebetener Gast kam den Villen zu nahe und ebenso gelangte niemand ungesehen heraus.

Zum wiederholten Mal sah er auf seine Armbanduhr. Was, wenn sie sich nicht hatte fortschleichen können? Bei dem Gedanken bildete sich in seiner Brust ein Klumpen. Das würde bedeuten, dass sie einander verloren hatten. Ihr Vater brachte sie morgen fort, weg aus Boston, weg aus Massachusetts, weg von ihm.

Mit beiden Händen fuhr er sich durchs Haar, trat von einem Fuß auf den anderen. Verdammt, was sollte er nur tun? Je mehr Zeit verstrich, desto stärker wurde das ungute Gefühl in seinem Bauch. Er konnte nicht tatenlos warten. Egal, welche Konsequenzen er zu tragen hatte, für sie würde er sie auf sich nehmen. Sie bedeutete ihm alles.

Ohne länger zu zögern, trat er hinter dem Strauch hervor und rannte auf die Einfahrt zu. Er war den Wachmännern bekannt und stand auf deren roter Liste. Aufgrund der späten Uhrzeit hatten sie sich ins Pförtnerhaus zurückgezogen. So hatte er zumindest den Hauch einer Chance, an ihnen vorbeizukommen. Bestimmt würden sie seine Verfolgung aufnehmen, aber er war schnell und traute sich zu, die beiden abzuhängen. Das eigentliche Problem lag darin, dass sie Owens über sein Eindringen informieren würden, ehe er dessen Villa erreichte. Er hatte nicht die leiseste Ahnung, wie er es dann schaffen sollte, zu ihr zu gelangen. Doch wenn er es nicht wenigstens versuchte, würde er es ewig bereuen.

Er war nur noch wenige Schritte vom Eingang entfernt. Im selben Moment, in dem die Männer ihn durch das Fenster erspähten, schlüpfte sie durch das Tor. Ihr Anblick ließ ihn stocken. Für ein paar Sekunden empfand er Erleichterung. Doch sie hatte keine Tasche dabei. Wenn sie jetzt mit ihm ging, blieb ihr nur, was sie am Leib trug.

Während die Pförtner aus dem Haus traten, rannte sie auf ihn zu. »Miss Owens, wohin wollen Sie so spät in der Nacht?«

Sie antwortete den Männern nicht, lief stattdessen in seine Arme. Er fing sie auf. Ihnen blieb keine Zeit, dennoch zog er sie an sich und hielt sie mit einer Intensität fest, die ihr verdeutlichen sollte, dass er von nun an bei ihr war. Ihr Zittern verriet ihm ihre Angst. Allein dafür hasste er ihren Vater noch mehr.

»Miss Owens ...«

Einer der Wachmänner kam näher und redete auf sie ein. Das war der Zeitpunkt, wo er ihre Hand ergriff und sie losrannten. Da sie sich außerhalb des Anwesens befanden und sie unmissverständlich freiwillig mit ihm ging, durften die Wachen ihn nicht ergreifen. Dass sie ihren Vater sofort über das Geschehen informierten, stand allerdings außer Frage. Sie mussten sich beeilen, denn er würde vor nichts zurückschrecken, um seine Tochter aufzuhalten.

Als sie das Auto erreichten, rangen sie beide nach Atem. Kurz dachte er daran, dass sein Vater den Wagen bestimmt schon vermisste. Doch darüber machte er sich gerade die wenigsten Sorgen.

Seine Finger zitterten so sehr, dass er den Schlüssel kaum ins Zündschloss bekam. Wenn er sich nicht zusammenriss, würde Owens hier sein, bevor er losgefahren war.

»Tun wir auch wirklich das Richtige?«, fragte sie in dem Augenblick, als sie mit quietschenden Reifen davonrasten.

»Ich weiß es nicht. Aber in einem bin ich mir sicher: Nichts kann schlimmer sein, als dich zu verlieren.«

Sie streckte den Arm aus und strich ihm zärtlich das Haar aus der Stirn. »Ich liebe dich.« Ihre Stimme war so sanft wie sie selbst.

An einer roten Ampel mussten sie notgedrungen halten. Er wandte sich ihr zu, streichelte über ihre Wange und beugte sich zu ihr, um sie zu küssen. Der salzige Geschmack ihrer Lippen zeugte von ihren versiegten Tränen. Sie klammerte sich an ihn, zitterte noch immer.

Er streifte seine Jacke ab und reichte sie ihr. Die verdammte Ampel stand weiterhin auf Rot. Da um diese Zeit kaum Autos unterwegs waren, fuhr er weit genug vor, bis er die Kreuzung einsehen konnte. Dann trat er das Pedal wieder durch und schaute in den Rückspiegel.

»Scheiße«, stieß er aus. »Sie kommen.«

Er hielt das Lenkrad so fest, dass ihm die Knöchel schmerzten. Auf seinem Motorrad wären sie wendiger und schneller gewesen.

Ihre zarte Hand lag auf seiner Schulter. Sie drehte sich nach den Verfolgern um, bevor sie ihn mit schreckgeweiteten Augen ansah.

»Wir schaffen das«, versuchte er sie und sich selbst zu beruhigen.

Er ahnte nicht, dass er in dieser Nacht weit mehr verlieren würde, als er sich je hätte vorstellen können.

1. KAPITEL

Wie hieß es so schön: Die Tür zu deinem Glück schließt du selbst auf – in meinem Fall würde ich den Schlüssel wohl niemals finden. Ich folgte ein paar Studenten aus der Mensa nach draußen und beeilte mich, als mir einer von ihnen die Tür aufhielt. Mein Kaffee schwappte über den Becherrand.

»Autsch.«

»Brauchst du Hilfe?«, fragte ein Typ in meinem Alter. Er trug ein schickes Hemd und eine Brille.

Ich lächelte verlegen, nahm den Becher in die andere Hand und sah an mir hinab. Zum Glück hatte ich mich heute für das schwarze knielange Kleid entschieden, auf dem die Flecken nicht auffielen.

»Man sieht sich«, sagte er, als ich keine Anstalten machte, mit ihm ins Gespräch zu kommen. Er trottete davon.

Ich wollte nicht unhöflich sein und es tat mir leid, falls er mein Schweigen so aufgefasst hatte. Momentan war ich einfach mit der ganzen Situation überfordert.

Eigentlich sollte ich mich freuen oder zumindest aufgeregt sein, immerhin ging nun endlich mein Studium los. Stattdessen fürchtete ich mich davor, die Erwartungen, die Dad an meinen Zwillingsbruder und mich stellte, nicht erfüllen zu können.

Der Campus war erfüllt von Musik und Stimmengewirr. Unzählige Studenten umlagerten im Innenhof der roten Backsteingebäude die Stände der Vereine, die um neue Mitglieder warben. Mein Bruder hatte sich einer Führung ins Stadion angeschlossen. Nate fieberte bereits dem Probetraining von Harvards Footballmannschaft entgegen.

Wir hatten verabredet, uns später vor der Bibliothek zu treffen. Bis dahin war allerdings noch eine Stunde Zeit und ich hatte keine Ahnung, was ich so lange anstellen sollte.

Die Orientierungswoche hätten sie locker verkürzen können. Ich hatte schon am ersten Tag die Campusführung hinter mich gebracht, kannte inzwischen alle wichtigen Ansprechpartner und in die Kurse hatte ich mich auch längst eingeschrieben.

»Hallo, Tara.« Ein Mädchen aus meiner ehemaligen Highschool hob die Hand.

»Hey.« Auf die Schnelle fiel mir ihr Name nicht ein. Aber sie blieb ohnehin nicht stehen, sondern lief an mir vorbei.

Ich wusste nicht so recht, wohin mit mir. Alle anderen schienen sich schon zu kennen, standen in Gruppen und quatschten. Unter ihnen fühlte ich mich wie eine Einzelgängerin und wünschte, Nate würde endlich auftauchen.

Um nicht sinnlos herumzustehen, betrat ich den Rasen und schlenderte schon mal Richtung Bibliothek. Es war meine eigene Schuld, dass ich keinen Anschluss fand. Einerseits fühlte ich mich ausgeschlossen, andererseits senkte ich den Blick, sobald mich jemand ansah.

Wie einst Grandpa war Dad Bürgermeister von Boston. Unsere Familie galt als eine der einflussreichsten der Stadt und war regelmäßig in Artikeln der lokalen Zeitungen zu finden. Ich hoffte so sehr, dass das College für Nate und mich ein Ort sein konnte, an dem die Leute nicht hinter vorgehaltener Hand über uns tuschelten. Dass wir zum Owens-Clan gehörten, würde aber sicherlich schnell die Runde machen. Dabei wollte ich nicht auffallen. Kein Anstarren, keine Vorurteile, keine aufgesetzte Freundlichkeit.

Ich hob den Kopf und straffte die Schultern. Das hier war der Beginn eines neuen Lebensabschnittes und ich sollte ihn nicht damit beginnen, Blicken auszuweichen und auf Abstand zu gehen. Ich war zwar Scott Owens Tochter, aber in erster Linie war ich einfach nur Tara.

Seufzend zog ich meine Ballerinas aus, nahm sie in die Hand und lief barfuß weiter. Das Gras kitzelte an meinen Fußsohlen. Ich reckte das Gesicht in die Sonne und schloss für einen kurzen Moment die Augen. Für Anfang September war es ziemlich heiß. Ich schob die Sonnenbrille von meinem Kopf auf die Nase, fasste mein langes blondes Haar im Nacken und zwirbelte es zu einem wirren Dutt. Dann entschied ich, mir ein schattiges Plätzchen zu suchen und die Zeit bis zum vereinbarten Treffen mit Nate in Ruhe abzusitzen.

Als ich auf den nächstgelegenen Baum zulief, fiel mein Blick auf einen großen Typen, der aus der entgegengesetzten Richtung kam und offenbar dasselbe Ziel hatte.

Ich verlangsamte meine Schritte. Seine zerzausten braunen Haare fielen mir als Erstes ins Auge. Obwohl er ein locker sitzendes weißes T-Shirt trug, erahnte ich aufgrund seiner breiten Schultern und der über dem Bizeps gespannten Ärmel einen wohlgebauten Oberkörper. Seine grauen Jeans waren verschlissen.

Er ließ sich an dem Baum nieder, lehnte sich an den Stamm und schlug ein Buch auf.

Was sollte ich jetzt tun? Mir einen anderen Baum suchen? Allerdings war dieser dort groß genug, um uns beiden Schatten zu spenden. Er war ebenfalls allein unterwegs und vielleicht auch nicht abgeneigt, hier neue Freunde zu finden. So sportlich, wie er aussah, würde er sicher auch mit Nate auf einer Wellenlänge liegen.

Kurz entschlossen ging ich zu ihm. Es war endlich an der Zeit, meine Komfortzone zu verlassen, aus Dads Schatten zu treten und neue Kontakte zu schließen. Ich setzte mich ebenfalls unter den Baum, nah genug, um mich mit ihm unterhalten zu können.

Er schaute von seinem Buch auf, drehte den Kopf zur Seite und sah mich über den oberen Rand seiner Sonnenbrille mit einem irritierten Ausdruck an.

»Kennen wir uns?«, fragte er. Trotz der Tiefe seiner Stimme lag in ihr eine Wärme, die ich bis in mein Innerstes spürte.

»Ich kam mir unter all den Leuten ein bisschen verloren vor, und da du hier auch so alleine sitzt, dachte ich, ich leiste dir Gesellschaft.«

Er hob die Augenbrauen, aber immerhin umspielte seine Mundwinkel ein sanftes Lächeln.

»Eigentlich bin ich gern allein«, erwiderte er. »Aber wenn du dich verloren fühlst, kann ich es nicht mit meinem Gewissen vereinbaren, dich wieder wegzuschicken.«

Gott, war das peinlich. Am liebsten wäre ich weggegangen, doch da streckte er mir die Hand entgegen.

»Ich bin Jay.«

»Tara.« Seine Hand war sogar noch größer als die meines Bruders.

Ich überlegte krampfhaft, was ich als Nächstes sagen konnte. Er schien meine Unsicherheit zu bemerken und kam mir zuvor.

»Hast du dich schon für deine Kurse entschieden?«, erkundigte er sich. Mir war klar, dass er diese Konversation nur mir zuliebe aufrechterhielt.

»Ja, hab ich.«

»Das habe ich auch gleich am ersten Tag getan«, sagte Jay, als ich ihn gerade fragen wollte, ob er auch ein Erstsemester war. »Keine Ahnung, wozu es diese ganze Einführungswoche braucht.«

Ich lächelte. »Das sehe ich genauso. Mein Bruder gehört allerdings zu den Unentschlossenen. Würde es nach ihm gehen, gäbe es einen Orientierungsmonat.«

Er legte den Kopf schräg. »Was genau willst du studieren?«

»Politikwissenschaft.« In letzter Sekunde unterdrückte ich ein Seufzen. »Und du?«

Jay hob das Buch in die Höhe, das sich als Gesetzbuch entpuppte.

»Jura«, kommentierte ich, was ich sah. »Soll ja ganz schön trocken sein.«

Er nickte.

Ich legte den Kopf in den Nacken und sah zum Baumwipfel hinauf. Durch die dunklen Gläser meiner Sonnenbrille wirkten die im sanften Wind tanzenden Blätter und die am Himmel vorüberziehenden Wolken fast greifbar.

»Was gibt es da oben zu sehen?«, fragte er.

»Ich bin mir noch nicht sicher, ob es ein Elefant oder eine Brücke ist.«

Er folgte meinem Blick und betrachtete ebenfalls die aufgebauschte Wolke. »Eindeutig ein Riese mit einer viel zu langen Nase.«

Wir lachten beide.

Ein Junge lief an uns vorbei und jonglierte einen Stapel Bücher, wobei er die zwei obersten verlor. Als er sie aufheben wollte, fielen weitere zu Boden. Ein paar Studentinnen saßen nicht weit entfernt im Gras und lachten.

Ich stand auf, trat zu ihm und half ihm dabei, die Bücher wieder auf seinen Händen zu ordnen. Er lief rot an, bedankte sich und ging hastig davon.

»Da hast du aber gerade jemanden sehr verlegen gemacht«, sagte Jay, als ich mich wieder zu ihm setzte. Dieses Mal noch etwas näher.

»Ich habe ihm doch nur geholfen.«

»Tja, ein hübsches Mädchen kann einen schon mal aus der Fassung bringen, und ihm hat man das deutlich angesehen.«

War das gerade ein Kompliment? In meinem Brustkorb begann es zu kribbeln. Mein Blick streifte sein seitliches Profil, von der Kontur seines Wangenknochens bis zu seinen geschwungenen Lippen und dem markanten Kinn. Mit den Fingern berührte ich meine Sonnenbrille. Ich wollte sie abnehmen, um ihm richtig in die Augen sehen zu können. Doch im letzten Moment zog ich die Hand zurück. Durch die dunklen Gläser konnte ich ihn viel unauffälliger betrachten.

»Kannst du den Menschen immer ansehen, wie sie gerade fühlen?«, erkundigte ich mich.

Er drehte den Kopf zu mir, weshalb ich meinen senkte und am Saum meines Kleides nestelte.

»Bei denjenigen, die mir auffallen, schon«, erwiderte er.

Ich spürte seinen Blick auf mir, traute mich aber nicht, ihn zu erwidern. Die Ruhe und Gelassenheit, die er ausstrahlte, mochte ich. Vielleicht war ich hier gar nicht so weit von meiner Komfortzone entfernt, wie ich dachte.

»Welchen Eindruck hast du denn von mir?«, fragte ich, als er nichts weiter sagte.

Er nahm seine Sonnenbrille ab und verengte die Augen. Mir wurde warm, als sein Blick an mir hinabglitt, er schließlich meine Füße betrachtete und lächelte. »Du läufst barfuß, schaust zum Himmel und beobachtest die Wolken. Ich denke, du bist jemand, der sich nach Freiheit sehnt.«

Ich zuckte innerlich zusammen, ließ mir aber nicht anmerken, wie nah das der Wahrheit kam.

»Okay, dann lass es mich auch mal bei dir versuchen.« Ich tippte mit dem Zeigefinger gegen mein Kinn.

»Vorher musst du sagen, ob ich richtigliege«, entgegnete er.

Ich strich mir eine Haarsträhne hinters Ohr. »Hm ... Vielleicht verrate ich es dir irgendwann, wenn ich dich besser kenne.«

Jay schmunzelte. Ein Lächeln, das so einnehmend war, wie ich es noch nie zuvor bei jemandem wahrgenommen hatte.

»Ist das deine Art, mir zu sagen, dass du mich näher kennenlernen möchtest?«, fragte er.

Ich fühlte, wie mir Hitze in die Wangen stieg. »An Selbstbewusstsein mangelt es dir schon mal nicht«, erwiderte ich und versuchte von seiner Frage abzulenken.

Sein Lächeln wurde breiter.

»Du wärst lieber allein, nimmst meine Gesellschaft aber in Kauf, damit ich mich nicht so verloren fühle«, fuhr ich fort. »Daher schätze ich mal, du bist ein gutmütiger Mensch.«

Jay blätterte sein Buch weiter, ohne darin zu lesen. »Wer weiß. Um das herauszufinden, musst du mich wohl tatsächlich öfter treffen.«

Ich lachte, setzte meine Sonnenbrille ab und war überrascht, als ich seine Augenfarbe richtig wahrnahm. Sie waren bernsteinfarben, aber irgendwie heller.

Zum ersten Mal sahen wir uns direkt in die Augen. Er sah mich an – *richtig* an. Sein verwegener Blick ging mir durch und durch. Mein Herz begann schneller zu schlagen. Ich hatte noch nie jemanden getroffen, von dem ich so fasziniert war.

»Du bist ...« Er stockte.

»Tara«, rief mein Bruder in der Ferne. Ich stand auf, sah mich um und entdeckte ihn vor der Bibliothek. Durch Jay hatte ich völlig die Zeit vergessen. Ich wollte die beiden einander vorstellen und winkte Nate zu uns.

»Das ist mein Bruder«, sagte ich, als er sich auf den Weg machte. Ich wandte mich Jay wieder zu.

Doch er war fortgegangen.

2. KAPITEL

Inzwischen waren zwei Tage vergangen. Das Wochenende war mir noch nie so endlos erschienen, ich hatte den Montag regelrecht herbeigesehnt. Mir ging das Gespräch mit Jay nicht aus dem Kopf – *er* ging mir nicht aus dem Kopf. *»Ich denke, du bist jemand, der sich nach Freiheit sehnt«*, hatte er gesagt. Auch wenn es so war, sah ich für mich keinen anderen Weg. Meine Zukunft war seit Generationen vorbestimmt. Es war Nates und mein Schicksal, unserem Ansehen in der Öffentlichkeit gerecht zu werden und in die Fußstapfen von Dad und Grandpa zu treten.

Ich stieg aus der Dusche und putzte mir die Zähne. Anschließend schminkte ich mich dezent. Meistens zog ich mir nur einen dünnen Lidstrich und trug Wimperntusche auf. Für Lidschatten musste ich in Stimmung sein.

Kurze darauf stand ich unentschlossen in meinem Zimmer vor dem weißen Einbauschrank. In der Highschool hatte ich mir wegen der Schuluniform nie Gedanken über meine Kleidung machen müssen. Heute brauchte ich ewig, um mich zu entscheiden. Schließlich fiel meine Wahl auf eine weiße Jeans und eine hellblaue Bluse, auf denen die Labels nicht sofort ins Auge stachen. Im Gegensatz zu Mom, die ihre Garderobe stolz zur Schau trug, war es mir unangenehm, als wandelndes Aushängeschild teurer Marken herumzulaufen. Da sie seit Jahren großen Wert auf gemeinsame Shopping-Touren legte, wusste ich allerdings nicht, wie ich das ändern konnte. Es war ihr wichtig, dass wir nach außen hin den Status unserer Familie angemessen repräsentierten.

Auf dem Weg ins Erdgeschoss stieg mir Bratengeruch in die Nase. Über die Treppe gelangte ich in die Vorhalle, ließ meine Tasche dort zurück und bog in die Küche, die wie alle Räume des Hauses mit frei liegenden Balken und Gewölbedecken versehen war. Dadurch strahlten die Zimmer trotz ihrer Größe Gemütlichkeit aus.

Roberta bereitete schon am Vormittag das Abendessen vor. Da Mom und ich kein Fleisch aßen, war ich gespannt, was sie Leckeres für uns kochte.

»Guten Morgen«, grüßte ich sie und beugte mich über ihre Schulter, um einen Blick auf den Herd zu werfen. Sie war so klein, dass ich sie schon mit dreizehn um einige Zentimeter überragt hatte.

»Guten Morgen, Tara.« Roberta drehte sich zu mir um. »Du bist spät dran. Bis auf deinen Grandpa sind alle schon mit dem Frühstück fertig.«

Ich stibitzte mir ein Stück Möhre vom Schneidbrett und nahm schmunzelnd vor ihr Reißaus, als sie mich mit dem Küchentuch verscheuchte.

Der gedeckte Tisch im Wintergarten war verlassen. Ich schenkte mir Tee ein, trat durch die zweiflügelige Tür auf die Veranda hinaus und sah mich um. Am Himmel hingen nur vereinzelte Wolken, deren Anblick mich wieder an das Gespräch mit Jay erinnerte. Es war seltsam, dass er so plötzlich und ohne ein Wort verschwunden war. Ich hoffte, ihn heute wiederzusehen und mit Nate bekannt machen zu können. Die beiden würden sich sicherlich verstehen.

Da wir außerhalb von Boston wohnten und unser Grundstück direkt am Atlantik lag, war es hier kühler und windiger als in der Stadt. Unser Haus stand auf einer Anhöhe. Als Kind war ich davon überzeugt gewesen, in einem Schloss zu wohnen. Ich hatte viel Zeit auf dem Dachboden des mittleren Türmchens verbracht, aus dem Fenster geschaut, die Wolken beobachtet und mir vorgestellt, dass ein Schiff anlegte. Statt in meinem Schloss auf einen Prinzen zu warten, hatte ich immer gehofft, dass mich ein Pirat besuchte.

Ich warf einen Blick zur Turmspitze hinauf. Dort oben war ich ewig nicht gewesen. Heute genoss ich die malerische Aussicht auf den Ozean von der Fensterbank meines Zimmers. Über den weitläufigen Garten gelangte man direkt an den Strand.

Nate saß auf dem Verandageländer und trank seinen morgendlichen Kaffee. »Hey, Schwesterchen.« Er sah von seinem Smartphone auf.

Ich lächelte und ging zu ihm. Seine eisblauen Augen strahlten in der Sonne. Mir fiel wieder einmal auf, wie sehr er Mom ähnelte. Die dunkelblonden Haare und die Augenfarbe hatte er von ihr, ich hingegen kam mit meiner hellblonden Mähne und den grauen Augen nach Dad.

Dieser kam gerade aus dem Haus und telefonierte. »Schicken Sie mir die Unterlagen. Es ist inakzeptabel, dass die Road

Kings ungestraft mit ihren kriminellen Machenschaften davonkommen.« Er beendete das Gespräch, schloss die Augen und rieb sich mit Daumen und Zeigefinger über sein Nasenbein. In letzter Zeit wirkte er ständig müde.

»Gibt's Probleme?«, fragte Nate.

»Es ist immer dasselbe. Diese Motorradgang treibt ihr Unwesen, aber keiner schafft es, ihnen all die Einbrüche nachzuweisen.« Er seufzte und trat zu mir. »Solltet ihr nicht langsam aufbrechen? Nehmt das Studium nicht auf die leichte Schulter.«

Mein Bruder verdrehte die Augen, was Dad glücklicherweise nicht bemerkte.

Sein Telefon klingelte. Er nahm den Anruf entgegen, nickte uns zu und verschwand wieder im Haus.

Nate und ich brachten unsere Tassen in die Küche und gingen dann in die Vorhalle. Dort schnappte ich mir meine Tasche.

»Hast du Mom heute schon gesehen?«, fragte ich, da mir auffiel, dass Artus, Karuso und Bonny mich nicht begrüßt hatten.

»Sie ist mit den Hunden beim Tierarzt«, erwiderte er und hielt mir die Eingangstür auf.

Auf dem gepflasterten Vorhof plätscherte das Wasser aus den Fontänen des Springbrunnens. Unter dem breiten Carport standen die Autos unserer Familie.

Da ich mich heute nach der Uni im Tierheim für die Nachmittagsschicht eingetragen hatte, fuhren Nate und ich getrennt. Er brach in seinem Jeep auf und ich folgte ihm in meinem Cabrio, das mir Dad zu meinem 18. Geburtstag geschenkt hatte. Es war mir unangenehm, so ein großes Geschenk bekommen zu haben, aber ich musste auch zugeben, dass ich es liebte, mit offenem Verdeck zu fahren.

Das mannshohe Eingangstor öffnete und schloss sich automatisch durch Erkennung der Fahrzeuge. Eigentlich war der hohe Eisenzaun um das Grundstück nicht nötig, weil die komplette Siedlung von einer Mauer umgeben war. Außerdem hielten Wachmänner rund um die Uhr die Stellung. Ein Security öffnete das Tor, sobald er uns kommen sah. Ich hob im Vorbeifahren die Hand.

Cambridge lag eine halbe Autostunde entfernt. Ich konnte noch nicht glauben, dass wir nun in Harvard studierten, und war unsicher, was mich erwartete. Um mich zu entspannen, stellte ich das Autoradio an und konzentrierte mich auf die Fahrt. Bostons historische Gemäuer boten einen schönen Kontrast zu den großen modernen Glaskomplexen der Finanzgebäude. Dad legte viel Wert auf ein sauberes, gepflegtes Stadtbild.

Durch den dichten Verkehr ging es nur mäßig vorwärts. Wir erreichten die Anderson Memorial Bridge, die über den Charles River führte und Boston mit Cambridge verband. Mein Radio wurde von dem Geräusch eines näher kommenden Motorrads übertönt. Ich sah in den Rückspiegel, da rauschte der Biker auch schon an mir vorbei. Auf seiner Lederjacke prangte der Schriftzug der Road Kings. Seit ich denken konnte, ermahnten uns Grandpa und Dad, dieser berüchtigten Bande aus dem Weg zu gehen. Wenn von ihnen auch nur die Rede war, sahen die beiden rot.

Der Motorradfahrer zog nun ebenso an Nate vorbei, wobei

aus seiner Auspuffanlage tiefe hammerartige Bassschläge drangen. Ich bekam am ganzen Körper Gänsehaut. Es wunderte mich, dass er vor uns in eins der Harvard-Parkhäuser fuhr. Was hatte einer aus dieser Motorradgang auf dem Campus zu suchen?

Nate fand schnell eine Parklücke, ich hingegen musste ins zweite Stockwerk fahren, bis ich das Auto abstellen konnte. Mein Bruder wartete vor der Einfahrt auf mich. Kurz bevor ich ihn erreichte, fiel mir wieder die Harley ins Auge. Ich schaute mich nach ihrem Besitzer um, konnte ihn aber nirgends entdecken.

»Wohin müssen wir jetzt?«, fragte Nate.

Ich warf einen Blick auf das Infoblatt, das wir in der Orientierungswoche bekommen hatten. »Ins Hauptgebäude«, erwiderte ich und lief voran.

Auf dem Campus war viel los. Wir betraten das Gebäude und strömten im Schwarm anderer Erstsemester in den Vorlesungssaal, wo sich uns heute Dozenten und Professoren vorstellten. Im Gedränge nahm Nate meine Hand und führte mich die Treppe bis zur vorletzten Reihe hinauf, in der noch ein paar wenige Plätze frei waren.

Kaum saßen wir, schaute ich mich nach Jay um und entdeckte ihn weiter links drei Sitzreihen vor uns. Er überragte die ihn umgebenden Kommilitonen fast um einen Kopf. Sein braunes Haar fiel ihm zerzaust in die Stirn, während er nach unten sah und einen Flyer las.

Ich wollte ihm nicht über die Köpfe der anderen hinweg zurufen. Später würde ich ihn abfangen und mit Nate bekannt machen.

Professor Kelsey war der Erste, der sich uns vorstellte, gefolgt von zwei weiteren Professoren, Dozenten und dem Fachschaftsrat.

Nach etwa einer Stunde wurden wir wieder entlassen. Am nächsten Tag würde das Studentenleben richtig losgehen. Da ich Professor Kelsey mit seiner gemütlichen Art sympathisch fand, entschied ich, neben den Pflichtfächern in Politikwissenschaft zusätzlich einen Kurs bei ihm in Psychologie zu belegen.

Während unsere Kommilitonen allmählich aus dem Saal strömten, blieben Nate und ich noch sitzen. Doch als Jay aufstand und darauf wartete, dass die Studenten vor ihm aus der Sitzreihe traten, scheuchte ich Nate auf und drängte ihn zur Eile. Mir fiel auf, dass ich nicht die Einzige war, die Jay ausgiebig betrachtete. Viele Augen waren auf ihn gerichtet. Er hatte etwas Anziehendes an sich, eine besondere Aura.

Als er beinahe bei der Tür angekommen war, zog er seine Jacke über, die er in der Hand getragen und der ich bisher keine Beachtung geschenkt hatte. Ich zuckte zusammen, starrte nun auf seinen Rücken, wo auf dem schwarzen Leder der Schriftzug der Road Kings zu erkennen war.

Scheiße, das durfte jetzt nicht wahr sein. Er war dieser Motorradfahrer – ausgerechnet er.

»Hey, hörst du mir überhaupt zu?« Nate schnippte mit den Fingern vor meinem Gesicht und folgte dann meinem Blick. Jay war inzwischen durch die Tür verschwunden.

»Ähm … Was?«

Nate verzog den Mund. »Wollen wir in der Mensa noch was zusammen essen, bevor du ins Tierheim fährst?«

»Klar, gern.«

Er ging voran. »Mal sehen, was die so im Angebot haben.«

»Die Wochenkarte der Mensa gibt es als App«, ließ ich ihn wissen, lief ihm nach, zückte mein Smartphone und begann ihm den Speiseplan vorzulesen.

»War ja klar, dass du kleiner Streber das schon wieder auf dem Schirm hast.« Er legte mir lässig einen Arm um die Schultern. »Ich will nur noch kurz schauen, ob sich was an den Terminen fürs Footballtraining geändert hat.«

Er führte mich über den Flur zu einer Infotafel, vor der Jay stand und sich etwas notierte.

»Was hat denn ein Road King hier verloren?«, flüsterte Nate, als er ihn erblickte. Kurz bevor wir ihn erreichten, blieb er abrupt stehen und hielt mich zurück. »Ist die Lederjacke mit dem Logo der Gang in Harvard überhaupt erlaubt?«

Jay drehte sich langsam zu uns um. Zweifellos hatte er jedes Wort von Nate verstanden. Meine ganze Konzentration lag auf seinen hellen bernsteinfarbenen Augen, mit denen er mich eindringlich musterte.

Mein Bruder räusperte sich. Er spannte sich neben mir merklich an und ballte die Hände zu Fäusten.

Ich wollte die beiden einander vorstellen. Doch als Jay sich meinem Bruder nun zuwandte, spürte ich ihre gegenseitige Abneigung und brachte keinen Ton heraus.

Jay ließ uns schließlich wortlos stehen. Ich kämpfte damit, meinen Puls unter Kontrolle zu bringen, während er im Pulk der anderen Studenten verschwand.

3. KAPITEL

Nicht einmal ein Hallo hatte ich über die Lippen gebracht. Dabei hatte ich mich bei unserer ersten Begegnung in seiner Gegenwart so wohlgefühlt. Allein beim Gedanken an unser Gespräch überlief mich ein warmer Schauer. Warum war er jetzt so abweisend gewesen? Er musste Nates Worte als Beleidigung aufgefasst haben.

Ich seufzte. Nicht einmal bei der Arbeit im Tierheim bekam ich Jays auffällige helle Augen aus dem Kopf. Wie er es wohl als Mitglied der Road Kings geschafft hatte, in Harvard aufgenommen zu werden?

Ich half Dr. Lorris, dem Leiter des Tierheims, die neu eingetroffenen Medikamente in den Arzneischrank zu sortieren, und überprüfte bei dieser Gelegenheit die Haltbarkeitsangaben der vorhandenen Präparate. Die Wahrscheinlichkeit, dass ein Produkt abgelaufen war, lag allerdings bei null. Bei der Vielzahl von verwahrlosten und verletzten Tieren, die hier aufgenommen wurden, gingen die Medikamente viel zu schnell aus. Nur dank der Sponsoren, zu denen auch Mom gehörte, und ehrenamtlichen Helfern wie mir konnte sich das Tierheim über Wasser halten.

»Es kommt ein Neuzugang«, sagte Dr. Lorris mit Blick aus dem Fenster. »Wir haben mehr Arbeit als Leute. Ich habe erst heute wieder einen Antrag an die Stadt gestellt und deutlich gemacht, wie dringend wir Arbeitskräfte brauchen.« Er strich sich über seine dunklen kurzen Locken. »Mach das hier bitte noch fertig, Tara. Du findest mich dann im Behandlungszimmer.« Er zog sich den Kittel über und verließ den Raum.

Ich sah nach draußen und beobachtete, wie ein Kleintier, in eine Decke gewickelt, aus dem Laderaum des Transporters gehoben wurde. Aus der Entfernung konnte ich nicht erkennen, was es war.

Nachdem ich alle Medikamente verstaut hatte, ging ich nach nebenan, wo Dr. Lorris sich über den Behandlungstisch beugte und einem völlig abgemagerten Kätzchen eine Infusion legte. Ich trat neben Toby, der Tiermedizin studierte und hier sein Pflichtpraktikum absolvierte. Er sah mich an, kräuselte seine mit Sommersprossen gesprenkelte Nase und schüttelte wenig hoffnungsvoll den Kopf.

»Die Kleine besteht nur noch aus Haut und Knochen«, sagte er und strich über ihr rot getigertes Fell.

Ich kraulte das Kätzchen hinter den Ohren, doch es schien die Berührung nicht einmal wahrzunehmen. Seine Atmung ging flach, die Augen blieben geschlossen. Da sie ganz verklebt waren, nahm ich ein Wattestäbchen, tränkte es mit sterilisiertem Wasser und löste vorsichtig die Kruste.

»Beträufle bitte die Augen«, bat Dr. Lorris mich. Er reichte mir ein Fläschchen Augentropfen und zog dann eine Spritze auf. »Mehr können wir vorerst nicht tun.«

»Wir bringen das Kätzchen in den Quarantäneraum.« Toby

übergab mir den Infusionsbeutel, ehe er mit den flachen Händen unter den ausgemergelten Körper glitt und das Tier hochhob.

Ich folgte ihm in den besagten Raum und sah ihm dabei zu, wie er das Fellbündel in eine Box legte. »Soll ich das Aufnahmeprotokoll ausfüllen?«, fragte ich.

»Das übernehme ich. Du hast schon längst Feierabend.«

Ein Blick auf die Wanduhr bestätigte mir, dass ich mal wieder mehr als eine Stunde überzogen hatte. Trotzdem machte ich noch meine Runde, um nach allen Tieren zu sehen und meine Lieblinge zu streicheln. Dann verabschiedete ich mich von Dr. Lorris und Toby, ging nach draußen und lief über den Hof.

Kaum saß ich im Auto, schlich sich abermals Jay in meine Gedanken. Wie viele Kurse wir wohl gemeinsam belegten? Nach der blöden Situation mit Nate war ich verunsichert, wie ich mich ihm gegenüber bei unserer nächsten Begegnung verhalten sollte. Ich hatte mich wirklich darauf gefreut, ihn wiederzusehen. Umso enttäuschter war ich darüber, wie unser Zusammentreffen verlaufen war. Da ich nun wusste, dass er den Road Kings angehörte, sollte ich ihn mir am besten aus dem Kopf schlagen. Doch ich war mir alles andere als sicher, ob mir das gelingen würde.

Daheim angekommen, parkte ich das Cabrio unter dem Carport, lief um das Haus herum und betrat die Veranda. Nate spielte mit den Hunden am Strand. Ich stellte meine Tasche ab, überquerte den Rasen und stieg die wenigen Stufen zu unserem Strandabschnitt hinab.

Außer in meinem Zimmer verbrachte ich hier die meiste Zeit. Meine schönsten Kindheitserinnerungen waren die, als Dad mit Nate und mir mit dem Boot rausfuhr, mit uns am Ufer Steinfiguren baute und uns das Surfen beibrachte. Ich hatte es nie geschafft, mich lange auf dem Brett zu halten. Nate hingegen war ein Naturtalent. Sport war eben genau sein Ding, während ich es vorzog, mich mit einem Buch in eine andere Welt zu träumen.

Karuso und Artus ließen von ihren Bällen ab und rannten auf mich zu, sobald sie mich bemerkten. Bonny war wieder trächtig und trottete gemütlich hinterher. Die Berner Sennenhunde waren Moms ganzer Stolz und hatten ihr schon zwei Auszeichnungen als Züchterin eingebracht. Artus stammte aus Bonnys letztem Wurf.

Ich begrüßte die Hunde mit ausgiebigen Streicheleinheiten. Ihr langes dreifarbiges Fell war seidig weich. Bonny liebte es, wenn ich sie an der Wange kraulte, wo rotbraunes Fell das schwarze vom weißen trennte.

Mein Bruder nahm von Karuso ein Stück Treibholz entgegen, holte aus und warf es im weiten Bogen ins Wasser. Als Karuso das Holzstück zurückbrachte, schüttelte er seinen nassen Körper. Da Nate auf sein Smartphone blickte und ihm keine große Beachtung schenkte, schmiss ich es weg und setzte mich dann in den Sand.

»Der Typ mit der Lederjacke ...«, begann ich und stockte. »Das war Jay. Ich wollte ihn dir am letzten Orientierungstag vorstellen.«

Nate schaute von seinem Display auf. »Du hast mit *dem* abgehangen?« Er schob das Handy in seine Gesäßtasche, trat näher und sah auf mich herab. »Dad bläut uns immer wieder ein, uns von dieser Gang fernzuhalten. Das ist kein guter Umgang, Schwesterchen. Hast du den Blick von diesem Typen gesehen? Dem traue ich echt alles zu. Halte dich bitte von ihm fern.«

»Ich hatte keine Ahnung, dass er ein Road King ist«, erwiderte ich.

Da Dad heimgekommen war und nach den Hunden pfiff, lieferten sich Karuso und Artus ein Wettrennen zum Haus. Seine Begrüßung beschränkte sich auf ein kurzes Kraulen, weshalb sie schnell von ihm abließen und lieber im Garten herumtobten.

»Jetzt gibt es bestimmt eine Fragerunde«, sagte Nate, während wir zum Haus liefen. Bonny trottete neben uns her.

»Wie war euer erster Tag am College?«, erkundigte Dad sich und lief ins Haus. Er ging davon aus, dass wir ihm folgten, und betrat sein Arbeitszimmer.

Nate warf mir einen vielsagenden Blick zu. »Gut«, erwiderte er und lehnte sich gegen den Türrahmen.

»Habt ihr euch entschieden, welche Zusatzkurse ihr belegen wollt?«

Innerlich seufzte ich auf. »Eigentlich wird den Erstsemestern empfohlen, sich zu Beginn nur für die Grundkurse einzuschreiben. Aber Psychologie bei Professor Kelsey reizt mich auch sehr.«

Dad hob eine Augenbraue. »Wer es weit bringen will, muss auch etwas dafür tun.« Er wandte sich an Nate. »Wie sieht es bei dir aus?«

Dass er schwieg, war wohl Antwort genug.

Dad atmete tief durch. »Das Studium hat oberste Priorität. Wählt eure Zusatzkurse und stellt das Footballtraining und die Arbeit im Tierheim hintenan. Eure Hobbys dürfen eure zukünftige Karriere nicht ausbremsen.«

Ich grub die Fingernägel in meine Handballen. Seit er Bürgermeister war, hatte er sich verändert. Er stellte hohe Anforderungen an sich selbst und wollte sein Amt bestmöglich ausführen. Mir kam es so vor, als wolle er Grandpa beweisen, dass er sich beruflich mit ihm messen konnte. Der Druck der Öffentlichkeit war enorm, und nun mussten Nate und ich dem auch gerecht werden.

»Das bekomme ich unter einen Hut«, versicherte ich ihm.

Nate nickte. »Ich auch.«

Dad musterte uns. Dann setzte er sich an seinen Schreibtisch und klappte den Laptop auf, um uns zu verdeutlichen, dass er noch zu tun hatte.

Ich vermisste die Tage, an denen er seine Zeit uns statt der Arbeit gewidmet hatte. Allerdings waren wir keine Kinder mehr und ich musste mich damit abfinden.

Nate und ich warfen uns einen kurzen Blick zu, verließen das Büro und gingen wieder nach draußen. Mom kam aus dem Wintergarten und drehte sich um ihre eigene Achse.

»Na, wie findet ihr meine neue Frisur?«

Ich betrachtete ihre Haare. Mir fiel kein Unterschied zu vorher auf.

»Sieht klasse aus«, sagte Nate.

Sie bedankte sich mit einem Lächeln für sein Kompliment und wandte sich dann an mich. »Heute Morgen war ich mit den Hunden bei Dr. Lorris und habe Bonny durchchecken lassen«, berichtete sie mir. »Laut Ultraschall sind es sieben Föten.«

»Das hat er mir schon erzählt. Ich soll dir von ihm noch mal für deine Spende danken. Der Medizinschrank ist wieder gefüllt.«

Sie lächelte erneut und nickte. Dann lief sie zu den Hunden in den Garten. Mom war eine attraktive Frau, der man ihr Alter nicht ansah, was vermutlich auch an ihrer lebensfrohen Art lag. Ich bewunderte sie dafür, wie engagiert sie sich für soziale Projekte einsetzte. Allerdings war auch für sie die Arbeit meistens wichtiger als ihre Kinder. Zu Roberta hatten Nate und ich eine viel engere Bindung. Seit ich denken konnte, war sie bei uns. Sie hatte uns großgezogen.

Da Nate wieder an seinem Smartphone hing, machte ich mich davon und ging zu ihr in die Küche. Ich half ihr dabei, den Tisch im Wintergarten einzudecken. Kurz darauf fanden sich alle Familienmitglieder zum Essen ein.

Dad küsste Mom zur Begrüßung auf die Wange und rückte ihr den Stuhl zurecht.

»Mir läuft allein schon bei dem Geruch das Wasser im Mund zusammen«, sagte Grandpa. Er klopfte mir beim Vorbeigehen auf die Schulter und setzte sich Dad gegenüber an die andere Stirnseite der Tafel. »Hast du inzwischen die aktuellen Zahlen vorliegen?«, erkundigte er sich bei ihm.

Dad faltete die Serviette auf und legte sie auf seinen Schoß.

»Die Arbeitslosigkeit ist zurückgegangen, und bis auf die untersten Einkommensgruppen sind die Einkünfte der privaten Haushalte im Schnitt um fünfzehn Prozent gestiegen.«

Mom seufzte. »Bitte. Keine Politik am Esstisch.« Sie saß neben Dad. Nate und ich nahmen ihr gegenüber Platz.

Ich freute mich auf meinen Zucchiniauflauf. Roberta war eine begnadete Köchin.

Dad schnitt ein Stück von seinem Schmorbraten und wandte sich Mom zu. »Hat die Kontrolluntersuchung bei Bonny etwas ergeben?«

»Die Kleinen gedeihen prächtig.«

»Wie lange dauert es denn noch bis zur Geburt?«, fragte Nate kauend.

»In ungefähr drei Wochen ist es so weit.«

»Habt ihr heute Professor Barro kennengelernt?«, erkundigte sich Grandpa bei Nate und mir. »Wir waren im selben Studiengang in Yale.«

»Es haben sich einige Professoren vorgestellt«, antwortete Nate. »Aber ich hab die meisten Namen wieder vergessen.«

»Wozu warst du überhaupt dort, wenn du dir nicht mal die grundlegendsten Informationen merken kannst?«, fragte Grandpa und schüttelte den Kopf.

»Hm ...« Nate überlegte. »Ich glaube, ich war abgelenkt, weil ein Road King anwesend war.«

Dad führte gerade die Gabel zum Mund und hielt mitten in der Bewegung inne. »Wie bitte? Als Student?«

Nate nickte.

Ich hatte Jay sofort wieder vor Augen. Doch dann bemerkte ich, wie Grandpa regelrecht erstarrte, und meine Aufmerksamkeit galt augenblicklich ihm.

»Kennt ihr den Namen des Jungen?«, fragte er und legte seine Gabel zurück auf den Teller.

»Wie sieht er aus?«, brach es aus Dad heraus, bevor wir antworten konnten.

»Er heißt Jay, ist sehr groß, hat braunes zerzaustes Haar und helle bernsteinfarbene Augen«, kam es mir viel zu schnell über die Lippen. Nate sah mich irritiert an.

»Das ist doch wohl jetzt ein schlechter Scherz?«, stieß Dad aus. »Silver hat gar nicht die Mittel, seinem Sohn das Studium zu finanzieren.«

»Vielleicht hat er ein Stipendium erhalten«, sagte Grandpa so leise, dass ich ihn kaum verstand. Er rieb sich immerzu das Kinn, wirkte in Gedanken abwesend.

»Was kann einer von dieser Bande schon vorweisen?« Dad gab einen abfälligen Laut von sich. »Ich will nicht, dass der Silver-Spross in Taras und Nates Nähe kommt.« Er warf die Serviette auf den Tisch, stand auf und begann im Zimmer auf und ab zu gehen.

Nate und ich tauschten Blicke. Dads und Grandpas Abneigung gegen die Motorradgang war kein Geheimnis. Den Namen Silver hörte ich allerdings zum ersten Mal und es war offensichtlich, wie verhasst diese Familie den beiden war.

Dad blieb neben uns stehen und fuhr sich über den Nacken. »Ihr werdet euch von diesem Jungen fernhalten. Zwischen euch wird es keinerlei Kontakt geben. Ich will nicht, dass ihr mit Jay Silver redet, geschweige denn auch nur in seine Richtung schaut. Habt ihr mich verstanden?«

Jay Silver ... In meinem Bauch machte sich ein flaues Gefühl breit. Nate nickte und ich tat es ihm gleich.

4. KAPITEL

Nate und ich belegten sämtliche Kurse gemeinsam. Einzig Psychologie hatte ich zusätzlich gewählt, weshalb ich nun ohne ihn unterwegs zu Professor Kelseys Vorlesung war.

Die ganze Zeit zermarterte ich mir über den Verlauf des Abendessens am Tag zuvor den Kopf. Woher kannte Dad Jay Silvers Familie? Auch wenn sie zu den Road Kings gehörten, fand ich seine Reaktion völlig überzogen. Nate meinte, da steckte bestimmt etwas Persönliches dahinter. Aber da er sowieso nicht vorhatte, sich mit Jay abzugeben, war es ihm egal.

Als ich das College-Parkhaus erreichte, sah ich das Motorrad wieder neben der Einfahrt stehen. Jay konnte ich nirgends entdecken. Auf dem Campus scannte ich die Gesichter der Studenten, die mir entgegenkamen. Dads Anweisung in Bezug auf Jay hatte mich verunsichert.

Im Audimax steuerte ich auf die hintere Sitzreihe zu und blieb bei einem Mädchen mit dunkler Lockenmähne stehen. Sie signalisierte mir mit einem freundlichen Nicken, dass der Platz neben ihr frei war.

»Ich bin Paige«, sagte sie, als ich mich setzte.

»Tara.« Wir gaben uns die Hände.

Sie lächelte und fuhr mit den Zähnen über ihr seitliches Lippenpiercing. »Ich finde, er sieht aus wie Santa Claus.«

Ich hob die Augenbrauen. »Wie bitte?«

»Professor Kelsey.« Sie deutete mit dem Kinn nach vorn zum Rednerpult.

Ich betrachtete den Mann mit seinem fülligen Bauch, dem weißen Haar und Vollbart und musste ihr recht geben. Er ging gerade zur vorderen Tür, um diese zu schließen. Unwillkürlich ließ ich meinen Blick über meine Kommilitonen gleiten und suchte nach einem großen Jungen mit braunen Haaren. Erst nachdem ich mich versichert hatte, dass er nicht da war, schaffte ich es, mich einigermaßen auf den Kurs zu konzentrieren.

Professor Kelsey informierte uns über die bevorstehenden Themengebiete und nannte uns Bücher, die wir zu lesen hatten. Bis zu den ersten Semesterferien sollten wir uns mit jeweils einem Mitstudenten zusammentun, über Emotionspsychologie recherchieren und ein dazugehöriges Thema in einer Präsentation vortragen.

»Wollen wir das Referat zusammen angehen?«, erkundigte sich Paige, als der Professor uns entließ.

Ich fragte mich, ob sie wusste, wer ich war.

»Gern«, erwiderte ich. »Aber ich muss dich warnen. Ich schiebe Dinge nicht gerne auf, sondern packe sie lieber gleich an, um sie abhaken zu können.«

Sie wickelte sich eine lockige Strähne um den Finger. »Abhaken klingt gut für mich.«

Ich verengte die Augen und musterte sie. »Bist du sicher?«

»Klar. Je schneller wir es hinter uns haben, desto besser.« Sie stand auf. »Was hältst du davon, wenn wir jetzt gleich in die Bibliothek gehen und uns ein Thema aussuchen?«

Ich sah auf meine Armbanduhr. »Okay. Ich hab noch eine Stunde Zeit.«

Als würden wir uns schon länger kennen, hakte Paige sich bei mir unter und legte ein beachtliches Tempo vor. »Erzähl mir mal was über dich«, forderte sie mich auf. »Woher kommst du?«

Okay, sie hatte tatsächlich keine Ahnung, wer ich war. »Ich wohne hier in Boston.«

»Echt? Ich auch.«

Merkwürdig, sie schien nicht viel von der Klatschpresse mitzubekommen.

»Auf welche Schule bist du gegangen?«, fragte sie.

»Latin School«, erwiderte ich zögernd.

»Oh, nobel.« Sie betonte jedes Wort, aber es klang eher gespielt hochmütig als abwertend.

»Und du?«

»In Dorchester«, antwortete sie. »Wie du siehst, habe ich es überlebt.« Sie zwinkerte mir zu.

Anscheinend war ihr mein kurzes Zucken nicht entgangen. Wenn von irgendwelchen Schießereien die Rede war, wurde dieser Stadtteil von Boston meist im selben Atemzug genannt. Allerdings gab es dort auch schöne und ruhige Ecken, und ich ging davon aus, dass Paige im *guten* Dorchester zu Hause war.

»Mal sehen, was wir zum Thema Emotionspsychologie finden«, sagte ich, als wir die Bibliothek erreichten.

Sie hielt mir die Tür auf. »Solange wir uns nicht mit Psychopathen auseinandersetzen müssen, ist mir alles egal. Davon gibt es schon in meinem Wohnviertel genug.«

Ich warf ihr einen skeptischen Blick zu. Paige bog vor mir in einen Korridor und streifte mit ihrer Hand über die aneinandergereihten Bücher im Regal. Sie hatte einen leichten, federnden Gang, der Rock ihres knielangen dunkelblauen Kleides umspielte ihre Beine. Ihre Kräusellocken wippten. Wenn sie aus einer zwielichtigen Wohngegend stammte, würde Dad meinen Kontakt zu ihr nicht gutheißen. Allerdings musste ich das ja nicht vor ihm erwähnen. Sie war keine Freundin, sondern einfach nur eine Kommilitonin, mit der ich ein Referat vorbereitete. Ich hatte mich immer daran gestört, wenn andere mir mit Vorurteilen begegneten, deshalb war es nur fair, ihr eine Chance zu geben. Sollte Paige eher hinderlich als hilfreich sein, würde ich eben allein ein Thema bearbeiten. Ich hatte schon zu Schulzeiten jeglichen Schreibkram für zwei erledigt. Nate war als Quarterback durch sein Footballtraining so ausgelastet gewesen, dass ihm für die Hausaufgaben kaum Zeit geblieben war.

»Na schön, dann wollen wir mal.« Paige blieb vor einem Regal mit Literatur über Psychologie stehen und griff nach einem Buch.

Nachdem ich mich ebenfalls mit einigen Wälzern eingedeckt hatte, suchten wir im Lesesaal zwei freie Sitzplätze. Raumhohe Fenster und Tischlampen mit grünen Glasschirmen sorgten für ausreichend Licht. Mich beeindruckte die hohe Gewölbedecke.

»Da drüben ist noch Platz«, sagte Paige und steuerte auf einen der langen Tische zu.

Ich wurde unwillkürlich langsamer, als ich niemand Geringeren als Jay dort sitzen sah. Er hatte Bücher vor sich ausgebreitet und schrieb in ein Notizheft. Allein sein Anblick brachte etwas tief in mir in Aufruhr.

»Hey, Jay«, grüßte Paige ihn im Vorbeigehen und setzte sich drei Stühle weiter auf einen freien Platz.

Sie kannte ihn? Echt jetzt?

Er schaute auf, nickte ihr zu und widmete sich wieder seinen Notizen.

»Tara, wo bleibst du denn?« Erst als Paige meinen Namen sagte, wurde mir klar, dass ich stehen geblieben war und ihn unverfroren anstarrte.

Er sah zu ihr und folgte dann ihrem Blick, weshalb ich hastig zu Boden schaute, um den Tisch herumlief und mich Paige gegenübersetzte. Dad wollte nicht, dass Nate und ich zu ihm Kontakt hatten. Und so abweisend, wie Jay sich gestern meinem Bruder und mir gegenüber verhalten hatte, schien er daran auch keinerlei Interesse zu haben. Er hatte Nates Worte aufgeschnappt und sich nun anscheinend ein anderes Urteil über mich gebildet. Dabei hatten wir uns in der Woche zuvor so gut verstanden.

Ich legte die Bücher vor mir ab, blätterte eins auf und tat beschäftigt. Mehrfach war ich versucht, den Kopf in seine Richtung zu drehen. Doch ich konnte regelrecht spüren, dass seine Aufmerksamkeit nun auf mir lag, daher ließ ich es bleiben. Zudem kam es mir vor, als würden sämtliche Studenten, die zwischen uns am Tisch saßen, mich ins Visier nehmen. Im

Gegensatz zu Paige war ihnen vermutlich klar, wen sie mit mir vor sich hatten.

»Gemüse für die Psyche«, sagte sie und wackelte übertrieben mit den Augenbrauen. »Das ist doch mal ein spannendes Thema.«

Ich konnte nicht anders und lachte. Mit dem Finger glitt ich über das Inhaltsverzeichnis meines Buches. »Warum Patienten ihren Arzt belügen«, las ich vor.

»Bloß nicht«, erwiderte Paige. »Dafür müssten wir in eine Praxis oder Klinik. Da setze ich keinen Fuß rein, solange ich gesund bin. Und außerdem ist das bestimmt ziemlich aufwendig, bis wir Ärzte finden, die sich dazu interviewen lassen. Von der ärztlichen Schweigepflicht mal ganz abgesehen.«

Mir kam eine Idee. »Was hältst du davon: Ich habe einen guten Draht zum Tierheim. Dort kann ich mit Unterstützung für das Referat rechnen, und Tiere haben definitiv einen Einfluss auf die menschliche Psyche.«

Paige nickte. »Klingt gut.«

Ich schlug das Buch zu. »Dann haben wir das also geklärt. Ich frage heute gleich mal nach, inwieweit Dr. Lorris uns helfen kann.«

»Könntet ihr vielleicht etwas leiser sein«, zischte die Studentin neben mir.

Drei Plätze weiter, auf der anderen Seite des Tisches, nahm ich eine Bewegung wahr. Ich sah zu, wie Jay aufstand. Dabei traf sein finsterer Blick auf meinen, bevor er sich abwandte und ging. Er schien plötzlich ein anderer Mensch zu sein. Von dem witzigen und sympathischen Typen unter dem Baum war nichts mehr zu sehen. Ich fragte mich, ob der nette oder der unfreundliche Jay sein wahres Naturell war.

»Alles gut bei dir?«, fragte Paige, da ich auf seinen leeren Platz starrte.

Ich stand auf. »Ja, alles bestens. Ich melde mich bei dir, sobald ich mit Dr. Lorris gesprochen habe.«

»Warte«, rief sie, als ich schon loslief. Dic Studentin neben ihr seufzte. »Wir müssen noch unsere Nummern tauschen.« Sie kam zu mir und reichte mir ihr Smartphone, damit ich meine Telefonnummer eintippte.

»Wir hören und sehen uns«, sagte ich, gab es ihr zurück und machte mich auf den Weg.

Ich hatte mit Nate ausgemacht, mich vorm Parkhaus mit ihm zu treffen. Wir wollten in der Mensa zusammen essen, bevor er zum Testtraining musste und ich zu meinen Tieren fuhr. Sie waren mein Ausgleich, stellten keine Forderungen. Es war jedes Mal aufs Neue spannend, was mich im Tierheim erwartete. Erfreuliche und traurige Tage wechselten sich ab. Aufgrund der schlechten Verfassung des Kätzchens ahnte ich heute nichts Gutes.

Nate wartete bereits auf mich und umarmte mich zur Begrüßung. Hinter ihm bemerkte ich die verlassene Harley, bemühte mich aber, ihr keine weitere Beachtung zu schenken.

»Wie war dein Seminar?«, erkundigte er sich.

Seine Frage war kaum zu verstehen, weil sich zwei Motorräder lautstark näherten. Die Biker kamen nicht weit von uns entfernt zum Stehen, direkt neben Jays Maschine. Sofort schaute ich mich um. Das konnte nur bedeuten, dass er bald hier auftauchte. Und da sah ich ihn auch schon in unsere Richtung kommen. Ich verkrampfte mich zunehmend.

Er ging an Nate und mir vorbei, ohne uns eines Blickes zu würdigen. Es schien, als würde er uns gar nicht wahrnehmen. Als er seine Freunde erreichte, fiel mir auf, dass er heute im Gegensatz zu ihnen keine Lederjacke trug. Sein T-Shirt und die Jeans waren schwarz.

»Das werden ja immer mehr«, murmelte Nate.

»Na, sieh mal einer an«, rief einer der Biker. Die Motoren der schweren Maschinen standen mittlerweile still. »Die Sprösslinge unseres ach so geliebten Bürgermeisters.«

Mein Bruder fasste mich am Handgelenk und wollte mich schnell an ihnen vorbeiführen. Doch der Typ mit den kinnlangen schwarzen Haaren verstellte uns den Weg. »Eure Familie verströmt eine Arroganz, die nur reiche Menschen ausstrahlen können.«

»Was hast du für ein Problem?«, ging Nate ihn an.

»Lass es gut sein, Finn.« Jay fasste seinen Freund an der Schulter und drängte ihn zu den Motorrädern zurück.

Sie saßen auf. Jay atmete tief durch und sah nochmals zu uns herüber. Dabei hatte er wieder diesen verwegenen Blick drauf.

Als sie dröhnend davonfuhren, stand ich wie angewurzelt da und sah ihnen nach, bis sie um die nächste Straßenecke bogen.

»Alles okay bei dir?«, fragte Nate. Ich zwang mich zu einem Nicken. Jay verhielt sich, als wären wir Feinde.

5. KAPITEL

Vor lauter Grübeln lag ich die halbe Nacht wach. Als ein neuer Tag anbrach, gab ich den letzten Versuch auf, noch etwas Schlaf zu finden. Ich betrachtete die Wände, die das Morgenrot in orangefarbenes Licht tauchte, und bekam sofort wieder Lust, umzudekorieren.

Mein Zimmer war meine Wohlfühloase. Das Bett, die Kommoden und den Schreibtisch rückte ich alle paar Monate an andere Plätze. Da die Möbel allesamt weiß waren, konnte ich mich ohne Bedenken bei der Wandfarbe austoben. Es passierte häufig, dass ich Lust auf eine andere Farbe bekam und zum Pinsel griff.

Als Kind hatte ich die Wände zu Moms Ärger immer mit Buntstiften vollgemalt. Aber Dad hatte es geduldet und sogar auch mal selbst den Stift geschwungen. Das Wandstück unter dem Fenster hatte ich seit meiner Kindheit so gelassen, wie es war. Neben meiner bunten Blumenwiese hatte Dad dort auf meinen Wunsch hin einen Piraten gemalt. Ehrlich gesagt, war er ihm nicht besonders gut gelungen. Dennoch brachte ich es nicht übers Herz, ihn zu überpinseln. Er erinnerte mich an eine Zeit in meiner Kindheit, in der ich sehr glücklich gewesen war.

Ich stand auf, nahm den Zeichenblock vom Schreibtisch und machte es mir auf meiner gepolsterten Fensterbank bequem.

Seit ein paar Jahren nutzte ich fast ausschließlich Kohle- oder Bleistifte. Ich sah die Welt nicht mehr bunt, mit Schwarz-Weiß konnte ich mich heute eher identifizieren.

Linie um Linie begann ich die Umrisse eines Gesichtes zu Papier zu bringen und verwischte die Kohle mit den Fingerkuppen, um der Zeichnung mehr Tiefe zu verleihen. Währenddessen entspannte ich und hing meinen Gedanken nach.

Der gestrige Tag hatte mich ganz schön geschlaucht. Die Arbeit im Tierheim war fast nicht mehr zu bewältigen. Immerhin hatte die Stadt Dr. Lorris endlich die Vermittlung von Arbeitskräften zugesagt. Das war ein Lichtblick, und außerdem freute ich mich, dass das Kätzchen noch lebte. Sein Zustand hatte sich zwar nur minimal verbessert, jedoch hatte die Kleine die Augen geöffnet und meine Streicheleinheiten sichtlich genossen. Sie musste weiterhin intravenös ernährt werden, bevor sie wieder genug Kraft hatte, um selbst zu fressen. Bis zum Wochenende, an dem ich das nächste Mal im Tierheim eingeteilt war, hatte sie hoffentlich das Schlimmste überstanden.

Bis dahin konnte ich mich ganz und gar auf die Vorlesungen konzentrieren, was mich allerdings kein bisschen ermutigte. Wenn ich mir meine angedachte Zukunft vor Augen führte, spürte ich im Magen einen Knoten, der sich immer fester zuzog. Ich hasste dieses hohle, leere Gefühl und versuchte es durch reine Gedankenkraft zu verdrängen. Die Kurse kosteten mich Energie. Aber die Arbeit mit den Tieren für das Studium aufzugeben war das Letzte, was ich wollte. Nur an diesem Ort konnte ich ganz ich selbst sein. Dort gab es keinen Leistungsdruck. Die

Tiere waren dankbar, wenn ich mir für sie Zeit nahm. Es machte mich glücklich, dazu beitragen zu können, dass es ihnen gut ging, und ich konnte nicht genug davon bekommen, Dr. Lorris bei seiner Arbeit zuzusehen und von ihm zu lernen. Hätte ich eine Wahl gehabt, wäre ich gern Tierärztin geworden.

»Guten Morgen«, sagte Nate und lehnte sich in den Türrahmen.

Wir hatten das Obergeschoss im Ostflügel des Hauses für uns. Sein Zimmer lag meinem genau gegenüber. Seit unserer Kindheit ließen wir tagsüber und manchmal auch nachts die Türen offen stehen, um miteinander reden zu können.

»Na, auch schon wach?«, entgegnete ich.

Er kam zu mir und quetschte sich neben mich auf die Fensterbank.

»Bequem ist was anderes«, rügte ich ihn. »Wenn das Fenster offen wäre, würde ich jetzt rausfallen.«

Er lachte. »Ist ja nur das Obergeschoss. Da hast du noch Überlebenschancen.« Er nahm mir den Zeichenblock aus der Hand und betrachtete das Bild. »Wieso zeichnest du Jay Silver?«

Einerseits war ich stolz darauf, gut zeichnen zu können, andererseits war es mir gerade unangenehm, dass er Jay auf dem Bild erkannte. Ich zuckte mit den Schultern. »Weiß ich nicht. Als ich noch nicht wusste, wer er ist, fand ich ihn total nett.«

Er gab mir den Block zurück, legte einen Arm um mich, lehnte seinen Kopf gegen die Wand und schloss die Augen. »Vergiss ihn einfach. Wenn wir Glück haben, laufen wir ihm sowieso nicht oft über den Weg.«

Ich starrte aus dem Fenster und beobachtete die kleinen und großen Schiffe, die am Horizont ihre Bahnen zogen. Der Ozean schimmerte im frühen Tageslicht golden.

»Anfänglich ahnte er wohl noch nicht, dass ich Scott Owens Tochter bin«, sagte ich gedankenverloren. »Anscheinend hat er etwas gegen unsere Familie.«

Nate öffnete die Augen und sah mich an. »Das haben einige. Nicht alle finden Dads Politik gut. Damit müssen wir leben.«

Ich stieg über ihn hinweg und ging in mein Badezimmer, um mich für den Tag fertig zu machen. Später saßen wir wieder alle gemeinsam am Frühstückstisch und unterhielten uns vorwiegend über das bevorstehende Hafenfestival, das für mich jedes Jahr ein Highlight war. Früher hatten wir es immer als Familie besucht. Seit Dad jedoch der Bürgermeister war, hielt er immer die Eröffnungsrede und verkrümelte sich danach schnellstmöglich wieder. Mom blieb deshalb gleich zu Hause.

Nate und ich fuhren heute wieder getrennt zum College. Ich war ausnahmsweise ein paar Minuten früher dran als er und ergatterte den ersten freien Parkplatz im Parkhaus. Der Standplatz von Jays Maschine war leer und ich redete mir ein, dass es mich nicht interessierte.

Doch später im Mathematik-Kurs, der für alle Neulinge am Harvard College Pflicht war, musste ich mir eingestehen, dass ich mir nur etwas vorgemacht hatte. Es war, als könnte ich spüren, wie Jay näher kam. Mein Blick fiel genau in dem Moment auf die Tür, als er sie durchschritt. Ich wollte wegsehen, doch ich beobachtete ihn unwillkürlich dabei, wie er sich einen Platz suchte und die Jacke abstreifte, die wohlgemerkt nicht die Lederjacke mit dem Schriftzug der Road Kings war. Bisher hatte er sie nur am ersten Tag getragen, und ich fragte mich, ob er sich Nates Bemerkung zu Herzen genommen hatte.

Er setzte sich und schaute sich unbeteiligt um. Sein Blick blieb an mir hängen, da senkte ich den Kopf und widmete mich wieder dem Bildschirm meines Laptops.

Als der Kurs zu Ende war, schien er es eilig zu haben, denn er verließ fluchtartig den Raum. Nate und ich verabschiedeten uns draußen vor dem College-Gebäude. Er musste zum Training und ich wollte noch in die Bibliothek, um mir ein paar Bücher auszuleihen.

»Du hast mir gar nicht erzählt, dass du so einen heißen Freund hast«, hörte ich Paige hinter mir sagen. Ich drehte mich zu ihr um. Sie blieb vor mir stehen und warf Nate einen anerkennenden Blick hinterher.

Ich schmunzelte. »Das ist mein Zwillingsbruder.«

»Oh.« Sie legte den Kopf schief und nahm ihn noch genauer in Augenschein, bis er aus unserem Sichtfeld verschwand. »Der ist echt süß. Wenn es bei Finn und mir mal wieder Stress gibt, musst du ihn mir unbedingt vorstellen.«

»Du hast also einen Freund?«, fragte ich. Da sie loslief, folgte ich ihr.

»Wie man's nimmt. Bei uns ist es ein ständiges Auf und Ab. Er ist ein Chaot, aber ich liebe diesen Mistkerl.«

Ich hob die Augenbrauen. Für mich passten Liebe und Mistkerl nicht zusammen.

Paige bändigte beim Gehen ihre Lockenmähne in einem Haargummi. »Wie sieht's bei dir aus? Bist du vergeben?«

Ich schüttelte den Kopf.

»Stehst du auf Männer oder Frauen?«

»Ersteres«, antwortete ich und seufzte, da für den Bruchteil einer Sekunde Jays zerzaustes Haar vor meinem inneren Auge auftauchte.

»Dann sollten wir mal die Studenten für dich abchecken, bevor du Spinnweben ansetzt.«

Paige hatte ja keine Ahnung. Ich war Dauersingle. Die Spinne hatte mich schon komplett eingewebt. Wegen des gesellschaftlichen Standes meiner Familie war es für mich nicht leicht, die zu sein, die ich war. Stets hatte ich auf mein Auftreten zu achten, durfte nie aus der Reihe tanzen. Selbst in Bezug auf Jungs hatte ich es dadurch schwer. Diejenigen, die ich spannend fand, trauten sich gar nicht an mich heran, und den anderen ging es wahrscheinlich weniger um mich als um das Ansehen, das ihnen die Verbindung zu unserer Familie verschaffen würde.

»Ich will mich aufs Studium konzentrieren«, erwiderte ich nach einem Zögern. »Da habe ich für einen Freund keine Zeit.«

»Das ist hoffentlich nicht dein Ernst? Wo bleibt denn da der Spaß?« Sie runzelte die Stirn, bevor sie ein verschwörerisches Lächeln aufsetzte. »Dir scheint gar nicht klar zu sein, welche Blicke dir die Jungs hier zuwerfen. Darüber ist das letzte Wort also noch nicht gesprochen«, informierte sie mich und stieß mir neckend ihren Ellenbogen in die Seite. »Im Übrigen habe ich diese Woche nur heute Nachmittag für das Referat Zeit. Wie sieht es bei dir aus?«

»Das könnte ich einrichten«, erwiderte ich.

»Gut. Ich jobbe nebenbei im Steakhouse. Bis fünf Uhr habe ich Dienst. Du könntest dorthin kommen oder ich anschließend zu dir.«

Da ich nicht wollte, dass sie zu mir nach Hause kam, ließ ich mich auf ihren anderen Vorschlag ein.

Sie steuerte auf einen alten Wagen zu, der halb auf dem Bordstein im Parkverbot stand. Der blaue Lack war so ausgeblichen, dass er grau wirkte. Zudem war er von Rostflecken übersät und die Fahrertür quietschte, als Paige sie öffnete.

»War ja wieder klar«, schimpfte sie, streckte sich, zog den Strafzettel unter dem Scheibenwischer heraus, zerknüllte ihn und warf ihn achtlos ins Auto. Sie stieg ein, schlug die Tür zu und kurbelte die Scheibe herunter. »Wir sehen uns nachher im Steakhouse.« Der Motor jaulte auf, verschluckte sich und drohte jeden Moment wieder auszugehen. »Die Karre verreckt mir ständig«, schimpfte sie, als schließlich genau das passierte. Sie startete den Motor erneut und fuhr mit viel zu viel Gas los. »Bis später«, hörte ich sie noch rufen, während ich ihr kopfschüttelnd und schmunzelnd hinterhersah und sie mit ihrem röchelnden fahrbaren Untersatz einige Aufmerksamkeit erregte.

Ich sah auf meine Armbanduhr. Bis zu unserem Treffen im Steakhouse waren es noch fünf Stunden und ich überlegte, ob ich nicht doch ins Tierheim fahren sollte, obwohl ich nicht zum Dienst eingetragen war. Dann kam mir aber mein Vater in den

Sinn und ich machte mich wie geplant auf den Weg zur Bibliothek, um zu lernen.

Im Lesesaal setzte ich mich an den Tisch, der am weitesten von dem entfernt war, an dem wir gestern mit Jay gesessen hatten.

Zwei Stunden verbrachte ich damit, den Stoff, den Professor Barro uns vermittelt hatte, zu begreifen. Ich wusste schon jetzt, dass ich mich durch das gesamte Studium würde quälen müssen, weil mich die Themen zu wenig interessierten.

Ich machte mich an die Vorbereitung für das Referat, recherchierte die psychologische Bedeutung, die Tiere für uns Menschen hatten, und bereitete Fragen für Dr. Lorris vor. Die Zeit verflog, und als ich mich schließlich auf den Weg machte, war ich sogar zu spät.

Bevor ich losfuhr, schrieb ich Mom eine Nachricht, dass ich wahrscheinlich nicht zum Abendessen zu Hause sein würde, da ich mit einer Kommilitonin an einem Referat arbeitete.

Als ich das Steakhouse im Navi eingab, bemerkte ich, dass es inmitten von Dorchester lag. Ich konnte nicht einschätzen, ob sich das Restaurant auf der guten oder schlechten Seite von Bostons größtem Stadtteil befand.

Je näher ich dem Ziel kam, desto mehr bezweifelte ich, dass mein Ausflug eine gute Idee war. Die Boutiquen und Cafés hatte ich längst hinter mir gelassen und die Häuserfassaden wurden nach jeder Straßenkreuzung maroder. Selbst der Himmel hüllte sich zunehmend in graue Wolken. Mein ungutes Bauchgefühl wurde stärker und ich beschloss umzukehren. Da klingelte mein Smartphone.

»Hey, wo bleibst du denn?«, fragte Paige, nachdem ich die Freisprechanlage betätigt hatte. Sie klang fröhlich. Im Hintergrund hörte ich Stimmengewirr und Rockmusik.

»In hundert Metern haben Sie ihr Ziel erreicht«, informierte mich das Navi in diesem Moment.

»Ah, cool, du bist gleich da«, sagte Paige. »Hier drinnen ist es heute wieder voll, ich warte direkt an der Tür auf dich«, sagte sie und beendete den Anruf.

»Mist.« Ich biss mir auf die Unterlippe und fuhr auf das einstöckiges Gebäude zu. Über dem Eingang bildeten aneinandergenagelte Holzbretter kunstvoll den Schriftzug *Steakhouse.* Die Fassade war weiß gestrichen, was das Restaurant freundlich und einladend wirken ließ. Doch als ich durch das Tor auf den Parkplatz fuhr, sah ich mehrere nebeneinanderstehende schwere Motorräder. Instinktiv machte ich eine Vollbremsung und zog dadurch die Blicke der mit schwarzen Lederjacken gekleideten Männer auf mich, die soeben aus dem Steakhouse kamen.

6. KAPITEL

Einen kurzen Moment lang war ich wie erstarrt. Dann stellte ich den Wählhebel mit zittriger Hand auf den Rückwärtsgang und erschrak von einem durchdringenden Hupen hinter mir. Ich sah in den Rückspiegel. Ein alter Pick-up wartete darauf, dass ich ihm Platz machte. Verdammt. Da die Einfahrt für zwei Fahrzeuge zu schmal war und er anscheinend nicht vorhatte zurückzusetzen, blieb mir nichts anderes übrig, als vorerst weiterzufahren. Das nächste Problem war, dass der vollbesetzte Parkplatz in eine Sackgasse mündete und die Zufahrt zwischen den Autos viel zu eng war. Wo sollte ich hier wenden, wenn der Geländewagen so dicht an mir dranblieb? Zu allem Übel parkte der Mann nun mitten in der Gasse und stieg aus.

Das durfte doch jetzt nicht wahr sein. Hastig legte ich den Gurt ab und sprang aus dem Auto. »Entschuldigung«, rief ich. »Ihr Fahrzeug versperrt hier den Weg. Das kann nicht so stehen bleiben.«

Er lief einfach weiter, wandte sich jedoch immerhin zu mir um. »Es ist hier immer so voll, Schätzchen. Wenn einer wegwill, rufen sie dich im Steakhouse aus.«

»Aber ...« Ich hatte keine Chance, ihm mitzuteilen, dass ich genau jetzt wieder fahren wollte, da er bereits durch die Eingangstür verschwand.

Ich schluckte. Mein Blick fiel auf die fünf Biker, die bei ihren Maschinen standen und mich weiterhin beobachteten. Sie tuschelten, sahen zwischen meinem Cabrio und mir hin und her. Der Wagen war im Vergleich zu den anderen Autos an diesem Ort genauso fehl am Platz wie ich. Was sollte ich nur tun?

»Tara«, rief Paige. Ich entdeckte sie an der Tür. »Komm schon! Wenn ich den Tisch noch länger reserviere, lynchen sie mich.« Sie winkte mich zu sich.

Mein Puls spielte verrückt, dennoch nahm ich meine Tasche vom Beifahrersitz und verriegelte den Wagen. Während ich auf Paige zulief, betete ich, dass ich später ohne Blechschaden und Kratzer wieder vom Hof fahren konnte.

»Schickes Outfit«, sagte einer der Biker, als ich stocksteif, den Blick starr auf Paige gerichtet, an der Gruppe vorbeilief. Ein anderer pfiff durch die Zähne, die Übrigen lachten.

Mir rauschte das Blut in den Ohren. Meine Muskeln schmerzten vor Anspannung.

»Kriegt euch wieder ein«, wies Paige sie zurecht und grinste mich an.

Fand sie das echt lustig? Wenn mein Vater wüsste, wo ich mich herumtrieb, würde er alles andere als begeistert sein.

»Ich habe schon seit einer halben Stunde Schluss«, sagte Paige, als ich sie erreichte. »Was hat dich aufgehalten?« Sie legte anscheinend nicht viel Wert auf eine Antwort, denn sie ergriff augenblicklich meine Hand und zog mich hinter sich her ins Steakhouse.

Die Musik war so laut, dass man sich unmöglich im normalen Ton unterhalten konnte. Zudem erfüllten Stimmen, Gelächter und das Klirren von Gläsern den Saal. Die offen liegenden Balken des Spitzdaches waren aus dem gleichen Holz wie der voll besetzte rustikale Tresen, an dem die Leute sogar in zweiter Reihe standen. Jeder Tisch war belegt, und das waren nicht gerade wenige.

Paige führte mich durch den kompletten Raum zu einem kleinen Tisch an der hinteren Wand. Zum Glück war das Restaurant, das für mich eher den Charakter einer Bar hatte, so voll, dass nur wenige von mir Notiz nahmen. Diejenigen, die es taten, musterten mich argwöhnisch.

Um den goldenen Schriftzug auf meinem Shirt zu verdecken, hielt ich mir die Tasche vor die Brust und setzte mich genau so auf den Stuhl.

»Entspann dich, Tara. Du siehst aus wie ein verschrecktes Reh.«

Wie war sie nur auf die Idee gekommen, dass wir hier an unserem Referat arbeiten konnten? Bei der Laustärke war es unmöglich, sich zu konzentrieren.

»Was willst du trinken?«, fragte sie, als ich nichts erwiderte. »Hast du Hunger? Ich besorge uns was.«

Bloß nicht. Sie durfte mich hier nicht allein am Tisch zurücklassen. Ich schüttelte den Kopf. »Wir sollten gleich anfangen. Viel Zeit habe ich nicht.« In Gedanken war ich schon wieder im Auto und raste davon.

»Okay, was hast du vorbereitet?«

Ich ließ meinen Laptop in der Tasche, die ich weiterhin auf

meinem Schoß behielt und kramte stattdessen einen linierten Block und zwei Stifte heraus. Bequem war was anderes.

Da meine Recherche zu unserem Referat kaum eine Stunde zurücklag, hatte ich das meiste noch im Kopf. Ich schlug ihr vor, dass wir im Tierheim Tests durchführen könnten, bei denen wir protokollierten, welchen Einfluss Tiere auf Menschen in bestimmten Situationen hatten.

Sie nickte. »Und du bist sicher, dass das klargeht?«

»Ja, solange wir die Tiere keinem Stress aussetzen und das Team nicht bei der Arbeit behindern, hat Dr. Lorris nichts dagegen.«

»Babe, da steckst du ja.« Ein Typ mit kinnlangen schwarzen Haaren, der mir erschreckend bekannt vorkam, trat an unseren Tisch. Er beugte sich zu Paige herab und gab ihr vor meinen Augen einen in Anbetracht der Anwesenden viel zu leidenschaftlichen Kuss. Meine Güte, ich konnte sogar ihre Zungen sehen. Ich wusste nicht, wohin ich schauen sollte. Als ich meinen Blick ziellos abwandte und im selben Moment Jay am Tresen wahrnahm, wandte ich mich sofort wieder Paige und ihrem Freund zu. Ich musste hier weg. Und zwar schnell.

»Du suchst mich doch nur, weil du Hunger hast und ich dir einen Burger für lau besorgen soll«, neckte sie ihn, als ihr Kuss nach einer gefühlten Ewigkeit endete.

Er lächelte schelmisch, legte die Hand auf ihre Wange und strich mit dem Daumen über ihren Lippenring. »Wenn ich satt bin, kümmere ich mich dafür später um den Nachtisch.«

Sie verdrehte die Augen und lachte.

So unauffällig wie möglich nahm ich den Block und die Stifte. Wenn ich zu Boden blickte, geradewegs zum Ausgang lief und nicht aufschaute, würde ich vielleicht noch unbescholten davonkommen.

»Moment mal, dich kenne ich doch«, sagte er, bevor ich den Gedanken umsetzen konnte.

Ich war so was von erledigt.

»Das ist mein Freund Finn«, stellte Paige ihn mir unnötigerweise vor.

»Was hast du denn mit der zu schaffen?«, fragte er sie mit herablassender Stimme.

Paige wirkte irritiert. »Ich habe Tara an der Uni kennengelernt. Sie ist meine Freundin. Also achte darauf, wie du mit ihr redest.«

»Deine Freundin?« Er schnaubte. »Hast du keine Ahnung, wer sie ist, oder wechselst du jetzt schon nach wenigen Tagen am College die Seiten?«

Meine Kehle wurde trocken. Statt aufzustehen, saß ich regungslos da und schaffte es nicht, mich auch nur einen Millimeter zu rühren.

»Wo liegt dein Problem?« Paige legte die flachen Hände auf seine Brust und drängte ihn von sich weg.

»Ich habe sie und ihren Bruder bereits kennengelernt, als ich mit Stan nach Cambridge gefahren bin und wir Jay am College abgeholt haben.« Ohne mich aus den Augen zu lassen, verschränkte er die Arme vor der Brust. »Du willst wissen, was das Problem ist? Das solltest du vielleicht besser Jay fragen.« Er wandte sich um und rief lautstark über die Köpfe der Anwesenden hinweg dessen Namen.

Ich hielt die Luft an. Jetzt war ich endgültig erledigt.

»Was ist hier los?«, fragte Paige, stemmte die Unterarme auf den Tisch und lehnte sich zu mir herüber.

In diesem Moment kam Jay zu unserem Platz. Er blieb direkt neben mir stehen. Aus den Augenwinkeln nahm ich ihn wahr und spürte seine Gegenwart am ganzen Körper. Mir war plötzlich viel zu heiß. Ich wagte es nicht, zu ihm aufzusehen, denn ich fühlte, wie sein Blick mich versengte. Sekunde um Sekunde wartete ich darauf, dass etwas geschah. Aber er regte sich nicht und schwieg.

Paige atmete tief durch. »Kann mich jetzt endlich mal jemand aufklären?«

Ich konnte nicht einschätzen, ob irgendjemand uns beobachtete. Jay und dieser Finn standen wie eine Wand vor mir.

»Was hat sie hier zu suchen?«, fragte Jay schließlich. Seine Stimme klang ganz ruhig, weshalb ich zögernd aufsah.

»Tara und ich sind befreundet«, erwiderte Paige. »Mir wird das echt zu blöd. Verzieht euch und lasst sie in Ruhe.«

Jay nahm mich mit seinem intensiven Blick regelrecht gefangen. Äußerlich wirkte er gelassen, doch in seinen bernsteinfarbenen Augen wütete ein Sturm. Seine Pupillen zuckten und ich hatte das Gefühl, sie wurden zunehmend dunkler.

»Tara Owens ist hier nicht willkommen«, ließ Finn Paige wissen.

Nach einem kurzen Augenblick der Stille, in dem ihr vermutlich klar wurde, dass ich die Tochter des Bürgermeisters war, stand Paige auf. »Ach ja, sagt wer?«

Finn verschränkte die Arme vor der Brust. »Der gesamte Owens-Clan hat hier Hausverbot. Da ist sie keine Ausnahme.«

»Schon gut«, sagte ich, stopfte den Schreibblock in meine Tasche und stand auf. »Ich gehe.«

Paige seufzte und verzog den Mund. »Tut mir leid, Tara. Eigentlich sind sie ganz nett, aber heute benehmen sie sich wie die letzten Idioten.« Sie drängte sich zwischen die beiden und mich. »Ich bringe dich raus.«

»Das werde ich tun«, entschied Jay. »Ich habe noch etwas mit ihr zu klären.«

Ich zuckte kaum merklich zusammen. Paige wollte sich zu ihm umdrehen, doch ich hielt sie am Arm fest und rang mir ein Lächeln ab. Den dumpfen Druck in meiner Brust ignorierte ich. Auf keinen Fall durfte ich mir anmerken lassen, wie aufgewühlt ich war und wie sehr mich sein unfreundliches Verhalten verletzte. »Wir können ja später telefonieren«, bot ich ihr an, unsicher, ob sie das nach dieser Situation noch wollte. Als würde sie meine Gedanken lesen, zog sie mich in eine Umarmung und nahm mir alle Zweifel.

»Ruf mich an, sobald du zu Hause bist, okay?«

Ich nickte, dankbar dafür, dass sie zu mir hielt.

Paige trat zur Seite. »Ich lasse euch nicht aus den Augen, bis Tara im Auto sitzt und losfährt«, informierte sie Jay, als er mir mit dem Kinn den Weg zum Ausgang wies.

Ich lief schnell genug, um ihn nicht zu provozieren, und

dennoch so langsam, dass wir nicht unnötig Aufmerksamkeit erregten. Auf der einen Seite war mir mulmig zumute, andererseits war ich gespannt, was er mir zu sagen hatte. Ich stemmte mich gegen die Tür und trat nach draußen. Die frische Luft tat gut. Ich hatte das Gefühl, wieder freier atmen zu können. Unsicher, ob ich stehen bleiben oder bis zu meinem Auto gehen sollte, entschied ich mich für die halbe Strecke und drehte mich schließlich zu ihm um.

Er war wirklich groß. Obwohl er zwei Schritte Abstand hielt, musste ich trotz meiner 1,70 Meter zu ihm aufsehen. Den breiten Schultern und seiner sportlichen Figur nach zu urteilen, legte man sich besser nicht mit ihm an. Und dann war da noch dieser Blick, der mir durch und durch ging. Ihn wollte keiner zum Feind haben. Wie musste man sich erst fühlen, wenn man zu denen gehörte, die er beschützte?

»Verfolgst du mich jetzt oder warum bist du hier?«

»Paige hat mich hierherbestellt. Ich hatte nicht damit gerechnet, dich zu treffen.«

»Meinem Großvater gehört der Laden.« Er deutete zu meinem Cabrio. »Geh und komm nie wieder.«

Ich ging rückwärts los, hielt aber inne. »Warum hast du auf einmal ein Problem mit mir? Bei unserem ersten Treffen haben wir uns doch gut verstanden.«

»Mein Fehler. Ich habe zu spät erkannt, wer du bist.«

Ich streckte den Rücken durch. »Dabei siehst du dir die Menschen doch genau an. Dein Urteil über mich ist nun also ein anderes, nachdem du es weißt?«

Er zögerte, für den Bruchteil einer Sekunde strahlte sein Blick diese Wärme aus, wie ich sie bei unserer ersten Begegnung wahrgenommen hatte. Doch dann verengte er die Augen. »Ihr Owens glaubt, ihr braucht nur mit den Fingern zu schnippen und alle liegen euch zu Füßen. Euch interessiert nicht, was außerhalb eurer feinen Gesellschaft vor sich geht. Deine Familie kümmert sich nur um ihr Ansehen und ihren Wohlstand.«

Ich atmete tief durch. Bei seinem letzten Satz konnte ich ihm nicht einmal widersprechen. »Was macht dich da so sicher?« Ich klang nicht so selbstbewusst, wie ich es beabsichtigt hatte.

Er kam einen Schritt näher. »Ich kenne deine Familie. Sie verfolgt mich schon mein ganzes Leben, denn sie hat meiner alles genommen.«

Seine Worte trafen mich. Wovon zum Teufel sprach er?

»Du hast keine Ahnung, was Probleme sind, Prinzessin. Stattdessen sitzt du sorglos in deinem Schloss und ahnst nicht, wie es sich anfühlt, ständig kämpfen zu müssen.«

Meine anfängliche Verunsicherung wich der Wut. »Du weißt gar nichts über mich.«

Er runzelte die Stirn. Sein Blick war so eisig, dass mir ein kalter Schauer über den Rücken lief. »Eines Tages wird die Wahrheit ans Licht kommen.« Mit diesen Worten wandte er sich ab und lief zurück zum Haus, während ich ihm mit offenem Mund nachschaute und seine Worte zu begreifen versuchte. Ich verstand gar nichts.

Paige stand am Fenster und winkte mir zu. Statt die Geste zu erwidern, suchte ich in meiner Tasche hektisch nach dem Autoschlüssel. Der Geländewagen war nicht mehr da, doch er wäre mir jetzt auch egal gewesen. Um hier wegzukommen, hätte ich ihn im Notfall gerammt.

Ich fuhr rückwärts zwischen den parkenden Autos entlang. Als ich das Tor erreichte und auf die Straße bog, warf ich einen letzten Blick zurück zum Steakhouse. Dort, wo Paige mir am Fenster gewunken hatte, sah ich nun Jay stehen. Er beobachtete mich und ich hatte das Gefühl, er würde mir über die Entfernung hinweg direkt in die Augen sehen. Mit quietschenden Reifen fuhr ich davon. Ich befand mich auf der Flucht, ohne genau zu wissen, wovor. Aber ich war entschlossen, das herauszufinden.

7. KAPITEL

Ich konnte nicht sagen, wie ich nach Hause gekommen war. Roberta hatte mir einen großen Teller Salat zurechtgemacht und daneben einen Zettel mit lieben Grüßen hinterlassen. Aber ich bekam keinen Bissen herunter.

Bisher hatte niemand bemerkt, dass ich wieder da war. Ich saß allein in der Küche am Tresen und starrte vor mich hin. Mein Kopf war prallvoll und gleichzeitig leer. Es waren zu viele Gedanken, die ich nicht festhalten, zuordnen und zu Ende bringen konnte.

Dads Stimme drang zu mir. Er telefonierte in seinem Arbeitszimmer, in dem er den Großteil seiner Zeit verbrachte, seit er Bürgermeister war. Ich hatte keine Ahnung, welche Geschäfte er darin abwickelte, und ehrlich gesagt hatte es mich auch nie besonders interessiert. Bis heute.

Verflucht. Ich kannte Jay nicht und durfte mich nicht derart von ihm verunsichern lassen. Schon gar nicht in Bezug auf meine Familie.

Dennoch ging ich unser Gespräch wieder und wieder durch. Welche Wahrheit sollte ans Licht kommen? Was meinte er damit, dass meine Familie seiner alles genommen hatte? Meine Neugierde war geweckt. Ich wollte herausfinden, was das alles zu bedeuten hatte.

Vielleicht wusste Nate etwas davon? Wenn er erfuhr, wo ich heute gewesen war, würde er allerdings nicht begeistert sein. Doch ich war mir sicher, dass er mich nicht an Dad verriet. Oder sollte ich es ihm besser zu seinem eigenen Schutz nicht erzählen? Wie ich ihn kannte, würde er sich die Sticheleien gegen unsere Familie nicht gefallen lassen. Und dann war es nur noch eine Frage der Zeit, bis es im College zwischen ihm und Jay eskalierte, und ich befürchtete, dass Nate dabei den Kürzeren zog.

Es war das Beste, meinen Bruder vorerst aus der Sache rauszuhalten, bis ich herausgefunden hatte, was Jay für ein Problem mit uns hatte.

Ich schnappte meine Tasche, ging in die Vorhalle und stieg die Treppe hinauf. Nates Zimmertür stand wie immer offen. Da er nicht zu Hause war, hing er vermutlich mit seinen Footballfreunden ab.

In meinem Zimmer setzte ich mich an den Schreibtisch und nahm den Laptop aus der Tasche. Kurz sah ich aus dem Fenster zum Strand, wo der Wind die Wellen kraftvoll an die Küste trieb. Die Wasseroberfläche funkelte in der Dämmerung.

Ich atmete tief durch, klappte den Laptop auf und gab *Road Kings* in die Suchmaske ein. Möglicherweise konnte ich ja etwas über die Silvers herausfinden. Ich scrollte die angebotenen Beiträge hinunter und klickte auf einen Link, der mich zu einem Zeitungsartikel führte. Auf dem Bild war das Logo der berüchtigten Motorradgang abgebildet, darunter stand ein Bericht über diverse Delikte, die ihnen angelastet wurden. Illegale Straßenrennen, Raub, Körperverletzung. Das waren keine neuen Informationen.

Ich folgte anderen Links, die mich ebenfalls nicht weiterbrachten. Irgendwann klingelte mein Smartphone und kündigte Paiges Anruf an.

»Hey«, sagte ich.

»Ich hab mir schon Sorgen gemacht. Du wolltest dich melden, sobald du zu Hause bist.«

»Ja, stimmt. Ich hab noch etwas gegessen.«

»Du hättest unseren Steakhouse-Burger probieren sollen! So, wie es aussieht, war es ja wohl das erste und zugleich das letzte Mal, dass du hier warst.« Sie seufzte. »Tut mir leid, wie es gelaufen ist. Ich hatte von Anfang an das Gefühl, dich irgendwoher zu kennen. Aber die Tochter des Bürgermeisters hatte ich dabei nicht auf dem Radar, sonst hätte ich dir das heute erspart.«

Ich lehnte mich zurück und sah abermals aus dem Fenster. »Was haben die eigentlich für ein Problem mit meiner Familie und mir?«

»Das Steakhouse ist das Stammlokal der Road Kings und es ist nun mal so, dass dein Vater sie am liebsten aus der Stadt haben will. Da ist es doch kein Wunder, wenn die Kings nicht sonderlich gut auf ihn zu sprechen sind.«

»Bist du eine von ihnen?«, fragte ich zögernd.

»Quatsch, ich arbeite nur im Steakhouse. Finn nimmt mich gelegentlich auf Touren mit.«

Ich stand auf und begann auf und ab zu gehen. »Ist es nicht seltsam für dich, mit ihnen abzuhängen?«

Sie lachte. »Glaub mir, der Großteil von ihnen ist ganz harmlos. Klar, es gibt ein paar schwarze Schafe. Die gibt es allerdings überall.«

Ich setzte mich im Schneidersitz auf mein Bett. »Ist Jay eines der schwarzen Schafe?«

Paige lachte erneut. »Der ist der Harmloseste von allen. Sonst hätte er schließlich nie das Stipendium für Harvard erhalten.«

Kaum sprachen wir von ihm, fühlte ich ein Ziehen im Bauch. Ich rieb mir die Schläfe, legte mich hin und starrte an die Decke. »Hast du viel mit ihm zu tun? Also, ich meine, kennst du ihn gut?«

»Jay ist cool. Na ja, zugegeben, heute war er ein Arsch. Er und Finn sind seit Ewigkeiten beste Freunde. Sie gingen in der Schule in dieselbe Klasse, zwei Stufen über mir.«

Ich setzte mich auf. »Wenn er zwei Jahre älter ist, warum fängt er dann jetzt erst an zu studieren?«

»Jay musste seiner Familie finanziell aushelfen. Er hat sich mit allen möglichen Jobs über Wasser gehalten. Professor Kelsey hat ihn dann bei der Bewerbung für ein Stipendium unterstützt.«

Mir klappte der Mund auf. »Der Professor hat ihm geholfen?«

»Ja, mir auch. Er stammt aus unserer Gegend und setzt sich für mittellose Jugendliche ein. Gelegentlich war er an unserer Schule, um den Abschlussklassen eine Ausbildung ans Herz zu legen und verschiedene Bildungswege aufzuzeigen. Jay und ich hatten super Noten. Daher hat er bei uns Potenzial gesehen und uns unter seine Fittiche genommen.«

Ich zupfte an meinem Bettlaken und sah Jay in Gedanken vor mir.

»Bist du noch dran?«, fragte Paige. »Wieso willst du eigentlich so viel über Jay wissen? Gefällt er dir?« Ihre Stimme verriet mir, dass sie schmunzelte. »Lass lieber die Finger von ihm. An dem beißen sich schon andere Mädchen die Zähne aus. Und so, wie er dich behandelt hat, glaube ich nicht, dass du seine erste Wahl wärst. Du bist nun mal die Tochter des Bürgermeisters.«

»Ich will nichts von ihm«, stieß ich aus.

»Von wem?«, fragte Nate. Er kam in mein Zimmer und ließ sich neben mir aufs Bett fallen.

»Bis morgen«, sagte ich zu Paige und legte auf.

Nate hob die Augenbrauen und wartete auf meine Antwort.

»Wie war es mit den Jungs?«, erkundigte ich mich stattdessen.

»Wir waren bowlen.« Er rollte sich auf die Seite, stemmte sich auf den Ellenbogen und stützte mit der Hand seinen Kopf. »Du brauchst gar nicht auszuweichen. Von wem willst du nichts?«

»Irgendein Typ vom College«, erwiderte ich und stand auf. Da ich ihm gerade nicht in die Augen sehen konnte, lief ich ins Badezimmer. »Ich leg mich in die Wanne. Lass uns später noch ein bisschen quatschen.« Um keinen hektischen Eindruck zu erwecken, schloss ich betont langsam die Tür.

Normalerweise konnte ich mich bei einem Bad super entspannen. Heute war ich jedoch viel zu unruhig und trocknete mich bereits nach ein paar Minuten wieder ab. Ich war hin- und hergerissen, ob ich Nate nicht doch davon erzählen sollte. Aber bevor ich riskierte, dass er sich dann mit Jay anlegte, musste ich über meinen Schatten springen und mit Dad sprechen. Das alles war wahrscheinlich nur ein großes Missverständnis.

Bevor meine Entschlossenheit wieder nachließ, zog ich mich an und machte mich auf, um Dad zu suchen. Nate lag mit Kopfhörern auf seinem Bett. Ich schlich an seinem Zimmer vorbei und stieg die Treppe hinab. Da hörte ich Dad auch schon in der Küche mit jemandem reden.

»Wie ich erfahren habe, hat der Junge einen Mentor. Ich habe morgen ein Telefonat vereinbart, bei dem ich den Professor davon in Kenntnis setzen werde, für wen er da eine Empfehlung ausgesprochen hat.«

»Die Verantwortlichen handeln nachlässig, wenn sie das Vorstrafenregister der Studienanwärter nicht überprüfen«, antwortete ihm Grandpa.

Dad stieß hörbar die Luft aus. »Er hat keine Vorstrafen. Bisher konnte ihm nichts nachgewiesen werden.«

Ich war auf der Stelle stehen geblieben und lauschte. Nur noch zwei Schritte fehlten bis zur Tür. Dummerweise kamen Artus und Karuso angelaufen und tänzelten um mich herum. Augenblicklich wurde es in der Küche still. Da meine Anwesenheit verraten wurde, blieb mir nichts anderes übrig, als weiterzugehen.

»Hallo«, sagte ich und ging betont gleichgültig zum Kühlschrank, um mir den Krug mit Robertas selbst gemachter Limonade herauszuholen.

Grandpa saß am Tresen und nickte mir zu. Dad bediente sich am Kaffeeautomaten, hielt ein Dokument in der Hand und las.

Ich schenkte mir ein Glas ein. Je schneller ich es hinter mich brachte, desto eher konnte ich mich zurückziehen. »Kann ich euch mal was fragen?« Ich sah die beiden abwechselnd an.

Grandpa hob abwartend eine Augenbraue. Seine tiefen Falten um den Mund und auf der Stirn waren sicherlich zum Großteil den Schicksalsschlägen geschuldet, die er in seinem Leben hatte ertragen müssen. Der frühe Tod seiner ersten Frau, Dads Mom, die mit Mitte dreißig an Krebs gestorben war, hatte ihn tief getroffen. Und als wäre das nicht genug, verlor er wenige Jahre später seine Tochter bei einem Unfall und kurz darauf auch noch seine zweite Ehefrau, die an Depressionen litt und sich mit einer Überdosis Tabletten das Leben nahm. Ich kannte die drei Frauen nur von Fotos. Das alles lag vor meiner Zeit.

»Was gibt's denn?« Dad sah mich an.

»Du hast gesagt, Nate und ich sollen uns von Jay Silver fernhalten. Kennt ihr seine Familie?«

Er atmete tief durch. »Sie gehören zu den Road Kings. Schlag dir die Silvers aus dem Kopf. Ich will ihren Namen in diesem Haus nicht hören.« Er verließ die Küche.

»Was hat es mit diesen Silvers auf sich?«, fragte ich Grandpa.

Er starrte auf seine auf dem Tresen liegenden Hände. Da er nicht reagierte, trat ich zu ihm und stellte die Frage erneut.

»Halte dich so weit wie möglich von dieser Bande fern«, erwiderte er schließlich und stand auf. »Die Silvers ziehen das Unglück förmlich an. Wer ihnen zu nah kommt, stürzt ins Verderben.« Mit diesen Worten ließ er mich ratlos zurück.

Seine Aussage verunsicherte mich. Irgendwie hatte ich den

Eindruck, dass unsere Familien sich gegenseitig etwas vorwarfen. Aber was? Da ich aus Dad und Grandpa nichts herausbekommen konnte, blieb mir nichts weiter übrig, als mir die Antworten von Jay zu holen.

8. KAPITEL

In den letzten Tagen hatte ich das Internet durchkämmt, ohne etwas Nennenswertes über die Silvers zu finden. Wie es sich herausgestellt hatte, belegten Paige und ich zwei weitere Kurse gemeinsam. Allerdings war ich nicht mehr dazu gekommen, sie nochmals über Jay auszufragen, da Nate immer an meiner Seite gewesen war. Nachdem ich die beiden einander vorgestellt hatte, gingen sie freundlich, aber ohne großes gegenseitiges Interesse miteinander um. Nate schien manchmal genervt, wenn Paige mich durch Gespräche für sich vereinnahmte. Inzwischen hatte er sich jedoch mit ein paar Kommilitonen angefreundet und verbrachte die Zeit zwischen den Kursen auch mal in deren Gesellschaft.

Da Paige jeden Tag nach der Uni hatte arbeiten müssen, waren wir mit unserem Referat noch nicht weitergekommen. Nun war Wochenende und ich hatte Dienst im Tierheim. Für die nächste Woche hatten wir immerhin zwei gemeinsame Termine vereinbart.

Meine Laune war seit der letzten Begegnung mit Jay im Keller. Als wäre es nicht schon frustrierend genug, dass meine Recherche zu nichts führte, hatte ich ihn seitdem auch nicht mehr gesehen, um ihn endlich zur Rede stellen zu können. Ich war sogar ziellos über den Campus spaziert, in der Hoffnung, ihm dort über den Weg zu laufen. Aber auch von seiner Harley hatte jede Spur gefehlt.

Ich fuhr auf den Hof des Tierheims und fühlte mich augenblicklich besser. Wie immer machte ich zuerst meine Runde und besuchte alle Tiere. Toby war gerade dabei, die Käfige zu reinigen, und ich schloss mich ihm an, nachdem ich mich umgezogen hatte. Er trug sein Haar kürzer, strich sich aber wie gewohnt ständig mit dem Unterarm über die Stirn, als müsste er dort lästige Strähnen aus den Augen streichen.

»Man merkt sofort, wenn du mehrere Tage nicht da gewesen bist«, ließ er mich wissen. »Die Käfige sind sonst viel sauberer.«

»Gab es viele Neuzugänge?«, fragte ich, nahm ein Frettchen aus dem Gehege, drückte es an meine Brust und kraulte ihm den Kopf.

»Nur eine Taube, die gegen eine Fensterscheibe geflogen ist, und ein Kater, der sich mit einem Auto angelegt hat.«

»Werden sie wieder gesund?«

»Ja, die Taube konnten wir gestern schon fliegen lassen.«

Ich behielt das Frettchen auf dem Arm und ging zu dem Käfig, in dem das Kätzchen saß, um das ich mich so gesorgt hatte. »Na, Kleine? Du siehst viel besser aus.« Sie miaute als Antwort und kratzte mit dem Pfötchen am Gitter.

»Jetzt tut sie harmlos«, sagte Toby. »Glaub mir, seit sie wieder bei Kräften ist, geht sie auf Angriff, sobald du den Käfig öffnest.«

Ich betrachtete sie. »Wer weiß, was sie Schlimmes erlebt hat.«

Meine Hand, in der ich das Frettchen trug, wurde plötzlich feucht. Ich hielt das Tier von mir weg und sah auf den nassen Fleck auf meinem Shirt. »Na, vielen Dank auch.« Es war zu niedlich, um ihm böse zu sein.

Toby lachte sich schlapp. »Du sollest dich besser umziehen. Mit diesem Eau de Toilette machst du dir keine Freunde.«

Ich lachte ebenfalls. »Wieso? Das wird die neue Duftkollektion. Du wirst schon sehen, die wird der Renner.«

»Hier haben wir gleich einen Beweis dafür, dass man bei unserer Arbeit auch Spaß haben kann«, sagte Dr. Lorris beim Hereinkommen und schmunzelte.

Im nächsten Augenblick blieb mir das Lachen im Hals stecken, da kein Geringerer als Jay Silver hinter ihm durch die Tür trat. Mein Anblick schockte ihn offensichtlich genauso. Er blieb abrupt stehen und starrte mich an.

»Das ist Jay«, stellte Dr. Lorris ihn uns vor. »Er wird hier Sozialstunden leisten und uns deshalb an den Wochenenden tatkräftig unterstützen. Außerdem bekommen wir noch zwei weitere Aushilfskräfte, die ich wochentags einteilen werde.«

Mir klappte die Kinnlade herunter. Das Frettchen hielt ich noch immer mit ausgestreckten Armen in der Luft.

Dr. Lorris nahm mir das Tier ab und steckte es zurück ins Gehege. »Tara, bist du bitte so nett und führst Jay herum? Toby, dich brauche ich bei den Impfungen.«

Ich wollte etwas einwenden, aber ich brachte nur unverständliches Gestammel hervor. Sozialstunden? An den Wochenenden? Von wie vielen Einsätzen war hier die Rede?

»Wenn du Jay alles gezeigt hast, kann er dir gleich dabei helfen, die Käfige zu säubern«, sagte Dr. Lorris. Er verließ mit Toby den Raum und ich blieb allein mit Jay zurück.

Kaum waren sie verschwunden, hörte ich ihn seufzen. »Und ich dachte, es könnte nicht schlimmer werden«, stieß er aus, sah zu Boden und schüttelte resigniert den Kopf.

Ich löste mich aus meiner Starre und atmete tief durch. »Da bin ich ganz deiner Meinung«, brach es aus mir heraus.

Als sein Blick mich daraufhin traf, wandte ich mich ab, griff zu einem Eimer und füllte ihn mit Wasser. Während ich das Missgeschick des Frettchens vom Boden wischte, ließ er mich nicht aus den Augen. Der nasse Fleck auf meinem Shirt stank. Ich musste mich schleunigst umziehen.

Nachdem ich das Wischtuch zurück in den Eimer geworfen hatte, richtete ich mich auf und lief los. »Dann komm mal mit.«

»Möchtest du nicht erst einmal das Shirt wechseln?«, fragte er, ohne sich zu rühren.

Ich drehte mich zu ihm um. »Du kannst mich doch sowieso schon nicht riechen.«

Er hätte fast gelächelt. Aber nur fast.

»Warte bitte kurz«, forderte ich ihn auf, bog in den Pausenraum ab und kam mit einem frischen Shirt zurück.

»Was hast du angestellt, dass du hier arbeiten musst?«, erkundigte er sich.

»Das tue ich ehrenamtlich.«

Er zog die Stirn in Falten und legte den Kopf schräg. »Seit wann macht sich eine Owens freiwillig die Hände schmutzig?«

»Ich hab dir schon einmal gesagt, dass du mich kein bisschen kennst. Vielleicht solltest du ein Buch von Anfang bis Ende lesen, statt dich nur auf den Klappentext zu beschränken.«

Die Falten auf seiner Stirn vertieften sich.

»Kommst du jetzt?«, forderte ich ihn nochmals auf. »Ich habe nicht den ganzen Tag Zeit. Die Arbeit wartet.«

Freundlicherweise setzte er sich in Bewegung. Ich führte ihn zu den anderen Gehegen, zur Quarantänestation, ins Labor, in den Therapieraum, in die Vorratskammer und die Küche. Bis auf meine Erklärungen sprachen wir kein Wort.

»Hast du keine Fragen?«, erkundigte ich mich, als ich sein Schweigen nicht mehr aushielt.

Er zeigte keine Reaktion.

Ich blieb vor dem ersten Untersuchungszimmer stehen. »Ist das jetzt deine neue Masche? Du redest einfach gar nicht mehr mit mir?«

Verengte Augen waren die einzige Antwort.

Ich seufzte und betrat den Raum. »Hier werden die verletzten und verwahrlosten Tiere erstversorgt«, ließ ich ihn wissen, lief zum Fenster und öffnete es.

Jay war an der Tür stehen geblieben und beobachtete mich. »Seit wann arbeitest du hier?«

»Wow, du kannst ja doch noch sprechen.« Ich wandte mich ihm wieder zu. »Seit meinem dreizehnten Lebensjahr.«

Seine Wangenmuskeln zuckten. »Warum?«

Ich hob die Schultern. »Weil ich Tiere liebe, weil es mir Spaß macht, weil ich dabei etwas bewirken kann.« Eine Haarsträhne hatte sich aus meinem Zopf gelöst. Ich streifte sie hinter die Ohren. »Und du? Was hast du angestellt, um hier Sozialstunden ableisten zu müssen?«

Sein Blick wurde zunehmend kühler. »Das geht dich nichts an.«

Wir waren so kurz davor gewesen, eine normale Unterhaltung zu führen. Innerhalb einer Sekunde machte er es zunichte.

Ich wusste nicht, wohin mit meinen Händen, daher verschränkte ich die Arme vor der Brust. »Dann darfst du mir also Fragen stellen und ich dir nicht?«

Er kam langsam näher. »Du kannst es wohl jetzt schon kaum noch erwarten, deinem Daddy von meinen Sozialstunden zu berichten? Das wird deiner Familie die Möglichkeit verschaffen, mich ins Visier zu nehmen.«

Ich hob das Kinn. »Wer sagt dir, dass ich ihm davon erzähle?«

Er blieb stehen. Bildete ich es mir nur ein, oder hatte ich es tatsächlich geschafft, ihn kurz zu verunsichern? Vielleicht war genau das der richtige Zeitpunkt, um das heikle Thema anzusprechen.

»Was läuft zwischen unseren Familien?«

Er kam ein weiteres Stück näher und sah mit einer Intensität auf mich herab, dass ich erschauderte. Doch so warm und prickelnd, wie sich dieser Schauer anfühlte, war ich nicht eingeschüchtert, sondern eher elektrisiert. Dichte schwarze Wimpern umrahmten Jays helle bernsteinfarbene Augen. Mein Blick verlor sich in ihnen. Es kam mir vor, als versuchte er, meine Gedanken zu lesen.

»Hör auf, mir etwas vorzuspielen«, sagte er. »Du weißt, was passiert ist, und stehst dennoch hinter ihnen.«

Ich hob die Schultern. »Wovon redest du? Warum sollte ich dir etwas vormachen?«

»Weil du Angst hast.«

9. KAPITEL

Ich wusste einfach nicht, was ich von Jay halten sollte. Als wir am Tag zuvor noch die Käfige gereinigt hatten, war er abweisend zu mir gewesen. Er hatte nach unserer kurzen Unterhaltung kein Wort mehr mit mir gesprochen. So oft ich auch über ihn nachgrübelte, ich war ratlos, wie ich seine harte Schale knacken konnte. Dabei war ich mir sicher, dass der Jay, mit dem ich im Schatten des Baumes gesessen hatte, irgendwo in ihm schlummerte. In dessen Gegenwart war ich ganz ich selbst gewesen und hatte mich wohlgefühlt. Ihm wollte ich gern noch einmal begegnen.

Ich stand eine Stunde früher als nötig auf. Sonntags standen die Chancen, dass die anderen noch schliefen, recht gut. Nur Mom war sicherlich schon wegen der Hunde auf den Beinen, und das bot mir eine gute Gelegenheit, ohne Dads Beisein mit ihr zu reden. Ich wollte herausfinden, ob sie etwas über die Silvers wusste. Solange ich nicht verstand, was diese Familie mit unserer zu tun hatte, würde ich nicht zur Ruhe kommen.

Roberta hatte sonntags ihren freien Tag, weshalb wir ausnahmsweise nicht zusammen frühstückten. Jeder nahm sich, worauf er gerade Lust hatte, und bei mir waren das hauptsächlich Süßigkeiten. Nate würde die Augen verdrehen, wenn er mich mit der Kekspackung erwischen würde. Seit er um die

Stammbesetzung in der Uni-Mannschaft kämpfte, achtete er akribisch auf seine Ernährung.

Ich folgte dem Hundegebell und ging nach draußen. Mom kniete auf dem Rasen und bürstete Bonnys langes Fell. Karuso und Artus tollten miteinander herum und hatten dabei so viel Spaß, dass sie mir keinerlei Beachtung schenkten.

»Guten Morgen, Liebes. Du bist ja heute schon früh wach.«

Ich setzte mich neben sie ins Gras. »Ja, ich fahre gleich ins Tierheim.«

Sie reichte mir eine Bürste. »Hilfst du mir?«

Ich rief nach Karuso, der von seinem Spielkameraden abließ und gehorsam zu mir kam. Artus sah ihm nach, fand sich damit ab, dass die Rauferei mit seinem Vater beendet war, und wälzte sich im Gras. Karusos Fell war seidig weich. Verspielt schnappte er nach der Bürste.

»Gehst du heute mit Nate zum Hafenfestival?«, fragte Mom.

»Ja, du und Dad auch?«

»Du weißt doch, dass das nicht mehr möglich ist. Er hat gestern die Eröffnungsrede gehalten und ist gleich wieder gegangen. Die Leute belagern ihn.«

»Er fehlt dir auch, stimmt's?«

Mom hielt kurz inne, nickte und widmete sich dann wieder mehr als übereifrig Bonnys Fell.

Ich schloss die Augen und lauschte dem Meeresrauschen. Der Wind spielte mit meinen Haaren, die ich heute extra lange gebürstet hatte und offen trug. Dabei war das eigentlich bescheuert, da sie mich im Tierheim bei der Arbeit stören würden und ich sie sowieso zusammenbinden musste. Und Jay würde sich ganz bestimmt nicht um mein Aussehen kümmern.

»Kennst du diesen Jay Silver, von dem Dad und Grandpa neulich gesprochen haben?«

Mom sah kurz auf. Ihre Miene zeigte keinerlei Emotionen. »Der Junge, der zu den Road Kings gehört und auch in Harvard studiert?«

Ich nickte.

»Nein, den kenne ich nicht.«

»Weißt du etwas über seine Familie?«

Sie ließ von Bonny ab und rief Artus zu sich. »Nur, dass sie Mitglieder dieser Motorradgang sind. Warum interessierst du dich für sie?«

Ich legte die Bürste beiseite und sah zurück zum Haus. »Dad verhält sich seltsam«, flüsterte ich. »Irgendwie habe ich das Gefühl, dass er etwas verheimlicht.«

Sie sah mich an und lächelte. »Ach was, das redest du dir ein. Du weißt doch, er ist einfach nicht gut auf die Road Kings zu sprechen.«

So viel also dazu. Bei Mom kam ich auch nicht weiter.

»Ich muss jetzt los.« Karuso stand mit mir auf und schien nicht zu wissen, was er tun sollte. »Lauf«, sagte ich und entließ ihn zum Spielen.

»Bis später«, sagte Mom. »Kommt ihr heute Abend ins Restaurant, bevor ihr zum Festival fahrt?«

Ich nickte und machte mich auf den Weg zum Tierheim.

Dort angekommen, sah ich das Motorrad schon auf dem Hof

stehen. Offenbar wollte Jay seine Sozialstunden schnellstmöglich abarbeiten.

Im Pausenraum lag seine Lederjacke auf der Sitzbank. Ich öffnete meinen Spind und zog mir ein schwarzes T-Shirt mit dem Logo des Tierheims über. Auf keinen Fall würde ich mir durch ihn den Spaß an der Arbeit verderben lassen. Das hier war mein Revier. Sollte er mich weiterhin so unfreundlich behandeln, konnte er die Owens in mir gern kennenlernen. Dabei wusste ich nicht einmal, wie die genau auszusehen hatte.

»Guten Morgen«, grüßte ich, als ich den Vorratsraum betrat.

Toby empfing mich mit einer Umarmung. Von Jay, der an der Anrichte stand und Möhren schnippelte, kam keinerlei Reaktion.

Gut, wenn er mich links liegen ließ, konnte ich das auch. »Wo ist Dr. Lorris?«, erkundigte ich mich bei Toby.

»Er wurde zu einem Einsatz gerufen. Eine Frau hat die Polizei verständigt, weil ihr Nachbar seinen Hund quält.«

»Soll ich das Behandlungszimmer vorbereiten?«

»Nein, das habe ich schon erledigt. Es wäre gut, wenn wir mit dem Füttern fertig sind, bevor Dr. Lorris mit dem Hund eintrifft.«

Ich half beim Gemüseschneiden und warf hin und wieder einen verstohlenen Blick zu Jay. Er stellte sich erstaunlich geschickt an. Es dauerte nicht lange, bis wir alle Portionen zubereitet hatten.

»Du übernimmst die Papageien«, wies Toby ihn an.

Zumindest erhielt er als Antwort ein Nicken.

Ich kümmerte mich zuerst um die Kaninchen und Meerschweinchen. Dabei fiel es mir schwer, nicht ständig zu der Voliere zu schauen. Ich musste zugeben, dass ihm die tiefsitzende Jeans und das weiße T-Shirt ziemlich gut standen. Seine Haare wirkten heute besonders wild, fast so, als wäre er in einen Sturm geraten.

»Erledigt«, sagte Jay, als er wieder zu uns kam. »Was soll ich jetzt tun?« Er wandte sich nur an Toby.

»Du kannst die Katze füttern«, erwiderte ich, bevor dieser zum Antworten kam.

Toby machte große Augen. »Da musst du aber aufpass…«

»Ich denke, er kann es mit dem kleinen Kätzchen aufnehmen«, fiel ich ihm ins Wort.

Jay musterte mich, ohne ein Wort zu verlieren. Dann trat er zu dem Käfig, hielt den Finger ans Gitter und ließ sie an ihm schnuppern. Mit der anderen Hand nahm er etwas Trockenfutter und reichte es ihr Stück um Stück, bevor er die Tür des Käfigs öffnete und ihren leeren Fressnapf gegen einen gefüllten austauschte. Frustriert beobachtete ich, wie er ihr auch noch frisches Wasser gab und dabei keinen einzigen Kratzer davontrug. Woher wusste er so gut mit Tieren umzugehen? Es war nicht zu übersehen, dass ihn das Kätzchen mochte – es ließ sich sogar bereitwillig von ihm streicheln.

Toby warf mir einen vielsagenden Blick zu und schmunzelte. »Prima, jetzt sind die Hunde dran. Geht schon mal vor. Ich hole noch Spikes Tabletten, damit wir sie ihm ins Futter mischen können.«

Jay entwich ein Seufzen. Wieder mit mir allein zu sein schien ihm nicht zu gefallen.

Ich lief mit einem Futtereimer voraus. Das war doch idiotisch. Wir waren erwachsen und sollten uns auch entsprechend verhalten. Wenn das so weiterging, würde ich nie etwas aus ihm herausbekommen.

»Lass uns bitte vernünftig miteinander umgehen, solange du hier arbeiten musst«, schlug ich vor, als wir den Hof überquerten.

Wieder nur ein Seufzen.

Ich blieb vor dem ersten Hundezwinger stehen, stellte den Eimer ab und sah Jay an. »Wie viele Wochenenden wirst du bei uns arbeiten?«

»Zwölf.« Er mied meinen Blick, setzte seinen Eimer ab und trat zur Zwingertür, an der Spike in froher Erwartung auf und nieder sprang. Dem Boxer lief beim Anblick der Fleischstücke Sabber aus dem Maul.

»Wir müssen also noch länger miteinander klarkommen. Das hier ist Teamarbeit.«

Er fuhr sich mit der Hand durchs Haar und drehte sich zu mir um. »Vielleicht kann ich mich versetzen lassen«, sagte er so leise, dass ich ihn bei dem Hundegebell kaum verstand. Sein Blick wirkte nicht mehr unterkühlt, sondern eher frustriert.

»Ich beiße nicht.«

»Das ist ja das Problem. Mir wäre es lieber, wenn du es tun würdest. Hör auf, so nett zu mir zu sein.«

»Ich bin nicht nett. Vorhin wollte ich dich der kratzenden Katze aussetzen.«

»Das hatte ich verdient. Mir ist klar, dass ich dich unfair behandle. Aber ich sehe keinen anderen Weg. Glaub mir, so ist es leichter.«

Ich hob die Augenbrauen. »Was ist leichter?«

»Unseren Kontakt nicht weiter zu vertiefen.«

»Was wäre denn so schlimm daran?«

»Unsere Familien sind verfeindet. Also gilt das auch für uns.«

Ich straffte die Schultern. »Wie kann ich mit deiner Familie verfeindet sein, wenn ich sie nicht einmal kenne? Mein Vater hat ein Problem mit euch, weil ihr den Road Kings angehört. Euer Ruf eilt euch voraus und die vielen Straftaten sprechen für sich.«

Er atmete tief durch und trat auf mich zu. »Du weißt gar nichts, Prinzessin.«

»Dann sag mir, was ich wissen muss.«

Er verengte die Augen. »Hast du wirklich keine Ahnung?«

Ich hob die Hände zur Seite.

Einen Moment lang sah er zu Boden und schien zu überlegen. »Bist du bereit, deine Familie zu hinterfragen und meiner gegenüber unvoreingenommen zu sein?«

Ich hielt seinem Blick stand und nickte.

»Auch dann, wenn dir die Erkenntnisse den Boden unter den Füßen wegreißen werden?« Seine Stimme klang rau.

Ich schluckte, nickte jedoch abermals.

Er legte den Kopf schräg. »Gut, dann wirst du die Wahrheit erkennen, wenn du tief genug gräbst.«

10. KAPITEL

Jay hatte sich abgewandt und lief mit dem Eimer zum hinteren Zwinger. Ich hingegen stand wie festgenagelt da und wusste nicht so recht, was das nun zu bedeuten hatte. Weshalb gab er mir nicht einfach die Antworten, die ich brauchte?

Als Toby zu mir kam, löste ich mich aus meiner Starre und versuchte, mir nichts anmerken zu lassen. Spikes Tabletten versteckten wir in einem Fleischstück, das er gierig verschlang. Kaum waren wir mit der Fütterung fertig, fuhr Dr. Lorris auf den Hof. Schon seit Tagen gab der Kleintransporter ein seltsames Geräusch von sich. Heute kam es mir noch lauter vor.

»Dieser Schäferhund hat es in sich«, sagte er beim Aussteigen. »Er hat mehrere offene Hautstellen, die auf Stockschläge hinweisen. Außerdem hat er durch das Stachelhalsband tiefe Wunden davongetragen. Es sitzt so eng, dass wir es ihm nur unter Narkose abnehmen können.« Er öffnete die Ladeklappe, woraufhin uns der Hund mit einem schwachen Knurren begrüßte. »Ich hab ihm ein Beruhigungsmittel verabreicht. Ohne hätte ich mich ihm nicht nähern können.«

»Das ist ja kein Wunder«, sagte ich. »Wenn ihn sein Halter derart misshandelt, traut er keinem Menschen über den Weg.«

»Helft mir bitte tragen«, forderte Dr. Lorris uns auf. »Wir müssen ihn so lange wie möglich in der Box lassen.«

Toby rief Jay zu uns. Die Box allein war schon schwer. Zudem war der Schäferhund derart panisch, dass er sich trotz des Beruhigungsmittels hektisch bewegte.

»Wie heißt er?«, erkundigte ich mich.

»Soviel ich weiß, hat der Besitzer ihm keinen Namen gegeben.«

»Ehemaliger Besitzer«, sagte Toby. »Falls ihn nicht schon jemand wegen Tierquälerei angezeigt hat, übernehme ich das.«

»Seine Nachbarin hat das heute erledigt«, erwiderte Dr. Lorris. »Unsere Aussagen werden in diesem Fall vor Gericht hilfreich sein.«

Ich keuchte unter der Last. Nachdem wir die Box im Behandlungszimmer auf dem Boden abgestellt hatten, zog Dr. Lorris sich Handschuhe über. Toby und ich taten es ihm gleich. »Ich hab ihm einen Maulkorb angelegt. Aber wir müssen trotzdem vorsichtig sein. Er wird sich wehren.«

»Bereit?«, fragte Jay. Als wir nickten, öffnete er die Box. Da der Rüde umgehend zu flüchten versuchte, griff er beherzt zu und trug das zappelnde Tier zum Behandlungstisch.

Während Dr. Lorris ihm ein weiteres Beruhigungsmittel spritzte, hielten Toby, Jay und ich den Schäferhund gemeinsam fest. Ich war erleichtert, als er sich kurz darauf entspannte. Die Situation war nicht nur für das Tier eine Tortur.

Jay sprach immer wieder sanft auf den Rüden ein. »Ruhig, Großer. Wir wollen dir helfen.« Er streichelte ihm über den Kopf und ließ seine Hand dann auf dessen Stirn liegen.

»Tara, rasiere ihm bitte das Bein, damit ich gut an die Vene komme«, bat Dr. Lorris mich, sobald die Beruhigungsspritze ihre volle Wirkung entfaltet hatte und der Schäferhund dösend auf dem Tisch lag.

»Soll ich rausgehen?«, fragte Jay.

»Das liegt an dir«, antwortete Dr. Lorris. »Wenn es dich interessiert, kannst du bleiben und zusehen. Geh nur einen Schritt zurück.«

Er blieb. Während die beiden Männer vorsichtshalber eine Röntgenaufnahme machten, sah er mir dabei zu, wie ich den Tisch vorbereitete. Ich legte ein OP-Tuch aus und suchte die benötigten Utensilien zusammen.

»Ich dachte, du bist hier nur für Pflege und Reinigung zuständig«, sagte Jay.

»Tara kann viel mehr«, antwortete ihm Dr. Lorris an meiner Stelle.

Er und Toby trugen den Schäferhund zum OP-Tisch und legten ihn vorsichtig ab. Inzwischen hatten wir schon Routine darin, zu dritt zu arbeiten. Jeder wusste, was er zu tun hatte. Dr. Lorris entnahm zur späteren Untersuchung Blut, während Toby mit einem Stethoskop die Lunge abhörte und ich die Körpertemperatur überprüfte. Nachdem der Venenzugang gelegt und die Anästhesie eingeleitet war, kontrollierte Toby, ob der Schluckreflex aussetzte, und führte vorsichtig einen Tubus in die Luftröhre ein. Dabei hielt ich die Zunge zur Seite und befestigte an ihr den Klipp, der die Sauerstoffversorgung des Blutes überwachte.

»Gut gemacht«, sagte Dr. Lorris. Er sah mich an. »Schalte die

Wärmelampe ein und hilf mir bitte, die Wunden freizulegen. Toby, du kümmerst dich weiter um den Sauerstoff und behältst das EKG im Auge.«

Jay war wieder näher getreten, achtete aber darauf, uns nicht im Weg zu stehen.

Das arme Tier war mit Striemen übersät, die an manchen Hautstellen aufgeplatzt waren und getackert werden mussten. Die schlimmsten Verletzungen hatte der Schäferhund jedoch am Hals. Die spitzen Dornen des viel zu engen Halsbandes hatten sich ins Fleisch gebohrt und tiefe Wunden hinterlassen.

Jay fluchte und ich kämpfte mit den Tränen.

»Du darfst das nicht an dich heranlassen«, sagte Toby. »Wir sind hier, um zu helfen. Mehr können wir nicht tun.«

Ich nickte, trotzdem stahl sich eine Träne aus meinem Augenwinkel, was Jay nicht entging.

Es dauerte länger als gedacht, das Halsband zu entfernen. Dr. Lorris entschied sich dazu, die tiefen Hautlöcher zu nähen.

»Wir können ihm keine Halskrause überstreifen«, sagte er. »Toby, du wirst seine Aufwachphase beaufsichtigen. Wenn der Zeitpunkt gekommen ist und du den Tubus entfernen kannst, musst du selbst einschätzen, ab wann er stabil genug ist, um ihm den Maulkorb wieder anlegen zu können. Auf keinen Fall darf er sich über die Wunden lecken.«

»In Ordnung.«

»Ihr habt tolle Arbeit geleistet. Toby und ich tragen ihn jetzt zu einem freien Gehege. Tara und Jay, seid so gut und macht hier bitte alles wieder sauber.«

Ich warf die Instrumente in eine Nierenschale, wusch sie ab und legte sie vorerst in die mit Desinfektionsmittel gefüllte Schüssel. Dann raffte ich die OP-Tücher zusammen und warf sie in den Müllsack.

»Du bist echt anders«, sagte Jay.

Erst jetzt bemerkte ich, dass er sich nicht von der Stelle gerührt hatte und mich beobachtete.

»Ist das gut oder schlecht?«

Seine Antwort war mal wieder nur ein Seufzen.

»Ich soll unvoreingenommen sein«, sagte ich. »Dann sei du es bitte auch mir gegenüber.«

Dieses Mal schaffte ich es, seinem intensiven Blick standzuhalten. Er war derjenige, der schließlich den Kopf senkte und sich daranmachte, den Tisch abzuwaschen.

Ich übernahm das Desinfizieren und gab ihm einen Moment, um darüber nachdenken zu können. Doch dann hielt ich die Stille nicht mehr aus. »Wieso warst du die letzten Tage nicht in der Uni?«

»Familienangelegenheiten.«

Sein Handy vibrierte. Er strich die nassen Hände an seiner Hose ab und las eine Nachricht. »Mist.« Während er tippte, lief er zur Tür. »Ich mach für heute Schluss.«

Ich folgte ihm in den Umkleideraum. »Solltest du dich nicht vorher bei Dr. Lorris abmelden?«

Er nahm seine Lederjacke und drängte sich an mir vorbei zur Tür. »Du kannst es ihm ja ausrichten.«

Ich hielt mit ihm Schritt und überquerte mit ihm den Hof.

»Das geht so nicht, Jay. Wie viele Stunden musst du am Tag leisten?«

»Ich hole sie ein andermal nach.« Wir hatten seine Harley erreicht. Er saß auf und startete die Maschine.

»Trotzdem musst du das vorher mit Dr. Lorris absprechen«, rief ich über die Motorengeräusche hinweg.

Er setzte den Helm auf, fuhr los und ließ mich in der Staubwolke des sandigen Hofes zurück.

Eine Weile stand ich einfach nur da, dann ging ich zurück an meine Arbeit. Jay war noch immer abweisend, doch einen klitzekleinen Schritt war er wieder auf mich zugegangen. In manchen Momenten hatte ich das Gefühl, den wahren Jay hinter seiner Fassade spüren zu können.

»Wo ist Jay?«, fragte Dr. Lorris, als ich zu ihm und Toby an das Gehege trat, in dem der Schäferhund noch immer schlief.

»Gegangen. Ich soll ausrichten, dass er die Stunden später nachholt.«

Er runzelte die Stirn.

»Was hat er eigentlich angestellt, dass er hier Sozialstunden ableisten muss? Wenn wir mit ihm zusammenarbeiten, sollten wir wissen, auf wen wir uns mit ihm einlassen.«

»Ich bin mir nicht sicher, ob ich euch das sagen darf«, erwiderte Dr. Lorris. »Aber ihr braucht euch keine Sorgen zu machen. Einen Gewalttäter hätte ich nicht aufgenommen.« Er griff nach seinem Handy und verließ den Raum.

Toby zuckte mit den Schultern und streichelte wieder den Schäferhund. »Sollen wir ihm einen Namen geben?«

Ich kauerte mich zu ihm und betrachtete den Hund, der im Schlaf ganz friedlich wirkte. »Was, denkst du, würde zu ihm passen?«

Toby verzog nachdenklich den Mund. »Bisher kennen wir seinen Charakter nicht. Wir wissen nur, dass er niemanden an sich ranlassen will und knurrt.«

Ich schnaubte. »Dann wäre der Name Jay doch passend.«

Toby sah mich irritiert an. Um einem tiefer gehenden Gespräch auszuweichen, stand ich auf und verließ beinahe fluchtartig den Raum.

Die restlichen Stunden verbrachte ich mit Gassi-Runden und Putzarbeiten. Obwohl ich in der kommenden Woche bereits an zwei Tagen eingeteilt war, schrieb ich Sandra, die wie ich ehrenamtlich im Tierheim arbeitete, dass ich gern ihren Wochenenddienst übernehmen würde. Zudem trug ich mich vorsorglich an den darauffolgenden Wochenenden zur Schicht ein. Wenn Jay Zeit mit mir verbrachte, würde er mir vielleicht irgendwann vertrauen und mir sagen, warum er meine Familie so hasste. Außerdem wollte ich den netten Jay, den ich kennengelernt hatte, in ihm wiederfinden. Mir blieb nur zu hoffen, dass ich es am Ende nicht bereute.

Ich fuhr nach Hause und zog mich fürs Hafenfestival um. Dabei entschied ich mich für das schwarze Kleid, das ich am letzten Tag der Orientierungswoche getragen hatte. Paige hatte beiläufig erwähnt, sie würde mit ihren Freunden zum Festival gehen. Es war also nicht unwahrscheinlich, dort auch auf Jay zu treffen.

Nate trank momentan wegen seines Trainingsplans keinen Alkohol und erklärte sich als Fahrer bereit. Doch erst mal machten wir uns auf den Weg ins italienische Restaurant, wo Mom, Dad und Grandpa schon an unserem Stammplatz saßen.

»Dieses Mal hat es die Evans erwischt«, sagte Dad gerade, als ich mich neben ihn setzte. Er berichtete, wie Einbrecher die Alarmanlage und die kompletten Überwachungskameras lahmgelegt hatten, und Grandpa regte sich darüber auf, dass diese Bande immer ungesehen davonkam.

Ich hörte ihnen nur halbherzig zu. Während des Essens war ich in Gedanken versunken. Ich verstand nicht, weshalb Jay mir nicht einfach sagte, was zwischen unseren Familien vorgefallen war, und warum Dad und Grandpa ein solches Geheimnis um die Silvers machten. Meine Neugierde wuchs mit jedem Tag. Doch da war so ein Gefühl in mir – eine Vorahnung, die mir sagte, dass mir die Lösung des Rätsels nicht gefallen würde.

11. KAPITEL

Das Festival fand in dem Hafenabschnitt statt, in dem die Ausflugsschiffe ausliefen. Auf der Straße und dem Anlegeplatz standen inmitten der Menschenmenge Imbiss- und Getränkewagen. Musik, Gelächter und Stimmengewirr waren zu hören.

»Die Jungs vom Footballteam sind heute hier«, sagte Nate. »Wir treffen sie an einer Bootsanlegestelle, dann kann ich sie dir mal vorstellen.«

Ich nickte und ließ mich von ihm durch die Menge führen. Dabei versuchte ich trotz der Menschenmassen die Atmosphäre des Festivals einzufangen. Der Geruch von Zuckerwatte hing in der Luft. Heute war mir das Zeug zu klebrig, aber als Kind hatte ich es geliebt. Unter den Gauklern waren einige bekannte Gesichter dabei, die hier jedes Jahr ihre Künste darboten. Der Jongleur, die Zauberer und Clowns. Das Paar, das mit silberner Schminke und aufwendigen mittelalterlichen Kostümen eine Statue imitierte.

»Sieh mal«, forderte ich Nate auf und deutete zu dem alten Puppenspieler.

»Lass uns kurz zuschauen«, sagte er und wir zwängten uns bis zu der kleinen Bühne hindurch, vor der Kinder in einem abgesperrten Bereich auf dem Boden saßen und dem Schauspiel mit großen Augen folgten.

Früher hatten wir dort auch immer gesessen, während Mom und Dad an der Seite gestanden und uns gelegentlich zugezwinkert hatten.

Der Puppenspieler war wie seine Marionetten über die Jahre alt geworden, beherrschte seine Kunst aber nach wie vor. Er stand in gebückter Haltung auf seiner Spielbrücke und hielt die Fäden in der Hand. Dabei erweckte er seine Holzmarionetten zum Leben, indem er sie mit flinken Fingern und schwungvollen Armbewegungen auf der Bühne tanzen und springen ließ. Die Kinder lachten und wir taten es auch.

Als Nate mich schließlich weiterzog, fiel mein Blick auf die Piratenpuppe, die seitlich an der Bühne hing. Sie hatte ich immer am liebsten gemocht.

»Da sind sie.« Nate lief auf eine Gruppe zu, begrüßte die Jungs mit Handschlag und stellte mich ihnen vor. Ihre Namen konnte ich mir unmöglich alle auf einmal merken.

»Du hast gar nicht erwähnt, wie hübsch deine Schwester ist«, sagte einer, woraufhin Nate mit den Augen rollte und mir Hitze in die Wangen stieg.

»Lasst uns zur Bühne gehen«, schlug ein anderer vor und lief voran.

Eine Band heizte den Festivalbesuchern ein. Manche hoben ihre Becher und sangen lauthals mit.

Kurz bevor wir die Tanzfläche erreichten, blieb ich abrupt stehen. Am Rand einer Anlegestelle erblickte ich mehrere Biker auf ihren Motorrädern, darunter auch Jay und Finn.

»Wo bleibst du denn?«, rief Nate. Er wartete auf mich.

Bisher schien er Jay noch nicht gesehen zu haben. Daher holte ich wieder auf, hielt mich an seinem Arm fest und drängte ihn unauffällig in die Menschenmenge vor der Bühne.

»Wollen wir tanzen, Schwesterchen?« Er hob mich hoch und wirbelte mit mir herum. Wir lachten um die Wette.

Unwillkürlich sah ich in Jays Richtung. In dem Moment wurde er auf mich aufmerksam. Unsere Blicke begegneten sich und mein Lachen erstarb. Ein Mädchen mit langen schwarzen Haaren trat zu ihm, nahm hinter ihm auf der Harley Platz und flüsterte ihm etwas ins Ohr. Er reagierte nicht darauf. Seine Aufmerksamkeit galt weiterhin mir, weshalb das Mädchen den Kopf drehte und ihr Blick mich ebenfalls einfing.

»Lass mich runter, Nate.« Ich begann zu zappeln. »Mir wird schon ganz schwindelig.«

Er lachte und tat, als würde er mich fallen lassen, bevor er mich sanft auf dem Boden absetzte.

»Willst du was trinken?«

Ich nickte. Meine Kehle fühlte sich mit einem Mal trocken an.

»Ich besorge uns was.«

»Nein, warte, ich komme mit.« Ich folgte ihm, um ihn in die entgegengesetzte Richtung zu lenken. Doch da trat er schon aus der tanzenden Menge heraus und ging auf einen Getränkewagen zu.

»Tara«, hörte ich Paige rufen.

Nate blieb vor mir stehen und schaute sich nach ihr um, weshalb ich keine Wahl hatte und es ebenfalls tat.

Sie sprang von Finns Motorrad und kam gut gelaunt auf mich zu.

»Wie cool, dich hier zu sehen«, sagte sie und umarmte mich.

Nate trat zu uns. Er sah uns abwechselnd an, bevor er sich den Motorrädern zuwandte. Ich konnte förmlich spüren, wie ihm ein Licht aufging.

»Hallo, Nate«, grüßte Paige ihn.

Er ignorierte sie. »Kann ich mal kurz mit dir sprechen, Tara?« Wenn er mich beim Namen nannte, wusste ich, dass er sauer auf mich war.

»Ja, hol uns doch schon mal etwas zu trinken. Ich komme gleich nach.«

Mein Ablenkungsmanöver funktionierte nicht, denn er verschränkte die Arme vor der Brust und blieb, wo er war.

»Wieso lauft ihr einfach weg?«, fragte einer seiner Footballfreunde, der mit dem Rest der Gruppe zu uns stieß.

Ich schloss kurz die Augen.

»Das ist Paige, meine Freundin aus der Uni«, stellte ich sie allen vor, wobei einer der Jungs ihr die Hand reichte, sie auffällig lange festhielt und übertrieben freundlich lächelte.

»Paige, komm wieder her«, rief Finn im selben Augenblick, in dem Nate tief durchatmete.

Als die anderen mitbekamen, dass Paige mit den Road Kings hier war, merkte ich deutlich, wie die Stimmung kippte. Dass Finn langsam näher kam, machte es nicht besser.

»Reiß dich zusammen«, rief Jay ihm nach. Er stand auf. Unsere Blicke begegneten sich für den Bruchteil einer Sekunde.

Paige seufzte. »Ich versteh mal wieder nicht, wo das Problem liegt.« Sie zuckte mit den Schultern und lächelte mich an. »Wir sehen uns morgen in der Uni.«

Gerade als sie sich umdrehte, hatte Finn sie erreicht.

»Bleib locker«, wies sie ihn an, legte ihm eine Hand auf die Brust und versuchte, ihn zurückzudrängen.

»Glaubst du, ich habe nicht gemerkt, wie dieser Schnösel dich angemacht hat?«, stieß er aus und sah Nates Freund grimmig an.

Dieser verzog den Mund und stammelte etwas Unverständliches.

Ich bemerkte erst, dass Jay näher gekommen war, als er Finn von hinten an der Schulter packte und von uns wegzog. »Wir gehen«, sagte er zu ihm, wobei sein Tonfall keinen Widerspruch duldete. »Ich habe schon genug Probleme am Hals, also glaub nicht, dass ich mich wegen deiner dummen Eifersucht auf eine Schlägerei einlasse.«

Paige schimpfte zusätzlich mit Finn, weshalb er beleidigt dreinschaute und sich schließlich auf sein Bike setzte. Die Kings starteten ihre Maschinen, wobei sich die Schwarzhaarige eng an Jay schmiegte. War sie seine Freundin? Paige hatte mir gesagt, dass sich die Mädchen an ihm die Zähne ausbissen. Gerade hatte ich einen anderen Eindruck.

Ich fühlte einen Stich in der Brust. Während sie an uns vorbeifuhren, wünschte ich mir, er würde mich noch einmal ansehen. Doch er tat es nicht.

»Wir brechen auch auf«, ließ Nate mich wissen.

»Ihr seid doch eben erst gekommen«, warf ein Freund ein.

Mein Bruder achtete nicht auf ihn. Er nahm meine Hand und zog mich mit sich.

»Nate, nicht so schnell.«

»Wusstest du es?«, schrie er über den uns umgebenden Lärm hinweg, ohne das Tempo zu verlangsamen. »Wusstest du, dass deine Uni-Freundin eine von denen ist?«

Ich schwieg.

Am Auto angekommen, ließ er mich los und sah mich anklagend an. »Keine Antwort ist ja wohl Antwort genug«, stieß er aus, lief zur Fahrertür und stieg ein.

Ich hatte geahnt, dass er nicht begeistert sein würde. Aber mit dieser Wut hatte ich nicht gerechnet.

»Seit wann lassen wir uns auf die Road Kings ein?«, fragte er, sobald ich ebenfalls eingestiegen war.

»Paige ist keine von ihnen.«

»Willst du mich zum Narren halten, Tara? Ich habe es doch gesehen.« Er fuhr los.

»Ihr Freund gehört zu den Bikern, nicht sie.«

»Das läuft auf dasselbe hinaus.«

Ich seufzte. »Als ich Paige kennengelernt habe, hatte ich keine Ahnung davon. Außerdem haben wir uns gemeinsam für das Referat eingetragen.«

Nate stieß die Luft aus. »Dann such dir ein anderes Thema.«

Ich presste die Lippen zusammen und sah ihn von der Seite an. Nates Wangen waren gerötet. Er atmete durch den Mund, als hätte er sich beim Sport verausgabt. Ich konnte mich nicht daran erinnern, dass wir uns jemals derart gestritten hatten. Umso schlechter fühlte ich mich dabei.

Die restliche Heimfahrt schwiegen wir. Erst nachdem Nate unter dem Carport den Motor ausgeschaltet hatte, wandte er sich mir wieder zu.

»Versprich mir, dass du mit jemand anderem das Referat machst«, forderte er mich auf.

Ich sah zum Springbrunnen. Am leichtesten wäre es, wenn ich ihm nachgab. Aber ich mochte Paige. Für sie spielte es keine Rolle, wer ich war. Und außerdem würde ich erst recht nicht an Jays Informationen kommen, wenn er erfuhr, dass ich mich plötzlich von ihr abwandte.

»Tara?« Nate hielt mich zurück, als ich die Autotür öffnete.

»Paige und ich haben schon viel Zeit und Mühe in die Präsentation gesteckt. Es wäre ihr gegenüber nicht fair, jetzt plötzlich hinzuschmeißen.«

Nate sah mich an, als hätte ich ihn geohrfeigt. Er stieg aus und eilte ins Haus.

»Was hatte er vor? Wollte er es Dad sagen?«

Ich rannte ihm nach. Er blieb in der Vorhalle vor der Treppe stehen. Unschlüssig verharrte er. Aus dem Wohnzimmer waren die Stimmen unserer Eltern zu hören.

»Nate, bitte«, flüsterte ich.

Ohne sich umzudrehen, stapfte er mit schweren Schritten die Stufen hinauf. Natürlich waren die Road Kings kein guter Umgang und es war nachvollziehbar, dass er sich um mich sorgte. Dennoch war seine Reaktion total übertrieben.

Ich stockte. Wusste Nate etwas, das ich nicht wusste?

Hastig folgte ich ihm ins Obergeschoss des Ostflügels. Doch bereits im Gang verlangsamte ich meine Schritte. Er hatte seine Zimmertür geschlossen.

12. KAPITEL

Ich sitze neben Nate im Auto. Wir nähern uns dem Hafen, wo Jay an einer Anlegestelle steht und uns entgegensieht. Nate rast auf ihn zu, hört nicht auf mein Flehen. Unser Wagen schlittert an Jay vorbei über die Reling. Wir landen im Wasser, das gnadenlos schnell in den Innenraum dringt. Statt zu versuchen, Nate und mich zu retten, konzentriere ich mich auf Jay, der an der Brüstung steht und auf uns herabsieht. Er rührt sich kaum, streckt nur die Hand nach mir aus. Da tritt wie aus dem Nichts die Schwarzhaarige neben ihn, stellt sich in unser Sichtfeld und küsst ihn. Mein Schrei wird vom Wasser erstickt, in dessen Tiefe wir im Auto hinabgleiten. Nate und ich halten uns an den Händen.

»Tara.« Jemand rüttelte sanft an meinen Schultern. »Wach auf.«

Ich öffnete die Augen.

Nate beugte sich über mich. Seine dunkle Gestalt wurde nur vom Licht des durchs Fenster scheinenden Mondes erhellt.

»Alles in Ordnung? Du hast im Schlaf geschrien.«

Ich schaltete meine Nachttischlampe ein und strich mir Haarsträhnen aus dem verschwitzten Gesicht. »Das konntest du durch deine geschlossene Tür hören?«

Er seufzte. »Ich konnte nicht schlafen. Unser blöder Streit hält mich die ganze Nacht wach.«

Ich setzte mich auf, rückte nach hinten und lehnte mich mit

dem Rücken an das Kopfteil des Bettes. Da setzte er sich neben mich und streckte die Beine aus.

»Wovon hast du geträumt?«

Mir blieb die Luft weg, wenn ich nur daran dachte. »Ich bin ertrunken«, erklärte ich, ohne auf die weiteren Umstände einzugehen.

Nate legte seinen Arm um meinen Nacken. »Und ich bin nicht gekommen, um dich zu retten?« Er schmunzelte.

Es war sein Versuch einer Versöhnung. Daher bemühte ich mich um ein Lächeln.

»Verzeih mir, Schwesterchen. Ich hab wohl etwas überreagiert.«

»Ja, das hast du.«

»Ich mache mir eben Sorgen um dich. Mir wäre es immer noch lieber, wenn du einen Bogen um Paige machst.«

»Du hast sie doch in der Uni kennengelernt. Sie ist total nett.«

»Das mag sein. Aber ihre Freunde sind es nicht.«

Ich zerknüllte meine Bettdecke zwischen den Händen. »Was weißt du über die Road Kings?«

Er nahm seinen Arm aus meinem Nacken, lehnte den Kopf zurück und sah zur Decke hinauf. »Dass sie Verbrecher sind.«

»Paige meinte, die meisten von ihnen wären völlig harmlos.«

Nate kaute auf seiner Lippe. »Abgesehen von denen, die in irgendwelche kriminellen Machenschaften verstrickt sind.« Er sah mich an. »Versprich mir wenigstens, dass du Paige nur in der Uni siehst und für dich keine Gefahr besteht, mit der Gang aufeinanderzutreffen.«

Um ihn zu beruhigen, nickte ich. Wenn er schon wegen Paige so empfindlich war, konnte ich mir vorstellen, wie er reagieren würde, wenn er erfuhr, dass ich die nächsten Wochenenden mit Jay im Tierheim zusammenarbeitete. Ich wusste, dass ich Nate davon erzählen sollte. Doch vorher musste ich herausfinden, was Jay unserer Familie anlastete. Ansonsten würde mein Bruder mir dazwischenfunken.

Mir gefiel es nicht, Nate zu belügen. Zwischen uns hatte es noch nie Geheimnisse gegeben. Allerdings wurde ich das Gefühl nicht los, dass er mir auch etwas verschwieg.

»Willst du mir vielleicht irgendetwas erzählen?«, flüsterte ich.

Er dachte nach, bevor er mir antwortete. »Es macht mich stutzig, wie Dad und Grandpa in Bezug auf die Silvers reagieren. Deshalb habe ich mal ein wenig recherchiert.«

Ich horchte auf. »Und? Was hast du herausgefunden?«

Nate stand auf und sah auf mich herab. »Wie es scheint, hat unser Grandpa dem von Jay Silver einst die Frau ausgespannt.«

Mir klappte der Mund auf. »Woher weißt du das? Ich hab stundenlang im Internet zugebracht, ohne auch nur ansatzweise etwas über diese Familie herauszubekommen.«

»Ging mir genauso«, erwiderte er. »Als ich nichts fand, bin ich zu Dad und Grandpa gegangen, um noch mal nachzuhaken. Aber sie haben total abgeblockt.«

Ich kniete mich auf die Matratze. »Bei mir auch. Und Mom kennt die Silvers nicht.«

Nate nickte. »Das lag vor ihrer Zeit.« Er sah zur offenen Tür, als hätte er Bedenken, dass uns jemand belauschte. »Roberta hat es mir gesagt.«

»Roberta?«, stieß ich aus.

»Sei leise!« Nate sah erneut zur Tür. »Sie war komisch, als ich sie darauf ansprach. Ich habe sofort gespürt, dass sie etwas weiß, und habe nicht lockergelassen. Sie war ziemlich kurz angebunden.«

Wir sahen uns einen Moment lang schweigend an.

»Weshalb hat sie so reagiert? Dass ein Mann einem anderen die Frau ausspannt, ist zwar nicht gerade heldenhaft, aber kein Verbrechen.« Ich rieb mir die Schläfen. »Da muss noch mehr dahinterstecken.«

»Mein Bauchgefühl sagt mir, dass wir die Sache auf sich beruhen lassen sollten«, erwiderte Nate. Er beugte sich vor und küsste mich auf die Stirn. »Lass uns weiterschlafen.«

Er ging in sein Zimmer und ließ die Tür offen stehen. Im Dunkeln erkannte ich nur die Umrisse seines Bettes und doch brannte sich mein Blick daran fest. Minutenlang versuchte ich, die neuen Informationen zu verarbeiten, und löschte schließlich das Licht.

Handelte es sich bei der besagten Frau um Dads Mom, die viel zu jung an Krebs gestorben war? Oder um Grandpas zweite Ehefrau Kate, die sich mit einer Überdosis Tabletten das Leben genommen hatte? Ich grübelte darüber nach, seit wann Roberta bei den Owens angestellt war. Allerdings wusste ich nur, dass sie schon vor unserer Geburt Grandpas Haushälterin gewesen war, nicht, wie lange. Womöglich hatte sie beide Frauen gekannt.

Ich rollte mich auf die Seite und sah durchs Fenster zum Nachthimmel hinauf. Vielleicht ging es einfach nur um ein Mädchen in Teenagerzeiten. Doch dann würde es Roberta nicht so zusetzen. Ich wollte sie auf keinen Fall in Bedrängnis bringen, aber offenbar war sie mit Jay unsere einzige Quelle. Zumindest wusste ich jetzt, wo ich bei der nächsten Begegnung mit ihm ansetzen konnte.

Bis zum Morgengrauen sah ich aus dem Fenster und beobachtete, wie sich der Himmel allmählich rötlich färbte. Roberta kam immer um fünf Uhr morgens, um das Frühstück vorzubereiten. Zu dieser Zeit hatte ich gute Chancen, sie allein anzutreffen.

Im Nachthemd tapste ich auf Zehenspitzen an Nates Zimmer vorbei. Bevor ich hinunterlief, blieb ich an der Treppe stehen und lauschte. Als würde ich etwas Verbotenes tun, begann mein Herz zu rasen.

»Himmel, Tara«, stieß Roberta aus, als ich die Küche betrat. Sie legte sich eine Hand auf die Brust. »Du kannst mich doch nicht so erschrecken.«

»Tut mir leid, das war nicht meine Absicht.«

Sie schüttelte missbilligend den Kopf, lächelte aber. »Wieso bist du um diese Zeit schon wach?«

»Ich habe gestern Abend vergessen, mir etwas zu trinken mit aufs Zimmer zu nehmen«, sagte ich schnell, ging zum Kühlschrank und nahm den Limonadenkrug heraus.

»Warte kurz, ich mache gerade frische Limonade. Es dauert nicht lange.«

Das kam mir gelegen. Ich setzte mich auf einen Barhocker und sah ihr dabei zu, wie sie zwei Limetten in Scheiben schnitt.

»Du bist die gute Seele unseres Hauses. Was würden wir nur ohne dich machen?«

Roberta gab die Scheiben in einen Krug und zupfte Minzblätter aus der Sammlung von frischen Kräutern, die sie auf dem Fensterbrett in Pflanzentöpfen pflegte. »Wenn es mich nicht gäbe, würde jemand anders meine Arbeit erledigen.«

»Aber bestimmt nicht mit so viel Herz.« Ich stand auf und trat neben sie. »Seit wann bist du eigentlich schon bei uns angestellt?«

»Lass mich kurz überlegen.« Sie gab Rohrzucker in den Krug. »Das werden nächsten Monat vierzig Jahre. Ich habe angefangen, als Mrs Owens sehr krank war und den Haushalt nicht mehr allein bewältigen konnte.« Sie hielt inne und schaute gedankenverloren ins Leere. »Es war unsagbar schwer für deinen Grandpa. Kurz darauf ging sie von uns und ließ ihn mit den zwei Kindern zurück. Scott und Lilly haben sehr an ihrer Mutter gehangen.«

Ich zerrieb ein Minzblatt zwischen meinen Fingern. »Wie alt waren Dad und seine Schwester damals?«

Roberta goss Wasser in den Krug. »Er acht und sie sechs. Dein Grandpa hat sich sehr bemüht, deinen Vater und deine Tante Lilly vom Verlust ihrer Mutter abzulenken. Er hielt es in diesem Haus kaum aus und ist viel mit ihnen verreist.« Sie schenkte mir ein Glas ein und reichte es mir. »Dass man ihm später auch noch Lilly nahm, hat er nie überwunden.«

»Ich hätte Großmutter und Tante Lilly gern kennengelernt«, sagte ich und trank einen Schluck. »Er erzählt nie von den beiden.«

Roberta trocknete ihre Hände an der Halbschürze ab und nahm eine Packung Eier aus dem Kühlschrank. »Dafür fehlt ihm wohl einfach die Kraft.«

Obwohl ich keinen Bezug zu meiner Großmutter und Tante hatte, stimmte mich unser Gespräch traurig. Ich zwang mich, an mein eigentliches Vorhaben zu denken.

»Weißt du, wie Grandpa und Grandma sich kennengelernt hatten?«

»Sie kannten sich schon aus dem Sandkasten und sind zusammen zur Schule gegangen.«

»Und seine zweite Frau Kate?«

Roberta verrührte Eier und Mehl zu einem Teig. »Kate hat im Rathaus gearbeitet. Dort sind sie sich begegnet.« Sie trat zum Waschbecken und wusch sich die Hände.

»Mochtest du sie?«, fragte ich, als im selben Moment im Obergeschoss eine Tür ins Schloss fiel.

Roberta trat zu mir und nahm mich in den Arm. »Du weißt, dass dein Grandpa auch sie verloren hat«, flüsterte sie und sah zur Tür. Es näherten sich hörbar Schritte. »Reiß keine alten Wunden auf und sprich nicht mehr darüber. Diese Familie ist weiß Gott genug vom Schicksal gebeutelt.«

Sie wandte sich wieder von mir ab, bevor Dad hereinkam und uns einen guten Morgen wünschte.

13. KAPITEL

Das nächste Zusammentreffen zwischen Paige und Nate verlief weniger problematisch, als ich befürchtet hatte. Zwar schwiegen sich die beiden die ganze Zeit an und ich merkte deutlich, wie mein Bruder mit sich rang, wenn wir Mädels gemeinsam lachten. Aber es hätte weitaus schlimmer kommen können.

Paige hatte die Situation auf dem Hafenfestival nur noch mal kurz angesprochen und sich für Finns Benehmen entschuldigt. Danach hatten wir das Thema nicht mehr angeschnitten, auch wenn es mir schwerfiel, mich nicht nach der Schwarzhaarigen zu erkundigen, die Jay begleitet hatte.

Nach den Kursen musste Nate zum Footballtraining und Paige hatte wieder Dienst im Steakhouse. Deswegen ging ich allein in die Bibliothek, um ein geliehenes Buch zurückzugeben.

Ich stand am Schalter und wartete darauf, dass ich an der Reihe war. Da tippte mir jemand von hinten auf die Schulter und brachte mich zum Erstarren. Aus irgendeinem Grund wusste ich instinktiv, dass es Jay war. Ich spürte seine Gegenwart, bevor ich mich zu ihm umdrehte.

»Hallo, Prinzessin«, sagte er. Meine Güte, allein die Wärme in seiner Stimme bereitete mir eine Gänsehaut. Er sah auf mich herab. Ich kannte niemand anderen, dessen Augen derart hell und einnehmend waren – so besonders.

»Du weißt schon, dass ich einen Namen habe?«

Sein Mundwinkel zuckte, als würde er gleich lächeln.

»Ich habe bei Dr. Lorris etwas gutzumachen, weil ich gestern abgehauen bin. Deshalb habe ich ihm angeboten, mir den Transporter vom Tierheim mal anzusehen, bevor er komplett den Geist aufgibt.«

»Du kennst dich damit aus?«, fragte ich.

»Mein Vater hat eine Werkstatt.« Er beugte sich zu mir herab, was meinen Puls schlagartig erhöhte. »Dr. Lorris hat keine Zeit, mir den Wagen heute Nachmittag vorbeizubringen. Könntest du das eventuell übernehmen?«

Ich hob die Augenbrauen. Dad würde mir verbieten, zu der Werkstatt der Silvers zu fahren, und Nate würde sich Sorgen machen. Aber während Jay mich abwartend musterte, hatte ich mich längst entschieden. Ich bekam ihn ohnehin seit Tagen nicht aus dem Kopf. Vielleicht war es eine gute Gelegenheit, dem wahren Jay auf die Spur zu kommen.

»Okay«, antwortete ich.

»Das ist die Adresse.« Er reichte mir einen Zettel, drehte sich um und ging davon.

Hoffentlich bereute ich es nicht, zur Werkstatt zu fahren. Ob Jays Vater und sein Großvater dort anzutreffen waren? Es war auf jeden Fall eine gute Chance, Jay auf meine neue Erkenntnis anzusprechen. Ich wollte damit nicht bis zum Wochenende warten, und außerdem musste ich die Zeit nutzen, solange er mir gegenüber zugänglich war. Es konnte gut sein, dass er morgen wieder eine Mauer um sich errichtete.

Den Zettel noch in der Hand, las ich die Adresse, die sich wie vermutet in Dorchester befand. Bevor ich es mir anders überlegen konnte, machte ich mich auf den Weg zum Tierheim.

Dr. Lorris war zu einer Konferenz gefahren, wies Toby aber telefonisch an, mir die Autoschlüssel und Fahrzeugpapiere auszuhändigen. Das metallisch quietschende Geräusch, das der Transporter schon beim Losfahren von sich gab, ließ mich daran zweifeln, jemals bei der Werkstatt anzukommen.

Worauf hatte ich mich hier nur eingelassen? Obwohl mich das bevorstehende Treffen mit Jay nervös machte, konnte ich es nicht erwarten, ihn zu sehen. Doch als ich schließlich durch das offene Tor eines blickdichten hohen Holzzaunes auf das Grundstück fuhr, kamen mir mein Vater und mein Bruder wieder in den Sinn. Ich hatte keine Ahnung, was mich hier erwartete.

Ein Teil des Geländes erinnerte an einen Schrottplatz. Zwei verrostete Wagen standen dort, umringt von allerlei Ersatzteilen und Reifen. Dem gegenüber befand sich eine große Garage, nebenan diente ein Wohnwagen vermutlich als Büro. Auf der Tür klebte der Name der Werkstatt: *Silver Motors.*

Ich parkte vor der Garage neben einem Oldtimer, der sicherlich das Herz so einiger Autoliebhaber höherschlagen ließ. Es war niemand zu sehen, daher fühlte ich mich zunehmend unwohl.

Eine Tür war zu hören, dann kam Jay eine steile Treppe herab, die im Inneren der Garage zum Dachboden hinaufführte. Er telefonierte, trug eine zerrissene hellblaue Jeans und ein weißes ölverschmiertes T-Shirt.

»Du kannst deinen Wagen in einer Stunde abholen. Es bleibt bei dem vereinbarten Preis. Wir konnten keine anderen Mängel feststellen ... Okay, bis später.« Er beendete den Anruf, blieb vor mir stehen und nahm mir die Autoschlüssel aus der Hand. Ohne ein Wort setzte er sich hinter das Lenkrad und fuhr in die Garage, mittig zwischen die Säulen der Hebebühne.

Als er wieder ausstieg, schwieg er noch immer. Ich wusste nicht, wie ich mich verhalten sollte, und rührte mich deshalb keinen Zentimeter.

Jay platzierte auf jeder Seite zwei Tragarme unter dem Transporter und betätigte dann an der Säule einen Knopf, woraufhin der Wagen ein Stück vom Boden abhob. Seine Handgriffe sahen routiniert aus. Ich ging zu ihm und sah zu, wie er ein Rad abmontierte. Dass er nichts sagte, machte mich wahnsinnig.

»Warum sollte ausgerechnet ich den Wagen herbringen, wenn du sowieso nicht mit mir redest?«

Er richtete sich neben mir auf und sah mich an. Eine Haarsträhne hing ihm in die Augen, weshalb er sie sich aus dem Gesicht pustete und zusätzlich mit dem Handrücken über seine Stirn strich. Dabei hinterließ er einen Schmierstreifen auf der Haut und ich musste all meine Selbstbeherrschung aufbringen, um nicht die Hand auszustrecken und ihn wegzuwischen.

Jay trat einen Schritt auf mich zu. Sein Blick wurde intensiver. »Du sagst doch auch nichts.«

Mein verräterisches Herz begann schneller zu schlagen. »Ich habe etwas herausgefunden«, ließ ich ihn wissen und riss mich von seinem Blick los. Da ich bewusst eine Pause machte, kniff er die Augen zusammen und verschränkte die Arme vor der Brust. »Haben dein und mein Grandpa dieselbe Frau geliebt?«

Jay presste die Lippen zusammen. Er zögerte, bevor er mir antwortete. »Ich bezweifle, dass dein Großvater dazu fähig ist, jemanden wahrhaft zu lieben. Aber du bist auf der richtigen Spur. Mit ihr nahm alles seinen Anfang.«

Ich trat wieder näher zu ihm. »Was denn?«

Er löste am nächsten Rad die Schrauben. »Du hast offenbar wirklich keine Ahnung, wozu deine Familie imstande ist.«

Ich seufzte. »Dann sag es mir.«

Er sah mich an. »Ich war davon überzeugt, dass du Bescheid weißt und trotz allem hinter deiner Familie stehst. Anscheinend habe ich mich geirrt.« Er trat einen Schritt zurück. »Aber warum solltest du mir glauben, wenn ich es dir erzähle? Du kennst meine Familie nicht und wirst deine in Schutz nehmen.« Jay legte den Kopf schräg. »Du musst vorher die andere Seite kennenlernen. Nur so kannst du es verstehen und dir ein Urteil bilden. Also beobachte und ziehe deine eigenen Schlüsse.«

Ich verzog den Mund.

Jay widmete sich wieder dem Rad. »Ich habe schon vermutet, dass die Bremsbeläge verschlissen sind, aber hier ist zusätzlich ein Radlager angebrochen.« Er lief auf die andere Seite. »Ruf Dr. Lorris an und schalte auf Lautsprecher.«

Er meinte es ernst. Jay ging einfach zur Tagesordnung über.

»Bitte«, fügte er hinzu, als ich nicht reagierte.

Frustriert nahm ich das Smartphone zur Hand und wählte Dr. Lorris' Nummer.

»Was gibt's, Tara?«, meldete er sich und war über den Lautsprecher auch für Jay hörbar. »Ich habe leider nicht viel Zeit.«

»Kurze Bestandsaufnahme«, sagte Jay, bevor ich antworten konnte. »Das Geräusch kommt von den Trägerplatten, die auf den Bremsscheiben reiben.« Er schilderte ihm, dass er neben den Bremsbelägen auch ein Radlager erneuern musste, dieses jedoch erst morgen im Ersatzteillager besorgen konnte.

»Hm ... Was kommt da kostenmäßig auf uns zu?«, erkundigte sich Dr. Lorris.

»Für die Reparatur stelle ich Ihnen keine Rechnung. Bei den Ersatzteilen liegen wir zwischen 350 und 400 Dollar.«

»Den Betrag werden wir irgendwo abzweigen müssen. Bis wann bekommst du den Transporter fertig?«

»Bis morgen Nachmittag.«

»Gut, dann nutzen wir bis dahin mein Auto. Ich stecke hier noch etwa zwei Stunden bei der Konferenz fest. Danach komme ich Tara abholen.«

»Das ist nicht nötig, ich bring sie nach Hause«, erwiderte Jay. Ich sah ihn mit großen Augen an und öffnete den Mund, um irgendeinen Einwand zu äußern. Auf die Schnelle fiel mir aber kein nachvollziehbarer Grund ein, warum Dr. Lorris mich selbst abholen sollte.

»Gut«, sagte dieser, bevor ich protestieren konnte. »Vielen Dank schon mal. Wir sehen uns morgen.« Er legte auf.

Ich starrte Jay an. »Was hast du dir dabei gedacht? Du kannst mich nicht nach Hause fahren. Wenn mein Vater dich sieht ...«

»Entspann dich, Prinzessin«, fiel er mir ins Wort. »Ich bringe dich nur zu deinem Auto, und das steht meines Wissens im Tierheim.«

Das hatte ich bei der Aufregung ganz vergessen. Trotzdem war mir nicht wohl bei der Sache. Was, wenn mich jemand zusammen mit Jay sah?

Ich begutachtete das Auto vor der Garage. In dem Oldtimer würde mich niemand vermuten. Daher sollte ich mich beruhigen und meinen Puls wieder unter Kontrolle bekommen.

»Mach dir keine Gedanken«, sagte Jay. »Ich habe einen Zweithelm da.«

14. KAPITEL

»Ist das dein Ernst?«, fragte ich und blickte zu seinem Motorrad.

Jay zog ein Tuch aus seiner Gesäßtasche und wischte seine schmutzigen Hände ab. »Ja, ist es. Wenn du magst, darfst du sogar meine Lederjacke tragen.« Er zwinkerte mir zu und verkniff sich ein Grinsen.

»Das ist nicht witzig«, rügte ich ihn.

»Finde ich schon.«

Es war das erste Mal seit Langem, dass er mir gegenüber eine freundliche Miene aufsetzte. Ich konnte nicht anders und lächelte, woraufhin er schlagartig wieder ernst wurde.

Im selben Moment fuhr ein alter Abschleppwagen aufs Gelände und hielt neben dem Wohnwagen.

Jay rieb sich die Stirn und seufzte. »Jetzt wird es interessant. Vielleicht hätte ich meinen Vater auf dich vorbereiten sollen.«

Ich starrte ihn an. Na, das konnte ja heiter werden.

»Komm mit, ich stell dich ihm vor.« Er ging los und ließ mir keine andere Wahl, als ihm zu folgen.

Jays Vater war auf die Ladefläche zu dem darauf festgebundenen Motorrad geklettert und sah seinem Sohn entgegen. »Löse bitte den Spanngurt«, wies er Jay an. »Ich halte die Harley fest.«

Jay tat es, zog dann eine Auffahrrampe unter dem Anhänger

hervor und brachte diese in der Vorrichtung zum Einrasten. Mit vereinten Kräften ließen sie die schwere Maschine vorsichtig vom Hänger rollen.

»Ich danke dir. Hast du Jacobs Wagen fertig bekommen?«

»Ja, er holt ihn gleich ab.«

Mr Silver sah zu dem Oldtimer. »Was heißt *gleich*? Er muss noch gewaschen werden.«

»Dafür hatte ich keine Zeit«, erwiderte Jay, zog sein Handy aus der Hosentasche und sah auf das Display. »Ich hatte gehofft, das könnte Levy übernehmen. Er müsste längst aus der Schule zurück sein.«

Ich stand etwas abseits und musterte den Mann. Er kam mir bekannt vor, was allerdings kein Wunder war, da Jay ihm sehr ähnelte. Die Schläfen seines dichten braunen Haares waren grau. Vor allem die bernsteinfarbenen Augen waren mir vertraut, auch wenn die von Jay heller waren.

»Ich repariere gerade den Transporter vom Tierheim«, informierte er seinen Vater und deutete auf mich. »Tara arbeitet dort und hat ihn hergebracht.«

War das seine Art, mich vorzustellen?

Mr Silver wandte sich zu mir um und lächelte freundlich. Während er sich mir näherte, stand ich stocksteif da und wartete darauf, dass er mich erkannte. Und genau das passierte offenbar in diesem Augenblick, denn mit jedem Schritt in meine Richtung wurden seine Gesichtszüge ernster.

Er blieb vor mir stehen und musterte mich aus zusammengekniffenen Augen. »Wie war gleich dein Name?«

Ich sah an ihm vorbei zu Jay, der langsam auf uns zukam, aber keine Anstalten machte, etwas zu sagen.

»Hallo, Mr Silver.« Zögernd reichte ich ihm die Hand. »Ich bin Tara Owens.«

Er ergriff sie und schüttelte sie stumm.

»Ich fahre Tara gleich zurück zum Tierheim«, meldete sich Jay nun endlich wieder zu Wort.

Mr Silver ließ meine Hand los. »Ich muss noch kurz mit dir reden«, informierte er Jay. Er nickte mir zu, lief zum Wohnwagen und blickte sich dabei immer wieder zu mir um. Ich musste keine Hellseherin sein, um zu wissen, dass die beiden sich über mich unterhalten würden.

»Ich komme gleich«, sagte Jay und sah seinen Dad und mich abwechselnd an.

»Vielen Dank für deine Unterstützung«, stieß ich heraus.

Jay zuckte mit den Schultern. »Es hätte schlechter laufen können.« Er hielt sich das Handy ans Ohr und im nächsten Moment war ein Klingelton zu hören.

»Ich bin ja schon da«, sagte ein Junge, der durch das Tor gelaufen kam. Ich schätzte ihn auf fünfzehn oder sechzehn. Seine türkis gefärbten Haare waren noch zerzauster als die von Jay.

»Wo warst du?«

Der Junge brachte eine Kaugummiblase zum Platzen. »In der Schule.«

»Denk nicht mal dran, mich zu verarschen, Levy. Du hattest vor über einer Stunde Schulschluss. Wenn du wieder Mist baust, werde ich nicht noch mal den Kopf für dich hinhalten. Anscheinend hast du vergessen, wie knapp du davongekommen bist.«

War der Junge Jays Bruder? Wieso war er so streng mit ihm?

Levy kaute seinen Kaugummi mit einer Intensität, als hinge sein Leben davon ab. Er schaute kurz zu mir und dann zu Boden. »Das hab ich nicht vergessen.«

Jay machte einen Schritt auf ihn zu. »Solange du nicht aus deinen Fehlern lernst, kann selbst ich dir nicht mehr helfen.«

Mit gesenktem Kopf vergrub Levy seine Hände in den Hosentaschen.

»Sieh zu, dass du den Oldtimer gewaschen hast, bevor Jacob ihn holen kommt.« Jay deutete auf den Ford. »Wir sprechen uns später noch.« Der Junge gab keine Widerworte, sondern ging umgehend zur Garage. »Lauf nicht weg«, sagte Jay zu mir. »Ich rede kurz mit Dad. Dann fahre ich dich zurück.«

Mehr als ein Nicken brachte ich nicht zustande. Ich fühlte mich fehl am Platz und wäre am liebsten schon losgelaufen.

Jay verschwand im Wohnwagen, während Levy mit zwei Eimern zum Oldtimer ging. Durch seinen wippenden Gang schwappte das Wasser über den Rand.

Ich beobachtete ihn dabei, wie er den Wagen mit einem Schwamm einseifte. Was er wohl angestellt hatte? Mein Blick glitt zwischen ihm und dem Wohnwagen hin und her. Solange Jay nicht hier war, sollte ich die Zeit nutzen, um weitere Informationen über die Silvers zu sammeln. Womöglich konnte Levy mir dabei nützlich sein.

»Soll ich dir helfen?«, fragte ich und ging zu ihm.

Ohne mich anzusehen, zuckte er nur mit den Schultern. Daher fischte ich den Putzlappen aus dem Eimer mit dem sauberen Wasser und wusch damit den Schaum vom Wagen.

»Wer bist du?«, fragte Levy schließlich.

»Tara. Ich arbeite zusammen mit Jay im Tierheim.«

»Echt? Scheiße, wenn ich gewusst hätte, dass man dort so hübsche Mädchen trifft, hätte ich die Sozialstunden selbst übernommen.«

In Verbindung mit seinem verschmitzten Lächeln kam sein Kompliment sogar charmant rüber.

»Was willst du damit sagen?«

Er wurde tatsächlich rot. »Dich würden ja wohl die wenigsten von der Bettkante stoßen.«

Mir klappte der Mund auf. »Ich meinte in Bezug auf die Sozialstunden.«

Levy rollte den Kaugummi zwischen seinen Schneidezähnen. »Hat Jay was mit dir am Laufen?«

Jetzt ging er zu weit. Oder war das nur sein Versuch, vom Thema abzulenken? Jay hatte ihm zu verstehen gegeben, dass er nicht noch mal den Kopf für ihn hinhalten würde. Ich musste Levy aus der Reserve locken, um mehr zu erfahren.

»Nein, da läuft nichts. Ich halte mich prinzipiell von Leuten fern, die mit dem Gesetz in Konflikt geraten.«

»Jay ist ein Ehrenmann«, blaffte er mich an.

Levy aus der Reserve zu locken war einfacher, als ich dachte.

»Die Sozialstunden sprechen ja wohl für sich. Jay hat Glück, dass es dabei geblieben ist. Er hätte auch ins Gefängnis wandern können.«

Levy erstarrte. »Jay hat das Zeug nicht vertickt. Die Cops haben keinerlei Beweise gegen ihn.«

Ich wurde hellhörig. »Sie haben sicher Beweise, sonst könnten sie ihm keine Strafe auferlegen.«

Mit zusammengepressten Lippen wrang er den Schwamm in seiner Hand aus. »Das konnten sie nur, weil er die Schuld auf sich genommen hat.«

Ich spürte ein Ziehen im Bauch. »Du meinst, er ist eigentlich unschuldig?«

Levy nickte und machte sich wieder mit Übereifer über das Auto her. »Er ist ein Ehrenmann«, wiederholte er. Doch dieses Mal sprach er leise und nur zu sich selbst.

»Dein Bruder bedeutet dir viel«, stellte ich fest.

»Er passt auf mich auf«, erwiderte er, hielt inne und sah mich an. »Magst du ihn?«

»Ähm ... Ich kenne ihn kaum.«

Levy grinste. »Du magst ihn«, sagte er selbstsicher und schmiss den Schwamm nach mir. Ich konnte ihn gerade noch rechtzeitig auffangen, bevor er mir an die Brust klatschte. Nass wurde ich trotzdem.

Ich warf ihm einen strengen Blick zu, woraufhin sein Grinsen verebbte.

»Und falls du zu den Mädchen gehörst, die nicht gleich hysterisch werden, wenn sie mal nass werden, hast du gute Chancen, dass er dich auch mag«, sagte er hastig.

Es war eine reine Trotzreaktion. Um es ihm heimzuzahlen, tauchte ich den Schwamm in den Wassereimer und warf ihn nach ihm. Er fing ihn auf und schmiss ihn zurück. Ehe ich mich's versah, befand ich mich mit Jays Bruder in einer Wasserschlacht. Wir rannten um den Wagen herum und gingen in Deckung. Levy kicherte wie ein kleiner Junge. Sein Lachen war ansteckend.

In dem Augenblick, als ich wieder nach ihm zielte, blieb er abrupt stehen und bekam den Schwamm mit voller Wucht an den Kopf. Er schaute zum Wohnwagen, weshalb ich seinem Blick folgte. Dort standen Jay und sein Vater, die uns mit unergründlichen Mienen beobachteten.

15. KAPITEL

Jay kam langsam auf mich zu. Als er seinen Blick an mir hinabgleiten ließ, merkte ich erst, wie nass ich geworden war. Zum Glück schien meine Haut durch das dunkelblaue T-Shirt nicht durch. Allerdings klebte der Stoff eng an meinem Oberkörper.

Er seufzte, drehte sich um und lief zur Garage. Dort stieg er die Treppe zum Dachgeschoss hinauf.

»Du solltest das Auto waschen, nicht Tara«, rügte Mr Silver Levy.

Der sah mich an und unterdrückte ein Schmunzeln.

»Das ist schon okay«, sagte ich und lächelte Levy solidarisch an. »Ich war genauso daran beteiligt.«

Mr Silver kam zu uns. Fast hatte ich den Eindruck, er musste sich selbst das Lachen verkneifen. »Ist für den Wagen noch etwas Wasser übrig?«

»Klar«, erwiderte Levy und machte sich wieder an die Arbeit.

Da Jay nicht zurückkam und ich nicht wusste, was ich sonst tun sollte, half ich ihm erneut. Meine Sachen waren sowieso nass. Ich spürte, dass Mr Silver mich wieder musterte, tat aber so, als würde ich es nicht bemerken. Zu gern hätte ich gewusst, was ihm durch den Kopf ging. Schließlich wandte er sich ab und begann den Wagen mit einem Tuch trocken zu reiben.

»Wenn ihr so einen Aufwand betreibt, bleibt nichts mehr

vom Lack übrig«, hörte ich einen Mann sagen, dessen Stimme ich eindeutig kannte.

Ich wandte mich um und riss die Augen auf. Es war Professor Kelsey, der gemütlich auf uns zuschlenderte. An der Hand hielt er ein Mädchen mit geflochtenen blonden Zöpfen, das ich auf etwa fünf Jahre schätzte.

»Jay«, rief die Kleine. Sie ließ den Professor los und rannte an uns vorbei. Jay hatte sich umgezogen. Er trat aus der Garage und fing sie auf, denn sie sprang ihm in die Arme.

Mir ging bei dieser liebevollen Begrüßung das Herz auf. Vor allem an Jays freundlicher Miene konnte ich mich nicht sattsehen. Seit unserer ersten Begegnung sah ich ihn zum ersten Mal wieder wahrhaftig lächeln.

»Meine Enkeltochter vergöttert dich«, sagte Professor Kelsey und gab ein zufriedenes Brummen von sich. »Den ganzen Weg hierher hat sie gefragt, ob du da bist.«

»Hey, und mich wolltest du nicht sehen?«, fragte Levy das Mädchen mit gespielter Entrüstung.

»Kaja hat eben Geschmack«, sagte Jay und zwinkerte ihr zu.

»Spielst du mit mir Verstecken?«, rief sie, als er sie absetzte.

»Heute nicht, Süße. Ich habe keine Zeit.«

Sie zog einen Schmollmund.

Ich konnte es nicht fassen. Von Paige wusste ich bereits, dass Professor Kelsey Jays und ihr Mentor war und ihnen bei der Bewerbung für das Stipendium geholfen hatte. Doch wie sich jetzt herausstellte, schienen die Silvers mit ihm befreundet zu sein. Und so, wie die Kleine Jay ansah, wollte sie ihn später heiraten.

»Dein Schmuckstück ist wieder fahrtüchtig«, sagte Jay und trat neben den Professor. Dieser strich über die Motorhaube und nickte zufrieden.

»Was machen deine Sozialstunden, mein Junge?«

Jay verzog den Mund. »Ich habe geahnt, dass du wieder damit anfängst.«

»Aus Gründen«, erwiderte Professor Kelsey und legte ihm eine Hand auf die Schulter. »Deine Gutmütigkeit wird dir eines Tages zum Verhängnis werden. Du kannst froh sein, dass du deswegen noch nicht als vorbestraft giltst. Gib acht, dir nichts weiter zuschulden kommen zu lassen. Ansonsten kannst du dir Harvard abschminken.«

»Können wir das bitte ein anderes Mal besprechen?« Jay räusperte sich und sah in meine Richtung.

Der Professor nahm mich in Augenschein, als würde er sich meiner Anwesenheit erst jetzt bewusst werden. Er kraulte sich den weißen Vollbart und runzelte die Stirn. »Trügen mich meine alten Augen oder haben Sie große Ähnlichkeit mit der Tochter unseres Bürgermeisters?« Er sah sichtlich verwirrt zu Jay.

»Ach, du Scheiße«, stammelte Levy. Die Erkenntnis stand ihm ins Gesicht geschrieben. Er starrte mich an. Sein Vater neben ihm rieb sich unbehaglich den Nacken.

»Tara Owens«, sagte ich und streckte dem Professor die Hand entgegen. »Ich besuche Ihren Psychologiekurs.«

»So, so«, entgegnete er und schüttelte meine Hand. »Welch unerwarteter Zufall, Sie hier anzutreffen.« Wieder sah er zu Jay.

Der räusperte sich abermals. »Ich fahre Tara jetzt zurück«, ließ er seinen Vater wissen, kam zu mir, fasste mich am Arm und zog mich in Richtung seiner Harley.

»Es war nett, Sie kennenzulernen«, sagte ich und schaute mich nochmals zu allen um. Ich wollte höflich sein, merkte aber, dass ich es wirklich so meinte.

»Zieh dir den über, damit du dich mit deinen nassen Sachen nicht erkältest«, wies Jay mich an, zog seinen grauen Pullover, unter dem er ein schwarzes T-Shirt trug, aus und reichte ihn mir. »Ich hole noch den Helm.«

Wieder stieg er in der Garage die Treppe hinauf. Wohnte er unter dem Dach? Immerhin hatte er sich vorhin dort umgezogen. Vielleicht nutzten sie den Dachboden auch einfach nur als Umkleideraum.

Während ich seinen Pullover, den ich beinahe als Kleid tragen konnte, überstreifte und neben seiner Harley auf ihn wartete, ruhten die Blicke der anderen auf mir. Jays Vater nickte mir zu, Levy starrte immer noch, Professor Kelsey fuhr sich abermals durch den Bart und seine Enkeltochter lehnte an ihm und spielte mit einem ihrer geflochtenen Zöpfe.

Ich krempelte gerade die Ärmel über meine Handgelenke, als Jay zurückkam. Er überreichte mir einen Halbschalenhelm, bevor er seinen aufsetzte. Dann stieg er auf und startete den Motor. Blöderweise kam ich mit dem Verschluss nicht zurecht, weshalb er tief durchatmete und mich mit dem Finger dazu aufforderte, näher zu ihm zu treten. Ich hielt die Luft an, als er die Schnalle schloss und mich dabei ungewollt am Kinn berührte.

Sein Gesicht war mir noch nie so nah gewesen. Ich betrachtete seine dichten schwarzen Wimpern, bis er den Blick hob und mir direkt in die Augen sah. In seinen tanzten Schatten, die ich nicht zu deuten wusste.

»Steig auf, Prinzessin«, sagte er mit rauer Stimme.

Es kostete mich Mühe, meinen Blick abzuwenden und hinter ihm aufzusitzen. Jede Bewegung fühlte sich plötzlich schwer an. Ich wollte meine Arme um seine Mitte legen und mich an seinen Rücken schmiegen – stattdessen klammerte ich mich an die Halterung hinter mir.

Jay fuhr langsam an den anderen vorbei, wobei Kaja die Hand ausstreckte und er sie abklatschte. Dann gab er Gas und wir rauschten davon.

Je schneller wir fuhren, desto stärker wurde das mulmige Gefühl in meinem Bauch. Ich fühlte mich nicht sicher, solange ich die Hände hinter dem Rücken hielt. Als Jay an einer Ampel stoppte, überwand ich meine Hemmungen und legte meine Hände auf seine Hüften. Ich spürte, wie er kurz zusammenzuckte, fühlte die Wärme seiner Haut unter dem dünnen Stoff seines T-Shirts. Während der Fahrt achtete ich darauf, ihm nicht zu nah zu kommen. Allerdings war das auf dem engen Sitz nicht einfach.

Nach einer Weile bemerkte ich, dass Jay eine Strecke fuhr, die nicht zum Tierheim führte.

»Wohin fährst du?«, rief ich.

»Ist nur ein kleiner Umweg. Ich will Preise für die Ersatzteile vergleichen.« Er nahm die Einfahrt zum Car-Tuning-Shop, hielt neben einem Eiswagen und schaltete den Motor aus.

Ich stieg ab, damit Jay es ebenfalls tun konnte, und sah mich unsicher um.

Jay nahm den Helm ab, ich ebenso. Wir stülpten sie über den Lenker.

»Bin gleich wieder da«, sagte er und verschwand im Shop.

Ich beobachtete einen Vater mit seinem Sohn, die sich gerade ein Eis bestellten. Beim Anblick des Softeises lief mir das Wasser im Mund zusammen. Ich wollte mir auch eins kaufen und erinnerte mich im selben Moment, dass ich meine Tasche im Transporter liegen gelassen hatte. Bei der ganzen Aufregung hatte ich überhaupt nicht mehr daran gedacht.

Mist. Mein Portemonnaie, Smartphone, Laptop und das Unizeug waren da drin. Ich tastete meine Hosentasche ab und war erleichtert, als ich den Autoschlüssel spürte. Wenigstens den hatte ich bei mir, plus einen feuchten Zehn-Dollar-Schein.

Ich sah auf meine Armbanduhr. Wenn wir jetzt noch mal zurückfuhren, kam ich wieder zu spät nach Hause. Dann war der nächste Stress mit Dad vorprogrammiert und natürlich würde er die Schuld wie immer dem Tierheim in die Schuhe schieben.

Vielleicht konnte mich ein Eis von meinem Frust ablenken. Ich strich den zerknitterten Geldschein glatt und kaufte kurz entschlossen zwei Eis, weil ich Jay aus dem Shop kommen sah. Er hob die Augenbrauen, als ich ihm eins überreichte.

»Womit habe ich das denn verdient?«

»Sieh es als vorzeitiges Dankeschön. Ich hab meine Tasche bei euch vergessen. Es wäre nett, wenn du sie mir morgen mit zum College bringst.«

»Wir können zurückfahren und sie holen«, bot er an.

Ich schüttelte den Kopf und wartete, bis das Eis auf meiner Zunge geschmolzen war, bevor ich ihm antwortete. »Dafür ist es zu spät. Ich muss nach Hause.«

Er lehnte sich an seine Harley. »Wie stellst du dir die Übergabe vor? Dein Bruder weicht dir kaum von der Seite und ich glaube nicht, dass es eine gute Idee ist, wenn er von deinem Besuch bei uns erfährt.« Er leckte sich Eis von der Lippe, was meine Aufmerksamkeit auf seinen Mund lenkte.

»Willst du das Risiko wirklich eingehen?«, fragte er, als ich nichts erwiderte.

Ich blickte ihm wieder in die Augen. »Ich brauche meine Tasche für die Uni. Wir könnten uns vor dem ersten Kurs in der Bibliothek treffen. Für Nate lasse ich mir einen Vorwand einfallen.«

Jay biss in die Waffel. »Wie du willst. Ich habe nichts zu verlieren.«

Ich dafür umso mehr. Wenn herauskam, dass ich zu Jay Kontakt hatte, war der Ärger mit meiner Familie vorprogrammiert. Sein Vater hatte auf die Tatsache, dass ich eine Owens war, zurückhaltend, aber dennoch freundlich reagiert. Dad wäre bei einer Begegnung mit Jay nicht annähernd so gelassen. Zu sehr waren ihm die Silvers verhasst, wobei ich bis jetzt nur einen Anhaltspunkt hatte, woher diese Feindseligkeit rühren konnte.

Ich musterte Jay. Der Eindruck, den ich bisher von ihm gewonnen hatte, passte nicht zu der Meinung, die Dad über ihn hatte.

»Habe ich Eis im Gesicht oder warum starrst du mich so an?« Er hatte mittlerweile aufgegessen und wischte sich vorsorglich mit dem Handrücken über den Mund.

Himmel, war das peinlich. Ich sah hastig zu Boden und merkte, wie mir die Hitze in die Wangen stieg.

»Es ist lange her, dass ich Levy derart ausgelassen erlebt habe wie vorhin mit dir«, sagte er.

Ich sah auf und er zog mich sofort wieder mit seinen hellen Augen in den Bann.

Jay rieb sich den Hals. »Er ist fast noch ein Kind, aber durch den ganzen Scheiß, den er durchmachen musste, hat er sich nie wie eins verhalten.«

Ich runzelte die Stirn. »Was hat dein Bruder denn erlebt?«

»Levy ist nicht mein Bruder, auch wenn ich es so empfinde.« »Mein Vater hat ihn vor sechs Jahren bei sich aufgenommen, als die Situation mit Levys Familie unerträglich wurde. Häusliche Gewalt stand bei ihm auf der Tagesordnung. Sein Erzeuger hat ihn und seine Mutter ständig verprügelt. Als Levy sieben Jahre alt war, brach sie sich bei einem Treppensturz das Genick.« Jay biss sich auf die Lippe und atmete tief durch. »Ich bin fest davon überzeugt, dass Cliff Johnson sie gestoßen hat. Nach ihrem Tod hat er Levy in seine Drogengeschäfte hineingezogen und ihn geschlagen, wenn er zu wenig vertickte.«

Ich hielt mir die Hand vor den Mund, sah Levy in Gedanken vor mir – den schlaksigen Jungen mit den türkis gefärbten struppigen Haaren und dem frechen Grinsen.

Jay nahm seinen Helm vom Lenker und setzte ihn auf. »Das

ist nur ein Beispiel dafür, wie es im Armenviertel von Boston zugeht. Wenn du dort geboren wirst, bekommst du keine Chance auf ein besseres Leben. Du musst dich anpassen, um dem gewachsen zu sein. Und manchmal musst du dich auch auf die falschen Leute einlassen, damit sie dich vor dem Schlimmsten beschützen.«

Ich schluckte. »Levy kann sich glücklich schätzen, dass ihr für ihn da seid. Hat er noch Kontakt zu seinem Vater?«

»Leider. Johnson darf sich Levy durch eine gerichtliche Verfügung eigentlich nicht mehr nähern, aber er lässt ihn nicht in Ruhe und versucht weiterhin, ihn in seine schmutzigen Geschäfte zu verwickeln.«

»Du hast selbst gar nichts angestellt, sondern die Sozialstunden auf dich genommen, die Levy ableisten müsste. So ist es doch, oder?«

Jay sah gedankenverloren ins Leere. »Sie haben ihn mehrfach mit Meth erwischt. Dieses Mal wäre er in den Jugendknast gewandert, und das wollte ich ihm um jeden Preis ersparen. Das Gefängnis kann die besten Männer brechen.«

»Woher weißt du das?«

Seine Miene verfinsterte sich. »Mein Großvater hat eine Zeit lang gesessen.«

Ich zuckte innerlich zusammen. Während ich nach passenden Worten suchte, nahm Jay den zweiten Helm vom Lenker und streifte ihn mir vorsichtig über den Kopf. Nun brachte ich erst recht keinen Ton mehr heraus. Ich hielt ganz still, als er die Schnalle unter meinem Kinn schloss. Obwohl ich nicht wusste, welchen inneren Kampf er gerade ausfocht, spürte ich das Gewicht seiner Sorge auf meiner Brust. Ich hatte plötzlich das unbändige Bedürfnis, Jay in den Arm zu nehmen und zu trösten. Und gleichzeitig wollte ich von ihm getröstet werden, ohne zu wissen, aus welchem Grund.

Einen kurzen Moment lang sah er mir derart tief in die Augen, dass ich weiche Knie bekam. Dann wandte er sich von mir ab, setzte sich auf die Harley und startete den Motor.

Ich nahm hinter ihm Platz. Ihn zu berühren ließ mein Herz jetzt noch schneller schlagen. Wie sollte ich es schaffen, mich von ihm fernzuhalten, wenn mir das nicht einmal gelungen war, als er sich wie ein Idiot benommen hatte? Die mühsam aufrechterhaltene Distanz zwischen uns schien mir plötzlich unerträglich. Als er beschleunigte, gab ich meinem Verlangen, ihm näher zu kommen, nach. Ich schlang die Arme um seine Mitte und rutschte so weit vor, dass ich seinen Rücken berührte. Jay ließ es zu. Ich hatte keine Angst mehr und begann die Fahrt zu genießen. Er war niemand, der einen in Gefahr brachte – er war derjenige, der einen beschützte. Leider erreichten wir das Tierheim viel zu schnell.

Die Unbefangenheit, die ich für kurze Zeit empfunden hatte, löste sich schlagartig auf, als Jay auf den Hof fuhr. Dort stand Dr. Lorris und neben ihm Mom. Sie hielt Bonny an der Leine und lachte. Doch dann erblickte sie uns und ihr Lächeln verschwand.

16. KAPITEL

Sobald Jay die Harley neben meinem Auto zum Stehen brachte, sprang ich ab. »Das ist meine Mom«, flüsterte ich, da er den Motor ausstellte. Vermutlich wollte er noch mal mit Dr. Lorris reden, denn er setzte den Helm ab.

Ich drückte ihm meinen in die Hände. »Bitte, du musst wieder fahren. Jetzt gleich.«

Er verengte die Augen. »Du könntest mich ihr auch einfach vorstellen«, schlug er vor. »Immerhin arbeite ich hier.«

Ich schüttelte vehement den Kopf.

Sein Blick war unergründlich.

»Tara«, rief Mom. Ich erkannte allein an ihrer Stimme, dass sie verärgert war. Dabei trug Jay nicht einmal die Lederjacke, die ihn als einen Road King zu erkennen gab.

»Bitte, fahr«, flehte ich ihn an.

Jay presste die Lippen aufeinander und sah zu Boden. »Du bist immer noch voreingenommen.«

»Ich nicht, aber meine Mom wird es sein.«

Er verstaute meinen Helm im Topcase am Heck der Harley und startete den Motor. »Schon verstanden.«

»Bitte, lass uns morgen darüber reden.«

Jay schenkte mir keine Beachtung mehr und fuhr davon.

Ich sah ihm nach und bemerkte, dass Mom auf mich zukam.

»Wo treibst du dich herum?«, fragte sie, bevor sie mich richtig erreichte.

Ich setzte zu einer ausweichenden Antwort an, sie ließ mich jedoch nicht zu Wort kommen.

»Und dann auch noch auf einem Motorrad. Ist dir nicht klar, wie gefährlich das ist?«

»Das geht auf meine Kappe«, mischte sich Dr. Lorris ein und blieb neben mir stehen. »Ich habe Tara darum gebeten, den Transporter in die Werkstatt zu fahren. Leider dauert die Reparatur etwas länger. Deshalb war Jay so nett und hat Tara wieder hier abgesetzt.«

Sie hob das Kinn. »Wer ist dieser Jay?«

»Seinem Vater gehört die Werkstatt«, sagte ich hastig und hoffte, dass Dr. Lorris seinen vollständigen Namen für sich behielt.

»Machen Sie sich keine Gedanken, Mrs Owens. Jay Silver ist in Ordnung. Er hilft momentan im Tierheim aus.«

Ich schloss kurz die Augen, spürte ihren brennenden Blick auf mir. Innerlich flehte ich Dr. Lorris an, nicht auch noch die Sozialstunden zu erwähnen. Aber im Grunde spielte das keine Rolle mehr. Ich war sowieso erledigt.

»Wie geht es Bonny?«, erkundigte ich mich und hoffte, damit das Thema wechseln zu können. Ich ging in die Knie und streichelte sie.

»Gut«, erwiderte Dr. Lorris. »Ich vermute, in ein, höchstens zwei Wochen ist es so weit.« Er wandte sich an Mom. »Falls es bei der Geburt Probleme gibt, rufen Sie mich gern an.«

Ohne mich aus den Augen zu lassen, reichte sie ihm die Hand. »Ich danke Ihnen.« Sie trat an mich heran. »Wir sprechen uns zu Hause.« Mit diesen Worten drehte sie sich um und lief mit Bonny zu ihrem Auto.

Ich sog Luft in meine Wangen und ließ sie langsam entweichen. Dr. Lorris tätschelte mir die Schulter und ging dann zum Haus. Einen Augenblick lang stand ich einfach nur da, bis Moms Hupen mich ins Hier und Jetzt zurückholte und sie mir mit einer Geste verdeutlichte, dass ich ihr nachfahren sollte.

Als ich mich ins Auto setzte, bemerkte ich, dass ich noch immer Jays Pullover trug. Ich atmete den angenehm frischen Duft des Waschmittels ein. Falls sie mich darauf ansprach, konnte ich zur Not sagen, dass er Toby gehörte.

Während der Fahrt musste ich unentwegt an Jay denken. Ich ließ den Tag Revue passieren und grübelte über seinen Dad und Levy nach. Es erschütterte mich, was der Junge erlebt hatte. Den Silvers war hoch anzurechnen, dass sie ihn in ihrer Familie aufgenommen hatten und vor seinem gewalttätigen Vater beschützten.

Ich erinnerte mich an Jays einnehmendes Lächeln, als er Kaja begrüßt hatte. An die Wärme seiner Haut. Und an die unergründliche Tiefe in seinen Augen, in die ich so gern vordringen wollte, um all seine Geheimnisse zu ergründen.

Sobald ich an Jay dachte, entfachte sich ein nicht greifbares Gefühl in meiner Brust. Es war wie eine kleine Flamme, die von Tag zu Tag größer wurde und mich wärmte, wenn er in meiner Nähe war. Auf keinen Fall durfte ich zulassen, dass sie irgendwann so sehr loderte, dass sie mich versengte. Ich musste mein eigentliches Vorhaben im Auge behalten und die Wahrheit über unsere Familien ans Licht bringen.

Zumindest in kleinen Schritten kam ich meinem Ziel näher. Durch Roberta wusste ich jetzt, dass ich bei Grandpas zweiter Frau Kate auf der richtigen Spur war. Außerdem wollte ich herausfinden, warum Jays Großvater im Gefängnis gesessen hatte. Sobald ich zu Hause ankam, würde ich dem auf den Grund gehen. Zu dumm, dass ich meinen Laptop nicht bei mir hatte. Nachdem ich Jay wegen Mom weggeschickt hatte, würde er mir meine Tasche morgen sicherlich nur ungern zurückgeben. Ich hatte nicht einmal mein Handy, um ihm eine Nachricht schreiben zu können. Dafür hätte ich allerdings auch seine Nummer gebraucht.

Ob er sie mir geben würde?

Als ich in unsere Einfahrt bog, wartete Mom neben dem Carport auf mich. Sie hatte Bonny schon in den Garten entlassen und trug nur die Leine in der Hand.

Ich parkte ein und atmete tief durch, um mich vor dem, was mir bevorstand, zu wappnen.

»Jay Silver?«, stieß sie aus, als ich die Autotür öffnete. »Das ist der Junge, von dem dein Vater und Großvater gesprochen haben.«

»Ich hab nur den Transporter in die Werkstatt gefahren.«

Sie stemmte die Hände in die Hüften. »Und du fandest es nicht erwähnenswert, uns zu sagen, dass dieser Junge neuerdings im Tierheim arbeitet?«

»Es ist nur vorübergehend. Außerdem wollte ich nicht, dass ihr euch unnötig Sorgen macht.«

»Unnötig?« Ihre Stimme überschlug sich. »Er gehört zu den Road Kings, Tara.«

»Aber das hat doch nichts mit seiner Arbeit im Tierheim zu tun. Und hätte ich euch davon erzählt, dann würde Dad mich bestimmt nicht mehr zu Dr. Lorris lassen.«

Sie streckte die Arme zur Seite aus. »Ganz genau, aus gutem Grund.« Sie drehte sich um und lief die Treppe hinauf.

»Mom, warte!« Ich eilte ihr nach. »Du weißt, wie wichtig mir die Tiere sind. Bitte lass mich ...« Ich stockte, da sie ins Haus trat und ich Dad in der Vorhalle erblickte.

»Der derzeitige Umgang deiner Tochter lässt zu wünschen übrig«, ließ sie ihn wissen.

Ich senkte den Blick. Es war okay, dass sie sich um mich sorgte. Aber sie hätte zuerst in Ruhe mit mir reden können, statt mich gleich an Dad zu verraten.

Er sah uns abwechselnd an. »Inwiefern?«

Mom drehte sich zu mir um. »Bisher dachte ich, zwischen uns gäbe es keine Geheimnisse.«

»Gut, dass du es erwähnst«, erwiderte ich. Jetzt hatte ich sowieso nichts mehr zu verlieren. »In diesem Haus scheine ich nicht die Einzige zu sein, die welche hat.«

Dad verschränkte die Arme vor der Brust. »Was willst du damit sagen?«

Ohne ihm zu antworten, lief ich an den beiden vorbei und rannte die Treppe hinauf.

»Kannst du mir mal erklären, was in sie gefahren ist?«, hörte ich Dad noch fragen, bevor ich aus ihrer Hörweite verschwand.

Am liebsten hätte ich die Tür hinter mir zugeschlagen. Aber ich wollte mit Nate sprechen. Nach dem Rauschen des Wassers zu urteilen, stand er unter der Dusche. Er war nicht nur mein Bruder, sondern auch mein bester Freund – mein Verbündeter. Allerdings konnte ich nicht einschätzen, wie er reagieren würde, wenn er erfuhr, dass ich ihm meinen Kontakt zu Jay verheimlicht hatte.

Ich warf mich aufs Bett und starrte an die Decke, bis sich seine Schritte näherten.

»Hey, Schwesterchen.« Er kam ins Zimmer, ließ sich auf dem Bettrand nieder und zupfte an dem Pullover, den ich trug. »Wem gehört der?«

Ich musste ihm alles erzählen, bevor er es von unseren Eltern erfuhr. Also fing ich an, ihm von Jay zu berichten. Ich ließ nichts aus, erklärte ihm auch, warum ich es ihm bisher verschwiegen hatte. Dennoch merkte ich deutlich, wie seine Miene sich versteinerte. Er schaffte es nicht einmal mehr, mir in die Augen zu schauen.

Nachdem ich geendet hatte, herrschte eisige Stille. Er stand auf und trat zum Fenster. Wir waren noch nie so weit voneinander entfernt gewesen wie in diesem Augenblick.

Im Erdgeschoss wurde eine Tür zugeschlagen, eilige Schritte kamen die Treppe herauf. Ich hörte Dad im Flur näher kommen, bevor er schließlich in meinem Zimmer stand.

»Lass uns allein«, wies er Nate an.

Dieser wandte sich vom Fenster ab. Er sah Dad und mich abwechselnd an, wirkte hin- und hergerissen. Ich fühlte, dass es ihm widerstrebte, trotzdem verließ er langsam den Raum.

Dad schloss die Tür, lehnte sich dagegen und ließ geräuschvoll seinen Atem entweichen. »Ich bin maßlos enttäuscht von dir. Deine Mom hat mir alles erzählt und ich denke, ich muss nicht erwähnen, dass ich dein Verhalten nicht tolerieren kann. Es schadet unserer Familie und meinem Ruf als Bürgermeister, wenn meine Tochter mit einem Kriminellen wie Jay Silver gesehen wird. Das Tierheim ist ab heute für dich gestorben. Und sollte ich erfahren, dass du mit diesem Jungen auch nur ein weiteres Wort wechselst, werde ich noch andere Maßnahmen ergreifen.«

17. KAPITEL

Das Badewasser war inzwischen kalt, die Haut auf meinen Fingerkuppen ganz durchweicht und schrumpelig. Ich fühlte mich erschöpft und leer. Noch nie in meinem Leben war ich so am Boden zerstört gewesen. Jays Pullover hatte ich vorerst in meinem Kleiderschrank verstaut und ertappte mich bei dem Gedanken, ihn als Andenken behalten zu wollen.

Wie in Trance stieg ich aus der Wanne, trocknete mich ab und schlüpfte in mein Nachthemd. Vom gemeinsamen Abendessen hatte ich mich ferngehalten und es war auch niemand gekommen, um mich zu holen. Ich kam mir vor wie eine Aussätzige, als würde ich nicht mehr zu dieser Familie dazugehören.

Am allermeisten litt ich darunter, dass Nate sich von mir abwandte. Er hatte allen Grund dazu, sauer auf mich zu sein. Aber sah er denn nicht, dass ich ihn jetzt mehr als jemals zuvor brauchte?

Nicht mehr im Tierheim arbeiten zu können, brach mir das Herz. Ich liebte die Tiere. Vor ihnen brauchte ich mich nicht zu verstellen und nicht auf Etikette zu achten. Wenn ich das Tierheim wirklich aufgeben musste, würde ich auch einen Teil meiner selbst verlieren.

Eine Weile stand ich in meinem Zimmer vor dem Fenster und schaute zum sternenverhangenen Nachthimmel hinauf.

Mein Smartphone befand sich in meiner Tasche bei Jay. Es war zu spät, um Dr. Lorris noch anrufen zu können. Er war meine letzte Hoffnung. Vielleicht konnte er mit Mom sprechen und sie dazu bringen, Dad umzustimmen.

Um zwei Uhr nachts kam ich noch immer nicht zur Ruhe. Entweder wälzte ich mich im Bett hin und her oder ich saß auf der Fensterbank und sah nach draußen ins dunkle Nichts. Durch das gedämpfte Licht meiner Nachttischlampe sah ich mein Spiegelbild in der Scheibe und war mir selbst fremd. Unter meinen Augen lagen tiefe Schatten. Ich sah erbärmlich aus und ich glaubte nicht, dass ich das am Morgen mit Make-up ausreichend kaschieren konnte. Aber die Uni zu schwänzen war keine Option. Allein dass Jay mir meine Tasche bringen würde, war Anlass genug, hinzugehen. Außerdem musste ich mit ihm über das Zusammentreffen mit meiner Mutter sprechen. Auch wenn ich noch nicht dahintergekommen war, was er genau damit bezweckte, hatte er sich mir geöffnet und mich seinem Vater vorgestellt. Und ich hatte ihn im Gegenzug verscheucht, als Mom unerwartet aufgetaucht war. Dafür wollte ich mich bei ihm entschuldigen. Vielleicht konnte er mich verstehen, wenn ich ihm erklärte, welche Konsequenz mir der Kontakt zu ihm eingebracht hatte.

Die ganze Aktion hatte sich nicht einmal gelohnt. Ich wusste immer noch nicht, was Dad uns verheimlichte. Doch nachdem ich nun schon so viel aufs Spiel gesetzt hatte, war ich es mir selbst schuldig, weiter nach der Wahrheit zu suchen.

Kurz entschlossen ging ich zur Tür, öffnete sie einen Spaltbreit und lauschte. Im Haus war es dunkel, alle schliefen. Ich tapste auf den Flur und hielt überrascht inne, als ich Nates Tür offen stehen sah. Mir fiel ein Stein vom Herzen. Warum war ich nicht eher auf die Idee gekommen, einen Blick in den Flur zu werfen? Jetzt war es viel zu spät und ich wollte ihn nicht wecken. Doch morgen früh würde ich als Allererstes zu ihm gehen, damit wir uns aussprechen konnten.

Auf leisen Sohlen tastete ich mich im spärlichen Licht des Mondes, das durch die raumhohen Fenster der Eingangshalle fiel, die Treppe hinab. Im Haus gab es einige Bilder von Grandma und Tante Lilly, die gerahmt auf dem Kamin oder den Sideboards standen. Von Grandpas zweiter Frau Kate gab es allerdings kein Foto. Ich erinnerte mich nur vage, als Kind ein Porträt von ihr in seinem Schlafzimmer gesehen zu haben. Gab es einen Grund, warum Kate in Vergessenheit geraten sollte?

Ich blieb kurz stehen, um abermals zu lauschen und sicherzugehen, dass meine nächtliche Wanderung nicht bemerkt wurde. Irgendwo mussten doch Fotos von ihr sein, schließlich war sie einige Jahre mit Grandpa verheiratet gewesen. Und wenn es einen Ort gab, wo er ihre Bilder aufbewahren würde, dann sicherlich in seinem Arbeitszimmer.

Die Hunde schliefen immer im Wintergarten. Ich konnte nur hoffen, dass sie nicht anschlugen und mit ihrem Gebell alle weckten.

»Was genau treibst du hier?«, ertönte hinter mir Nates Stimme.

Ich zuckte zusammen und fuhr herum. Beinahe hätte ich geschrien.

»Nate«, zischte ich. »Wegen dir bekomme ich einen Herzinfarkt.« Ich sah nur seine Umrisse und konnte daher seine Miene nicht erkennen.

Im nächsten Moment schreckten wir beide zusammen, da plötzlich die Hunde bei uns auftauchten und uns beschnüffelten.

»Schsch ... Wir sind es nur. Seid leise.« Ich klopfte Artus besänftigend auf den Kopf. Er war von den dreien am aufgeregtesten.

»Auf euren Platz«, wies Nate die Hunde an, woraufhin sie davontrotteten. »Was hast du vor?«, erkundigte er sich erneut.

Ich suchte nach seiner Hand. »Verzeihst du mir?«

Er ergriff sie. »Versprich mir bitte, dass du mich nicht mehr anlügst.«

Ich nickte.

»Tara, versprich es mir«, forderte er mich nochmals auf, da er mein Nicken in der Dunkelheit anscheinend nicht wahrgenommen hatte.

»Ich verspreche es«, erwiderte ich und wir schlossen uns in eine Umarmung.

Die Hunde kamen wieder herbei und Nate schickte sie erneut zurück auf ihren Platz. »Warum stehen wir hier im Dunkeln?«

»Weil ich einer Sache auf den Grund gehen will. Und wenn du schon mal da bist, kannst du aufpassen, dass mich niemand dabei erwischt.«

»Wobei?«

»Ich will in Grandpas Arbeitszimmer nach Fotos suchen. Roberta hat dir gesagt, dass unser Großvater dem von Jay die Frau ausgespannt hat. Deshalb habe ich Jay getroffen. Um herauszufinden, was es damit auf sich hat. Warum ist von Kate im Haus kein einziges Foto aufgestellt? Ich werde erst zur Ruhe kommen, wenn ich weiß, was Dad und Grandpa vor uns zu verbergen versuchen.«

»Okay, ich bin dabei«, erwiderte Nate nach kurzem Zögern. Er ging voran und zog mich hinter sich her.

»Zu Grandpas Büro geht es da lang«, sagte ich, als er in die falsche Richtung lief.

»Vorher brauchen wir eine Taschenlampe.« Er führte mich unbeirrt weiter in die Küche. Dort nahm er eine aus dem Schubfach, in dem wir auch Glühbirnen und Batterien aufbewahrten, und schaltete sie an. »Du siehst ganz schön fertig aus«, stellte er fest, als er mein Gesicht erblickte.

»Danke, so fühle ich mich auch.« Ich nahm ihm die Taschenlampe aus der Hand und ging Richtung Arbeitszimmer. Vor der Tür blieb ich stehen und schaute noch einmal zu Nate zurück. »Warne mich, falls jemand kommt«, forderte ich ihn auf und huschte dann ins Zimmer.

Kurz überlegte ich, wo ich am besten anfangen sollte, und entschied mich schließlich für seinen Schreibtisch. Mir schlug das Herz bis zum Hals. Um keine Spuren zu hinterlassen, bemühte ich mich, die Unterlagen in den Schubfächern nicht durcheinanderzubringen. Das letzte Fach war verschlossen, daher nahm ich mir als Nächstes den Schrank vor. Dort wurde ich jedoch auch nicht fündig. In ihm stapelten sich nur Akten und Ordner, mit deren Inhalt ich nichts anfangen konnte. Frustriert machte ich mich über die Kommode her und fand dort im untersten Fach unter einem Stapel alter Zeitungen ein Fotoalbum. Ich schlug es auf und blätterte die Seiten um, bis ich auf ein Hochzeitsfoto von Grandpa und Kate stieß.

»Hast du etwas gefunden?«, fragte Nate, der durch den Türspalt spähte. Er kam zu mir. »Was hast du da?«

Im Lichtkegel der Taschenlampe betrachteten wir das Foto, das Grandpa im noblen Anzug und Dad und Tante Lilly neben ihm im Teenageralter zeigte. Die Braut trug ein knielanges weißes Kleid mit feiner Spitze. Doch es war der große Junge neben ihr, der meine Aufmerksamkeit auf sich zog.

Ich legte die Stirn in Falten. Jeden Millimeter seines Gesichtes nahm ich in Augenschein und hoffte, dass ich mich irrte. Doch es gab keinen Zweifel. Auch wenn er auf dem Foto mindestens zwanzig Jahre jünger war, erkannte ich ihn wieder.

»Nate«, sagte ich, hob den Kopf und sah ihn an. »Der Junge auf dem Bild ist Jays Vater.«

18. KAPITEL

Ich nahm das Bild an mich, verstaute das Album wieder an seinem Platz und verließ mit Nate den Raum. Die Taschenlampe schaltete ich aus. Wir machten uns im Dunkeln auf den Weg nach oben. Jetzt, wo ich ein Beweismittel in den Händen hielt, hatte ich noch mehr Angst, bei dem nächtlichen Streifzug durchs Haus erwischt zu werden.

Die restliche Nacht verbrachten wir in Nates Zimmer. Er saß an seinem Schreibtisch und ich neben ihm auf einem Sitzkissen. Wir durchforsteten das Internet nach Artikeln über die Hochzeit. Da Grandpa damals noch nicht Bürgermeister gewesen war, hatte das Ereignis kein öffentliches Interesse geweckt. Wir fanden nur einen einzigen Beitrag, in dem berichtet wurde, dass der Abgeordnete Chandler Owens nach Jahren als Witwer die Rathausangestellte Kate Silver im engsten Familienkreis geheiratet hat.

Nate lehnte sich zurück. »Sie war eine Silver«, flüsterte er.

Ich starrte auf den Bildschirm.

»Ist dir klar, was das bedeutet?«, fragte Nate.

»Das kann vieles bedeuten«, erwiderte ich, stemmte die Ellenbogen auf die Knie und verbarg das Gesicht in meinen Händen.

Nate stand auf und begann im Zimmer auf und ab zu gehen.

»Eins ist sicher: Kate Silver wurde zu Kate Owens. Und Jay Silver ist ihr Enkel.«

Ich rieb mir die Schläfe. »Durch die Hochzeit wurde Jays Vater zu Grandpas Stiefsohn. Die Frage ist, warum sie sich jetzt so hassen?« Ich betrachtete abermals das Hochzeitsfoto. »Hier wirken sie glücklich. Sie strahlen alle.«

»Irgendetwas muss passiert sein«, schlussfolgerte Nate.

Ich nickte. »Aber was?«

Er setzte sich wieder an seinen Schreibtisch und starrte auf den Computerbildschirm.

»Ich befürchte, im Internet werden wir nichts weiter finden«, sagte ich und stand auf. Nun war ich diejenige, die im Raum auf und ab lief. »Und da wir von Dad und Grandpa keine Antworten bekommen, gibt es wohl nur einen, der sie uns geben kann.«

Nate drehte sich in seinem Stuhl zu mir um. »Denke nicht einmal daran. Du hast doch gehört, was passiert, wenn du dich noch länger mit Jay abgibst.«

»Wenn ich im College mit ihm spreche, wird Dad das nicht mitbekommen. Bitte, Nate. Du willst doch auch wissen, warum Dad und Grandpa keinen Kontakt mehr zu den Silvers haben. Jay hat angedeutet, dass unsere Familie seiner alles genommen hat. Was also auch immer diese Familienfehde ausgelöst hat – Jay kennt den Grund.«

Nate strich sich durch sein kurzes Haar. »Ich weiß nicht so recht. Mir gefällt das nicht.«

»Ich kann es jetzt nicht auf sich beruhen lassen«, erwiderte ich. »Wir sind der Wahrheit schon ganz nah, ich spüre es.«

Wir diskutierten bis zum Morgengrauen. Pünktlich um acht Uhr gingen wir gemeinsam zum Frühstück und versuchten uns nichts anmerken zu lassen. Ich hatte gehofft, dass Dad schon zur Arbeit gefahren war. Allerdings saß er an der Stirnseite des Tisches und sah uns entgegen, als hätte er uns erwartet.

Nate wünschte allen einen guten Morgen und ich tat es ihm zögernd gleich. Bis auf Grandpa, der in der Zeitung las, lag die Aufmerksamkeit der Anwesenden auf mir. Dad klopfte mit dem Zeigefinger einen gleichmäßigen Takt auf dem Tisch. Mom rührte unentwegt in ihrem Tee und Roberta, die eine Kanne frischen Kaffee brachte, musterte mich ebenfalls.

»Deine Mutter wird nachher Dr. Lorris anrufen und ihm mitteilen, dass du dem Tierheim bis auf Weiteres nicht mehr zur Verfügung stehst«, informierte Dad mich.

Ich biss mir innen auf die Wangen und schwieg.

»Des Weiteren habe ich mich hoffentlich klar genug ausgedrückt, wie du dich in Bezug auf Jay Silver zu verhalten hast.«

Grandpa sah von seiner Zeitung auf. »Was hat das zu bedeuten?«

Dad räusperte sich. »Nichts, Vater. Du brauchst dich nicht damit zu belasten.«

Grandpa ballte seine Hände zu Fäusten. Die Zeitung raschelte. »Mach den Mund auf, Scott. Was ist hier los?«

»Deine Enkeltochter hatte zu dem Silver-Spross Kontakt. Aber sie wird dir sicherlich bestätigen, dass sie das ab jetzt unterlassen wird. Nicht wahr, Tara?« Er sah mich auffordernd an.

Mir schmerzten die Zähne, da ich sie viel zu fest zusammenbiss. Mein Nicken fiel so spärlich aus, wie ich es meinte.

Zwischen Dads Augenbrauen bildete sich eine tiefe Falte. Er lehnte sich zu mir über den Tisch. Es war klar, dass er es deutlich von mir hören wollte.

»Ich werde mich von ihm fernhalten«, bestätigte ich. Die Worte kamen mir derart schwer über die Lippen, als hätte ich seit Wochen nicht gesprochen.

Grandpa stand auf und rieb sich die Brust. »Entschuldigt mich«, sagte er und verließ den Raum.

Dad sah auf seine Armbanduhr, trank seinen Kaffee in einem Zug leer und erhob sich ebenfalls. »Bis heute Abend.« Er warf mir nochmals einen mahnenden Blick zu und ging.

»Wir wollen nur das Beste für dich«, ließ sie mich wissen und tupfte sich mit der Serviette über den Mund. »Der Umgang mit diesem Jungen schadet dir.«

Ich rückte den Stuhl zurück. »Du weißt, wie wichtig mir die Arbeit im Tierheim ist. Ich kann nichts dafür, dass Jay neuerdings aushilft. Trotzdem bestraft ihr mich deswegen.«

»Du musst es ja nicht für immer aufgeben. Ich sage Dr. Lorris, dass er sich zwischen dir und dem Jungen entscheiden muss. Auf dich wird er sicherlich nur ungern verzichten wollen.«

Dr. Lorris hatte gar nicht die Befugnis, Jays Sozialstunden zu streichen. Davon wusste Mom allerdings nichts und ich legte keinen Wert darauf, dass sie davon erfuhr.

»Lass uns fahren«, forderte ich Nate auf. »Ich frühstücke lieber in der Mensa. Hier vergeht mir der Appetit.«

Mom sah mich mit großen Augen an. Doch bevor sie etwas erwidern konnte, war ich schon zur Tür hinaus.

Nate folgte mir umgehend. Da wir heute die letzte Vorlesung gemeinsam hatten und am Nachmittag nichts geplant war, stieg ich neben ihm in seinen Jeep und fuhr bei ihm mit.

Ich betrachtete sein seitliches Profil und mir wurde wieder bewusst, wie viel er mir bedeutete. Wir hatten schon immer gegenseitig aufeinander aufgepasst und er war nun auch in dieser schwierigen Situation mein Verbündeter. Obwohl ich ihm meinen Kontakt zu Jay verheimlicht hatte, hielt er zu mir. Ich würde ihn nie wieder anlügen.

»Jay wird mir gleich meine Tasche in die Bibliothek bringen«, informierte ich ihn und erinnerte mich zugleich, dass Jays Pullover noch zu Hause in meinem Schrank lag. »Ich habe sie gestern bei ihm vergessen.«

Nate sah mich kurz an. »Dann komme ich mit.«

»Davon wird er nicht begeistert sein.«

»Schließ mich nicht wieder aus, Schwesterchen. Ich will wissen, wie er darauf reagiert, dass unsere Väter Stiefbrüder sind.«

»Dann halte dich aber bitte zurück. Glaub mir, Jay ist ganz anders, als du denkst.«

Nate fuhr ins Parkhaus. Wir waren viel zu früh dran und gingen deshalb tatsächlich in der Mensa noch eine Kleinigkeit essen. Dann begleitete er mich in die Bibliothek und setzte sich an einen der Tische.

Da Jay mich am Vortag vor dem Tresen angesprochen hatte, hielt ich mich dort auf, trat auf der Stelle von einem Fuß auf den anderen und sah mich immerzu um. Jedes Mal, wenn sich die Tür öffnete, begann mein Herz schneller zu schlagen. Ich erinnerte mich an die Fahrt auf seinem Motorrad und wie nah ich ihm dabei gekommen war.

Die Art, wie er sich das Haar aus der Stirn strich, sein aufrechter und dennoch lockerer Gang, das unterdrückte Lächeln – einfach alles an ihm zog mich an. Das ehrliche Lachen, das er der Enkelin von Professor Kelsey geschenkt hatte, würde sich für alle Zeit in meine Erinnerung einbrennen. Ich war fast ein wenig eifersüchtig auf die kleine Kaja.

Die Zeit verstrich, ohne dass Jay auftauchte. Mein Blick war mittlerweile starr auf die Tür gerichtet. Wo blieb er nur? War das seine Antwort darauf, dass ich Mom und ihn gestern nicht einander vorgestellt hatte? Oder hatte er mitbekommen, dass Nate bei mir war?

Dieser kam zu mir und verschränkte die Arme vor der Brust. »Wir müssen jetzt zur Vorlesung.«

Ich nickte, rührte mich aber nicht von der Stelle.

Nate fasste mich am Handgelenk und zog mich hinter sich her. Jay hatte mich hängen lassen, dabei wusste er, dass ich meinen Laptop für die Uni brauchte. Mir blieb nur zu hoffen, ihn wieder im Mathe-Kurs zu treffen. Doch auch dort fehlte von ihm jede Spur.

»Was soll ich denn jetzt machen?« Ich ließ mich neben Nate auf einen Stuhl fallen. »Mein Smartphone ist ebenfalls in der Tasche.«

»Hey, ihr.« Paige kam außer Puste bei uns an. Sie nickte Nate zu, der ihren Gruß nur halbherzig erwiderte. Dann umarmte sie mich und nahm neben mir Platz. »Wieso gehst du nicht ans Telefon? Im Steakhouse ist eine Kollegin krank geworden. Daher muss ich heute Nachmittag ihren Dienst übernehmen und kann leider nicht mit dir ins Tierheim fahren.«

Ich ließ die Schultern hängen. »Kann sein, dass wir nicht länger auf Dr. Lorris' Hilfe zählen können.«

Sie hob die Augenbrauen. »Wieso?«

Der Dozent betrat den Raum, weshalb ich sie damit vertröstete, ihr später alles zu erzählen.

Paige strich sich mit den Zähnen über ihren Lippenring. »O Mann. Ich hab heute null Bock auf den Kram. Können wir den Vormittag nicht einfach blaumachen?«

Sie hatte es nur beiläufig vor sich hin gesagt, doch ich wurde hellhörig. »Nate«, flüsterte ich und stieß ihn mit dem Ellenbogen an. »Ich brauche dringend meine Tasche und das Gespräch mit Jay will ich keinen Tag länger hinauszögern. Zu Hause werden sie darauf achten, dass ich pünktlich auf der Matte stehe. Mir bleibt nur eine Möglichkeit.«

Er sah zu dem Dozenten und dann wieder zu mir. »Vergiss es. Wir werden nicht schwänzen. Womöglich sieht uns jemand bei unserem Ausflug und erzählt es Dad.«

Ich schüttelte den Kopf. »Er wird es nicht erfahren. Du bleibst hier. Ich fahre mit Paige. In ihrem alten Wagen wird mich niemand vermuten.« Nate holte zu einem Einwand aus, doch ich sprach schnell weiter: »Bis die Seminare vorbei sind, bin ich zurück. Ich werde meine Tasche wiederhaben und mit Glück auch ein paar zusätzliche Antworten. Dann brauchen wir uns nicht mehr mit Jay zu beschäftigen und können das Thema abhaken.«

Die Miene meines Bruders verriet deutlich, wie wenig er von meinem Plan hielt. Aber schließlich überwand er sich zu einem zustimmenden Nicken.

Ich lächelte und drückte seine Hand, bevor ich mich an Paige wandte. »Lass uns abhauen«, forderte ich sie auf.

Zuerst sah sie mich irritiert an. Danach breitete sich ein Grinsen in ihrem Gesicht aus und wir schlichen uns aus dem Saal.

19. KAPITEL

»Was machen wir?«, fragte Paige, sobald wir bei ihr im Auto saßen.

Ich hatte ein schlechtes Gewissen, da ich sie nicht ausnutzen wollte. »Grundsätzlich bin ich für alles offen«, erwiderte ich. »Aber als Allererstes müssten wir kurz zu Jays Werkstatt. Ich habe gestern mein Portemonnaie und Handy bei ihm vergessen.«

Sie ging vom Gas und musterte mich. »Hab ich was verpasst? Was hattest du denn bei Jay zu suchen?«

Ich erzählte ihr, dass Jay neuerdings im Tierheim Stunden ableisten musste und er den Transporter reparierte. In diesem Zusammenhang erklärte ich ihr auch, weshalb wir die Befragungen und die Tests für unser Referat derzeit nicht bei Dr. Lorris durchführen konnten. Paige wusste ja bereits durch Jays Reaktion im Steakhouse, dass die Owens und Silvers sich nicht besonders mochten. Das war der offizielle Grund, warum meine Eltern mir den Kontakt zu Jay untersagten.

»Du hättest dich nur zu melden brauchen, dann hätte ich dir deine Tasche mitgebracht.«

»Ohne Handy ging das schlecht und außerdem wollte Jay sie mir heute mitbringen. Ich habe geglaubt, dass auf ihn Verlass ist.«

Paige kurbelte die Scheibe hinunter und legte den Unterarm auf die Fensterkonsole. »Eigentlich steht Jay immer zu seinem Wort. Wenn er nicht aufgetaucht ist, hat das sicherlich einen triftigen Grund.«

»Ach ja? Na, wir werden es gleich erfahren.«

Der blickdichte Holzzaun kam in unser Sichtfeld und mit jedem Meter, dem wir uns der Werkstatt näherten, beschleunigte sich mein Herzschlag. Hoffentlich war Jay da. Je schneller ich das Gespräch hinter mich brachte, desto besser. Ich würde einfach den Blickkontakt zu ihm meiden und ausreichend Abstand halten. Er war ein Junge wie jeder andere, auch wenn er eine ziemlich heiße und coole Version der männlichen Spezies war. Ich musste mich zusammenreißen, durfte mich durch das Gefühlschaos, das er in mir auslöste, nicht verunsichern lassen.

Nachdem wir neben dem Wohnwagen geparkt hatten, stiegen wir aus. Jays Motorrad stand in der offenen Garage. Er musste also hier sein.

»Hallo, Steve«, grüßte Paige Mr Silver, als dieser auf uns zukam.

»Paige.« Er nickte ihr zu. »Falls du Finn suchst, der ist nicht hier.«

»Nein, nein. Ich begleite nur Tara.«

Er reichte mir die Hand. »Ich wusste gar nicht, dass ihr euch kennt.«

»Vom College«, erwiderten wir im Chor.

»Der Transporter ist noch nicht fertig«, ließ Mr Silver mich wissen. »Jay wird bis heute Nachmittag brauchen.«

»Ja, ich weiß. Ich möchte nur meine Tasche holen. Die habe ich gestern im Wagen vergessen.«

Er lächelte und ging zu dem Transporter, der nach wie vor auf der Hebebühne stand. Die mechanische Vorrichtung fuhr herunter, als er den Schalter an der Säule betätigte. Dann öffnete er die vordere und danach die hintere Tür. »Hier ist keine Tasche«, sagte er. »Vielleicht hat Jay sie in seinem Zimmer.« Er stieg die steile Treppe hinauf.

Es war also nicht nur ein Umkleideraum, der sich auf dem Dachboden der Garage befand. Ich sah zu Jays Harley und wieder zur Treppe. Wie er wohl darauf reagierte, dass ich während der Vorlesungszeit hier mit Paige auftauchte? Die Tür schlug zu. Doch Mr Silver kam ohne Jay die Stufen herunter und meine Tasche hatte er auch nicht dabei.

»Tara ist hier«, sprach er in sein Telefon. »Wo hast du ihre Tasche versteckt?« Er blieb vor mir stehen und bedeutete mir, kurz zu warten. »Alles klar, ich sag es ihr.« Nachdem er den Anruf beendet hatte, schob er das Handy in seine Hosentasche und hob entschuldigend die Schultern. »Jay hat sie dabei. Entweder du wartest hier oder er bringt sie dir morgen mit.«

»Wo steckt er denn?«, fragte Paige.

»Er war mit seinem Großvater beim Arzt. Sie sind schon auf dem Rückweg. Aber ich kann nicht sagen, wie lange sie durch den Stadtverkehr brauchen.«

»Lass uns hier warten«, bat ich Paige.

Sie setzte sich auf die Motorhaube ihres Autos und seufzte. »Wenn es sein muss.«

»Wollt ihr was trinken?«

»Nein danke«, erwiderte ich.

»Klar, gerne«, antwortete Paige im selben Augenblick.

Er lachte und ging zum Wohnwagen.

»Wohnt er mit Levy da drin?«, flüsterte ich und sah Paige an.

»Nee, der Wohnwagen ist Steves Büro. Die beiden wohnen da drüben.« Sie deutete auf ein heruntergekommenes vierstöckiges Haus auf der gegenüberliegenden Straßenseite.

Steve kam mit einem Sechserpack Dosencola zurück.

»Vielen Dank, das ist nett von Ihnen«, sagte ich und nahm eine Dose entgegen.

»Ich hab es nicht so mit Förmlichkeiten«, entgegnete er. »Nenn mich Steve.« Er zwinkerte mir zu und ging wieder davon. »Entschuldigt mich, ich habe noch eine Menge Bürokram zu erledigen.«

Es war seltsam. Ich sah ihn heute mit völlig anderen Augen, da ich ihn in Gedanken als den Jungen auf dem Hochzeitsfoto vor mir sah. Damals hatte er zu unserer Familie gehört, im Grunde war er mein Stiefonkel. Ich bildete mir plötzlich ein, zu ihm eine Verbindung zu spüren. Wäre Paige nicht bei mir gewesen, hätte ich vielleicht sogar den Mut gefunden, ihn darauf anzusprechen. Ich fand ihn sympathisch. Nicht zu wissen, was schließlich zum Bruch geführt hatte, machte mich verrückt.

»Wollen wir nachher zum Strand fahren?«, fragte Paige. »Zum Shoppen hab ich kein Geld, und außerdem würde ich lieber chillen, bevor ich heute wieder Dienst im Steakhouse schiebe.«

»Strand klingt gut.« Ich öffnete die Dose. »Sag mal, Jays Großvater ist doch Teilhaber vom Steakhouse. Also ist er sozusagen auch dein Chef.«

Sie nickte.

»Ist er krank? Ich meine, weil Jay mit ihm beim Arzt war.«

Paige nickte abermals. »Dean hat permanent Schmerzen. Seit er im Gefängnis war, sitzt er im Rollstuhl.«

Irgendwie schienen sich in ihren Kreisen, egal welchen Alters, alle zu duzen.

»Warum war er in Haft?«

Sie zuckte mit den Schultern. »So genau weiß ich das gar nicht. Ihm gehörte damals das ehemalige Klubhaus der Road Kings. Dort kam es irgendwann zu einer Massenschlägerei und danach kam er in den Knast und das alte Steakhouse wurde abgerissen.«

Ich trank einen Schluck und lehnte mich gegen die Fahrertür. Diese Informationen brachten mich nicht unbedingt weiter. Oder übersah ich etwas?

»Wie lange saß er im Gefängnis?«

»Fünfzehn Jahre.«

Ich riss die Augen auf. »So lange? Dann war es bestimmt kein Kavaliersdelikt.«

»Nach so einer Zeit kommst du draußen nicht mehr klar«, sagte sie. »Aber die Kings haben ihn aufgefangen. Sie haben alle zusammengelegt und durch das Startkapital bei der Bank einen Kredit bekommen. Die Teilhaberschaft am Steakhouse haben sie ihm einfach so überlassen und unter seiner Leitung hat es sich in Dorchester zum angesagtesten Restaurant gemausert.«

»Heißt das, der Gang gehört die andere Hälfte?«

»Jep. Die Kings stecken mit drin. Aber die Geschäfte überlassen sie Dean. Ihnen ging es hauptsächlich darum, wieder ein Klubhaus zu haben, wie früher.«

Der Abschleppwagen fuhr auf den Hof und ich begegnete sofort Jays Blick. Er sah mich an, während er den Motor ausstellte und ausstieg. Auch als er den Rollstuhl vom Anhänger losband, schaute er zu mir. Dabei verzog er keine Miene.

»Offenbar habe ich doch etwas verpasst«, sagte Paige, und mir wurde bewusst, dass ich ihn nicht weniger anstarrte. Sie kniff mich in die Seite und schmunzelte.

Jay lief vorn um den Wagen herum. Sein Großvater hatte die Beifahrertür bereits geöffnet. Da die Sitzhöhe zu hoch war, konnte er es unmöglich schaffen, sich aus eigener Kraft in den Rollstuhl zu hieven. Deshalb hob Jay ihn aus dem Wagen und setzte ihn vorsichtig in den Rollstuhl.

»Ich danke dir, mein Junge. Was würde ich nur ohne euch machen?«

»Wenn ich den Transporter fertig habe, besorge ich dir die neuen Medikamente«, sagte Jay und schob ihn an.

»Wie es scheint, wirst du schon erwartet.« Sein Großvater lächelte freundlich.

Ich fand, sein Sohn hatte mit ihm große Ähnlichkeit. Dean Silvers Haar war allerdings komplett grau und durch die tiefen Falten in seinem Gesicht sah man ihm an, dass er viel durchgemacht hatte. Vielleicht waren es auch die Schmerzen, die ihn zeichneten.

»Hey, Dean.« Als Jay neben uns hielt, beugte Paige sich zu seinem Großvater hinab und drückte ihn.

Er tätschelte ihre Schulter und sah dann zu mir. »Du bist Tara. Mein Enkelsohn hat mir schon von dir erzählt.«

Jay spannte sich merklich an und mied nun meinen Blick. Paige sah zwischen ihm und mir hin und her. Sie würde mich später sicherlich mit Fragen löchern.

»Ich hoffe, Jay hat mich nicht in einem zu schlechten Licht dastehen lassen«, sagte ich und reichte Dean Silver die Hand.

»Es nützt nichts, wenn man Vergleiche zieht«, erwiderte er, hielt meine Hand und sah zu Jay. »Wir können uns nicht aussuchen, in welche Welt wir geboren werden, und auch auf unsere Familie haben wir keinen Einfluss.«

»Da seid ihr ja«, sagte Steve. Er schloss die Wohnwagentür und kam zu uns. »Was haben die Ärzte gesagt?«

»Sie haben mir ein neues Schmerzmittel verschrieben«, antwortete ihm sein Vater.

Steve trat hinter den Rollstuhl und schloss die Hände um die Griffe. »Ich bringe dich zum Steakhouse. Nach dem ganzen Schreibkram kann ich ein ordentliches Mittagessen vertragen und du hast heute auch noch nichts gegessen.« Er sah zu Jay. »Soll ich dir was mitbringen?«

»Nein, ich treffe mich gleich mit Finn. Er kommt mit mir zum Tierheim, um den Transporter zurückzubringen, und fährt mich anschließend wieder her.«

»Alles klar. Dann bis heute Abend.«

Steve und Dean Silver nickten uns zum Abschied zu. Sie plauderten miteinander, während Steve sich zu Fuß auf den Weg machte und seinen Vater ohne Eile vor sich herschob. Ich konnte den Hass, den unsere Familie ihnen entgegenbrachte, nicht nachvollziehen. Sie kamen mir nicht wie Kriminelle vor, auch wenn Jays Großvater so lange im Gefängnis gesessen hatte. Dieser Geschichte wollte ich auch noch auf den Grund gehen.

»Ihr scheint euch ja besser zu kennen, als ich dachte«, platzte es aus Paige heraus. Sie riss mich schlagartig aus meiner Grübelei.

Jay ignorierte ihren Kommentar. Er ging zurück zum Abschleppwagen und holte meine Tasche hervor.

»Der Abstecher in die Klinik war nicht eingeplant«, sagte er, während er sie mir beim Vorbeilaufen überreichte.

Er ließ mich stehen und stieg die Treppe zu seinem Zimmer hinauf. Doch ich war nicht hergekommen, um mich so einfach abwimmeln zu lassen. Hier und jetzt mit ihm zu sprechen war vielleicht meine letzte Chance. Ins Tierheim durfte ich nicht mehr und im College würde ich nie mit ihm allein sein. Daher straffte ich die Schultern und atmete tief durch.

»Bitte warte auf mich«, forderte ich Paige auf, drückte ihr meine Tasche in die Hände und lief auf die Garage zu. »Ich habe noch etwas mit Jay zu klären.«

20. KAPITEL

Ich stieg die steile Treppe hinauf. Als ich oben bei der Tür ankam, schloss ich kurz die Augen. Dann hob ich die Hand und klopfte.

Angespannt lauschte ich nach Jays Stimme. Da er mich nicht hereinbat, erwartete ich, dass er mir öffnete. Doch es passierte nichts.

Ich klopfte erneut, diesmal etwas lauter. Aber wieder gab es keine Reaktion.

Na schön, er hatte es so gewollt. Bevor ich es mir anders überlegen konnte, ergriff ich die Türklinke und trat ein.

Jay stand neben seinem Bett, das einfach nur eine auf dem Boden liegende Matratze war. Er hatte sein T-Shirt ausgezogen und hielt es noch in der Hand.

»Ich kann mich nicht daran erinnern, dich hereingebeten zu haben.«

»Tut mir leid.« Ich schloss die Tür. »Wir müssen dringend miteinander reden.«

Jay schmiss sein T-Shirt auf die Matratze und kam langsam auf mich zu. »Lass mich in Ruhe, Tara.« Er wirkte müde.

Ich verschränkte die Arme vor der Brust. »Bist du sauer, weil ich dich gestern meiner Mutter nicht vorgestellt habe?«

Er blieb dicht vor mir stehen und sah auf mich herab. »Das

hat nur einmal mehr gezeigt, dass wir der großen Owens nicht würdig sind. Du hast mich bei der erstbesten Gelegenheit davongejagt.« Er deutete mit dem Kinn zur Tür. »Geh.«

Ich wich einen Schritt zurück. »Du hast gehofft, dass mein Dad von unserem Zusammentreffen erfährt. Hab ich recht?«

Er hob die Augenbrauen. »Warum sollte ich das wollen?«

»Weil du weißt, wie sehr es ihn ärgern würde.«

Jay wandte sich von mir ab, ging zu einer Kommode und zog ein weißes Shirt aus dem Schubfach, auf dem verblichene Schmierflecken waren.

»Falls du es beabsichtigt hast, kannst du dich freuen«, stieß ich aus. »Mein Dad hat inzwischen davon erfahren und seine Konsequenzen gezogen.«

Er wollte sich das Shirt gerade überstreifen, hielt aber mitten in der Bewegung inne. »Welche Konsequenzen?«

Ich spürte einen Kloß im Hals und schluckte dagegen an. »Das Tierheim ist für mich gestrichen, und wenn ich weiterhin zu dir Kontakt halten sollte, wird er noch weitere Maßnahmen ergreifen.«

Einen Moment lang starrte Jay mich einfach nur an. »Dieser Bastard«, fluchte er.

»Wir sprechen hier immer noch von meinem Dad«, erinnerte ich ihn.

Jay streifte sich das Shirt über. »Er hat rein gar nichts aus den Fehlern seines Vaters gelernt.«

»Hör auf damit, immer nur Andeutungen zu machen. Erzähl mir endlich, was passiert ist.«

Er sah durch das runde Fenster hinaus. Wieder einmal zögerte er.

»Nate und ich haben herausgefunden, dass unsere Väter Stiefbrüder sind«, ließ ich ihn wissen und wartete gespannt auf seine Reaktion.

Jay wandte sich mir wieder zu. Seine Pupillen zuckten. »Dann steht ihr kurz davor, das Rätsel zu lösen.«

»Tara«, rief Paige draußen. »Ich setze hier schon Wurzeln an!«

»Ich komme gleich«, rief ich zurück und ging gleichzeitig auf Jay zu. »Wahrscheinlich werde ich nicht mehr die Gelegenheit bekommen, noch einmal allein mit dir zu sprechen. Ich schwänze gerade die Vorlesungen. Und das kann ich auch nur, weil mein Bruder mich deckt.«

Jay hob die Hand, um mich zu stoppen.

»Bitte, sag es mir«, flüsterte ich.

»Ich gebe dir noch einen Hinweis. Das letzte Puzzleteil, das du brauchst«, sagte er. Seine Stimme klang dabei ganz ruhig.

»Warum klärst du mich nicht einfach auf?« Ich fühlte mich von der ganzen Situation so unglaublich erschöpft.

»Weil ich sichergehen will, dass du die Schuld deines Vaters und Großvaters selbst erkennst.« Er überwand die letzte Distanz zwischen uns. Sein Blick streifte über mein Gesicht, bis er auf meinen Lippen hängen blieb. Dabei strahlten seine Augen eine Wärme aus, die sich wie eine Liebkosung anfühlte. »Es ist mir wichtig, dass du mir glaubst.«

Ich spürte, wie mir die Röte in die Wangen schoss. Einerseits wollte ich ihn schütteln, damit er mir endlich die Wahrheit sagte.

Und gleichzeitig wollte ich meine Arme um ihn schlingen und ihn küssen. Er war mir so nah, dass ich jede einzelne seiner Wimpern sehen konnte und mir einbildete, trotz der wenigen Zentimeter, die uns noch trennten, seine Körperwärme zu spüren.

Jay hob die Hand und strich mir eine Haarsträhne aus dem Gesicht. Er tat das so zärtlich, dass ich zu zittern begann.

»Ich habe wirklich versucht, dich zu vergessen«, flüsterte er. »Aber es gelingt mir einfach nicht.« Er legte seine Hände auf meine Wangen. »Ich mag dich, Prinzessin. Auch wenn ich es nicht wahrhaben will, sogar jeden Tag ein bisschen mehr.«

Ich brachte kein Wort hervor, nickte nur. Mein ganzer Körper war erfüllt mit einem elektrisierten Kribbeln.

»Der Hinweis, den ich dir noch geben kann, ist, dass mein Vater Lilly geliebt hat.«

Ich stand da wie erstarrt. Meine Tante Lilly? Aber sie war doch Steves Stiefschwester gewesen. In meinem Kopf herrschte Chaos.

Als Paige abermals nach mir rief, ließ Jay mich los und eilte aus dem Zimmer. Ich folgte ihm schließlich wie in Trance die Stufen hinab. Sie warf mir einen vorwurfsvollen Blick zu, kam mir entgegen, ergriff meine Hand und zog mich hinter sich her zum Auto. Kurz drehte ich mich zu Jay um, der unter die Hebebühne trat und an der Achse des Transporters schraubte. Wir hatten uns nicht einmal voneinander verabschiedet.

Ich sank auf den Beifahrersitz. Paige fuhr los und ich schaute in den Außenspiegel. Während wir uns immer weiter entfernten, kam Jay unter der Hebebühne hervor, trat aus der Garage und sah uns nach. Ich drehte mich um und blickte durch die Heckscheibe zu ihm zurück. Wie vor ein paar Tagen beim Steakhouse hatte ich das Gefühl, er würde mir über die Entfernung hinweg direkt in die Augen sehen. Und dann bog Paige auf die Straße und der Holzzaun trennte uns voneinander.

Am liebsten hätte ich Paige angefleht zurückzufahren. Doch stattdessen rutschte ich in meinen Sitz und schloss die Augen.

»Ich hätte es kommen sehen müssen«, schimpfte sie mit sich selbst. Da sie nicht weitersprach, sah ich sie fragend an.

»Glaubst du, ich bemerke nicht, dass da etwas zwischen euch ist?«, stieß sie aus. »Dabei hatte ich dich noch vor Jay gewarnt. Ich habe dir gesagt, dass sich die Mädchen an ihm die Zähne ausbeißen.«

»So ist es nicht«, erwiderte ich, fragte mich jedoch im selben Moment, ob Paige nicht zumindest teilweise recht hatte. Als Jay mir gestanden hatte, dass er mich trotz der widrigen Umstände mochte – sehr mochte –, war etwas in mir entbrannt. Ich war noch nie verliebt gewesen, nicht einmal verknallt. Wie sollte ich da meine widersprüchlichen Gefühle zu Jay einzuordnen wissen? Vom ersten Augenblick an hatte er mich mit seiner einnehmenden Aura in den Bann gezogen. Daran hatte ich auch nichts ändern können, als ich erfuhr, dass er zu den Kings gehörte. Es war, wie Jay es sagte. Ob wir es wahrhaben wollten oder nicht, zwischen uns war eine Anziehung, der wir nicht widerstehen konnten.

»Woran erkennt man, dass man verliebt ist?«, fragte ich.

»Liebe hat tausend Gesichter«, antwortete Paige, nachdem sie eine Weile nachgedacht hatte. »Zwischen Finn und mir läuft es nicht immer rund. Doch wenn wir getrennt sind, kommen wir auch nicht ohneeinander klar.« Sie fuhr sich durch die dunkle Lockenmähne. »Weißt du, Liebe lässt sich meiner Meinung nach nicht heilen und genauso wenig erzwingen. Sie erwischt dich, ohne dass du es geplant hast. Und du bist machtlos, falls sie dich wieder verlassen sollte.«

»Und was, wenn sich ihr andere in den Weg stellen?«, warf ich ein.

Paige sah mich kurz an. Sie ahnte sicherlich, dass ich von Jay und mir sprach. »Dann wird es kompliziert.«

Die restliche Fahrt schwiegen wir. Als wir am Strand ankamen und Paige während unseres Spaziergangs weiterhin nichts sagte, begriff ich, dass sie noch immer auf meine Erklärung wartete und wissen wollte, was zwischen Jay und mir vorgefallen war. Und so begann ich ihr nach langem Zögern alles zu erzählen. Ich kannte Paige noch nicht lange, aber ich vertraute ihr, genoss es, wie sie sich bei mir unterhakte und mir aufmerksam zuhörte. Sie hatte bisher keine Ahnung von meiner Familie gehabt, und sie versprach mir, es für sich zu behalten und nicht einmal Finn davon zu erzählen.

Nach einer guten Stunde kehrten wir zum Auto zurück. Meine Stimmung hatte sich etwas gebessert, doch sobald ich an Jay dachte, überkam mich wieder Traurigkeit.

Beim College angekommen, ließ Paige mich gleich am Fahrbahnrand aussteigen. Ich umarmte sie und wir machten aus, am Abend noch mal miteinander zu telefonieren.

Nate und ich hatten uns vor dem Parkhaus verabredet. Auf dem Weg dorthin kramte ich mein Handy aus der Tasche. Zum Glück war der Akku noch nicht leer.

Dr. Lorris hatte schon dreimal versucht, mich zu erreichen. Ich wählte seine Nummer und lauschte dem Freizeichen.

»Tara, es tut mir so leid«, meldete er sich.

Ich seufzte. »Mom hat sich also schon gemeldet.«

»Ja, das hat sie. Du weißt, wie unverzichtbar du für uns bist. Ich werde mit Jays zuständigem Vermittler sprechen. Sie können ihm bestimmt eine andere Arbeitsstelle zuweisen.«

Ich massierte mir die Schläfe und atmete tief durch. »Nein, tun Sie das bitte nicht. Es wäre nicht fair, wenn Jay wegen dem Dickkopf meiner Eltern bestraft würde.«

»Aber er hat mich gerade angerufen und selbst darum gebeten«, ließ Dr. Lorris mich wissen.

Ich spürte ein Ziehen in der Brust. Wollte er mir wieder aus dem Weg gehen? Ich hatte ihm erzählt, dass ich wegen ihm nicht mehr ins Tierheim kommen durfte. Das Ziehen verwandelte sich in ein Kribbeln. Tat er es, um mir in dieser Situation zu helfen?

»Das möchte ich nicht«, stellte ich klar. »Bis Jay seine Stunden abgeleistet hat, konzentriere ich mich auf mein Studium. Vielleicht lassen meine Eltern auch noch mal mit sich reden. Wenn ich mich nur unter der Woche im Dienstplan eintrage, würde ich Jay nicht begegnen.«

»Na schön«, entgegnete Dr. Lorris. »Dann melde dich bei mir, sobald du das geklärt hast.«

»Das werde ich.«

»Mach's gut, Tara.«

»Grüßen Sie bitte Toby von mir.« Ich legte auf.

»O Mann, ich hatte echt Schiss, dass du nicht rechtzeitig zurück bist«, rief Nate, während er auf mich zukam. Er blieb vor mir stehen und sah mich mit großen Augen an. »Und? Sag schon! Hat uns dein Ausflug weitergebracht?«

Ich nickte. »Lass uns fahren. Ich erzähle dir alles unterwegs. Jay hat mir einen letzten Hinweis gegeben. Ich weiß jetzt, wo wir graben müssen.«

21. KAPITEL

»Die beiden waren Geschwister«, sagte Nate zum wiederholten Mal. Seine Fassungslosigkeit schwang mit jedem Wort mit.

»Stiefgeschwister«, erwiderte ich. »Sie waren nicht blutsverwandt.« Ich nahm den Laptop aus der Tasche, stellte ihn auf meinen Schreibtisch, steckte ihn ebenso wie das Handy ans Netzkabel und klappte ihn auf.

Nate stellte sich hinter mich, stützte die Unterarme auf die Lehne und sah über meine Schulter.

»Wie fangen wir an?«, fragte ich.

»Mit Jays Vater«, schlug Nate vor.

Ich gab Steves Namen in die Suchmaske ein, fand aber außer den Hinweisen auf seine Werkstatt nichts über ihn. Daher suchte ich nach Jays Großvater. Vielleicht konnte ich herausfinden, warum er im Gefängnis gesessen hatte. Doch über ihn fand ich gar nichts. Das war seltsam. Heutzutage fand man im Internet schließlich so gut wie alles.

Nach Tante Lilly brauchte ich gar nicht erst zu suchen. Ich wusste, dass es alte Zeitungsartikel gab, die von dem damaligen Unglück berichteten. Da Grandpa zu diesem Zeitpunkt noch nicht Bürgermeister gewesen war, hatte sich die Berichterstattung allerdings in Grenzen gehalten. In Boston passierte ständig etwas und auch in den Todesanzeigen war ihr Name einer von vielen gewesen. Gäbe es einen Beitrag über sie und Steve, würde ich das wissen.

»Und nun?«, brach es aus Nate heraus.

Ich wickelte mir eine Haarsträhne um den Finger und dachte nach. »Irgendetwas übersehen wir. Jay war sich sicher, dass wir mit diesem Hinweis auf das Geheimnis stoßen.« Ich öffnete meine Schublade und zog das Hochzeitsbild hervor, um es abermals zu betrachten.

»Du solltest es zurückbringen, bevor Grandpa merkt, dass es im Album fehlt«, sagte Nate.

Ich sah ihn an und runzelte die Stirn. »Du hast recht. Und bei dieser Gelegenheit werde ich mir das Fotoalbum noch mal genauer anschauen. Möglicherweise finde ich in seinem Büro noch irgendeinen Anhaltspunkt, dem wir nachgehen können.«

Nachdem ich aufgestanden war, nahm Nate meinen Platz ein und versuchte sich weiter an der Recherche. Ich setzte mich auf die gepolsterte Fensterbank und strich gedankenverloren über das Foto. Bei der Hochzeit war Tante Lilly sechzehn gewesen und ein Jahr später war sie bereits tot. Sie hatte es nicht erlebt, wie es war, aufs College zu gehen.

Ihr Schicksal hatte mir schon immer leidgetan. Aber nun, da ich mehr über sie erfahren hatte, wurde sie für mich greifbarer. In meinem Bauch dehnte sich ein Loch aus. Obwohl ich Tante Lilly nicht gekannt hatte, war ich mir sicher, dass ich sie gemocht hätte.

Ich schaute weiterhin auf das Bild, sah von ihr zu Steve. Falls es wirklich stimmte, waren die beiden ein süßes Paar gewesen.

Er wirkte älter als sie. Das konnte durch seine Größe jedoch auch täuschen. Er musste ebenso wie Grandpa und Dad sehr um sie getrauert haben. Wenigstens hatte Tante Lilly durch ihn in ihrem kurzen Leben erfahren dürfen, wie sich Liebe anfühlte.

Meine Gedanken schweiften zu Jay, mein Blick aus dem Fenster. Mom saß im Garten am Tisch, hatte Dokumente vor sich liegen und plante vermutlich die nächste Charity-Veranstaltung. Die Hunde dösten neben ihr im Gras. Grandpa lag auf der Terrasse des Bootshauses, im Schatten des Windsegels, auf einer Liege. Er hatte die Lehne aufgestellt, sich in eine Decke gehüllt und blätterte in einem Ordner.

»Grandpa ist beschäftigt«, sagte ich. »Ich bringe das Bild schnell zurück.«

Nate folgte mir ins Erdgeschoss, blieb aber vor Grandpas Bürotür stehen.

Ich ging direkt zur Kommode, zog die unterste Schublade auf, und nahm das Album unter den alten Zeitungen heraus. Das Foto verstaute ich wieder an der richtigen Stelle und blätterte die Seiten dann weiter. Neben Bildern von der Hochzeitsfeier kamen Urlaubsfotos von einer Europareise dazu, auf denen nur Grandpa und Kate abgebildet waren. Offenbar hatten sie ihre Kinder zu Hause gelassen und sich eine ausschweifende Hochzeitsreise gegönnt. Weiter hinten im Album stieß ich auf Aufnahmen von Dad, Lilly und Steve. Sie lagen am Strand, im Hintergrund war unser Haus zu sehen. Auf anderen Bildern saßen sie zusammen in einem Boot, lachten vor einem Restaurant in die Kamera oder hielten, nebeneinander an einem

Tisch sitzend, vertraut die Köpfe aneinander. Die drei wirkten total innig, als wären sie beste Freunde. Einige Fotos nahm ich heraus und schaute auf deren Rückseite, ob sie vielleicht mit einem kleinen Text beschriftet waren. Doch leider fand ich keine weiteren Hinweise.

»Tara«, zischte Nate. Ich hatte die Tür nur angelehnt. Er öffnete sie einen Spaltbreit und lugte herein. »Grandpa kommt. Mach, dass du aus seinem Zimmer verschwindest.«

Ich seufzte. Enttäuscht legte ich das Album in das Schubfach zurück und ordnete die alten Zeitungen darüber. Das Papier fühlte sich schmutzig an und war schon total vergilbt. Während ich die Schublade zuschob, fiel mir das Datum auf dem oberen Titelblatt ins Auge und ich hielt mitten in der Bewegung inne. Dieses Tageblatt wurde vor über 30 Jahren gedruckt. Ich starrte auf das Datum vom sechsten Oktober. Zwei Tage zuvor war Tante Lilly gestorben.

»Was treibst du noch so lange? Er ist gleich da.«

Meine Finger zitterten, als ich die Zeitung herausnahm und aufblätterte.

»Tara!« Nate fluchte.

»Halte ihn auf«, flüsterte ich und überflog hastig die Zeilen, die über Lilly handelten.

»Machst du Witze?«

Ich hörte ihn nochmals fluchen und vernahm dann Grandpas Stimme. Im selben Moment blieb mein Blick auf einem Namen hängen. Ich verengte die Augen und betrachtete das Bild neben dem Artikel, das den Mann zeigte, der für Lillys Tod verantwortlich war. Es fühlte sich an, als würde mir jemand mit einem glühenden Eisen ein Loch in den Bauch stoßen.

Grandpas Stimme kam näher. Ich schaffte es gerade noch, die Zeitung zurückzulegen, das Schubfach zu schließen und einen Schritt wegzutreten. Da kam er in Begleitung von Nate herein, der ihn verzweifelt in ein Gespräch zu verwickeln versuchte.

Ich stand stocksteif da und starrte die beiden an. Grandpa blieb bei meinem Anblick abrupt stehen und Nate wirkte leichenblass.

»Was tust du hier?«

Mein Mund fühlte sich trocken an. Krampfhaft suchte ich nach einer Ausrede. Spontan kam mir jedoch keine über die Lippen.

»Wir möchten dich etwas zu einer Hausarbeit fragen«, stammelte Nate. »Da du nicht hier warst, wollte ich dich gerade suchen.«

Grandpa sah von mir zu ihm. Als er seine Aufmerksamkeit von mir abwandte, merkte ich erst, dass ich die Luft angehalten hatte.

»Ihr habt in meinem Büro nichts verloren.«

»Tut mir leid«, sagte ich und räusperte mich, um den Frosch im Hals loszuwerden. »Ich sah dich zum Haus kommen und habe deshalb gleich hier gewartet.«

»Wenn ich nicht da bin, habt ihr in meinem Arbeitszimmer nichts zu suchen.« Er ging zu seinem Schreibtisch, setzte sich und legte den Ordner vor sich ab. »Merkt euch das für die Zukunft.«

Nate und ich warfen uns einen hastigen Blick zu und nickten.

Grandpa setzte seine Brille auf und sah uns über deren oberen Rand an. »Was wolltet ihr mich fragen?«

»Ähm ... also ...«, begann Nate und stockte.

»Wir sollen einen Politiker auswählen, der uns inspiriert«, kam ich ihm zu Hilfe. Es konnte nicht schaden, uns bei Grandpa einzuschmeicheln. Dann würde er den kleinen Vorfall vielleicht schneller wieder vergessen. »Diese Stadt hat dir viel zu verdanken. Kannst du uns auflisten, was du in deiner Amtszeit alles erreicht hast?«

Er hob eine Augenbraue. »Wäre es nicht besser, eurem Vater die Hausarbeit zu widmen? Außerdem könnt ihr das recherchieren.«

»Wir haben uns für dich entschieden«, sagte Nate. »Du kannst viel ausführlicher von deinen Verdiensten berichten.«

Grandpa schob sich die Brille mit dem Zeigefinger höher auf die Nase. »Bis wann braucht ihr das?«

»Wir haben einen Monat Zeit«, erwiderte ich.

»Na schön. Aber jetzt lasst mich in Ruhe weiterarbeiten.« Er scheuchte uns mit einer Handbewegung zur Tür.

Das ließen wir uns nicht zweimal sagen. Ich war heilfroh, hier wegzukommen, und folgte Nate aus dem Zimmer. Beim Schließen der Tür warf ich noch mal einen verstohlenen Blick zur Kommode. Hoffentlich hatte ich die Zeitung in der Eile ordnungsgemäß zurückgelegt.

Kaum waren wir auf der Treppe, rempelte Nate mich an. »Du hast vielleicht Nerven. Das wäre fast schiefgegangen.«

»Ich hab was herausgefunden«, ließ ich ihn wissen und stürmte in mein Zimmer.

»Was?«, erkundigte er sich.

»Mach die Tür zu«, forderte ich ihn auf, setzte mich an den Schreibtisch und starrte auf den Laptop. »Wir konnten nichts finden, weil wir nach dem falschen Namen gesucht haben. Jays Großvater heißt mit Nachnamen nicht Silver – sondern Cox. Er war also nie mit Kate verheiratet.«

Nate hockte sich neben meinen Stuhl. »Wieso kommt mir der Name so bekannt vor?«

Ich deutete mit dem Kinn auf den Bildschirm und gab *Dean Cox* ins Suchfeld ein. Sofort wurden Beiträge zu dem Namen angeboten. Sie handelten von der Tragödie, bei der unsere Tante Lilly ums Leben gekommen war.

»Ach, du Scheiße«, brach es aus Nate heraus. Er ließ sich auf den Boden sinken.

»Ich habe ihn auf einem Bild in einer der Zeitungen erkannt, die Grandpa bei dem Album aufbewahrt«, berichtete ich und klickte eine Schlagzeile an. *Dean Cox wurde heute Nachmittag festgenommen,* stand unter einem Foto des Artikels, auf dem zu sehen war, wie er in Handschellen von zwei Polizisten abgeführt wurde. Ich kannte ihn als einen an den Rollstuhl gefesselten Mann. Dennoch bestand kein Zweifel, dass er einst dieser durchtrainierte Kerl gewesen war.

»Er hat Lilly auf dem Gewissen«, flüsterte Nate, legte den Finger auf das Touchpad und klickte den nächsten Beitrag an.

Dean Cox wird sich vor Gericht für den Tod von Lilly Owens verant-

worten müssen. Die Beweislage lässt keinen Zweifel, dass er die 17-jährige Tochter des Stadtabgeordneten Chandler Owens auf offener Straße überwältigte und ihr dabei eine so schwere Kopfverletzung zufügte, dass sie noch am Unfallort verstarb. Sein Motiv ist bislang unklar.

Ich klappte den Laptop zu und schloss die Augen. »Wir kennen diese Artikel über Tante Lilly«, sagte ich, als Nate protestierte. »Bisher wussten wir nur nicht, dass es sich bei Dean Cox um Jays Großvater handelt.«

Nate sprang auf. »Wie kann Jay es wagen, unsere Familie schlechtzumachen.« Er schnaubte. »Mein Bruder hat die ganze Zeit mit dir gespielt.« Nate setzte sich auf mein Bett, stützte die Ellenbogen auf die Knie und vergrub die Hände im Haar.

»Er hat mich zum Narren gehalten«, sagte ich und ließ mich neben ihn auf die Matratze sinken. Es wunderte mich, dass ich keine Wut empfand. Zu groß war die Enttäuschung, die sich spürbar durch meine Adern fraß. »Aber irgendetwas passt da nicht zusammen«, sagte ich und ließ mich nach hinten fallen. »Weshalb hasst Jay unsere Familie, wenn doch sein Großvater unsere ins Unglück gestürzt hat? Tante Lilly ist tot – wir sind diejenigen, die allen Grund haben, die Silvers und Dean Cox zu verachten.« Ich legte mir eine Hand auf die Stirn. »Und warum haben Dad und Grandpa uns nicht gesagt, was passiert ist?«

»Vielleicht wollen sie einfach nicht an die Tragödie erinnert werden«, antwortete Nate.

»Dann hätten sie uns gegenüber trotzdem den Grund für ihren Hass auf die Silvers klarstellen können. Und ich verstehe auch nicht, was die Beziehung zwischen Lilly und Steve damit zu tun hat. Jay hat deutlich gemacht, dass die beiden der Schlüssel sind.« Ich setzte mich wieder auf und sah meinen Bruder eindringlich an.

Er hob die Augenbrauen. »Was willst du mir mit diesem Blick sagen?«

»Du wirst mir ein Alibi verschaffen müssen. Ich werde noch ein letztes Mal mit Jay sprechen.«

22. KAPITEL

Nate war von meinem Vorhaben nicht begeistert und wollte mich nicht noch einmal in die Nähe der Silvers lassen. Deshalb rief ich Paige an und bat sie, Jay auszurichten, dass ich morgen vor dem ersten Kurs dringend mit ihm sprechen musste und deshalb in der Mensa auf ihn warten würde.

»Okay, ich sage es ihm heute Abend«, entgegnete sie. »Wir treffen uns später alle im Dezibel.«

»Wo?«

»In unserem Stammklub in Dorchester. Erzählst du mir, was du mit ihm zu bequatschen hast?«

»Das sage ich dir, nachdem ich mit ihm geredet habe. Schon mal vielen Dank im Voraus. Bis später.« Ich beendete den Anruf.

»Nach dem Abendessen will ich mich mit der Mannschaft treffen«, sagte Nate. »Kommst du mit? Wir gehen Billard spielen. Einige der Jungs würden sich freuen, dich zu sehen.«

Warum eigentlich nicht? Hier würde mir sowieso die Decke auf den Kopf fallen, daher sagte ich zu.

Nate ging in sein Zimmer, um sich frisch zu machen, und ich zog mich ebenfalls um. Da es heute mild war, entschied ich mich für mein knielanges, gelb gemustertes Sommerkleid.

»Wie war es denn heute in der Uni?«, fragte Dad mich beim Abendessen, da ich mich nicht an der allgemeinen Unterhaltung beteiligte.

Kurz zuckte ich zusammen. Hatte er erfahren, dass ich geschwänzt hatte? Nate wirkte auch verunsichert.

»Wie immer«, sagte ich und biss in mein Baguette.

»Möchtest du denn gar nicht wissen, wie das Gespräch mit Dr. Lorris verlaufen ist?«, erkundigte er sich.

»Das weiß ich schon. Er hat mich angerufen.« Ich sah zu Mom. »In Psychologie müssen wir ein Referat halten. Dr. Lorris hatte zugesagt, dass er mir für Fragen zur Verfügung steht und ich mit einer Kommilitonin Tests im Tierheim durchführen darf. Jay ist nur am Wochenende vor Ort. Deshalb würde ich das Projekt wochentags in Angriff nehmen und mich vorerst auch nur in der Woche in den Dienstplan eintragen. Vorausgesetzt, ihr erteilt mir großzügigerweise eure Erlaubnis.« Ich ließ den letzten Satz bewusst ironisch klingen, sah wieder auf meinen Teller und stopfte mir eine Gabel voll Salat in den Mund.

Es herrschte Stille. Daher schob ich gleich eine zweite Portion hinterher. Aus den Augenwinkeln nahm ich wahr, dass Mom und Dad Blicke tauschten.

»Du kannst das Tierheim für die Arbeit am Referat aufsuchen«, erwiderte Dad schließlich. »Aber wenn Jay Silver dort arbeitet, hältst du dich fern.«

Ich erwiderte nichts. Mein Teller würde Risse bekommen, wenn ich ihn weiterhin so anstarrte.

»Die Jungs haben geschrieben«, sagte Nate mit Blick auf sein Smartphone. »Sie warten schon auf uns.«

Er stand auf und ich tat es ebenso.

»Wohin geht ihr?«, fragte Dad.

»Mit meiner Mannschaft Billard spielen«, antwortete Nate. »Wir machen sie fertig.« Er hob die Hand, und ich schlug ein.

»Bleibt nicht zu lange, ihr habt morgen wieder Vorlesungen«, sagte Mom und lächelte versöhnlich.

Ich konnte ihr Lächeln noch nicht erwidern. Auch wenn sie aus Sorge handelte, nahm ich ihr übel, dass sie mich sofort an Dad verraten hatte. Als ich mich abwandte, streifte mein Blick für einen kurzen Moment Grandpa. Mir fiel auf, dass er die ganze Zeit über geschwiegen hatte. Seine Miene war unergründlich. Die Art, wie er mich musterte, verunsicherte mich. Hatte er doch gemerkt, dass ich in seinem Arbeitszimmer herumgeschnüffelt hatte?

Auf dem Weg zu Nates Auto ging ich in Gedanken durch, ob ich die alte Zeitung wieder ordnungsgemäß verstaut hatte. Es hatte schnell gehen müssen. Hatte ich sie richtig zusammengefaltet? Konnte es sein, dass ich das Schubfach nicht zugeschoben hatte? Hätte ich weit genug von der Kommode entfernt gestanden, damit er keinen Verdacht schöpfen konnte?

»Alles okay bei dir? Du bist so ruhig.«

»Bin nur müde.« Das war ich wirklich. Ich stieg auf der Beifahrerseite ein und legte den Gurt an. Es brachte nichts, mich verrückt zu machen. Ich konnte die Zeit nicht zurückdrehen, daher blieb mir nur zu hoffen, dass ich mir umsonst Sorgen machte.

Wir brauchten nicht lange, bis wir beim Lokal ankamen. Die Jungs hatten bereits ein Spiel eröffnet. Ich bestellte mir eine Cola und setzte mich auf einen Barhocker. Meine Gedanken kreisten unentwegt um Jay. Mit jeder verstrichenen Minute erschien es mir schwieriger, noch bis morgen auf das Gespräch mit ihm zu warten.

Ich nestelte an meinem Rocksaum. Von Paige wusste ich, dass sie sich gleich in diesem Klub mit ihm und anderen Freunden traf. Kurz entschlossen griff ich zu meinem Handy.

Ich: Hey Paige, würdest du mich mitnehmen?

Bevor ich es bereuen konnte, hatte ich die Nachricht bereits abgeschickt.

Paige: Ins Dezibel?

Ich: Ja. Nur falls es dir keine Umstände macht.

Paige: Klar kann ich das. Aber bist du sicher, dass du das wirklich willst? Dort hängen einige Road Kings ab.

Meine Daumen schwebten über dem Tastenfeld. Ich musste endlich Klarheit haben. Und ich wollte Jays Miene sehen, wenn ich ihn mit der Schuld seines Großvaters konfrontierte.

Ich: Bin mir sicher. Allerdings müsstest du mich abholen.

Paige: Sag mir wo und ich werde da sein ☺

Ich schmunzelte und schickte ihr die Adresse der Bar.

Paige: Bin in einer halben Stunde bei dir. Bis gleich.

Keine Ahnung wieso, aber ich verspürte tatsächlich Erleichterung. Das änderte sich allerdings, als ich zu Nate sah. Er lehnte an einem der Billardtische. Wie konnte ich ihm das jetzt schonend beibringen?

Zögernd stand ich auf, ging zu ihm, fasste ihn am Handgelenk und zog ihn beiseite. »Ich kann nicht bis morgen warten und will es so schnell wie möglich abschließen. Diese ganze Grübelei zermartert mich.«

Nate runzelte die Stirn. »Wovon sprichst du bitte?«

»Paige wird mich gleich abholen.« Ich sah ihn flehend an, um ihn im Voraus zu beschwichtigen. »Sie nimmt mich mit in ihren Stammklub.«

»Das ist nicht dein Ernst?«

»Bitte, du musst mir vertrauen. Ich hole mir von Jay die letzten Antworten. Außerdem will ich ihm sagen, dass ich seine falschen Spielchen nicht mehr mitspiele. Und anschließend rufe ich dich an, du holst mich ab und wir fahren zusammen nach Hause.«

Er gab ein Grummeln von sich und atmete tief durch. »Ich warte auf deinen Anruf. Schreibe mir bitte, ob es dir gut geht. Ansonsten stehe ich dort auf der Matte und hole dich da raus.«

»Mach ich, versprochen.« Ich umarmte ihn kurz und verabschiedete mich von den Jungs. Dann wandte ich mich ab und ging eilig nach draußen, bevor Nate seine Meinung wieder änderte.

Als Paige endlich auftauchte, war ich ein nervliches Wrack. Ich war übermüdet und trotzdem total aufgeregt. Eine Kombination, die sich nicht unbedingt vertrug. Wenn ich daran dachte, dass ich gleich auf ein paar Road Kings treffen würde, wurde mir ganz anders.

»Nimm es mir nicht übel«, sagte Paige, nachdem sie losgefahren war. »Dein Kleid ist echt niedlich, aber fürs Dezibel total ungeeignet.«

»Ich kann mich zu Hause nicht umziehen«, erwiderte ich.

Sie grinste. »Lass mich mal machen. Wäre doch gelacht, wenn wir das nicht besser hinkriegen.«

Ich sah sie mit hochgezogenen Augenbrauen an.

»Welche Schuhgröße hast du?«, fragte sie und warf einen Blick auf meine Ballerinas. »Jep, ich denke, das müsste passen.«

Mir war nicht klar, was sie genau vorhatte. Kaum dass wir vor dem besagten Szene-Klub auf dem gut gefüllten Parkplatz ankamen, stieg sie aus und begann in ihrem Kofferraum zu kramen.

»Meine Güte«, sagte ich, während ich zu ihr trat und den vollgestopften Laderaum betrachtete. »Du könntest in deinem Auto wohnen.« Neben allerlei Schuhen und losen Klamotten stapelten sich Modezeitschriften, zwei Decken, Kopfkissen, ein Koffer, eine Tasche und ein Kulturbeutel.

»Finn und ich sind viel unterwegs«, erklärte sie und hielt mir ein Paar schwarze Boots vor die Nase. »Probier die hier mal an.«

Ich tat ihr den Gefallen. Die Stiefel passten wie angegossen.

Paige öffnete den obersten Knopf meines Kleides, weshalb ich mich verlegen umsah. Dann griff sie nach meinem Haarband und löste den Pferdeschwanz. »Deine langen Haare würde ich gern haben«, sagte sie und fischte eine kurze Lederjacke aus dem Kofferraum. »Hier, zieh die noch drüber. Dann ist es perfekt.«

Entgegen meiner Erwartung fühlte ich mich in dem Outfit richtig wohl. Die Stiefel waren bequemer, als sie aussahen.

»Was macht sie denn hier?«, fragte Finn, der sich mit großen Schritten näherte.

»Wenn du wieder schlechte Stimmung machst, kannst du mir für den restlichen Abend gestohlen bleiben«, warnte Paige ihn und schlug die Kofferraumtür zu. Sie gab ihm einen flüchtigen Kuss auf den Mund, hakte sich dann bei mir unter und führte mich quer über den Parkplatz.

»Wieso tust du das?«, fragte Finn. Er holte uns ein und sah mich an. Mir wurde bewusst, dass er mir und nicht Paige diese Frage gestellt hatte.

»Äh, was?«

»Du weißt, dass Jay nicht begeistert sein wird, wenn du hier aufkreuzt. Er hat schon genug Probleme, also lass ihn in Ruhe.«

»Das Dezibel ist ein öffentlicher Ort«, ergriff Paige für mich das Wort. »Außerdem können Jay und Tara sich sowieso nicht ständig aus dem Weg gehen. Die beiden werden auch im College aufeinandertreffen.« Sie zog mich weiter.

»Das wird kein gutes Ende nehmen«, schimpfte er und ging mit uns Richtung Eingang.

Aus dem großen Gebäude, an dem allerlei Neonschilder prangten, drangen Bassklänge. Wenn die Musik hier draußen schon so laut zu hören war, konnte man drinnen vermutlich sein eigenes Wort nicht verstehen. Das waren keine guten Aussichten, um mit Jay ein ernstes Gespräch zu führen.

Wir bogen um die Hausecke. Mir wurde beim Anblick der Warteschlange flau im Magen. Ohne Paiges Umstyling wäre ich hier total aus dem Rahmen gefallen. Die Gäste des Dezibels schienen nicht auf farbenfrohe Kleidung zu stehen. Die Lederjacken der Road Kings stachen mit ihrem auffälligen Schriftzug regelrecht heraus.

Ich ging unwillkürlich langsamer, doch Paige verstärkte ihren Griff und schob mich weiter. Finn lief neben uns her und tippte auf seinem Handy.

Statt uns am Ende der Schlange anzustellen, hielt Paige direkt auf den Eingang zu. Finn überholte uns und begrüßte einen Security, der genauso hoch wie breit war, indem er seine Faust gegen die des Mannes schlug. Dieser ließ ihn ohne ein Wort passieren und nickte Paige zu. Mich hielt er allerdings auf und schüttelte den Kopf.

»Sie ist mit mir hier«, sagte Paige, was ihn jedoch wenig beeindruckte.

Da kam Finn zurück und warf mir einen genervten Blick zu. »Sie gehört zu Jay«, informierte er den Mann.

Er nahm mich von oben bis unten in Augenschein, bevor er grinste und mir Zugang zum Dezibel gewährte.

23. KAPITEL

Es war noch lauter, als ich angenommen hatte. Paige drehte sich zu mir um und rief mir etwas zu, ohne dass ich auch nur ein Wort verstand. Der Bass vibrierte in meinem Körper im Takt der Musik – einem Mix aus House und Dark Rock.

Die dunkle Halle war von zuckendem Licht erfüllt. Farbig wechselnde Laserstrahlen sorgten für leuchtende Muster. Die Tanzfläche wirkte wie ein wogendes Meer, die Menschenmenge bewegte sich ekstatisch.

Paige sah abermals zu mir zurück und deutete zu einer in violettes Neonlicht gehüllten Bar, zu der wir uns einen Weg durch die Masse bahnten. Ich konnte nur hoffen, dass Paiges Clique hier immer einen festen Treffpunkt hatte. Ansonsten bezweifelte ich stark, Jay hier zu finden.

»Was willst du trinken?«, rief sie mir ins Ohr.

»Eine Cola«, schrie ich zurück.

Sie schmunzelte und wandte sich dann an Finn, um unsere Bestellungen an ihn weiterzugeben. In meiner Handyhülle hatte ich meinen Ausweis und ein paar Dollarnoten bei mir. Finn zwängte sich bereits zum Barkeeper durch, ehe ich einen Geldschein zücken konnte.

»Lass stecken«, rief Paige. »Du bist mit der nächsten Runde dran.«

Sie begann sich zur Musik zu bewegen, während ich stocksteif dastand und nicht wusste, wohin mit mir.

»Mach dich locker, Tara«, schrie sie, nahm meine Hand und animierte mich, mit ihr zu tanzen.

O Gott, ich bezweifelte, dass ich mich auch nur ansatzweise so cool bewegen konnte wie sie. Ich hatte jahrelang Ballettstunden bekommen, aber ein Spagat konnte mir hier nicht weiterhelfen.

Ich gab ihr mit meiner Miene deutlich zu verstehen, dass mir nicht nach Tanzen zumute war. Paige lachte nur und ermunterte mich weiter, weshalb ich zumindest ein wenig im Takt wippte. Ich wurde erst erlöst, als Finn mit unseren Getränken zu uns kam. Dankend nahm ich ihm ein Glas ab und trank einen großen Schluck. Zu spät bemerkte ich, dass in der Cola auch Rum war. Ich hustete.

Paige lachte, klopfte mir auf den Rücken und prostete mir zu. Ich war ihr nicht böse. Vermutlich half mir der Alkohol dabei, mich ein wenig zu entspannen.

Ich erinnerte mich, dass ich Nate versprochen hatte, mich bei ihm zu melden. Deshalb nahm ich das Handy zur Hand und tippte ihm eine kurze Nachricht.

Als ich wieder aufsah, stand Jay nur wenige Schritte von mir entfernt und wurde von Finn begrüßt. Dieser deutete zu mir und schien ihm dann meine Anwesenheit zu erklären. Währenddessen sah Jay mich mit einem undefinierbaren Ausdruck an.

Obwohl er ein falsches Spiel mit mir gespielt hatte und meine

Familie zu Unrecht verachtete, hatte er nach wie vor diese einnehmende Wirkung auf mich. Ich fühlte mich von meinem eigenen Verstand und Körper verraten. Mein Herz durfte nicht schneller schlagen – nicht seinetwegen.

Gerade als ich mir innerlich Mut zusprach und langsam auf ihn zuging, trat hinter ihm die Schwarzhaarige hervor. Ihre Hände umklammerten seinen Arm. Sie lehnte sich an Jay, um ihm etwas ins Ohr zu sagen.

Ich hielt inne. Sein Blick hing weiterhin an mir. Doch dann ergriff er ihre Hand und zog sie hinter sich her zum Tresen.

Das ging ja gut los. Warum ging er mir wieder aus dem Weg, nachdem er mir erst gestanden hatte, dass er mich mochte? Lag es an dem Mädchen? War er doch mit ihr zusammen? Ich biss die Zähne zusammen und spürte die Eifersucht wie brennende Lava in mir aufsteigen. Paige stellte sich vor mich und zog die Nase kraus, ehe sie ihre Arme um meinen Hals schlang und ihre Stirn gegen meine Schläfe presste.

»Du erdolchst Laura mit deinen Blicken«, hörte ich sie wie aus weiter Ferne sagen. »Lass es sein, bevor sie tot umfällt.«

»Ist sie seine Freundin?«, platzte es aus mir heraus.

Paige wich vor mir zurück, ließ ihre Hände aber auf meinen Armen ruhen. »Das weiß keiner so genau. Zurzeit ist sie oft mit Jay unterwegs. Ich habe dir ja schon gesagt, dass es einige Mädchen gibt, die Interesse an ihm haben.«

Wie es schien, war er in Lauras Fall nicht abgeneigt. Er legte ihr lässig den Arm um die Schultern, während sie auf ihre Getränke warteten.

Ich trank mein Glas in einem Zug leer. Am besten, ich brachte es so schnell wie möglich hinter mich, damit ich von hier und aus seinem Leben verschwinden konnte.

»Willst du auch noch etwas trinken?«, fragte ich Paige. Sie schüttelte den Kopf, trotzdem schlug ich mich umgehend zur Bar durch.

Dort angekommen, drängte ich mich zwischen Jay und einen anderen Typen. Dabei gab ich mir Mühe, ihn ordentlich am Rücken anzurempeln.

»Nicht so stürmisch, Kleine«, rief der Fremde, bevor Jay sich zu mir umblickte.

»Cola-Rum«, schrie ich, als der Barkeeper sich an mich wandte. Dann sah ich Jay an, doch der hatte sich bereits wieder umgedreht und unterhielt sich mit Laura.

Wenn er glaubte, er konnte mich damit abwimmeln, täuschte er sich. Ein letztes Gespräch war er mir schon allein wegen seiner falschen Behauptungen schuldig. Danach konnte er mich so viel ignorieren, wie er wollte.

»Ich hab dich hier noch nie gesehen«, sagte der Typ und nippte an seinem Bier. Er hatte knallrot gefärbte Haare und einen Irokesenschnitt. Wie Paige trug er einen Lippenring.

Als Antwort zuckte ich nur mit den Schultern und bezahlte den Drink.

»Verrätst du mir deinen Namen?«, fragte er.

Ich war für seinen Flirtversuch echt nicht in Stimmung. Allerdings bemerkte ich, dass Jay sich zu uns umdrehte. Deshalb war ich bereit, mich kurz auf sein Spiel einzulassen. Ich wusste, wie kindisch das war. Aber gerade konnte ich nicht aus meiner Haut. Ihn mit Laura so vertraut zu sehen, tat weh.

»Du bist echt heiß«, sagte der Typ und ließ seinen Blick an mir hinabschweifen. Die Art, wie er dabei auf seinem Kaugummi kaute, erinnerte mich an Levy. »Willst du vielleicht tanzen?«

Das war das Letzte, was ich wollte. Und schon gar nicht mit ihm. Doch ich spürte nun mit jeder Faser meines Körpers, dass Jay mich beobachtete. Daher zwang ich mich zu einem Lächeln und beugte mich dem Typ leicht entgegen. »Ich tanze nicht mit Fremden.«

Er hob die gepiercte Augenbraue und grinste. »Ich bin Clark«, stellte er sich vor.

Was er mir dann erzählte, verstand ich nicht, da meine Aufmerksamkeit sich schlagartig auf Jay richtete, als der plötzlich unmittelbar neben mir stand und den Kopf senkte. »Vor diesem Typen solltest du dich in Acht nehmen«, sagte er so dicht an meinem Ohr, dass ich seinen warmen Atem spürte. Mir rann ein prickelnder Schauer über den Rücken. Ich war drauf und dran, mich an ihn zu lehnen.

»Kann ich mal kurz mit dir reden?«, rief ich, da er sich wieder von mir abwandte.

Laura musterte mich mit finsterem Blick. In der zweifellosen Absicht, mich zum Teufel zu jagen, schob sie sich seitlich an Jay vorbei. Doch er hielt sie zurück und drängte sie wieder hinter sich.

»Es ist kein guter Zeitpunkt und auch kein passender Ort dafür«, sagte er.

»Keine Angst, es dauert nicht lange«, erwiderte ich. »Du hast mich lange genug an der Nase herumgeführt. Inzwischen habe ich herausgefunden, was dein Großvater getan hat. Ich weiß nun alles.«

Er drängte mich ein Stück von Laura und diesem Clark weg. »Du weißt gar nichts, Prinzessin. Wenn du die Wahrheit kennen würdest, müsste dir klar sein, dass ich immer ehrlich zu dir war.«

Ich tippte ihm mit dem Zeigefinger gegen die Brust. »Dein Großvater, Dean Cox, hat meine Tante auf dem Gewissen.«

Bevor ich die Hand zurückziehen konnte, ergriff Jay meinen Finger. Er machte einen Schritt auf mich zu. Seine Wangenmuskeln zuckten, während sein Blick mich versengte. »Mein Großvater hat nichts Unrechtes getan«, stieß er zwischen zusammengebissenen Zähnen aus. »Deine Familie ist schuld an Lillys Tod.«

Ich riss die Augen auf. »Du lügst«, brachte ich schwach hervor. Ich konnte meine Worte im Hall der Musik nicht einmal selbst verstehen.

»Es ist die Wahrheit, Prinzessin. Auch wenn du mir nicht glauben willst. Deine Familie hat meine ruiniert. Die Owens haben dafür gesorgt, dass mein Großvater unschuldig ins Gefängnis musste.«

Immerzu schüttelte ich den Kopf und wich Stück für Stück vor ihm zurück. Meine Beine machten den Eindruck, als würden sie jeden Moment unter mir nachgeben. Ich zitterte.

Bevor ich vor ihm völlig die Fassung verlor, wandte ich mich ab und schob mich zwischen den vielen Leuten hindurch. Ich floh vor Jay, vor seinem anklagenden Blick, vor seinen Anschuldigungen. Er spielte noch immer mit mir.

Ich hatte keine Ahnung, wo sich der Ausgang befand. Es kostete mich alle Kraft, der Menschenmasse zu entkommen. Als ich eine Wand erreichte, presste ich mich dagegen und rang nach Luft. Ich hatte das Gefühl zu ersticken. Dennoch zwang ich mich weiter. Irgendwo musste ich einen Ausgang finden.

24. KAPITEL

Ich erreichte einen Gang, der zu den Toiletten führte. Vor dem Damen-WC war eine lange Schlange. Einige Frauen beschwerten sich, als ich an ihnen vorbeilief. Doch ich wollte mich nicht vordrängeln, sondern hatte das Ende des langen Flures im Visier. Dort verwies ein beleuchtetes Schild auf den Notausgang.

Bei der Tür angekommen, presste ich mich mit meinem ganzen Körpergewicht dagegen und stemmte sie auf. Ich taumelte nach draußen und stieß gegen ein Treppengeländer. Stufen führten seitlich an der Hauswand von der Empore hinab. Ich befand mich in einem Hinterhof, der nur spärlich beleuchtet und von einer Mauer umgeben war. Mülltonnen und hoch gestapelte Getränkekästen ließen vermuten, dass es sich um den Lieferanteneingang handelte.

Ich lief auf ein geschlossenes Tor zu. Dort gelangte ich zweifellos auf die Straße. Nebenbei tippte ich Nate eine Nachricht, dass er mich abholen sollte. Ich zitterte noch immer. Das hier musste ein Albtraum sein.

»Prinzessin«, rief Jay hinter mir, gleichzeitig hörte ich die Tür zuschlagen.

Ich drehte mich zu ihm um, lief aber rückwärts weiter.

»Hier ist nicht der Ausgang«, ließ er mich wissen. »Wohin

willst du?« Er sprang über das Geländer hinweg die Treppe hinunter und landete gekonnt.

»Was glaubst du denn?«, blaffte ich ihn an. »Ich haue ab. Erzähl deine Lügengeschichten jemand anderem.«

Er ließ die Arme sinken und folgte mir. »Zu keinem Zeitpunkt habe ich dich belogen. Deine Familie ist es, die lügt.«

Ich blieb stehen. »Bei der Familie, die du so unsagbar hasst, bin ich zu Hause. Ich gehöre zu den Owens. Und dein Vater einst ebenso.«

»Ja, zumindest bis zu dem Tag, an dem dein Großvater ihn verstoßen hat.« Jay kam näher. »Mein Dad und Lilly haben sich ineinander verliebt, das passte nicht in Chandler Owens Pläne. Und dein Vater hat sich ebenfalls gegen die beiden gestellt.«

Ich schüttelte vehement den Kopf. »Unsere Väter waren wie Brüder. Ich habe sie gemeinsam auf Bildern gesehen. Sie schienen vertraut und glücklich.«

Jay hatte mich fast erreicht, blieb jedoch auf Abstand. »Das waren sie, bis Dads und Lillys Beziehung zum Bruch führte.«

Ich verschränkte die Arme vor der Brust. »Und was hat das jetzt alles mit Tante Lillys Tod zu tun?«

Er presste die Lippen zusammen und sah kurz zu Boden. »Es war ein Unfall. Ein Zusammentreffen unglücklicher Umstände, zu denen es nie hätte kommen dürfen. Aber deine Familie hat die beiden in die Enge getrieben, da sich Lilly für meinen Vater entschieden hatte und sich gegen sie stellte.«

Ich schluckte. »Warum hätten sie etwas gegen die beiden haben sollen?«, flüsterte ich.

Jay strich sich die Haare aus der Stirn. »Das solltest du deinen Vater und Großvater fragen.«

Erneut schüttelte ich den Kopf. »Du willst doch nur dem Ruf meiner Familie schaden.« Ruckartig wandte ich mich um und lief wieder auf das Tor zu. Jay holte mich ein, packte mich am Arm und drehte mich zu sich um.

»Ich kann nicht ändern, was du denkst oder was du glauben willst.« Er ließ mich los. »Komm, ich bringe dich zum Ausgang.«

»Danke, aber den finde ich allein.« Als ich mich wieder abwenden wollte, hielt Jay mich abermals zurück.

»Du läufst in eine Sackgasse. Das Tor ist verriegelt.« Er legte den Kopf schräg und sah mir direkt in die Augen. Es entstand ein Augenblick der Stille. »Lass mich dich zum Ausgang bringen«, sagte er schließlich ganz ruhig. »Es ist keine gute Idee, in dieser Gegend allein in einem Hinterhof herumzuschleichen.«

Ich hob das Kinn. »Das kann dir ja wohl völlig egal sein.«

»Verdammt noch mal, Prinzessin«, fluchte er und atmete tief durch. »Ich wünschte, das wäre es.«

Bevor mir klar wurde, was passierte, überwand er die letzte Distanz zwischen uns, zog mich an sich und presste seine Lippen auf meine. Im ersten Moment war ich wie erstarrt. Doch mein Verstand hatte meinem Körper nichts entgegenzusetzen. Statt Jay wegzustoßen, schlang ich die Hände um seinen Hals und ließ diesen Kuss zu. Es fühlte sich an, als würden wir einen Kampf ausfechten. Wütend, beinahe grob, setzte Jay mein Innerstes in Brand. Die Anspannung der letzten Tage brach aus mir heraus. Wir pressten uns aneinander. Es kam mir vor, als versuchten wir uns gegenseitig von der ganzen verworrenen Situation zu erlösen.

Schließlich forderten Jays Lippen meine in einem leidenschaftlichen Spiel heraus, von dem ich mir wünschte, dass es niemals endete. Ich vergrub die Finger in seinem dichten Haar, genau so, wie ich es seit unserer ersten Begegnung hatte tun wollen. Jay hielt mich an der Taille und legte die andere Hand seitlich an meinen Hals, wobei er mit dem Daumen über meine Wange streichelte. Die Berührung seiner Lippen wurde zunehmend sanfter. Mit der plötzlichen Zärtlichkeit bahnte er sich trotz der unüberwindbaren Differenzen einen Weg in mein Herz.

Als nicht weit entfernt eine Tür aufgestoßen wurde, wirbelten wir herum. Finn stemmte die Hände auf das Geländer und sah Jay und mich abwechselnd an. Er hatte uns ertappt. Sein anklagender Blick gab mir das Gefühl, etwas Verbotenes getan zu haben. Und auch Jay sah unter Finns Blick nicht besonders glücklich aus.

Seine Miene wirkte versteinert, veränderte sich jedoch, als er zu mir sah. In seinen Augen lag ein Ausdruck, den ich als ratlos, ja beinahe traurig deutete. Wir standen uns gegenüber und sahen uns schweigend an, bis Finn sich räusperte.

»Ich bring dich noch raus«, sagte Jay. Er machte ein paar Schritte und wartete dann darauf, dass ich ihm folgte. Als ich es tat, schloss Finn sich uns an, bevor wir das Dezibel wieder betraten.

»Sag Paige Bescheid, damit sie Tara nach Hause fährt«, wies Jay ihn lautstark über die Musik hinweg an.

»Das ist nicht nötig«, rief ich.

Jay blieb stehen und zog die Stirn in Falten. »Soll ich dich fahren?«

Ich schüttelte den Kopf. »Mein Bruder holt mich gleich ab«, informierte ich ihn.

Jeden weiteren Moment, den ich mit ihm allein war, verlor ich mich mehr in dem Konflikt unserer Familien. Ich war hergekommen, um Jay mit der Wahrheit über seinen Großvater zu konfrontieren und danach mit ihm abzuschließen. Aber er hatte es wieder geschafft, mich zu verunsichern und meine Loyalität zu den Owens infrage zu stellen.

Und dann war da noch unser Kuss. Meine Lippen begannen zu prickeln, wenn ich nur daran dachte, wie unglaublich gut er sich angefühlt hatte. Dass es so weit gekommen war und Jay dabei sogar die Initiative ergriffen hatte, überraschte mich. Gehörte das zu seinem Spiel? Wollte er testen, wie ich auf ihn reagierte? Falls es so war, hatte ich verloren. In seiner Gegenwart schaltete ich jede Vernunft aus. Mein Bauchgefühl vertraute ihm, mein Herz schlug für ihn und mein Körper sehnte sich nach seiner Berührung.

Als könnte er meine Gedanken lesen, fand seine Hand im Pulk der Menschen die meine. Er führte mich bis zum Ausgang und ließ mich auch nicht los, als wir draußen ankamen. Während ich Jay über die Straße folgte, verschränkten sich unsere Finger miteinander. Auf dem Gehweg blieben wir stehen und er sah mich wieder mit diesem intensiven, einnehmenden Blick an. Die Schatten in seinen bernsteinfarbenen Augen waren verschwunden. Nicht einmal seine Haltung wirkte noch feindselig. Im Gegenteil: Wie er so vor mir stand und meine Hand hielt, fühlte sich gut und richtig an.

Ich betrachtete unsere ineinander verschlungenen Finger und spürte unseren Puls im selben Takt schlagen. Bevor Nate hier auftauchte und uns zusammen sah, sollte ich Jay loslassen. Es erforderte meine ganze Willenskraft, von ihm zurückzutreten. Mit jedem Schritt verloren sich unsere Hände ein Stück mehr, bis unsere Finger schließlich auseinanderglitten.

»Es tut mir leid, Prinzessin. Es war mir wichtig, dir in Bezug auf deine Familie die Augen zu öffnen.«

Ich sah zu Boden.

»Du gehörst zu ihnen und ich verstehe, dass du mir deswegen nicht glauben willst. Ich möchte nicht, dass du darunter leidest.« Jay seufzte. »Okay, anfänglich wollte ich das vielleicht schon, zumindest ein bisschen. Inzwischen sehe ich das jedoch anders. Ich wünschte, du wärst keine Owens.«

Es gab nichts, was ich ihm noch vorwerfen konnte. Als ich herkam, hatte ich geglaubt, die Wahrheit zu kennen. Anscheinend würde ich nie erfahren, was damals wirklich passiert war. Seine Familie sah in uns den Feind – und umgekehrt war es genauso.

Nates Jeep kam auf der Straße neben uns zum Stehen. Die Leute, die vor dem Dezibel standen, fassten den Wagen sofort ins Auge. Besser, wir verschwanden hier so schnell wie möglich.

Ein letztes Mal sah ich Jay an. »Und ich wünschte, du wärst kein Silver«, sagte ich.

Seine Antwort war ein kaum wahrnehmbares Nicken.

Nate ließ die Scheibe herunter. »Kommst du?« Er sah Jay unfreundlich an, indessen dieser ihm keine Beachtung schenkte.

Während ich um den Wagen herumlief und einstieg, hielten wir uns gegenseitig mit unseren Blicken fest. Als Nate losfuhr, drehte ich mich nach Jay um, bis wir an der Kreuzung abbogen und er aus meinem Sichtfeld verschwand. Dann lehnte ich mich zurück und starrte auf meine Hände, die eben noch in seinen gelegen hatten.

»Alles okay bei dir?«, erkundigte sich Nate.

Nein, nichts war okay. Ich wusste nicht, was ich glauben sollte. Und was mich am meisten verunsicherte, war, dass ich mich nicht mehr klar auf die Seite meiner Familie schlagen konnte. Das lag einerseits an Dads und Grandpas geheimnistuerischem Verhalten. Doch in erster Linie war Jay der Grund. Ich kannte ihn noch nicht lange, doch die kurze Zeit hatte ausgereicht, dass ich mich ihm nah fühlte. Das war sein Plan gewesen. Er hatte mich in sein Leben gelassen, damit ich ihn und seine Familie kennenlernte, bevor er mich mit seinen Anschuldigungen konfrontierte. Davor hätte ich ihm seine Behauptungen nicht einmal ansatzweise geglaubt. Jetzt hingegen grübelte ich unentwegt darüber nach, was es für Nate und mich bedeutete, wenn Jay recht hatte. Bei dem Gedanken daran wurde mir richtig übel.

»Kannst du bitte anhalten? Mir ist schlecht.« Ich klammerte mich an den Haltegriff der Tür und atmete tief durch.

»Hast du Alkohol getrunken?«, fragte Nate. Sein Blick war vorwurfsvoll und gleichzeitig besorgt.

»Nur ein bisschen.«

Er fuhr auf einen Gehweg, hielt an und legte seinen Arm auf meine Lehne. Ich öffnete die Tür, schwang die Beine aus dem Wagen und stützte die Hände auf meine Knie.

»Jay bestreitet, dass Dean Cox für Tante Lillys Tod verantwortlich ist«, flüsterte ich. »Er gibt Dad und Grandpa die Schuld.« Ich berichtete Nate ausführlich von Jays und meinem Gespräch. Unseren Kuss erwähnte ich nicht.

»Das ist doch lächerlich«, brach es aus ihm heraus. »Was glaubt er eigentlich, wer er ist?«

Ich stieg aus. Durch Nates Reaktion wurde das flaue Gefühl in meinem Magen nicht besser. »Was sollen wir nur tun?«

Nate lehnte sich über den Beifahrersitz und sah zu mir heraus. »Mach dich nicht verrückt. Dad und Grandpa haben nichts getan.«

Ich hielt mich an der offenen Autotür fest. »Und wenn doch?«

Meinem Bruder klappte der Mund auf. »Das ist jetzt nicht dein Ernst, oder?«

Ich wandte mich ab und ging ein paar Schritte vom Auto weg. Da bemerkte ich auf der anderen Straßenseite eine Gruppe, die in unsere Richtung gelaufen kam. Im Schein der Straßenlaternen erkannte ich vier Jugendliche, die lautstark miteinander diskutierten. Einen von ihnen stießen sie immerzu vor sich her, bis er zu Boden ging und schützend die Arme vor sein Gesicht hielt.

»Steig ein, Tara«, forderte Nate mich auf. »Wir sollten hier schleunigst verschwinden.«

Ich kniff die Augen zusammen. Die drei Jugendlichen zogen

den Jungen wieder auf die Beine, drängten ihn aber umgehend gegen eine Mauer. Scheiße, das war Levy. Ich konnte seinen türkis gefärbten Haarschopf nun deutlich erkennen. Einer der Typen packte ihn am Hals und schrie ihn an. Jays Bruder steckte zweifellos in Schwierigkeiten.

Was konnte ich tun? Ich hatte Levys Lachen im Kopf, als wir uns beim Autowaschen eine Wasserschlacht geliefert hatten. Von Jay wusste ich, was Levy in seinem Leben bereits durchmachen musste. Er passte auf den Jungen auf, hatte sogar Sozialstunden auf sich genommen, um ihn zu schützen. Wenn ich jetzt die Polizei rief, tat ich Levy und somit auch Jay keinen Gefallen. Außerdem würde Dad dann erfahren, dass Nate und ich in Dorchester gewesen waren. Jay war nicht hier und konnte ihm dieses Mal nicht helfen – deshalb musste ich es tun.

»Tara!«, rief Nate, als ich zögernd auf die Gruppe zulief.

»Hey, ihr da.« Ich blieb stehen, sobald sie zu mir blickten. Sie waren noch gute fünfzig Schritte von mir entfernt, mir schlotterten dennoch die Knie. »Die Polizei ist schon auf dem Weg«, behauptete ich und hielt bedeutsam mein Handy in die Höhe. »Also macht besser, dass ihr wegkommt.«

Nate tauchte neben mir auf und drängte sich vor mich. Ich sah über seine Schulter und stellte mit Erleichterung fest, dass die Jugendlichen tatsächlich davonrannten. Nur Levy blieb zurück und sah zwischen ihnen und uns hin und her.

»Bist du von allen guten Geistern verlassen?« Nate fuhr zu mir herum und starrte mich an. »Diese Typen hätten genauso gut herüberkommen und uns fertigmachen können.«

»Ich kenne den Jungen«, erklärte ich ihm. Ohne seiner gerunzelten Stirn noch mehr Beachtung zu schenken, trat ich an ihm vorbei und sah zu Levy, der uns irritiert musterte. »Komm, wir fahren dich nach Hause«, rief ich und winkte ihn zu uns.

25. KAPITEL

Als am nächsten Morgen der Wecker klingelte, schreckte ich auf. Wir waren erst spät ins Bett gekommen. Am liebsten hätte ich einfach weitergeschlafen.

Ich rappelte mich auf und warf einen Blick zu Nates Zimmer. Seine Tür stand offen. Er hatte mir keine weiteren Vorwürfe gemacht, aber seit ich ihm Levy als Jays Bruder vorgestellt hatte und wir ihn bei der Werkstatt abgesetzt hatten, herrschte zwischen uns distanziertes Schweigen.

Während ich unter der Dusche stand, drängte sich Levy erneut in meine Gedanken. Diese Typen waren mit Sicherheit nicht seine Freunde und hatten ihn eindeutig bedroht. Was, wenn er demnächst wieder auf sie traf und dann niemand in der Nähe war, der ihm half? Wusste Jay, dass sein Bruder in der Klemme steckte? Ich fragte mich, ob Levy sich ihm diesbezüglich anvertraut hatte. Aber im Grunde ging mich das nichts an. Ich musste mich aus ihren Familienangelegenheiten raushalten und Jay sollte ich eigentlich auch aus dem Weg gehen. Wie sollte ich mich nur verhalten, wenn wir im College aufeinandertrafen?

Bei der Erinnerung an unseren Kuss verspürte ich im ganzen Körper ein Prickeln. Seine intensiven Blicke und Berührungen gingen mir durch und durch. Ich sehnte mich nach ihm und konnte nichts dagegen tun.

Wahllos griff ich in meinem Kleiderschrank nach einer Jeans und einer schwarzen Bluse. Dabei fiel mir Jays grauer Pullover ins Auge. Da er sich bisher nicht wieder nach ihm erkundigt hatte, entschied ich, ihn zu behalten.

Nachdem ich mich angezogen hatte, ging ich in den Flur und blieb vor Nates Zimmer stehen. Er packte seinen Rucksack und tat, als würde er mich nicht bemerken.

»Guten Morgen«, grüßte ich ihn, woraufhin er sich zu mir umblickte. Doch nach langem Zögern nickte er mir nur zu und widmete sich dann wieder sehr beschäftigt seinen Lehrbüchern.

Ich seufzte und machte mich auf den Weg in die Küche. Die schlechte Stimmung zwischen uns belastete mich. Wir mussten uns aussprechen, allerdings sollte ich mir vorher selbst über meinen Standpunkt klar werden. Ich wurde den Eindruck nicht los, dass ich die Wahrheit immer noch nicht kannte. Auch auf die Gefahr hin, Dad weiter zu verärgern, würde ich nur Klarheit bekommen, wenn ich ihn direkt mit Jays Vorwürfen konfrontierte.

Roberta deckte gerade im Wintergarten den Tisch. Sie lächelte und nahm mich kurz in den Arm, bevor ich ihr zur Hand ging.

»Deine Mutter ist mit Bonny zu Dr. Lorris gefahren«, ließ sie mich wissen, als Karuso und Artus angelaufen kamen und mich begrüßten.

»Geht es Bonny nicht gut?«

»Sie ist wohl sehr unruhig. Wahrscheinlich steht die Geburt bald bevor.«

Ich nahm ihr die Teller ab und verteilte sie auf dem Tisch. »Ist Dad schon weg?«

»Nein. Er ist in seinem Arbeitszimmer.« Sie lief in die Küche und kam mit einem vollbeladenen Tablett zurück.

»Du hast Steve Silver gekannt«, platzte es aus mir heraus.

Roberta sah mich überrascht an. Nach ein paar Sekunden hatte sie sich wieder gefasst und füllte Orangensaft in die bereitstehenden Gläser. »Ja, das habe ich.«

»Hat er nach der Hochzeit eine Zeit lang hier bei euch gelebt?«, fragte ich.

Sie nickte verhalten.

»Wie war er so?«

Roberta sah verunsichert zur Tür.

Ich trat zu ihr und nahm ihre Hand. »Bitte, ich will es doch nur verstehen.«

»Er war ein guter Junge«, flüsterte sie.

»Was ist damals passiert?« Ich flüsterte ebenfalls.

»Steve hätte sich nicht in Lilly verlieben dürfen.«

»Wieso nicht?«

»Durch die Heirat waren sie Geschwister und außerdem war er fast einundzwanzig und Lilly mit ihren siebzehn Jahren noch minderjährig.«

»Und deshalb war Grandpa gegen ihre Beziehung?« Ich ließ sie los.

»Er stand vor der Kandidatur zum Bürgermeister. Wäre es herausgekommen, hätte es dem Ansehen der Familie geschadet.«

»Meine Güte, die beiden haben sich verliebt und keine Straftat begangen«, stieß ich aus.

»Schsch …« Roberta sah abermals zur Tür. »Für die Kinder des zukünftigen Bürgermeisters war es nicht angemessen. Sein Wahlgegner hätte es gegen ihn verwenden können.«

Eine Tür fiel ins Schloss und Roberta wich umgehend vor mir zurück. »Sprich nicht wieder über Lilly und Steve. Dein Großvater will nichts mehr davon hören. Er hat die Tragödie niemals verwunden.«

»Aber …« Ich stockte, da Dad sich näherte.

»Ich bringe den Kaffee«, sagte Roberta hastig und verschwand.

Er nickte mir zu und setzte sich an den gedeckten Tisch. »Wo ist dein Bruder?«, fragte er, als Nate im selben Moment eintraf.

»Morgen«, nuschelte dieser, ließ sich auf seinem Platz nieder und schenkte sich Milch ein.

»Schlechte Laune?«, hakte Dad nach.

Ich hielt die Luft an. War das der Augenblick, in dem Nate mich verriet?

Mein Bruder sah kurz in meine Richtung. »Hab nicht besonders gut geschlafen«, erwiderte er.

»Wie läuft das Training?«

»Gut.«

»Und das Lernen kommt dabei trotzdem nicht zu kurz?«

»Das kriege ich hin.«

Für mich war das Tierheim auch mit dem College vereinbar. Leider interessierte Dad das momentan nicht.

Er sah mich an. »Willst du dich nicht setzen?«

Ich sank auf meinen Stuhl und trank das Glas Orangensaft in einem Zug leer.

Roberta kam zurück, gefolgt von Grandpa, der sich wortlos gegenüber Dad am anderen Ende der Tafel niederließ. Sie reichte ihm die Morgenzeitungen und schenkte dann Kaffee ein.

»Hast du mit dem Universitätspräsidenten gesprochen?«, erkundigte er sich bei Dad.

»Ja, ich war gestern bei ihm und habe ihn darüber informiert, dass Jay Silver Sozialstunden ableisten muss und er überdenken sollte, ob er mit solchen Studenten nicht den Ruf seiner Universität ruiniert.«

Ich sah auf. »Du hast was?«

»Dieser Junge hat in Harvard nichts verloren.«

Ich stand ruckartig auf. »Er hat das Recht, dort zu studieren. Genauso wie alle anderen. Wieso lässt du ihn nicht einfach in Ruhe?«

Dad sah mich an, als hätte ich ihn geohrfeigt, und auch Nate und Grandpa starrten mich an. Bis auf ein Glas, das in der Küche scheppernd zu Boden fiel, war es mucksmäuschenstill.

»Jay hat nichts verbrochen. Er hat die Sozialstunden für jemand anderen übernommen.«

Mir war klar, dass Dad meine Respektlosigkeit ihm gegenüber nicht dulden würde, aber ich konnte meine Wut nicht zügeln. Es war einfach nicht fair.

»Ich muss zur Uni.« Fluchtartig verließ ich den Wintergarten. Doch Dad folgte mir umgehend.

»Nach deinen Kursen kommst du sofort wieder nach Hause«, wies er mich an.

»Ich habe heute Nachmittag mit Dr. Lorris einen Termin im Tierheim vereinbart, um mein Referat mit Paige abschließen zu können.«

Ich schnappte mir in der Vorhalle meine Tasche, hastete zur Eingangstür, riss sie auf und eilte die Treppe hinunter. Paiges Boots und ihre Lederjacke hatte ich in meinem Auto versteckt, als Nate und ich heimgekommen waren.

»Dieses Gespräch beenden wir heute Abend«, rief Dad mir nach. Er war in der Tür stehen geblieben und beobachtete mich dabei, wie ich ins Cabrio stieg und losfuhr.

Es war ein milder Spätsommertag, aber meine Hände waren eiskalt. Ich umklammerte das Lenkrad wie eine Rettungsboje. Woher wusste Dad, dass Jay Sozialstunden ableistete? Ich hätte mir eigentlich denken können, dass er bezüglich Jays Arbeit im Tierheim Nachforschungen anstellte.

Wenn ich doch bloß wüsste, was damals genau passiert war. Ich wünschte, Tante Lilly wäre noch am Leben.

Als ich beim College ankam, hatte sich mein Puls kaum beruhigt. An die mir bevorstehende Konfrontation mit Dad durfte ich gar nicht denken. Er würde mich am Abend mit Vorwürfen überschütten. Doch bis dahin musste ich überlegen, was ich gegen Jays Rauswurf unternehmen konnte.

Durch meinen überstürzten Aufbruch war ich viel zu früh. Allerdings verschaffte mir das die Gelegenheit, vor Kursbeginn noch mit Professor Kelsey zu sprechen. Er kannte Jay, war mit seiner Familie befreundet. Falls überhaupt eine Chance bestand, dem Einfluss meines Dads zu entgehen, dann war der

Professor wahrscheinlich der Einzige, der Jay in Harvard halten konnte.

Sein Büro lag dem Seminarraum gegenüber. Falls ich ihn hier nicht antraf, musste ich nach dem Kurs das Gespräch mit ihm suchen. Hoffentlich lief mir nicht die Zeit davon. Was, wenn der Universitätspräsident Jays Rauswurf schon in die Wege geleitet hatte?

Ich klopfte und wartete. Gerade, als ich die Hand erneut hob, öffnete Professor Kelsey die Tür. Seine freundliche Miene war mein erster Lichtblick des Tages. Bei dem, was ich ihm zu sagen hatte, würde ihm das Lachen allerdings gleich vergehen.

»Was kann ich für Sie tun?«, erkundigte er sich.

»Ich bin Tara Owens. Wir haben uns kurz bei den Silvers gesehen. Ich besuche ihren Psychologiekurs.«

»Ja, ich weiß. Wie kann ich Ihnen helfen?«

»Es geht um Jay. Bitte, können wir uns in Ihrem Büro unterhalten?«

Er nahm die Brille ab und ließ mich eintreten.

»Mein Dad, er hat …« Ich stockte und überlegte, wie ich ihm den Sachverhalt am besten erklären konnte. Warum Dad so handelte, würde er sowieso nicht verstehen. »Sie müssen für Jay ein gutes Wort einlegen. Mein Dad hat ihn wegen der Sozialstunden angeprangert und fordert, dass er von der Uni verwiesen wird.«

Professor Kelsey zog die Augenbrauen zusammen. Wir standen noch an der Tür. Wie ich geahnt hatte, war seine Miene nun ernst.

»Das ist nicht fair«, sagte ich, als er nicht gleich reagierte. »Sie wissen, dass eigentlich Levy Mist gebaut und Jay die Sozialstunden nur für ihn übernommen hat. Er darf seinen Studienplatz deshalb nicht verlieren. Seine Zukunft hängt davon ab.«

Der Professor atmete tief durch. »Nach allem, was passiert ist, können sie die Fehde noch immer nicht ruhen lassen. Und jetzt machen sie sogar Jay das Leben schwer.«

Ich riss die Augen auf. »Sie wissen darüber Bescheid?«

Er ging zu seinem Schreibtisch und nahm das Telefon zur Hand. »Ich habe die Tragödie hautnah miterlebt.«

Es fühlte sich an, als läge ein schwerer Stein in meinem Bauch. Was genau meinte er?

»Professor Kelsey hier.« Er sprach ins Telefon und nahm sein Jackett von der Lehne des Schreibtischstuhls. »Ich brauche so schnell wie möglich einen Termin beim Präsidenten. Es ist dringend.« Während er auf Antwort wartete, klemmte er sich das Telefon zwischen Ohr und Schulter, und zog die Jacke an. Ich kaute auf meiner Unterlippe. Die Unruhe und Besorgnis in seiner Stimme verrieten, wie nah er Jay und dessen Familie stand.

»Gut, ich melde mich in einer Stunde wieder«, sagte er schließlich mit einem tiefen Seufzen. Er beendete den Anruf und sah mich an. »Ihr Vater würde es nicht gutheißen, wenn er wüsste, dass Sie mich informiert haben. Wieso wollen Sie Jay helfen, Tara?«

»Weil das, was hier passiert, nicht gerecht ist.«

Er fuhr sich durch den weißen Vollbart. »Zwischen den Owens und Silvers gab es noch nie Gerechtigkeit.«

Mein Magen schnürte sich zu. »Wie meinen Sie das? Was wissen Sie?«

Professor Kelsey musterte mich. Er zögerte. »Jays Großvater und ich sind von Kindesbeinen an Freunde. Sein Sohn war ein aufgeweckter, fröhlicher Junge, der ihm nie Sorgen bereitete. Die Trennung seiner Eltern war nicht leicht für Steve und letztendlich führte diese ihn zu Lilly.«

Ich schluckte. »Kannten Sie meine Tante?«

Er nickte. »Die beiden waren sehr ineinander verliebt. Sie verbrachten viel Zeit bei Dean, weil Chandler ihre Verbindung nicht duldete und sie ihre Gefühle im Haus der Owens unterdrücken mussten. Doch sie ließen sich ihren Kontakt nicht verbieten. Steve und Lilly waren unzertrennlich.«

Mir wurde schwer ums Herz. »Waren Sie dabei, als meine Tante starb?«

»Ja, das war ich.« Er rieb sich den Nacken. »Ich kann nicht genau sagen, wie es passiert ist. Dafür war der Tumult zu groß. Aber eins weiß ich mit Sicherheit: Dean und Steve tragen an Lillys Tod keine Schuld. Als sie verunglückte, stand ich direkt neben ihnen.«

26. KAPITEL

Auf dem Weg zu Mathematik war ich so aufgeregt, als hätte ich gleich eine Prüfung. Es war der einzige Kurs, den ich mit Jay gemeinsam belegte. Wie unsere heutige Begegnung wohl ablaufen würde?

Paige wartete bereits im Seminarraum auf mich. »Ich will jedes noch so kleine Detail wissen«, brach es aus ihr heraus, sobald ich mich neben sie setzte.

»Worüber?« Ich packte den Laptop aus.

»Das fragst du ernsthaft? Finn hat gesagt, er hätte Jay und dich beim Knutschen erwischt.«

Ich sah sie an. Allein die Erinnerung ließ mein Herz schneller schlagen. Ich konnte an nichts anderes mehr denken als an Jay. Gerade nach dem Gespräch mit Professor Kelsey wollte ich ihn sehen. Alles deutete darauf hin, dass die Silvers tatsächlich unschuldig waren.

»Wir haben uns gestritten«, antwortete ich Paige. »Wie es zu dem Kuss kam, kann ich dir gar nicht sagen.«

Sie hob eine Augenbraue. »Bereust du es?«

Wenn ich ehrlich zu mir war, würde ich Jay jederzeit wieder küssen.

»Es hatte nichts zu bedeuten«, erwiderte ich.

Paige fuhr mit den Zähnen über ihren Lippenring. »Hm …«

Sie sah zur Tür und deutete mit dem Kinn in die besagte Richtung. »Dann erklär mir mal, warum er Laura am selben Abend abserviert hat?«

Ich folgte ihrem Blick. Jay betrat soeben den Raum und in meinem Brustkorb tanzten sofort Abertausende Funken. Was würde ich dafür geben, ihn in diesem Moment lächeln zu sehen.

Jay setzte sich auf den erstbesten freien Platz. Er wusste, dass ich diesen Kurs ebenfalls besuchte, doch er schaute sich nicht nach mir um.

»Scheiße, Süße. Dich hat es voll erwischt.«

Ich riss meinen Blick von ihm los. »Der Kuss hatte nichts zu bedeuten«, wiederholte ich mich.

»Ein Kuss hat immer etwas zu bedeuten.« Sie schmunzelte und stieß sanft ihren Arm gegen meinen. »Allerdings weiß ich nicht, ob er in eurem Fall eher ein schlechtes Omen ist. Passt bloß auf, dass ihr euch nicht gegenseitig die Finger aneinander verbrennt.«

Ich zog die Stirn in Falten. »Wie meinst du das?«

»Finn und ich haben uns letzte Nacht lange über euch unterhalten. Er sorgt sich um Jay und hat mir von euren Familien erzählt. Seiner Meinung nach solltet ihr so weit wie möglich auf Abstand gehen, bevor das nächste Unglück passiert.«

»Hat Finn dir etwas über meine Tante erzählt?«, erkundigte ich mich.

Paige verzog den Mund. »Ja. Sie tut mir so leid. Es ist echt tragisch, was damals passiert ist.«

Ich hob die Hände. »Was ist denn passiert?«

»Na, du weißt schon. Ihre Flucht mit Steve, die Verfolgungsjagd, die Schlägerei mit den Road Kings.«

»Du wirst es mir wahrscheinlich nicht glauben, aber davon höre ich jetzt zum ersten Mal.«

Sie stutzte und rümpfte die Nase. »Na ja, deine Familie hat ja auch alles dafür getan, es zu vertuschen.«

»Bitte erzähl mir, was Finn ...« Ich stockte, da Nate sich zu unseren Sitzen durchdrängte und neben mir Platz nahm. »Später«, flüsterte ich ihr zu.

Er setzte sich auf meine andere Seite, und doch behandelte er mich wie Luft. Sein Blick war starr nach vorn gerichtet, als deutliches Zeichen dafür, dass er mir im Moment nichts zu sagen hatte.

Die Tür wurde geschlossen. Der Kurs fing an. Ich schaffte es nicht, mich zu konzentrieren. Die ganze Zeit sah ich zu Jay, der mich ebenso wie Nate ignorierte. Die beiden, deren Unterstützung ich jetzt am meisten brauchte, wandten sich von mir ab. Jay, da ich eine Owens war und unser Umgang nur Probleme mit sich brachte. Und Nate, weil er nicht weiter in der Vergangenheit wühlen wollte und auch von mir erwartete, dass ich die ganze Angelegenheit auf sich beruhen ließ. Unsere Recherche war in eine Richtung verlaufen, die uns beiden nicht gefiel. Doch während er es vorzog, lieber mit der Ungewissheit weiterzuleben, drängte es mich immer weiter danach, die Wahrheit herauszufinden. Im Gegensatz zu ihm hatte ich die Silvers kennengelernt. Sie waren keineswegs so, wie Dad und Grandpa sie vor uns darstellten. Und dann gab es noch etwas, das ich nicht wahrhaben wollte und mir trotzdem eingestehen musste: Ich war drauf und dran, mich in Jay zu verlieben.

Als der Kurs zu Ende war, stand Nate auf. Er drängte sich an mir vorbei, ich hielt ihn jedoch zurück.

»Bitte sei nicht sauer auf mich. Das gibt mir jetzt noch den Rest.«

Er seufzte. »Du machst es mir gerade aber auch nicht leicht.«

Ich sah zu Boden. »Hat Dad noch was gesagt, nachdem ich aufgebrochen bin?«

»Er ist in seinem Arbeitszimmer verschwunden und hat die Tür zugeknallt.«

Das fahle Gefühl in meinem Bauch kehrte zurück. »Und Grandpa?«

»Der hat ihm Gesellschaft geleistet.«

Ich atmete tief durch. »Können wir heute Abend in Ruhe reden, sofern ich das Zusammentreffen mit Dad überlebe?«

Nate nickte. Seine Mundwinkel umspielte ein zurückhaltendes Lächeln. Ihn belastete unsere Distanz genauso wie mich. »Ich muss jetzt zum Training«, sagte er und schob sich an mir vorbei.

»Bis später.«

Paige hatte uns mit gerunzelter Stirn beobachtet und sah ihm hinterher. Ich gab ihr mit einem Kopfschütteln zu verstehen, dass ich nicht darüber reden wollte, und drängte sie zum Ausgang. Nach dem ganzen Schlamassel konnte ich es nicht erwarten, ins Tierheim zu kommen. Ich vermisste die Tiere, Toby und

Dr. Lorris. Immerhin durfte ich wegen des Referats mit Paige bei ihnen vorbeischauen.

»Wollen wir mit deinem Auto fahren?«, fragte ich und ging langsamer, da ich Jay neben Professor Kelsey vor dessen Büro stehen sah.

»Geht nicht. Ich muss heute ab vier Uhr noch eine Schicht im Steakhouse schieben und fahre gleich vom Tierheim aus hin.«

»Okay. Kennst du den Weg?« Ich ging weiter, drehte mich aber immerzu nach Jay um. Er und der Professor diskutierten eifrig. Vermutlich hatte dieser ihn soeben über Dads Gespräch mit dem Universitätspräsidenten informiert.

»Nein, ich fahre dir einfach hinterher«, erwiderte Paige.

Ich sah auf meine Armbanduhr. »Wenn du noch arbeiten musst, bleiben uns nur drei Stunden. Wir sollten uns also beeilen.« Ich warf einen letzten Blick zurück zu Jay und hoffte, dass der Professor einen größeren Einfluss auf den Präsidenten hatte als Dad. Dann wandte ich mich ab und lief schneller. Sobald wir im Tierheim die Zeit fanden, musste Paige mir alles erzählen, was sie von Finn wusste.

Sie hatte ihr Auto auf einem Randstreifen geparkt und wartete dort auf mich, bis ich mit meinem Cabrio neben ihr hielt. Ich reichte ihr die Boots und die Jacke durchs Fenster. Paige fuhr mir schließlich nach und brachte mich zum Lächeln, da ich sie über den Rückspiegel dabei beobachtete, wie sie voller Inbrunst in einen Song einstimmte. Ihr Autoradio war so laut, dass ich selbst bei ihren geschlossenen Scheiben jede Textzeile des Liedes verstand.

Dennoch war auch der unverwechselbare Sound eines Motorrads nicht zu überhören. Ich schaute in den Außenspiegel. Jay preschte auf seiner Maschine heran und drosselte, kurz bevor er uns erreichte, das Tempo. Ein paar Herzschläge lang fuhr er direkt neben mir und sah mich mit einem undefinierbaren Ausdruck an. Dann beschleunigte er, schlängelte sich an anderen Fahrzeugen vorbei und schlug unverkennbar die Richtung zum Tierheim ein.

Mein Puls stieg augenblicklich an, Wärme breitete sich in meinem Brustkorb aus. Jay und unser Kuss gingen mir einfach nicht aus dem Kopf. Doch nach Dads neuester Aktion hatte sich sein Bild von unserer Familie bestimmt noch verschlechtert.

Ich biss die Zähne zusammen. Gefühlt hatte sich gerade die ganze Welt gegen mich verschworen. Eben hatte ich mir noch gewünscht, dass er mich wenigstens einmal ansah, jetzt verunsicherte es mich, gleich im Tierheim auf ihn zu treffen.

Als ich schließlich auf den Hof fuhr, war Jay bereits abgestiegen. Paige parkte neben mir und grinste mich an.

Jay öffnete meine Tür, bevor ich es tun konnte. Er trat einen Schritt zurück und wartete. Seine bernsteinfarbenen Augen schimmerten in der Sonne so hell, dass es beinahe unmenschlich wirkte. Entgegen meiner Erwartung konnte ich keine Wut in ihnen erkennen.

Ich stieg aus. Hinter mir hörte ich Paiges Autotür zuschlagen. Doch Jay schenkte ihr keinerlei Beachtung. Sein Brustkorb hob und senkte sich schnell. Er setzte zum Sprechen an, schloss aber wieder die Lippen.

»Es tut mir leid, was mein Vater ...«

Jay ließ mich nicht ausreden. »Danke.«

Er brachte das Wort merklich schwer über die Lippen, trotzdem war es für mich ein Befreiungsschlag. Als hätte ich den Atem die ganze Zeit angehalten, stieß ich die Luft aus. Wäre Paige nicht bei uns gewesen, hätte ich mich ihm wahrscheinlich einfach in die Arme geworfen.

Jay neigte den Kopf. Seine Miene war vollkommen ernst und dennoch strahlten seine Augen eine Wärme aus, die mich innerlich streichelte.

»Levy hat mir erzählt, dass du und dein Bruder ihm geholfen habt.« Jay strich sich das Haar aus der Stirn. »Und heute hast du auch noch Kelsey meinetwegen um Hilfe gebeten.« Er stockte kurz. »Ich bin dir dankbar dafür, aber ich möchte nicht in deiner Schuld stehen.«

Ich trat näher zu ihm. »Das tust du nicht. Es kommt mir eher so vor, als hätte ich für meine Familie einiges gutzumachen.«

Er verengte die Augen. »Heißt das, du glaubst mir?«

»Ich will es nicht wahrhaben. Noch nicht. Vielleicht kann ich es besser verstehen, wenn du mir endlich alles erzählst, was du weißt.«

Paige kam zu uns. »Äh, ich störe wirklich nur ungern. Könntet ihr euer Gespräch eventuell auf später verlegen? Ich muss pünktlich im Steakhouse sein, also sollten wir die Befragung und die Tests hinter uns bringen.«

Wie auf Kommando erschien Dr. Lorris in der Tür. Er rief nach mir und kam uns entgegen.

Jay und er nickten sich zu. Ich machte ihn mit Paige bekannt. Die beiden führten ein wenig Small Talk und schlenderten zum Eingang.

»Kommst du mit rein?«, fragte ich Jay.

Er schüttelte den Kopf.

Ich blickte mich nach Dr. Lorris und Paige um. Die beiden verschwanden gerade im Gebäude.

»Warum nicht?«

»Hast du vergessen, dass du meinetwegen nicht mehr herkommen darfst?«

»Heute habe ich die Erlaubnis, hier zu sein.« Ich wollte, dass er blieb.

Wieder schüttelte er den Kopf. »Es ist, wie es ist, Prinzessin. Wenn ich Pech habe, fliege ich dank deines Vaters vom College. Du weißt so gut wie ich, dass wir keine Freunde werden können.«

Seine Worte versetzten mir einen Stich. »Warum bist du dann überhaupt hergekommen?«

Er biss sich auf die Lippe und sah zu Boden. »Weil du mich durcheinanderbringst. Wie soll ich dir aus dem Weg gehen, wenn du Levy hilfst und dich jetzt auch noch für mich einsetzt? Halte dich zukünftig bitte aus meinem Leben raus. Glaub mir, es ist das Beste.«

Ich schluckte. »Du kannst nicht wissen, was für mich das Beste ist«, brach es aus mir heraus. »Das weiß ich nicht einmal selbst. Ich wünschte, ich wäre dir nie begegnet. Aber es ist nun mal geschehen und ich kann dich nicht einfach vergessen.«

»Was sollen wir denn deiner Meinung nach tun?«, fragte Jay lautstark und hob die Arme zur Seite. »Es bringt nur Ärger, wenn wir uns weiterhin sehen.«

Ich baute mich vor ihm auf. »Du hast das Spiel begonnen und jetzt hast du Angst vor dem nächsten Schritt.«

Er knurrte, trat auf mich zu und sah auf mich herab. »Du bist diejenige, die dabei am meisten zu verlieren hat. Die Konsequenzen, die sich für dich ergeben, sind weitaus schlimmer, als ich sie zu tragen hätte.«

Ich suchte nach einer schlagfertigen Antwort, aber auf die Schnelle fiel mir keine ein. Wir benahmen uns wie zwei Raubtiere, die sich gegenseitig belauerten und jeden Moment aufeinander losgingen. Schließlich tat ich das, was ich in diesem Augenblick am dringendsten brauchte. Ich schlang die Arme um seinen Hals, stellte mich auf die Zehenspitzen und presste meine Lippen auf seine.

27. KAPITEL

Jay ließ den Kuss zu, ohne ihn zu erwidern. Seine Lippen fühlten sich weich und warm an, blieben jedoch regungslos und verschlossen. Er wirkte wie erstarrt. Ich hatte ihn völlig überrumpelt.

Seine Ablehnung verletzte mich und bescherte mir ein hohles Gefühl in der Magengrube. Ich hielt inne und wich langsam zurück. Sein Blick wirkte gequält.

Keine Sekunde länger schaffte ich es, ihm in die Augen zu schauen. Abrupt wandte ich mich um und wollte schnellstmöglich von ihm weg. Da packte er mich, drehte mich wieder zu sich um und zog mich an sich.

»Du machst mich echt fertig«, stieß er aus. Und im nächsten Moment war er derjenige, der mich küsste.

Er schob seine Hand auf meinen Rücken und hielt uns zusammen. Mit der anderen fasste er mich im Nacken, wobei sein Daumen über meine Wange streichelte. Als er mit seiner Zunge meine Lippen teilte, schlang ich die Arme um seine Mitte und schmiegte mich an ihn. Verzweifelt gaben wir uns diesem Kuss hin, den wir nicht zulassen sollten und dennoch brauchten.

Selbst nachdem sich unsere Lippen voneinander gelöst hatten, klammerten wir uns noch aneinander. Ich lehnte mit der

Stirn an seiner Brust und er mit dem Kinn auf meinem Kopf. Wir atmeten beide schwer.

»Wohin soll das führen?«, flüsterte er.

»Das weiß ich auch nicht«. Ich seufzte.

»Du solltest jetzt reingehen.« Er gab mich zögernd frei.

»Kann ich dich nicht überreden, noch zu bleiben?«

»Meine Laune möchte ich heute niemandem zumuten. Ich warte auf Kelseys Anruf. Falls sein Gespräch mit dem Universitätspräsidenten nichts bringt, bin ich geliefert.«

Ich senkte den Blick. »Woher kommt dieser Hass zwischen unseren Familien, wenn dein Großvater doch anscheinend gar nicht für den Tod meiner Tante verantwortlich ist?«

Jay zuckte mit den Schultern. »Chandler Owens war es ein Dorn im Auge, wie viel Zeit seine Tochter bei meiner Familie verbrachte. Er hatte Lilly quasi schon verloren, bevor sie verunglückte.«

Ich dachte an Grandpas zweite Ehefrau. »Für Kate muss es auch eine unerträgliche Situation gewesen sein«, sagte ich. »Gut möglich, dass der familiäre Streit sie in Depressionen gestürzt hat. Vielleicht hat sie sich sogar deshalb das Leben genommen.«

Jay zuckte mit den Schultern. »Soviel ich weiß, hat Chandler ihr nach der Tragödie den Umgang mit ihrem Sohn – meinem Vater – verboten.«

»Tara«, rief Paige. Sie stand in der Tür. »Was ist denn nun? Wenn wir nicht langsam anfangen, können wir es heute ganz bleiben lassen.«

»Ich komme«, erwiderte ich und sah Jay an. »Du kannst doch hier auf Professor Kelseys Anruf warten. Mich interessiert auch, wie die Sache ausgeht. Und falls es schlechte Nachrichten sind, gehen wir dagegen vor.«

Jay hob eine Augenbraue. »Wir?«, fragte er mit einem zynischen Unterton. »Dein Vater ist es, der mich drankriegen will.«

»Aber er tut dir damit unrecht.«

»Es war meine Entscheidung, die Sozialstunden für Levy auf mich zu nehmen. Da das außer meiner Familie und meinen engsten Freunden niemand weiß, kann ich nicht beweisen, dass ich unschuldig bin.«

Ich hob das Kinn. »Der Professor und ich wissen auch davon und er wird dich sicherlich ebenso wenig hängen lassen wie ich.«

Paige rief abermals nach mir. Ich ging rückwärts los. Als Jay schwieg, wandte ich mich um und lief Richtung Eingang.

»Du weißt nicht, was du da redest«, sagte er nun doch und folgte mir. »Würdest du dich ernsthaft gegen deinen Vater stellen?«

»Ob du es glaubst oder nicht, ich habe heute Morgen schon damit angefangen.« Das zermürbende Gefühl in meiner Brust ignorierte ich, denn zumindest bei dieser Sache war ich mir sicher, richtig zu handeln.

Paige verdrehte die Augen, aber ich konnte nicht anders und musste erst noch meine Runde drehen, um die Tiere zu begrüßen. Als ich das Kätzchen sah, konnte ich gar nicht glauben, wie gut es sich gemacht hatte. Die Kleine hatte ordentlich an Gewicht zugelegt und sprang verspielt in ihrem Käfig umher. Ich öffnete ihn, um sie zu streicheln. Sie schmiegte den Kopf kurz an meine Hand, lief dann an mir vorbei, hielt direkt auf Jay zu und umschmeichelte seine Beine.

»Sie hat einen richtigen Narren an ihm gefressen«, sagte Dr. Lorris und schmunzelte.

Jay hob sie hoch und kraulte sie hinter den Ohren, was sie mit einem Schnurren sichtlich genoss.

»Na, wen haben wir denn da?«, sagte Toby. Er kam ins Zimmer und führte den Schäferhund, den wir notoperiert hatten, an der Leine. »Schön, dass du da bist.« Er zog mich in eine Umarmung.

»Wie geht es ihm?«, erkundigte ich mich und ging vor dem Hund in die Hocke. Er trug einen Maulkorb, wirkte jedoch keineswegs so aggressiv, wie ich ihn in Erinnerung hatte. Stattdessen stand er beinahe regungslos da und musterte mich misstrauisch.

»Jay hat die Operation gut weggesteckt. Die Wunden verheilen langsam, aber es geht bergauf.«

Ich hob den Kopf. »Jay?«

»Mir wurde gesagt, du hättest diesen Namen für ihn passend gefunden, da er kaum jemanden an sich ranlässt und ständig knurrt«, antwortete Jay an Tobys Stelle.

Ich stand auf und sah Toby gespielt entrüstet an. »Verräter.«

Er zuckte entschuldigend mit den Schultern und schmunzelte.

»Hat die Süße einen Namen?«, fragte Paige, trat zu Jay und

wollte das Kätzchen streicheln. Doch sie kam nicht dazu, da diese mit ausgefahrenen Krallen nach ihr ausholte. »Die ist ja eigenwillig«, schimpfte Paige und wich zurück.

Jay nickte. »Ich habe sie Prinzessin getauft.« Er sah zu mir. Seine Mundwinkel zuckten.

»Wie kann ich euch denn nun helfen?«, fragte Dr. Lorris, nahm dem Schäferhund das Geschirr ab und führte ihn in den Zwinger, in dem er seit der Aufwachphase nach der OP zur Überwachung untergebracht war. Da die Wunden an manchen Stellen noch nicht vollständig verheilt waren, durfte er weiterhin im Haus bleiben.

»Wir halten ein Referat über Emotionspsychologie«, erklärte ich. »Grob habe ich es ja schon am Telefon beschrieben. Sie müssten einen Fragebogen ausfüllen und uns bescheinigen, dass wir zum Einfluss von Tieren auf Menschen diverse Tests durchgeführt haben.«

»Alles klar. Womit wollt ihr beginnen?«

»Ihr seid unsere Probanden«, legte ich fest und sah dabei auch Jay an. »Wir messen, wie sich euer Puls und Blutdruck verändert, während ihr ein Tier streichelt.«

»Da gibt es aber Unterschiede«, sagte Dr. Lorris. »Wer Vierbeiner, Vögel oder Fische nicht mag oder gar Angst vor ihnen hat, profitiert auch nicht von ihrer Anwesenheit.«

»Gibt es echt Leute, die keine Tiere mögen?«, fragte Paige.

»O ja«, erwiderte Toby. »Du brauchst dich nur umzuschauen. Die ehemaligen Besitzer gehören dazu.«

»Wir müssen nur die positive Wirkung von Tieren belegen«,

sagte ich. »Das Referat ist für den Psychologiekurs, nicht für ein Veterinärstudium.«

»Schade eigentlich«, entgegnete Dr. Lorris. »Aus dir wäre eine gute Tierärztin geworden.«

»Tja, die Owens sind und bleiben nun mal Politiker.« Ich seufzte.

Jay musterte mich und legte die Stirn in Falten. Während Paige und ich in der folgenden Stunde damit beschäftigt waren, unsere Aufgabenliste abzuarbeiten, wechselten wir immer wieder verstohlene Blicke. Als ich zu ihm trat und ihm die Manschette des Blutdruckmessgeräts anlegte, war ich richtig aufgeregt. Seine Wirkung auf mich war unbeschreiblich. Allein seine bloße Gegenwart brachte mein Herz zum Rasen, und ihn zu berühren weckte in mir den Wunsch, ihm noch näher zu kommen. Er saß vor mir auf dem Behandlungstisch und war mit mir auf Augenhöhe. Ich wollte mich an ihn schmiegen, mit den Händen durch sein zerzaustes Haar streichen und seine Lippen schmecken. Stattdessen legte ich nur Zeige- und Mittelfinger auf die Innenseite seines Handgelenks und sah auf den Sekundenzeiger meiner Armbanduhr. Das Kätzchen namens Prinzessin lag entspannt auf seinem Schoß und ließ sich von ihm kraulen. Da Jay mich unentwegt ansah, schaffte ich es kaum, mich 30 Sekunden lang auf das Zählen seines Pulsschlags zu konzentrieren, und fing zweimal von vorn an. Schließlich trug ich das Messergebnis neben denen von Dr. Lorris und Toby in die Tabelle ein. Im Gegensatz zu den beiden war Jays Wert um einiges höher, was vielleicht an meiner fehlerhaften Zählweise lag.

Paige las Dr. Lorris unsere vorbereiteten Fragen vor, die er mit seiner gewohnt ausgeglichenen Art beantwortete. Danach half er uns im Labor dabei, die Speichelproben von Prinzessin und Jay zu analysieren. Der Cortisolspiegel des Schäferhundes wies darauf hin, dass sein Stresszustand Tage nach seiner Befreiung weiterhin sehr hoch war. Von einer engen und glücklichen Beziehung zu einem Menschen war er noch weit entfernt.

Als die Zeit gekommen war und Paige zum Steakhouse aufbrechen musste, hatten wir es gerade rechtzeitig geschafft, alles abzuarbeiten. Nun fehlten uns nur noch die Fragebögen, die wir an Haustierbesitzer ausgeben wollten, um Rückschlüsse auf ihre Persönlichkeitsmerkmale und die ihrer Tiere ziehen zu können.

Nachdem Paige sich verabschiedet hatte, kümmerten sich Dr. Lorris und Toby um liegen gebliebenen Bürokram. Mir war noch nicht danach, nach Hause zu fahren. Ich wollte die Konfrontation mit Dad so lange wie möglich aufschieben, und außerdem machte mich der Gedanke, mich von Jay verabschieden zu müssen, traurig. Wir hatten seit zwei Stunden kein Wort mehr miteinander gewechselt. Aber er war hier und ich fühlte mich wohl in seiner Nähe.

Er sah auf sein Handy. Der Professor hatte sich noch nicht gemeldet.

»Ruf ihn doch mal an«, sagte ich.

Jay schüttelte den Kopf. »Ich möchte nicht dazwischenfunken, falls er gerade im Gespräch ist. Jacob hat versprochen, sich zu melden.« Er hielt das Handy noch in der Hand, als es zu klingeln begann. »Mein Vater«, sagte er mit Blick auf das Display und nahm den Anruf an. »Ich bin im Tierheim. Die Ersatzteile bringe ich auf dem Rückweg ...« Er stockte mitten im Satz. »Vielleicht ist er bei Großvater ... Ich kümmere mich darum ... Ja, ich melde mich.«

»Stimmt was nicht?«, fragte ich, sobald er das Telefonat beendet hatte.

»Levy soll nach dem neuesten Vorfall sofort nach der Schule zur Werkstatt kommen. Aber er ist noch nicht aufgetaucht, und das könnte bedeuten, dass sein Erzeuger wieder seine Lakaien auf ihn angesetzt hat.«

»Denkst du, er ist in Schwierigkeiten?«

»Wann ist Levy das nicht?« Er seufzte und hielt sich das Handy erneut ans Ohr. Vermutlich rief er seinen Bruder an.

Jay strahlte immer eine ungemeine Stärke aus, doch die Sorge um Levy ließ ihn verletzlich wirken. Es war eine Seite an ihm, die er mir sicherlich nur ungern zeigte, aber sie machte ihn in meinen Augen noch liebenswerter.

Er ließ das Handy sinken und sah auf das Display. »Er geht nicht ran. Wahrscheinlich steckt er nur bei seiner Freundin, aber ich werde vorsichtshalber nach ihm suchen.«

Wir standen uns gegenüber und wussten nicht, wie wir uns verhalten sollten. Was war das zwischen uns und wie ging es jetzt für uns weiter? Verabschiedeten wir uns, um am nächsten Tag im College wieder aufeinander zuzugehen? Oder war es ein Abschied für immer, da es besser war, uns zukünftig zu ignorieren?

Jay trat näher, ergriff meine Hände und verschränkte seine Finger mit meinen.

»Pass auf dich auf, Prinzessin«, sagte er und gab mir damit die Antwort, die ich am wenigsten hören wollte. »Du bist auf dem Papier eine Owens, aber ansonsten hast du nicht viel mit deinem Vater und Großvater gemeinsam. Lass dich bitte niemals von ihnen verbiegen.«

28. KAPITEL

Jay hatte mich mit einem stechenden Gefühl in der Brust zurückgelassen. Wollte er mich wiedersehen oder nicht? Es wäre einfacher, wenn ich zu ihm Abstand halten könnte. Allerdings vermisste ich ihn schon wieder, kaum dass er gegangen war.

Der letzte Ort, an dem ich jetzt sein wollte, war mein Zuhause. Die Aussprache mit Dad machte mir zu schaffen, bevor sie überhaupt angefangen hatte. Da er um diese Zeit sowieso noch in seinem Büro war, entschied ich mich dazu, mich noch ein wenig nützlich zu machen. Es würde Wochen dauern, bis ich das nächste Mal hier im Tierheim sein durfte. Ich schnappte mir einen Eimer, füllte ihn mit Wasser und begann, den Papageienkäfig zu säubern. Coco war zutraulich, setzte sich auf meine Schulter und zupfte an meinen Haaren. Ich sagte ihm Wörter vor, die ich ihm beigebracht hatte, und lachte, wenn er sie krächzend nachplapperte. Er plusterte sein blau-gelbes Gefieder auf und wippte mit dem Kopf. Zumindest für einen kurzen Moment brachte er mich auf andere Gedanken.

Mein Smartphone klingelte. Ich wischte die nassen Hände an meiner Hose ab und nahm Paiges Anruf entgegen.

»Ist Jay noch im Tierheim?«, fragte sie, bevor ich auch nur ein Wort sagen konnte.

»Nein, er ist schon weg.«

»Mist!«, schimpfte sie. »Ich kann Jay nicht erreichen und Finn geht auch nicht an sein verdammtes Telefon.«

»Was ist denn los?«, erkundigte ich mich. »Du klingst total aufgeregt.«

»Auf dem Weg zum Steakhouse habe ich Levy mit einer Gruppe Typen gesehen, mit denen er sich nicht abgeben sollte. Meine Schicht fängt jetzt an. Kannst du bitte zur Werkstatt fahren und Jay Bescheid geben? Sie haben bei den alten Schienen abgehangen.«

Ich erinnerte mich an die Situation, als Levy von der Gruppe zu Boden gestoßen und dann gegen die Mauer gedrückt wurde. »Okay.« Jetzt machte ich mir ebenfalls Sorgen um Levy. »Hast du gesehen, ob sie ihn bedroht haben?«

»Das tun diese Arschlöcher immer. Levy hat sich schon aus Angst zu allerlei kleinen Diebstählen hinreißen lassen. Aber neuerdings geht Johnson so weit, dass er ihm damit droht, Steve und Jay etwas anzutun, wenn er nicht auf seine Forderungen eingeht. Deshalb hat er sich auch bei Hauseinbrüchen beteiligt.«

Ich setzte Coco zurück in den Käfig. »Ein weiteres Mal wird Jay nicht den Kopf für ihn hinhalten können«, sagte ich. »Soweit ich mitbekommen habe, ging es dabei um Drogen.«

Paige seufzte. »Ja. Nach dem letzten Einbruch ist ein Spürhund der Polizei Levys Fährte bis zur Werkstatt gefolgt. Sie haben Crystal Meth gefunden, das er dort vor Jay und Steve versteckt hatte. Letztendlich hat Jay behauptet, es wäre seins, um Levy zu schützen.«

Ich suchte meine Sachen zusammen. »Warum hat er der

Polizei nicht die Wahrheit gesagt und ihnen von Levys Vater erzählt?«

»Weil er keine Beweise gegen Johnson hat.« Paige atmete tief durch. »Hier gelten andere Regeln, Tara. Wenn du jemanden anschwärzt, kann es schnell passieren, dass du den nächsten Tag nicht überlebst.«

Ich erstarrte. Es gab nichts, was ich ihr darauf erwidern konnte.

»Bitte gib Jay Bescheid«, sagte sie. »Ich muss jetzt wirklich anfangen. Das Steakhouse ist wieder randvoll.« Sie legte auf.

Ich ging zu Dr. Lorris und Toby ins Büro, um mich zu verabschieden. Es würde eine Weile vergehen, bis ich die beiden wiedersah. Daher fiel meine Umarmung für Toby vermutlich etwas zu lange aus, und als ich Dr. Lorris die Hand reichte, zog er mich überraschenderweise ebenfalls zu sich und drückte mich.

Schließlich lief ich mit gesenktem Kopf über den Hof zum Auto. Momentan lief einfach alles schief. Es tat mir weh, mich von hier fernhalten zu müssen. Aber dass Jay seine Arbeitsstunden meinetwegen woanders ableisten musste, wollte ich auch nicht. Bei meinem bevorstehenden Gespräch mit Dad würde ich klarstellen, dass er Jay das Leben nicht schwer machen durfte, nur weil er mit dessen Großvater und Vater zerstritten war. Falls Professor Kelsey beim Universitätspräsidenten nichts ausrichten konnte, musste ich Dad dazu bringen, seine Beschwerde zurückzuziehen.

Im Auto atmete ich tief durch und machte mich schließlich auf den Weg zur Werkstatt. Dort kam ich allerdings nicht einmal bis auf den Hof. Das Tor war verschlossen. Ich parkte davor und hatte keine Ahnung, was ich nun tun sollte. Da fiel mein Blick im Rückspiegel auf das heruntergekommene Haus auf der gegenüberliegenden Straßenseite, in dem Steve mit Levy wohnte.

Kurz entschlossen stieg ich aus, überquerte die Straße und stieg die Stufen zum Eingang hinauf. Namensschilder an den Klingeln fanden sie hier anscheinend überflüssig. Ich starrte auf die offen stehende Haustür. In der Hoffnung, dass wenigstens an den jeweiligen Wohnungstüren Namensschilder angebracht waren, schlüpfte ich in den Hausflur. Das Treppengeländer wackelte, von den rauen Wänden bröckelte der Putz. Als in den oberen Etagen eine Tür zuknallte, zuckte ich zusammen und wollte auf dem Absatz umdrehen. Doch dann entdeckte ich tatsächlich einen Namen an der Tür und schöpfte Hoffnung, dass ich bei den anderen Wohnungen auch Glück hatte. Obwohl sich von oben schnelle Schritte näherten, verwarf ich meinen Fluchtgedanken.

»Was machst du denn hier?« Finn blieb auf dem Treppenabsatz stehen und ich rührte mich auch mehr vom Fleck. Er starrte auf mich herab und ich zu ihm hinauf.

»Ich suche Jay oder Steve«, ließ ich ihn wissen. »Und du?«

Finn verzog abfällig den Mund. »Ich wohne hier.« Er kam die Stufen herunter und drängte sich an mir vorbei. »Die beiden sind nicht da. Wieso kannst du Jay nicht einfach in Ruhe lassen? Geh nach Hause.«

Ich konnte nicht verstehen, was Paige an diesem unfreundlichen Kerl fand.

»Wenn du an dein Telefon gehen würdest, müsste ich nicht hier sein«, entgegnete ich und folgte ihm. »Paige hat mehrfach versucht, dich anzurufen.«

Er stoppte so abrupt, dass ich gegen ihn prallte. »Ist was passiert?«

»Levy steckt vermutlich in der Klemme. Sie hat Jay und dich nicht erreicht und mich deshalb zur Werkstatt geschickt. Dort ist niemand und deshalb dachte ich ...«

»Hol mal Luft, Kleine! Was heißt, Levy steckt in der Klemme?«

»Paige hat ihn mit Johnsons Leuten bei den alten Schienen gesehen.«

»Scheiße. Ich kümmere mich darum.« Er stürmte los.

Damit konnte ich nun wohl nach Hause fahren. Ich verließ ebenfalls das Gebäude und hob zum Abschied die Hand. Finn stieg auf sein Motorrad und ich überquerte die Straße.

»Verdammt«, hörte ich ihn fluchen. »Hey, warte.« Er kam mir hinterher. »Wenn du schon mal hier bist, kannst du mich beim Steakhouse absetzen. Ich habe keinen Sprit mehr.«

Ich kam erst gar nicht dazu, ihm zu antworten. Als wäre es das Selbstverständlichste auf der Welt, riss Finn die Beifahrertür auf, stieg ein und drängte mich zur Eile.

»Das Steakhouse liegt nicht auf meinem Weg«, informierte ich ihn und rutschte hinter das Lenkrad.

»Jetzt schon. Du bist hier, weil du Jay mit Levy helfen willst. Also fahr mich zum Steakhouse, damit ich mir ein Motorrad leihen und ihn und Levy suchen kann.«

Ich presste Luft in meine Wangen, warf Finn einen deprimierten Blick zu und startete den Motor.

Mittlerweile kannte ich die Gegend gut genug und war nicht mehr auf das Navi angewiesen. Falls ich doch mal falsch abbog, würde Finn es mir sicherlich sagen.

»Ich kenne Jay, seit wir noch in die Windeln geschissen haben«, stammelte er, nachdem er mich eine Weile von der Seite gemustert hatte. »Er ist wie ein Bruder für mich und deshalb will ich, dass du dich von ihm fernhältst.«

Es war kein Geheimnis, dass er mich nicht mochte.

»Ich tue Jay nichts.«

Er stieß ein gehässiges Lachen aus. »Ach nein? Wieso macht es dann gerade die Runde, dass dein Vater sich dafür einsetzt, Jay vom College zu schmeißen?«

»Das hat mit der Vergangenheit zu tun. Er ist nicht gut auf die Silvers zu sprechen.«

»Wach auf, Mädchen. Deine Familie hat Dean und Steve das Leben versaut, aber für Jay hat sich dein Vater bisher nicht interessiert. Er ist erst in sein Visier geraten, seit er mit dir abhängt. Dadurch kocht der ganze Bockmist von damals wieder hoch.«

Ich starrte ihn an. »Mein Dad hat schon vorher abfällig von Jay gesprochen.«

Er atmete tief durch, stemmte den Ellenbogen auf die Türarmatur und blickte aus dem Fenster. »Haltet einfach Abstand, okay? Jay ist verdammt intelligent und kann es durch das Stipendium irgendwann schaffen, aus dieser ganzen Scheiße rauszukommen. Vermassle ihm das nicht!«

29. KAPITEL

Alle sagten mir, dass ich mich von Jay fernhalten sollte. Bisher hatte ich geglaubt, ich wäre diejenige, die bei diesem Chaos am meisten zu verlieren hatte. Doch Finn hatte mir gerade vor Augen geführt, dass dem nicht so war.

Wir schwiegen uns an, bis wir beim Steakhouse ankamen. Er hatte alles gesagt, was er sagen musste. Und ich hatte dem leider nichts entgegenzusetzen.

Auf dem Parkplatz war wieder keine Lücke frei. Ich fuhr bis zum Eingang, um Finn aussteigen zu lassen.

»Wollen die mich verarschen?«, schimpfte er. »Wo stecken die alle?«

Ich folgte seinem Blick zu der Stelle, wo letztes Mal etliche Motorräder gestanden hatten. Wie es schien, war heute kein Road King im Steakhouse zu Gast.

Finn stieg aus, schlug die Tür zu und lief Richtung Eingang.

»Gern geschehen«, brummte ich. Er hätte sich wenigstens für die Fahrt bedanken können.

Ich stieg ebenfalls aus, schloss das Auto ab und begab mich freiwillig in die Höhle der Löwen. Bevor ich nach Hause fuhr, wollte ich zumindest noch Paige fragen, ob sie was von Jay gehört hatte.

Wie schon bei meinem ersten Besuch hallte Rockmusik lautstark durch den Saal. Alle Tische waren besetzt, vor dem Tresen herrschte dichtes Gedränge. Ich sah Paige mit einem vollbeladenen Tablett durch die Menschenmenge kommen. Die Leute machten ihr bereitwillig den Weg frei. An einem Stehtisch verteilte sie die Getränke.

Ich rief ihren Namen und zwängte mich zu ihr durch.

»Tara.« Sie nahm meine Hand und zog mich hinter sich her in Richtung Tresen.

»Hast du inzwischen etwas von Jay gehört?«, erkundigte ich mich.

»Er war hier.« Sie übergab dem Barkeeper das leere Tablett und nahm sogleich ein volles entgegen. »Nachdem ich ihm von Levy erzählt habe, ist er mit ein paar Road Kings wieder abgedüst.«

Ich starrte sie an. Paige hatte schon mal angedeutet, dass hier eigene Regeln galten. Falls Jay sich gerade wegen Levy mit Johnsons Leuten anlegte, konnte die Situation eskalieren.

Paige schob sich mit dem Tablett an mir vorbei, doch ich hielt sie zurück. »Sollten wir vielleicht besser die Polizei informieren?«

Sie schüttelte den Kopf. »In diesem Viertel klärt man das unter sich. Wenn die Cops jetzt anrücken würden, wären die Kings genauso am Arsch, sie stehen sowieso schon am Pranger.« Sie zuckte mit den Schultern. »Ich muss weitermachen, Süße. Du siehst ja, was hier los ist.« Mit diesen Worten verschwand sie wieder im Gedränge.

Wie konnte sie dabei so ruhig bleiben? Das hier war eine Welt, in der ich mich nicht auskannte und in die ich mich auf keinen Fall einmischen sollte. Aber der Gedanke, Jay könnte etwas zustoßen, versetzte mir einen Stich in der Brust. Wenn ich doch bloß wüsste, wie ich ihm helfen könnte.

Ich brauchte eine Weile, bis ich mich wieder zum Ausgang durchgekämpft hatte. Zu allem Überfluss hatten mich in der Zwischenzeit zwei Wagen zugeparkt, was bedeutete, dass ich zurück in die Bar musste, um die Besitzer ausrufen zu lassen. Ich stieß frustriert die Luft aus und wollte auf dem Absatz umdrehen, als Steve im selben Moment aus einem der Autos stieg. Er lief um den Caddy, auf dem das Logo des Steakhouse abgebildet war, und öffnete seinem Vater, der auf dem Beifahrersitz saß, die Tür.

Wusste er Bescheid? Ich rannte zu ihnen. »Paige hat Levy mit diesen Typen gesehen. Jay ist mit den Road Kings losgezogen, um ihn zu suchen. Ich weiß aber nicht, wo …«

»Tara«, unterbrach Steve mich. »So schnell, wie du redest, verstehe ich kein Wort.«

Ich begann von vorn. Währenddessen nahm er den Rollstuhl aus dem Laderaum, klappte ihn auf, half seinem Vater aus dem Wagen und setzte ihn vorsichtig hinein.

»Wieso gibt er mir nicht Bescheid?«, schimpfte er.

»Er wusste, dass du mit mir zum Arzt bist«, sagte sein Vater und nickte ihm zu. »Such deine Jungs. Ich komme jetzt allein klar.«

»Bist du sicher?«

»Ja, mach schon. Meine Arme und Hände funktionieren noch.«

Steve eilte zur Fahrertür. »Danke für die Info«, rief er mir zu und stieg ein. Er fuhr rückwärts vom Hof und brauste davon.

Inzwischen war ich unsicher, ob ich richtig gehandelt hatte. Jay hatte vielleicht gar nicht gewollt, dass sein Vater von der Sache erfuhr. Ich hätte verschwinden und mich raushalten sollen.

Mein Wagen wurde jetzt nur noch von einem Fahrzeug blockiert. Da ich deshalb sowieso ins Steakhouse zurückmusste, konnte ich Jays Großvater auch kurz behilflich sein. Auf dem sandigen Boden kam er in seinem Rollstuhl nur schwer vorwärts. Zumindest bis zu den ausgelegten Platten wollte ich ihn unterstützen. Ich trat hinter ihn und schob Dean Cox an – den Mann, den meine Familie für den Tod meiner Tante verantwortlich machte.

Als ich ihm das erste Mal bei Steves Werkstatt begegnet war, hatte ich noch keine Ahnung, weshalb er lange Zeit im Gefängnis gesessen hatte. Er war mir sympathisch gewesen. Jay hatte ihm damals sogar schon von mir erzählt, und obwohl er dadurch wusste, dass ich eine Owens war, begegnete Dean Cox mir auch jetzt wieder freundlich.

»Vielen Dank, das ist nett von dir«, sagte er.

Der Sandboden war tückisch. Obwohl ich den Rollstuhl schob, half Dean Cox mit und kam dabei aus der Puste.

»Ruhen Sie sich aus und lassen Sie mich allein schieben«, sagte ich. Die Platten waren schon ganz nah.

»Ich muss zum Hintereingang«, ließ er mich wissen und deutete seitlich am Gebäude entlang.

Das war meine Gelegenheit, der Wahrheit endlich näher zu kommen.

»Darf ich Sie etwas fragen?«, platzte es aus mir heraus. Ich verlangsamte das Tempo und starrte auf seinen ergrauten Hinterkopf.

»Ja«, erwiderte er ganz ruhig. Es kam mir vor, als hätte er bereits darauf gewartet.

Ich rang um die richtigen Worte.

»Du hast viele Fragen und weißt nicht, mit welcher du anfangen sollst«, sagte er, legte die Hände auf den Greifreifen und brachte den Rollstuhl zum Stehen. Er drehte ihn zu mir um und sah mich an.

»Was ist damals passiert?«, flüsterte ich. »Wie ist es zu alldem gekommen? Ich meine, woher rührt dieser ganze Hass?«

Er lächelte. »Das waren jetzt gleich mehrere Fragen auf einmal.«

An der Wand standen übereinandergestapelte leere Getränkekästen. Ich drehte einen um und setzte mich darauf. »Erzählen Sie mir einfach alles, was ich wissen sollte. Aber lügen Sie mich bitte nicht an.«

Er legte den Kopf schräg, so, wie Jay es manchmal tat. Auch sein Blick war dem seines Enkelsohnes ähnlich. Sie hatten die gleichen bernsteinfarbenen Augen, nur dass seine trüb und von Falten umrahmt waren.

»Kate und ich hatten uns schon getrennt, als sie deinen Großvater kennenlernte. Trotzdem kam ich anfänglich nur schwer mit ihrer neuen Beziehung klar, da ich befürchtete, dass ich den

Draht zu Steve verlieren würde. Den Fehler muss ich mir also eingestehen. Mit meinem eifersüchtigen Verhalten habe ich mich bei Chandler nicht gerade beliebt gemacht. Das war auch nicht mehr zu kitten, nachdem ich begriffen hatte, dass Steve immer mein Sohn bleiben würde.«

Ich nickte. »Steve hat Sie oft besucht und meine Tante Lilly hat später mit ihm viel Zeit bei Ihnen verbracht.« Das war zumindest etwas, das ich inzwischen wusste.

Seine Miene war ernst, doch seine Augen strahlten diese Wärme aus, als würde er dennoch lächeln. Es tat beinahe weh, wie sehr mich dieser Mann an Jay erinnerte. Sein Blick ging ins Leere. Er schien in Gedanken in die Vergangenheit zurückzukehren.

»Die zwei waren bis über beide Ohren ineinander verliebt.« Er stockte.

»Mein Grandpa war gegen ihre Beziehung. Hatten Sie überhaupt kein Problem damit?«

Dean Cox sah mich an. »Als Steve anfing, mir von Lilly zu erzählen, habe ich es erst als Schwärmerei abgetan. Doch nachdem ich sie dann ein paarmal miteinander erlebt hatte, war mir klar, dass sie tiefe Gefühle füreinander empfanden.«

Ich stand auf. »Weshalb musste sie sterben?«

»Diese Frage stelle ich mir noch heute jeden Tag«, erwiderte er. »Chandler hat Steve verstoßen und wollte ihm den Umgang mit seiner Tochter verbieten. Als sie sich trotzdem weiter trafen, hat er für Lilly einen Internatsplatz in England beantragt. Nicht einmal Kate konnte ihn zur Vernunft bringen. Er wollte die Beziehung der beiden mit allen Mitteln unterbinden.«

Der Knoten in meinem Magen war wieder spürbar und schien sich immer fester zusammenzuziehen. Grandpas Handeln überraschte mich nicht. Es war, als würde sich mit Dad, Jay und mir alles wiederholen. Aber es gab Unterschiede. Wir waren keine Stiefgeschwister. Und zusammen waren wir auch nicht. Unsere Geschichte war eine andere.

»Was ist an dem Abend geschehen, als Tante Lilly starb?«

Er seufzte und rieb sich die Augen.

»Es war an dem Tag, bevor sie nach England fliegen sollte. Sie hatten beschlossen, zusammen abzuhauen, nicht einmal mir hatten sie davon erzählt. Doch Chandler hat es mitbekommen.«

»Grandpa hat sie verfolgt«, flüsterte ich.

Dean nickte. »Er und dein Vater und schließlich auch die Cops.«

Ich starrte ihn an. »Die Polizei?«

»Ja, um sie aufzuhalten, hat er alle Hebel in Bewegung gesetzt und behauptet, dass Steve Lilly entführen wollte. Mein Junge wusste sich nicht anders zu helfen und fuhr zu mir. Zwei Blocks von hier entfernt war unser Zuhause. Es war mein Elternhaus, in dem ich in zweiter Generation das damalige Steakhouse führte.« Er stockte.

»Die Stammkneipe der Road Kings«, sagte ich, um ihn zum Weitersprechen zu animieren.

»Ich stand am Fenster und sah sie kommen. Steve war viel zu schnell und legte eine Vollbremsung hin. Da bin ich raus und wollte ihn zurechtweisen, da er ungefragt mein Auto genommen hatte. Zu dem Zeitpunkt wusste ich noch nichts von ihrer Flucht, doch schon ein paar Augenblicke später tauchten von allen Seiten Streifenwagen auf.« Er atmete tief durch. »Dann passierte alles gleichzeitig. Die Kings kamen heraus, um nachzusehen, was der Tumult zu bedeuten hatte. Ich drängte Steve und Lilly hinter mich und versuchte die Cops zu beruhigen. Sie senkten die Waffen, als Chandler und Scott dazukamen.« Er machte eine Pause und holte angestrengt Luft. »Es entbrannte eine hitzige Diskussion, die sich immer weiter zuspitzte, und schließlich endete es in einer Rauferei, bei der ich den Überblick verloren habe.« Er sah mich an. »Lilly lag plötzlich da. Unter ihrem Kopf bildete sich eine Blutlache.«

Erst als ich mit dem Rücken gegen die Hauswand stieß, merkte ich, dass ich zurückgewichen war.

»Ich kann dir nicht sagen, was genau geschehen ist, da ich es selbst nicht weiß. Lilly lag etwa zehn Meter von mir entfernt. Aber Chandler und Scott beschuldigten mich, sie gestoßen zu haben.«

Keuchend rang ich nach Atem. »Es muss doch irgendjemand gesehen haben, wie es passiert ist.«

»Wie gesagt, es war ein heilloses Durcheinander. Die Kings und Steve entlasteten mich. Ihre Aussage stand jedoch gegen die deines Großvaters und er war schon damals ein sehr einflussreicher Mann.«

»Was ist mit den Polizisten?«, warf ich ein.

»Dein Großvater war schon damals ein einflussreicher Mann«, wiederholte er.

»Sie glauben, es war Korruption im Spiel?«

Er zuckte mit den Schultern und sah wieder ins Leere. »Vielleicht haben sie es tatsächlich nicht gesehen. Irgendjemand musste den Kopf für Lillys Tod hinhalten. Und dieser Jemand war ich.«

Mehrere Augenblicke vergingen, ohne dass Dean oder ich etwas sagten. Ich saß wieder auf dem Getränkekasten und starrte zu Boden. Er sah auf seine im Schoß gefalteten Hände. Ab und zu begegneten sich unsere Blicke.

»Weiß deine Familie, dass du hier bist?«, fragte er irgendwann.

Ich schüttelte den Kopf. Mir wurde schlagartig bewusst, wie spät es inzwischen geworden war.

»Sie wären sicherlich nicht begeistert, wenn sie es wüssten.«

Ich nickte und stand auf.

»Jay hat mir erzählt, dass ihr euch das erste Mal im College begegnet seid. Anfangs hat er über deinen Bruder und dich geschimpft, doch mittlerweile habe ich den Eindruck, dass seine Abneigung dir gegenüber verflogen ist.« Er streckte mir zum Abschied die Hand entgegen. »Ich weiß nicht, wie du zu Jay stehst. Aber falls ihr noch keine Freunde seid, dann befolgt meinen Rat und geht euch aus dem Weg, bevor ihr zu welchen werdet.« Er schloss auch seine andere Hand um meine und sah mich eindringlich an. »Ansonsten holt uns die Vergangenheit wieder ein und ihr beschwört ein weiteres Drama herauf, das der Feindschaft unserer Familien neuen Zündstoff liefert.«

Ich hatte das Gefühl, mein Herz kam für einige Sekunden zum Stillstand.

Dean drückte noch einmal bestärkend meine Hand und gab sie dann frei. »Es tut mir leid, Tara. Das tut es wirklich.« Mit diesen Worten schob er den Rollstuhl an und bog um die Hausecke.

30. KAPITEL

Es war gleich sechs Uhr. Dad würde in diesen Minuten und somit vor mir nach Hause kommen. Das bedeutete noch mehr Ärger, als mir wegen des überstürzten Aufbruchs heute Morgen sowieso schon bevorstand. Ich starrte auf meine Armbanduhr, rührte mich aber keinen Zentimeter.

Das Gespräch mit Dean hatte mich aufgewühlt. Detaillierter würde ich vermutlich von niemandem geschildert bekommen, was sich damals ereignet hatte. Es war unvorstellbar, dass er fünfzehn Jahre unschuldig hinter Gittern gesessen haben sollte. Professor Kelsey hatte mir gegenüber ebenfalls bestätigt, dass Jays Großvater keine Schuld trug. Wieso stellte meine Familie ihn dann an den Pranger? Weshalb hatte man ihn verurteilt, wenn er es doch gar nicht gewesen sein konnte?

Es gab nur zwei Möglichkeiten: Entweder waren Grandpa und Dad vor Wut und Trauer so blind, dass sie die Schuld tatsächlich bei Dean sahen. Oder sie hatten ihn vorsätzlich falsch beschuldigt. Konnte man derart tief hassen, um zu so etwas fähig zu sein?

Mir drehte sich der Magen um. Ich hatte das Gefühl, mich jeden Moment übergeben zu müssen. In der Ferne hörte ich näher kommende Motorräder. Die Suche nach Levy hatte ich kurzzeitig verdrängt. Hatten sie ihn gefunden? Sofort machte ich mir wieder um ihn und Jay Sorgen, während ich mich an die Abschiedsworte seines Großvaters erinnerte.

Wir durften uns nicht anfreunden. Ich sollte verschwinden, bevor die Motorräder hier eintrafen. Den Road Kings wollte ich nicht begegnen.

Ich eilte zu meinem Auto zurück, das allerdings immer noch zugeparkt war.

»Mist!« Ich merkte mir das Kennzeichen, betrat das Steakhouse und ging zum Tresen. »Entschuldigung«, rief ich dem nächststehenden Barkeeper zu. »Ich komme nicht vom Parkplatz. Können Sie bitte den Fahrer ausrufen?« Ich schrie ihm das Kennzeichen zu.

»Was ist es für ein Wagen?«

»Ein roter Van«, erwiderte ich.

Er griff zu einem Mikro, das beim Einschalten übersteuerte und einen hochfrequenten Ton von sich gab. »John, schieb deinen Arsch nach draußen und mach die Ausfahrt frei«, sprach er hinein, ohne dass die Lautstärke der Musik herabgeregelt wurde. Danach widmete er sich wieder dem Befüllen der Biergläser.

Ich war nicht sicher, ob dieser John die Ansage gehört hatte. Während ich mich zum Ausgang zwängte, sah ich mich nach einem Mann um, der sich eventuell auch Richtung Tür bewegte. Dabei entdeckte ich Paige, die ihr Tablett auf einem Stehtisch abstellte. Ich fragte mich, wo Finn eigentlich abgeblieben war. Seit wir hier angekommen waren, hatte ich ihn nicht mehr gesehen.

Als ich mich durch die Tür schob, lief ich einem Biker direkt in die Arme.

»Hoppla, Süße.« Er war ein schwarzhaariger Hüne und konnte vom Alter her mein Vater sein. Zwinkernd hielt er mir die Tür auf, wartete, bis ich draußen war, und ging dann hinein.

Mein Blick huschte zu den eingetroffenen Motorrädern. Jay konnte ich unter den Männern in Lederjacken nicht ausfindig machen.

Ich lief langsam auf mein Auto zu und hoffte, dass sie von mir keine Notiz nahmen. Es stand etwa zwanzig Meter von ihnen entfernt. Wo blieb dieser John? Ich starrte den roten Van an, als könnte ich ihn durch reine Willenskraft dazu bringen, sich in Luft aufzulösen.

»Spinne ich, oder was?«, stieß einer der Männer aus und trat aus dem Pulk der anderen hervor. »Das ist doch die Tochter von unserem ach so geliebten Bürgermeister.«

Mir rutschte das Herz in die Hose. Wenn John nicht gleich hier auftauchte, würde ich seinen Wagen rammen, um von hier wegzukommen.

Die anderen verstummten und sahen alle in meine Richtung.

»Leck mich am Arsch«, sagte einer, trat neben den Mann, der mich entdeckt hatte, musterte mich von oben bis unten und betrachtete schließlich mein Auto. »Owens Tochter höchstpersönlich.«

»Was sagt man dazu?«, höhnte ein anderer.

Sie kamen langsam auf mich zu.

»Ich kenne Jay«, informierte ich sie und hoffte, sie damit zu beschwichtigen.

Einer lachte zynisch. »O ja, Jay kennt deine Familie auch nur allzu gut.«

Das Gespräch verlief eindeutig in die falsche Richtung. Ich sah zum Eingang zurück, aus dem Finn gerade heraustrat.

»Könntest du mir hier bitte kurz helfen?«, rief ich ihm zu.

Er ließ sich dazu herab, sich langsam in Bewegung zu setzen. Gleich würde ich Finn erwürgen.

»Warum bist du immer noch hier?«, fragte er, als er endlich bei mir ankam.

»Weil ich zugeparkt werde. Das nächste Mal kannst du dir eine andere Mitfahrgelegenheit suchen. Sehr hilfreich bist du Jay und Levy hier ja nicht gerade gewesen.« Ich war stinksauer.

»Was sollte ich denn machen?«, ging er mich an. »Es war niemand mehr da. Ich habe die ganze Zeit in der Küche gesessen und sämtliche Leute angerufen, die ich zusammentrommeln konnte.«

»Woher kennst du die Owens?«, fragte einer, aber wir schenkten ihm beide keine Beachtung.

»Hat das irgendwas gebracht?«, erkundigte ich mich.

Finn sah zu den anderen. »Kam die Verstärkung rechtzeitig?«

»Ein paar der Jungs sind ganz schön im Arsch«, erwiderte einer. »Aber Johnsons Männer mussten mehr einstecken.«

Mir klappte der Mund auf. »Heißt das, es gab Verletzte?«

Sie starrten mich an. Reden wollte keiner mit mir. In der Ferne waren weitere Motorräder zu hören.

Ich wandte mich wieder an Finn. »Was ist mit Jay und Levy? Geht es ihnen gut?«

»Die Kleine ist ja richtig besorgt.« Ein King lachte. Er war allerdings der Einzige.

»Was läuft hier eigentlich? Wieso weiß die Owens über Levy Bescheid?« Die Fragen galten Finn.

»Das kann wohl nur Jay beantworten«, erwiderte er in dem Moment, als vier weitere Biker auf den Parkplatz fuhren.

»Wenn man vom Teufel spricht«, sagte irgendjemand.

Mein Blick fand Jay und ich spürte, wie mir ein Stein vom Herzen fiel. Als er seine Harley zum Stehen brachte, merkte ich allerdings, dass etwas nicht stimmte. Er stieg mühsam ab, ein anderer half ihm, das Motorrad abzustellen.

Ungeachtet der Männer rannte ich auf ihn zu.

»Was ist passiert?«

Er hatte mir den Rücken zugedreht und zog sich gerade den Helm vom Kopf. Dann wandte er sich mir zu und sah mich überrascht an. »Prinzessin ... Was tust du hier?«

Ich starrte ihn an und trat einen Schritt zurück. Jay hatte Nasenbluten. Auf seinem linken Wangenknochen war die Haut abgeschürft und man sah jetzt schon, dass sich darunter ein Bluterguss bildete.

»Sieht schlimmer aus, als es ist«, sagte er, da ich stumm blieb und ihn weiterhin unverwandt ansah.

»Könnte sein, dass ich mir eine Rippe gebrochen habe«, verkündete einer seiner Kumpels und humpelte mit schmerzverzerrtem Gesicht an ihm vorbei. »Ich brauche dringend ein Bier.«

War das sein Ernst? Ich sah ihm nach und nahm anschließend die beiden anderen, die ebenfalls mit Jay angekommen waren, in Augenschein.

»Ihr braucht kein Bier, sondern einen Arzt«, stieß ich aus.

Einer spuckte Blut aus. »Ich bin eindeutig auch für Bier«, sagte er und folgte seinem Kameraden.

Der andere trat neben mich, grinste und strich sich über den roten Dreitagebart. »Echt rührend, wie du dich um uns sorgst. Wer bist du überhaupt?«

Jay seufzte und sah zu Boden.

»Ja, Jay«, rief der Typ, der noch immer bei Finn stand. »Willst du uns nicht mal mit Miss Owens bekannt machen?«

»Ach, du Scheiße. Was läuft denn hier verkehrt?« Der Rothaarige glotzte mich an, als wäre ich eine Fata Morgana. Alle sahen zwischen Jay und mir hin und her.

Er seufzte abermals. Unsere Blicke trafen sich.

»Es tut mir leid«, platzte es aus mir heraus. »Ich kann mich gerade nicht in Luft auflösen. Du warst nicht in der Werkstatt. Finn wollte, dass ich ihn herbringe. Und John lässt mich hängen.« Ich atmete hörbar aus und schaute frustriert zur Eingangstür.

»Hey, die Kleine hat ja richtig Temperament.«

Wieso nannten mich hier eigentlich alle Kleine? »Ich heiße Tara – nicht Kleine, nicht Süße und auch nicht Prinzessin.«

»Wer ist John?«, fragte Jay.

Er wirkte ganz ruhig, während ich innerlich kochte.

»Was geht hier ab, Jay?«, meldete sich der Rothaarige wieder zu Wort. »Seit wann werden hier Mitglieder des Owens-Clans geduldet? Was hast du mit der Kleinen zu schaffen?«

»Tara«, flüsterte ich und schloss kurz die Augen. Ich fühlte mich unendlich erschöpft und wollte einfach nur noch hier weg.

»Das reicht jetzt«, mischte Finn sich ein. »Sie hat mit uns nach Levy gesucht.«

Ich drehte mich zu ihm um. Hatte er mich gerade allen Ernstes in Schutz genommen?

»Ihr werdet sie in Ruhe lassen«, sagte Jay. »Tara kann herkommen, wann immer sie will.«

Nun sah ich wieder ihn an. Ich war mir unsicher, ob ich ihn richtig verstanden hatte, und da die anderen schwiegen, fragten sie sich vermutlich dasselbe.

Jay kam auf mich zu. Er hielt sich die Seite, hatte unübersehbar Schmerzen.

»Du musst zu einem Arzt«, flüsterte ich.

Er blieb vor mir stehen, wischte sich mit dem Handrücken Blut von der Lippe. »Das wird schon wieder. In ein paar Tagen ist es überstanden.«

Ich streckte die Hand nach seiner aufgeschürften Wange aus, hielt aber in der Bewegung inne, als ich mir der Blicke der Umstehenden bewusst wurde, und ließ sie wieder sinken.

»Das träume ich doch gerade, oder?«, warf der Rothaarige ein.

»Geht schon mal rein«, forderte Jay alle auf. »Ich komme gleich nach.«

Sie schüttelten missbilligend die Köpfe und murmelten Unverständliches. Aber sie folgten seiner Aufforderung und liefen zum Eingang.

»Könntest du bitte John noch mal ausrufen lassen, damit er seinen Van aus dem Weg fährt«, rief ich Finn nach, der ihnen als Letzter hinterhertrottete.

Er schaute zurück und nickte.

»Geht es Levy gut?«, erkundigte ich mich bei Jay.

»Ja, mein Vater bringt ihn gerade nach Hause.«

»Was ist denn eigentlich passiert?«

Er fuhr sich mit der Hand durchs Haar. Dabei sah ich, dass seine Fingerknöchel wund waren. »Johnson hatte ihm wieder aufgelauert. Er plant einen weiteren Einbruch und wollte Levy mit reinziehen. Da Levy sein Sohn ist, glaubt er ein Anrecht auf ihn zu haben.«

»Und ihr seid zu Johnson spaziert und habt Levy dort weggeholt?« Ich konnte nicht fassen, dass sie das ohne die Polizei geregelt hatten. Nicht auszudenken, was hätte passieren können.

»Na ja, spazieren würde ich das nicht nennen.« Er schmunzelte.

»Das ist nicht lustig, Jay. Wenn es eine Verfügung gegen ihn gibt und er sich seinem Sohn eigentlich nicht nähern darf, solltet ihr das melden.«

»Das haben wir schon etliche Male getan. In unserem Viertel ist Johnson sehr einflussreich. Und da deine Familie dafür gesorgt hat, dass die Road Kings in der ganzen Stadt in Verruf sind, kannst du dir sicherlich vorstellen, wie ernst wir genommen werden, wenn wir um Hilfe bitten.«

Ich senkte den Blick, betrachtete abermals seine verletzte Hand und ergriff sie.

»Hey, seid ihr es, die wegfahren wollen?«, rief ein Mann.

Ich drehte mich nach ihm um und bemerkte dabei, dass sämtliche Road Kings an den Fenstern klebten. Augenblicklich ließ ich Jays Hand los.

Der vollbärtige John hatte es tatsächlich zu seinem Auto geschafft und startete den Motor.

»Dann verschwinde ich jetzt mal besser«, sagte ich, sah Jay an und lief rückwärts los.

Er begleitete mich zu meinem Wagen. John war bis zur Ausfahrt zurückgestoßen und wartete, dass ich wegfuhr.

Ich öffnete die Autotür. Jay stand ganz nah bei mir, und selbst jetzt, da er durch die Verletzungen noch wilder wirkte, musste ich mit mir kämpfen, seiner Anziehungskraft zu widerstehen. Wir berührten uns nicht, aber sein Blick war sanft und ging mir unter die Haut.

»Lass dich von jemandem verarzten«, bat ich ihn und stieg ein.

Er neigte den Kopf zur Seite. »Hör auf, dir Sorgen zu machen.«

»Kommt schon!«, rief John, der langsam ungeduldig wurde. Die Kings standen immer noch an der Fensterfront und beobachteten uns.

Ich schlug die Tür zu, startete den Motor und ließ die Scheibe herunter. »Mein Dad wird sich fragen, wo ich bleibe.«

»Lass dich nicht unterkriegen, schon gar nicht von ihm«, sagte Jay.

Ich fuhr rückwärts los. »Hör auf, dir Sorgen zu machen«, gab ich seine Worte wieder.

Er lächelte. Es war diese Art von Lächeln, wie er es einst der kleinen Kaja geschenkt hatte. Einnehmend und ehrlich. Und es galt allein mir.

31. KAPITEL

Auf der Fahrt ging mir so viel durch den Kopf, dass ich gar nicht mehr sagen konnte, wie ich nach Hause gekommen war. Das Gespräch mit Dean. Die Frage, ob meinc Familie mutwillig dafür gesorgt hatte, dass man ihn unschuldig verurteilte. Die Situation zwischen Levy und dessen Vater. Die Road Kings. Und, allen voran, Jay. Sein Lächeln trug ich immer noch bei mir.

Ich parkte mein Cabrio unter dem Carport und eilte die Treppe hinauf. Artus und Karuso kamen mir in der Eingangshalle entgegen und wuselten schwanzwedelnd um mich herum. Bonny kam ihnen gemächlich hinterher.

»Wie geht es dir, meine Süße?« Ich hockte mich hin und strich ihr behutsam über den Bauch, wobei Karuso und Artus sich an mich drängten, um auch ein paar Streicheleinheiten abzubekommen.

»Es kann jeden Tag so weit sein«, sagte Mom. Sie kam näher, verschränkte die Hände und sah auf mich herab. »Es wäre schön, wenn du sie mit im Auge behältst. Falls es zu Komplikationen kommt, sollen wir Dr. Lorris anrufen.«

Ich nickte.

»Wie ist es denn heute im Tierheim gelaufen?«, erkundigte sie sich in dem Moment, als Dad in der Vorhalle auftauchte.

»Wir haben bis eben gearbeitet, aber dafür sind wir auch

fertig geworden«, sagte ich schnell, bevor er mich mit Fragen überschüttete.

Dad sah mich mit gerunzelter Stirn an. »Also brauchst du nun nicht mehr hin?«

»Nein, alles erledigt.« Da ich befürchtete, er könnte mir meine Unehrlichkeit anmerken, schaffte ich es nicht, ihm in die Augen zu schauen. Zur Ablenkung schenkte ich Artus und Karuso meine volle Aufmerksamkeit.

»Du hast das Abendessen verpasst«, sagte er.

»Roberta hat dir einen Teller zurechtgemacht«, ließ Mom mich wissen.

Das war ein guter Anlass, mich davonzustehlen. »Prima. Ich hab einen Mordshunger.« Bemüht langsam lief ich Richtung Küche.

»Komm nach dem Essen in mein Arbeitszimmer«, rief Dad mir nach. »Wir müssen miteinander sprechen.«

Ich seufzte innerlich. Es wäre ja auch zu schön gewesen, wenn er meinen morgendlichen Auftritt vergessen hätte. Dabei fiel mir ein, dass ich Jay vorhin nicht noch mal gefragt hatte, ob Professor Kelsey sich inzwischen bei ihm gemeldet hatte.

Roberta rieb gerade die Arbeitsplatte trocken und tätschelte mir die Hand, als ich sie von hinten umarmte.

Ich schnappte mir den Teller mit dem überbackenen Sandwich und setzte mich an den Tresen. Kurz lauschte ich, ob Mom oder Dad sich näherten, dann wandte ich mich ihr wieder zu.

»Wusstest du, dass Tante Lilly, an dem Abend, an dem sie starb, mit Steve durchbrennen wollte?«

Sie sah mich mit großen Augen an und schüttelte den Kopf.

Ich biss in das Sandwich. »Hast du Steves Vater gekannt?«

Roberta kam näher und sah immerzu verstohlen zur Tür. »Dean war einmal hier, um mit Kate wegen der Kinder zu reden. Aber Chandler hat ihn vom Grundstück gejagt.«

»Du meinst, er wollte sich für Lilly und Steve einsetzen?«

Sie nickte. »Ich glaube, ja.«

»Wie stand Dad zu ihrer Beziehung?«

Ich hatte gerade ausgesprochen, da hörte ich, wie sich jemand näherte. Wir starrten beide abwartend zur Tür, bis Nate im Türrahmen erschien.

»Ah, gut, dass du da bist«, sagte ich. »Ich bespreche gerade mit Roberta, wie ...«

»O nein, wir besprechen gar nichts«, fiel sie mir ins Wort. »Ich sage das jetzt zu euch beiden: Lasst die Vergangenheit ruhen und konzentriert euch auf eure Zukunft.« Sie nahm sich die Schürze ab, legte sie über eine Stuhllehne und holte ihre Tasche aus dem Schrank.

»Da bin ich so was von dafür«, stimmte Nate ihr zu.

»Und ich bin dagegen«, erwiderte ich.

Roberta hob die Hände in die Höhe, als wollte sie sich ergeben. »Ich habe Feierabend. Bis morgen, ihr Lieben.« Sie floh regelrecht aus der Küche.

Nate seufzte. »Tara, du ...«

»Wir müssen reden«, unterbrach ich ihn und sprang auf. »Aber nicht hier, wo uns jeder hören kann.« Ich nahm das Sandwich vom Teller, ergriff mit der anderen Hand seinen

Arm und führte ihn durch den Wintergarten auf die Veranda hinaus.

»Wohin willst du?«, fragte er.

»Was hältst du von einem Strandspaziergang?«

Auf dem Weg durch den Garten musste ich mich zügeln, um nicht anzufangen zu rennen. Ich konnte es nicht erwarten, Nate von allem zu erzählen. Nur dann würde er mich verstehen.

Grandpa saß auf der Terrasse des Bootshauses. Er hätte uns wahrscheinlich nicht bemerkt, wenn Artus und Karuso uns nicht bellend hinterhergerannt wären. Aber so konnten wir die Hunde auch als Vorwand nehmen und am Wasser mit ihnen spielen.

Da er zu uns sah, winkte ich ihm, was er nach einem Zögern erwiderte. Ich fragte mich abermals, ob er vielleicht doch wusste, dass ich in seinem Arbeitszimmer herumspioniert hatte. Wie bei Dad war ich mir unsicher, ihn überhaupt richtig zu kennen.

Auf dem Atlantik zogen kleine und große Schiffe ihre Bahnen. Die Wellen trieben weiß schäumende Gischt vor sich her und brandeten an das sandige, teils steinige Ufer. Bald würde es dämmern. Der Wind ließ mich frösteln und ich bereute es, keine Jacke dabeizuhaben. Aber ich würde nicht umkehren. Ich musste Nate hier und jetzt alles erklären.

Die Hunde rauften miteinander. Ich sank zu Boden, sah meinen Bruder an und klopfte neben mir auf den Sand. Er setzte sich zu mir. Und dann begann ich, ihm von meinem Tag zu erzählen. Ich berichtete ihm von dem Gespräch mit Professor Kelsey und weshalb Jay die Sozialstunden im Tierheim überhaupt verrichtete. Außerdem beschrieb ich ihm die Situation von Jays Bruder und dessen leiblichen Vater und gab auch das Gespräch zwischen Jays Großvater und mir wieder.

Nate unterbrach mich kein einziges Mal. Während er mir zuhörte, schaute er die ganze Zeit auf den Ozean. Inzwischen war die Umgebung nur noch in mattes Licht getaucht, die Wasseroberfläche schimmerte golden.

Als ich schließlich verstummte, stand er auf und trat zum Wasser. »Wenn das stimmen sollte ...« Er stockte, drehte sich zu mir um und sah mich eindringlich an. »Glaubst du wirklich, dass Dad und Grandpa von Dean Cox' Unschuld wussten?« Er schüttelte den Kopf. »Ist dir eigentlich klar, was du ihnen da zutraust? Wir reden hier von Korruption und Meineid.«

Ich raffte mich auf. Karuso und Artus, die neben mir gelegen und gedöst hatten, kamen ebenfalls auf die Beine.

»Mir wäre es auch lieber, wenn das alles nur ein schlechter Traum wäre.« Ich ging auf ihn zu. »Aber die Indizien sprechen leider gegen Dad und Grandpa.«

Nate strich sich durch sein kurzes Haar. »Selbst wenn du recht haben solltest, dürfen wir uns da nicht einmischen. Überleg doch mal, was das für unsere Familie bedeuten würde. Wenn herauskommt, dass damals ein Unschuldiger wegen Tante Lillys Tod verurteilt wurde, kocht das alles wieder hoch. Die Presse würde uns belagern. Sollte auch nur der Verdacht aufkommen, dass Dad in einen Korruptionsfall verstrickt war, wäre sein Amt als Bürgermeister gefährdet. Der Ruf unserer Familie wäre von einem Tag auf den anderen ruiniert.« Er trat auf mich zu und ergriff meine Hände. »Bitte, Schwesterchen. Lass es einfach auf sich beruhen.«

Ich verstand seine Sorgen. Aber ich konnte nicht so tun, als wäre alles beim Alten. Mein Leben war schon kompliziert, jetzt kamen auch noch Schuldgefühle dazu.

»Du hast recht«, sagte ich. »Die Öffentlichkeit darf unter keinen Umständen davon erfahren. Aber mit Dad und Grandpa sollten wir das dringend klären.«

Er ließ mich wieder los, verschränkte die Hände hinter dem Kopf und wandte sich dem Atlantik zu.

Artus sprang mich an und forderte mich mit einem Stück Treibholz zum Spielen auf. Ich sah mich nach Karuso um und erstarrte. Grandpa stand am Zugang unseres Gartens, nur etwa zwanzig Schritte entfernt, und musterte mich. Während ich mich fragte, wie lange er dort schon verharrte, drehte er sich um und ging Richtung Haus. Karuso folgte ihm und ich tat es auch.

Kurz sah ich zu Nate zurück. Doch da er mir noch immer den Rücken zuwandte, hatte er offenbar noch keine Entscheidung getroffen. Ich musste Grandpa einholen und herausfinden, was er gehört hatte. Als ich ihn in der Mitte des Grundstücks erreichte, trat allerdings Dad im selben Moment auf die Veranda und rief nach mir.

»Wo bleibst du, Tara? Du solltest sofort nach dem Essen zu mir kommen.«

»Ich war mit Nate und den Hunden am Strand«, erwiderte ich und warf dabei einen unbehaglichen Seitenblick auf Grandpa. Er sah starr geradeaus, ging vor mir die Stufen hinauf und folgte Dad ebenso in dessen Büro. Das konnte ja heiter werden. Bevor ich eintrat, blickte ich zurück und hielt nach Nate Ausschau. Ich wünschte, er wäre an meiner Seite.

»Kommen wir gleich zur Sache«, sagte Dad, nachdem ich die Tür geschlossen hatte. »Dein Verhalten von heute Morgen gibt mir zu denken.« Er setzte sich auf seinen Schreibtischstuhl. Hinter ihm stellte Grandpa sich ans Fenster und schaute hinaus.

Wenn ich doch bloß wüsste, wie das Gespräch zwischen Professor Kelsey und dem Universitätspräsidenten verlaufen war. Ich musste alles auf eine Karte setzen und versuchen, Dad zur Vernunft zu bringen. Bevor ich ihm antwortete, rang ich nach den richtigen Worten. Ich konnte es drehen und wenden, wie ich wollte, die Aussage blieb dieselbe.

»Und mir gibt es zu denken, dass du einem Studenten die Zukunft verbauen willst«, kam es mir zögernd über die Lippen.

Dad zuckte zusammen. Grandpa seufzte, hielt uns den Rücken jedoch weiterhin zugewandt. Und ich biss mir von innen so sehr auf die Wangen, dass er schmerzte.

»Wie bitte?«, brach es aus ihm heraus.

Es fühlte sich an, als wäre ich kurz davor, von einer Klippe zu springen. Ich straffte die Schultern. »Bitte, lass Jay in Ruhe. Er und seine Familie haben es schon schwer genug.«

»Das ist nicht zu fassen.« Er schlug die Faust auf den Tisch und ich senkte den Kopf. »Seit wann predigen wir euch, dass ihr euch von den Road Kings fernhalten sollt? Diesen Verbrechern kann es nicht schlecht genug gehen. Einer von ihnen hat auf dem College nichts zu suchen. Ich lasse diesen Silver nicht in eure Nähe und werde dafür sorgen, dass er aus eurem Umfeld verschwindet.«

»Jay hat mit den Problemen, die du mit seinem Vater und Großvater hast, nichts zu tun«, rief ich.

Dad stand so langsam auf, dass seine Bewegung bedrohlich wirkte. Grandpa wandte sich uns zu und bedachte mich mit einem ernsten Blick. Sein Mund war nur eine schmale Linie. Er schwieg nach wie vor.

»Lass dir ein für alle Mal gesagt sein, dass ich den Kontakt zu diesem Jungen nicht dulde. Und wenn du dich dem widersetzt, schicke ich dich zum Studium nach England.« Er ging um seinen Schreibtisch herum und trat auf mich zu. »Das ist mein bitterer Ernst. Wenn es die einzige Möglichkeit ist, dich vor dieser Familie zu schützen, setze ich dich in den nächsten Flieger.«

Es war, als würde er mir ein glühendes Messer in die Brust stoßen. Ich wich vor ihm zurück, bis ich mit dem Rücken gegen die Tür stieß. »Und was, wenn ich wie Tante Lilly nicht in den Flieger steige?«, flüsterte ich.

Grandpa kam ein paar schnelle Schritte auf mich zu, hielt jedoch inne, bevor er bei mir ankam. Dad wirkte wie erstarrt.

Ich wandte mich von ihnen ab und riss die Tür auf. Nate, der offenbar gelauscht hatte, taumelte zurück. Ein paar Sekunden lang sahen wir uns an. Dann rannte ich los, die Treppe hinauf in mein Zimmer. Dort schlug ich die Tür zu, warf mich aufs Bett und versuchte zu verdrängen, dass mein Leben gerade wie ein Kartenhaus in sich zusammenfiel.

32. KAPITEL

Mitten in der Nacht schreckte ich hoch. Mom stand neben meinem Bett und rüttelte an meinem Arm.

»Es ist so weit«, flüsterte sie aufgeregt. »Bonny bekommt ihre Welpen. Ich dachte, du möchtest vielleicht dabei sein.«

Und ob ich das wollte. Ich hatte schon bei ihren zwei vorherigen Würfen zugesehen. Eine Geburt war für mich immer wieder ein Wunder.

Ich schlug die Bettdecke zurück, stand auf und folgte Mom in den Wintergarten, in dem sie schon vor zwei Wochen mit Brettern und Laken ein Wurflager gebaut hatte. Das Licht war gedimmt. Karuso und Artus wuselten um Bonny herum, die sie mit einem leisen Knurren auf Abstand hielt. Die beiden machten sie sichtlich nervös.

Mom schickte die beiden aus dem Raum und schloss die Tür. Während ich es mir auf einem Stuhl bequem machte, setzte sie sich neben Bonnys Lager auf den Boden, streichelte sie und sprach beruhigend auf sie ein. Zwischen uns herrschte immer noch eine verhaltene Distanz. Aber es hatte keinen Sinn, noch einmal über meine Arbeit im Tierheim zu sprechen. Dads Wort war Gesetz. Sie würde sich niemals gegen ihn stellen, schließlich hatte sie ihren Lebensstandard allein ihm zu verdanken. Und mir war auch einmal mehr bewusst geworden, wie abhängig ich von ihm war. Meine Zukunft lag in seinen Händen. Zumindest so lange, bis ich das Studium abgeschlossen hatte und eigenes Geld verdiente.

Bonny warf sich unruhig herum. Ich stand auf und kniete mich ebenfalls neben das Lager. Die Fruchtblase platzte bei der Austreibung. Bonny leckte den Welpen ab und biss die Nabelschnur durch. Nachdem sie ihn sauber gemacht hatte, führte Mom den kleinen Racker zum Säugen an eine Zitze.

Bis zur Geburt des zweiten Welpen verging etwa eine Viertelstunde und dieser Rhythmus setzte sich fast bis zum sechsten fort.

Wir wogen die Kleinen und versahen sie mit farbigen Halsbändern. Sie drängelten sich fiepend an Bonny, die mittlerweile sehr geschwächt war. Der letzte Welpe ließ allerdings noch immer auf sich warten.

»Ist es ganz sicher, dass es sieben Föten sind?«, fragte ich.

Mom nickte. Ihre Finger zitterten, als sie nach ihrem Handy griff. »Ich rufe Dr. Lorris an.«

»Es ist mitten in der Nacht«, entgegnete ich. »Lass ihn schlafen. Ich weiß, was zu tun ist.«

Sie ließ das Telefon sinken und sah mich mit großen Augen an.

Ich tastete Bonnys Bauch ab und strich immer wieder in die vorgegebene Richtung. Als die Fruchtblase endlich ein klein wenig zum Vorschein kam, riss ich sie auf. Der Welpe landete in meinen Händen und ich half Bonny dabei, ihn von der dünnen Haut zu befreien. Allerdings leckte sie ihn nicht so eifrig, wie sie es tun sollte. Deshalb machte ich vorsichtig Stirn und Nase sauber, damit er frei atmen konnte. Danach rieb ich mit einem Handtuch über seinen Rücken, um den Kreislauf in Schwung zu bringen.

Mom beobachtete mich. Sie schwieg, als ich ihr den Welpen schließlich zum Wiegen überreichte, sah mich nur weiter unverwandt an.

»Alles in Ordnung?«, fragte ich.

»Du bist so schnell groß geworden«, erwiderte sie.

»Das bin ich schon eine ganze Weile, Mom.«

Ich ging nochmals vor Bonny in die Hocke, lobte und streichelte sie. Die Welpen waren zu niedlich. Am liebsten hätte ich die ganze restliche Nacht bei ihnen verbracht. Aber ich musste dringend noch etwas schlafen, bevor ich in die Uni musste.

Gähnend stand ich auf. »Ich gehe ins Bett«, ließ ich Mom wissen und ging Richtung Tür.

»Tara.«

Ich hielt inne und wandte mich zu ihr um.

»Danke.« Sie lächelte sanft. »Schlaf dich richtig aus. Die Uni kann auch mal auf dich verzichten. Das kläre ich mit deinem Vater.«

Ich spürte die Aufregung der letzten Tage in meinen Knochen und nahm das Angebot nur allzu gerne an.

Als ich erwachte, war es bereits Nachmittag. So tief und lange hatte ich ewig nicht geschlafen.

Ich putzte mir nur die Zähne und setzte mich dann in meinem Schlafshirt und mit Zeichenblock und Stift bewaffnet auf meine gepolsterte Fensterbank. Zu gern hätte ich nach den Welpen gesehen, aber ich wollte Dad und Grandpa aus dem Weg gehen und hoffte, dass mich keiner der beiden wieder ins Arbeitszimmer bestellte.

Während ich einen Berner-Sennen-Welpen zeichnete, kreisten meine Gedanken um Jay. Ob ihm aufgefallen war, dass ich nicht in der Uni war? Nach der gestrigen Auseinandersetzung hatte er sicherlich Schmerzen und blieb vielleicht auch zu Hause. Oder musste er sich fernhalten? Bisher wusste ich nicht, wie Professor Kelseys Gespräch mit dem Präsidenten verlaufen war.

Ich stand auf, ging zum Schreibtisch und nahm das Handy zur Hand. Paige hatte sich gemeldet und ich schrieb ihr, warum ich nicht in der Uni war. Dabei bat ich sie, mir Jays Nummer zu geben, und sie schickte sie mir umgehend.

Nachdem ich sie gespeichert hatte, schrieb ich ihm, tippte Sätze, die ich danach wieder löschte. Vielleicht hatte man ihn tatsächlich von der Uni verwiesen. Dann war ich sicherlich die Letzte, mit der er heute sprechen wollte. Immerhin trug mein Dad dafür die Verantwortung.

Statt ihm zu schreiben, bat ich Paige, sich zu melden, sobald sie erfahren hatte, ob Jays Rauswurf verhindert werden konnte. Kurz darauf vibrierte mein Handy.

Jay: Warum soll Paige dir sagen, wie das Gespräch verlaufen ist, wenn sie dir doch meine Nummer gegeben hat? Du kannst mich auch selbst fragen 😉

Mein Grinsen reichte von einem Ohr zum anderen. Ich las seine Nachricht mehrmals. Bevor ich ihm antwortete, musste ich meinen Herzschlag wieder unter Kontrolle bringen.

Ich: Wie geht es dir? Hat Professor Kelsey etwas bewirken können?

Jay: Gut. Sehe etwas ramponiert aus und war heute deshalb nicht in der Uni. Nicht dass der Präsident seine Entscheidung noch bereut, mich weiterhin in Harvard studieren zu lassen.

Fast hätte ich vor Freude aufgeschrien. Ich drückte das Smartphone an meine Brust und schickte ein »Danke« zum Himmel.

Ich: Heißt das, du darfst bleiben?!?

Jay: Jep. Kelsey hat ihm meine Lebensumstände erklärt und sich für mich verbürgt. Außerdem kann der Präsident deinen Vater nicht leiden. Verrate es ihm nicht! Er hat für seinen Wahlgegner gestimmt.

Mein Lachen hallte durch den Raum.

Ich: Das freut mich wirklich sehr! Dann sehen wir uns in der Uni wieder, wenn du nicht mehr grün und blau bist ☺. Ich hoffe, mir kommt nichts dazwischen.

Jay: Was soll dir denn dazwischenkommen?

Ich setzte mich auf die Tischkante und sah zum Fenster hinaus. Dads Drohung, mich nach England zu schicken, lag mir schwer im Magen.

Ich: Man weiß nie, was der nächste Tag für einen bereithält.

Jay: Was ist los? Macht dir dein Vater wieder Stress?

Es klopfte an meiner Tür, weshalb ich meine Antwort kurzhielt.

Ich: Hör auf, dir Sorgen zu machen 😉

Langsam tapste ich zum Bett. Wenn ich mich schlafend stellte, kam ich hoffentlich um eine weitere Auseinandersetzung herum. Mir fehlte die Kraft, Dad oder Grandpa erneut im Streit gegenüberzutreten.

Kaum hatte ich mich auf dem Bett ausgestreckt, hörte ich, wie jemand die Türklinke herunterdrückte, eintrat und näher kam. Ich hielt die Augen geschlossen und achtete auf eine gleichmäßige Atmung. Da strich mir eine Hand sanft übers Haar.

»Schwesterchen«, flüsterte Nate.

Ich schlug die Augen auf. Mein Bruder hockte vor mir und sah mich mit betrübter Miene an.

»Momentan weiß ich nicht, wo vorne und hinten ist. Aber auf keinen Fall möchte ich, dass Dad dich nach England schickt.«

Ich setzte mich auf. »In Tante Lillys Fall steht Aussage gegen Aussage. Doch was Jay angeht, ist Dad eindeutig im Unrecht, denn er hat nichts getan, was seinen Verweis vom College rechtfertigen würde.«

Er setzte sich zu mir aufs Bett und seufzte. »Ich kann Jay überhaupt nicht einschätzen, weil ich ihn nicht kenne.«

»Dann ist es vielleicht an der Zeit, das zu ändern.« Ich klammerte meine Hände an seinen Arm. »Als Jay und ich im Tierheim miteinander klarkommen mussten, haben wir beschlossen, uns unvoreingenommen zu begegnen. Das kannst du auch. Gib ihm bitte eine Chance. Glaub mir, er hat sie verdient.«

Nate musterte mich aus zusammengekniffenen Augen. »Wenn ich es versuche, hörst du dann damit auf, Dad zu provozieren? Er wird dich sonst wirklich nach England schicken. Ich habe ihn heute Morgen im Wohnzimmer an seinem Laptop auf der Webseite der Oxford University stöbern sehen.«

Ich biss mir auf die Lippen. »Mist, ich hatte gehofft, er blufft nur.« Grandpa kannte den dortigen Rektor, war sogar mit ihm befreundet. Daher konnte ich mir gut vorstellen, dass mir in Oxford zeitnah ein Studienplatz zur Verfügung gestellt wurde.

Nate stand auf. »Versöhne dich mit Dad. Dann wird er selbst nicht wollen, dass du weggehst.«

»Okay, aber im Gegenzug musst du Jay eine Chance geben.«

Er verdrehte die Augen. »Was soll's. Da du ihn unverständlicherweise magst, habe ich sowieso einige Dinge mit ihm zu klären.« Er lief zur Tür. »Zieh dich an, Schwesterchen. Wir fahren zur Strandbar. Sag ihm, er soll in einer Stunde dort sein.«

33. KAPITEL

Jay war sicherlich nicht scharf darauf, mit meinem Bruder zu reden, und mir war noch nicht klar, was Nate genau mit ihm besprechen wollte. Dennoch ließ mich allein die Vorstellung, Jay am Abend zu sehen, meine Bedenken über Bord werfen.

Ich saß neben Nate in dessen Auto und betrachtete meine dunkelblaue Jeans und die schulterfreie schwarze Bluse. Nachdem ich Jay geschrieben und er das Treffen zugesagt hatte, war mir nicht viel Zeit zum Styling geblieben, da Nate ohne Unterlass gedrängelt hatte. Einen Abstecher zu den Welpen hatte ich mir aber nicht nehmen lassen. Die Kleinen waren an ihre Mutter gekuschelt eingeschlafen.

»Alles okay?«, fragte Nate.

Ich stellte das Autoradio leiser. »Dad wird nicht begeistert sein, dass ich mit dir losgezogen bin.«

Er warf mir einen kurzen Seitenblick zu. »Mach dir keine Gedanken. Ich hab Mom gesagt, dass wir uns mit Freunden aus der Uni treffen. Sie hat uns ohne Fragen gehen lassen, und falls Dad nach Feierabend anrufen sollte, regle ich das. Er kann dich nicht einsperren.«

Ich tippte auf mein Handydisplay und las Jays Antwort. Falls Nate sich ihm heute tatsächlich annähern würde, war es all den Ärger wert.

»Was hat er dir denn geschrieben?«, erkundigte sich Nate.

»Er ist mit den Kings auf Tour, versucht aber, pünktlich zu sein. Und er fragt, was du von ihm willst.«

»Er ist sozusagen unser Stiefcousin. Schreib ihm, ich habe etwas Familiäres mit ihm zu klären.«

Ich antwortete Jay und schob das Handy dann in meine Hosentasche.

Die Strandbar lag außerhalb der Stadt. Auf der großzügigen Terrasse waren fast alle Tische besetzt. Wir suchten uns einen freien Platz und warfen einen Blick in die Karte. Kurze Zeit später gaben wir unsere Essenbestellungen auf und Nate erzählte mir von einer Cheerleaderin, die ihm ins Auge gefallen war. Ausgerechnet von mir wollte er Tipps, wie er sie am besten ansprechen konnte. Er ahnte nicht, wie weit sich Jay schon in mein Herz geschlichen hatte. Ich hatte mir gerade erst selbst eingestanden, wie tief ich für ihn empfand, und war noch nicht bereit, das unter den gegebenen Umständen auch vor meinem Bruder zu tun. Zudem war hier und jetzt auf keinen Fall der richtige Zeitpunkt.

Als die Kellnerin uns schließlich das Essen brachte, fuhr im selben Moment eine Kolonne von dröhnenden Motorrädern auf den Parkplatz der Strandbar.

Wir wandten uns zu den Bikern um, unter denen ich einige vom Steakhouse wiedererkannte. Paige saß hinter Finn auf dessen Maschine und neben ihnen brachte Jay in Begleitung von Laura seine Harley zum Stehen.

Er nahm den Helm ab und strich durch sein zerzaustes Haar.

Beim Absteigen hielt er sich die Seite. Er schien immer noch Schmerzen zu haben.

»Wenn er hier mit seiner Gang aufkreuzt, scheint er Angst zu haben, mir gegenüberzutreten«, sagte Nate.

Dass Laura bei ihm war, gefiel mir nicht. Sie lachten miteinander. Ich spürte die Eifersucht in mir aufkochen. Wenn ich ihn mit ihr sah, plagten mich Zweifel. Da war etwas zwischen uns. Aber vielleicht interpretierte ich zu viel in die ganze Sache hinein.

Ich wandte meinen Blick ab, stocherte appetitlos in meiner Pasta, schob die Pilze mit der Gabel an den Tellerrand und nahm nur kleine Bissen zu mir.

Als mein Handy in meiner Hosentasche vibrierte, legte ich die Gabel beiseite und nahm es heraus. Ich las Jays Namen auf dem beleuchteten Display und sah zum Parkplatz. Jay war näher gekommen. Er stand allein am Eingang zur Strandbar und sah uns an.

Ich schaute weg und las seine Nachricht.

Jay: Bin da. Allerdings brauche ich noch einen Tag, bis ich mich auf die nächste Schlägerei einlassen kann.

»Was schreibt er?«, fragte Nate.

Ich: Mein Bruder will nur mit dir sprechen. Aber da du in Gesellschaft bist, ist es vielleicht nicht der richtige Zeitpunkt dafür. Wir verschieben das auf ein anderes Mal. Viel Spaß noch.

Ich schickte die Antwort, ohne mich ein weiteres Mal zu ihm umzudrehen. Da er mit den Road Kings hier war, würde ein Zusammentreffen von ihm und Nate womöglich unnötig ausarten. Die Gesellschaft hatte ich eher auf Laura bezogen.

Das erneute Vibrieren des Handys ignorierte ich, lehnte mich zurück und steckte es auch für Jay gut sichtbar wieder in meine Hosentasche.

»Heute ist kein guter Tag für so ein Gespräch«, sagte ich zu Nate. »Ich habe Jay abgesagt.« Frustriert schob ich mir eine Gabel Nudeln in den Mund.

»Ach ja? Und wieso kommt er dann her?«

Ich verschluckte mich. Ohne mich umzudrehen, spürte ich seine plötzliche Nähe mit jeder Faser meines Körpers.

»Hi.« Seine tiefe Stimme hallte in mir wider und schien beinahe alle Gäste zum Verstummen zu bringen. Als ich mich zu ihm umblickte, wurde mir auch klar, weshalb er die Aufmerksamkeit der Leute auf sich zog. Die Abschürfung auf seiner Wange war verkrustet. Zudem schimmerte die Haut dort bläulich. In Kombination mit der Lederjacke und seiner Größe wirkte er ziemlich respekteinflößend.

»Hi«, erwiderte ich und stand auf. »Ich hatte dir doch geschrieben, dass …«, begann ich zu flüstern.

»Ich weiß«, fiel er mir ins Wort. »Aber du hast meine Antwort nicht gelesen.«

Oh, oh. Er klang sauer. Über meine Schulter hinweg sah er zu meinem Bruder. »Du wolltest mich sprechen?«

Nate stand auf. »So ist es. Wenn möglich unter vier Augen.«

Ich drehte mich zu Nate um und warf ihm einen empörten Blick zu. Als ich mich Jay wieder zuwandte und gerade widersprechen wollte, bedeutete er meinem Bruder, ihm zum Strand zu folgen.

»Ich komme mit«, sagte ich, als die beiden sich in Bewegung setzten.

»Nein«, erwiderte Nate.

Was sollte das denn jetzt? Die beiden ließen mich allein am Tisch zurück und stiegen die wenigen Stufen zum Strand hinab. Ich verfolgte sie mit meinem Blick und bemerkte dabei, dass einige Road Kings die Szene ebenfalls beobachteten. Sie behielten Nate und Jay, die mittlerweile kurz vor der Brandung stehen geblieben waren, im Auge.

Es machte mich verrückt, nicht zu wissen, worüber die beiden sprachen. Hören konnte ich bloß die Musik der Bar, das Stimmengewirr der Gäste und das Wellenrauschen. Nates ausschweifenden Armbewegungen nach zu urteilen, schien ihre Diskussion hitzig zu sein. Jay hingegen hielt die Arme vor der Brust verschränkt und blieb ruhig.

Finn kam zu mir an den Tisch. »Kannst du mir mal verraten, was dein Bruder mit Jay zu bequatschen hat?«

»Nein, kann ich nicht, da ich es selbst nicht weiß.«

Je mehr Zeit verstrich, umso wütender wurde ich auf Nate. Ich hatte geglaubt, er wollte seine Vorurteile überwinden. Stattdessen hatte ich den Eindruck, er machte das Vertrauen, das sich zwischen Jay und mir mühsam aufgebaut hatte, mit einem Schlag wieder kaputt.

»Hey, Süße.« Paige kam angelaufen. »Was läuft hier?«

Ich atmete tief durch und zuckte mit den Schultern. Dann nahm ich mein Handy zur Hand, um die Nachricht zu lesen, die Jay mir vorhin noch geschrieben hatte.

Jay: Und was, wenn ich deine Gesellschaft vorziehe?

34. KAPITEL

»Dieser Kerl macht mich wahnsinnig«, sagte ich und schaute mich nach Jay um. »Ich habe keine Ahnung, woran ich bei ihm bin.«

»Tja, das sagt er auch über dich«, erwiderte Finn. Er blickte ebenfalls zu Jay, der sich in diesem Moment von meinem Bruder abwandte und wieder zum Parkplatz lief. Nate kam zur Strandbar zurück.

»Wir verziehen uns«, sagte Finn, als er meinen Bruder kommen sah. Er nahm Paige an die Hand und zog sie mit sich. Sie blickte sich noch mal zu mir um und winkte zum Abschied.

Nate telefonierte, als er sich wieder neben mich setzte. »Das klingt gut. Haltet für mich und meine Schwester einen Platz frei. Wir sind so gut wie unterwegs.« Er legte auf. »Die Jungs sind mit ein paar Cheerleaderinnen in der Billardbar. Ich habe ihnen gesagt, dass wir gleich dazustoßen.« Er grinste. »Das Mädchen, von dem ich dir erzählt habe, hat nach mir gefragt.«

Ich lehnte mich zurück, verschränkte die Arme vor der Brust und starrte ihn an.

Er runzelte die Stirn. »Was ist?«

»Das fragst du noch? Du hast mich von dem Gespräch mit Jay ausgeschlossen.«

Nate seufzte. »Ich wollte einfach in Ruhe mit ihm reden.«

Ich stand auf. »Weißt du was? Fahr allein zu deinen Freunden. Ich bin echt erledigt und möchte jetzt lieber nach Hause.«

Er stand ebenfalls auf und strich mir über den Arm. »Dann fahre ich mit dir heim.«

»Das brauchst du nicht.« Ich lächelte ihn versöhnlich an. »Du möchtest doch die Cheerleaderin kennenlernen. Also sieh zu, dass du zu dem Mädchen kommst, bevor sie dir ein anderer wegschnappt. Ich nehme mir ein Taxi.«

»Okay, überredet.« Nate küsste mich auf die Stirn und warf Geldscheine auf den Tisch. »Bis später.« Er eilte los.

»Bis später«, sagte ich und blickte ihm nach, bis er auf dem Parkplatz ins Auto stieg und davonbrauste. Die Kings waren noch nicht wieder aufgebrochen. Wie sollte es auch anders sein, Laura stand neben Jay.

Ich ging auf der anderen Seite um die Strandbar herum. Dummerweise warteten hier keine Taxis, weshalb ich beim Gehen über das Handydisplay wischte und nach der Taxi-App suchte. Da es keinen Gehweg gab, wechselte ich die Straßenseite und ging auf dem Grünstreifen. Wenn das Taxi kam, würde ich es anhalten.

Es dauerte nicht lange, da hörte ich das näher kommende Dröhnen der Motorräder. Glücklicherweise nahmen die Road Kings keine Notiz von mir. Als sie an mir vorbeigedüst waren, bemerkte ich jedoch, dass ein einzelnes Motorrad langsam hinter mir herfuhr.

»Vor wem oder was läufst du gerade davon?«, erkundigte sich Jay in dem Augenblick, in dem ich mich umdrehte.

»Wahrscheinlich vor mir selbst«, erwiderte ich und ging unbeirrt weiter. Ich ließ mir nicht anmerken, wie nervös mich seine plötzliche Gegenwart machte.

»Spring auf, ich fahr dich nach Hause.«

Ich blieb stehen, weshalb er ebenfalls anhielt. Ein paar Herzschläge lang sahen wir uns einfach nur an.

»Was habt ihr besprochen, Nate und du?«, platzte es aus mir heraus.

Jay fuhr auf den Grünstreifen und schaltete den Motor aus. Er stieg ab, ließ seinen Helm auf dem Sitz zurück und trat auf mich zu. Ich registrierte aus dem Augenwinkel ein vorbeifahrendes Taxi.

»Er hat mir erzählt, wie du dich meinetwegen mit eurem Vater angelegt hast.«

Ich verschränkte die Arme vor der Brust und wartete darauf, dass er weitersprach.

»Dein Bruder macht sich Sorgen um dich. Er hat mir nahegelegt, mich von dir fernzuhalten, da dein Vater dich sonst nach England schickt.«

Ich presste die Lippen zusammen. »Was tust du dann hier? Du solltest weiterfahren und mich in Ruhe lassen.«

Er legte den Kopf schräg. »Ist es das, was du willst?«

Ich lachte spöttisch. »Seit wann interessiert es irgendjemanden, was ich will?«

Jay kam einen Schritt näher. »Dein Problem ist, dass es dich selbst nicht interessiert.«

Mein Lachen erstarb. »Wie bitte?«

»Was. Willst. *Du?*« Er betonte jedes Wort.

Ich runzelte die Stirn.

»Du setzt dich immer für andere ein, außer für dich selbst«, sprach er weiter, als ich nichts erwiderte. Er kam noch näher. »Du liebst die Arbeit im Tierheim, lässt sie dir aber verbieten. Du studierst Politikwissenschaften, obwohl du gern Tierärztin werden würdest. Du tust Dinge, die dir nichts bedeuten, nur weil man es von dir erwartet. Und du lässt dir vorschreiben, mit wem du befreundet sein darfst.«

Ich öffnete den Mund. Doch es hatte mir die Sprache verschlagen.

Jay streckte die Arme aus und fasste mich sanft an den Schultern. »Es macht mich wütend, dass du nicht erkennst, was dich in Wahrheit ausmacht.«

»Ich weiß es«, flüsterte ich. »Aber so, wie du in deiner Welt gefangen bist, bin ich es auch in meiner. Und wir können beide nichts daran ändern.«

Jay ließ mich los und trat einen Schritt zurück. »Das sehe ich anders. Sobald ich einen Uni-Abschluss habe, werde ich mein Leben und das meiner Familie in eine andere Richtung lenken können. Das ist mein oberstes Ziel. Allerdings muss ich noch durchhalten, bis es so weit ist.« Er sah mich eindringlich an. »Doch deine Zeit ist gekommen. Wenn du jetzt nicht handelst, wirst du es nie tun.«

Immerzu schüttelte ich den Kopf. »Ich bin nicht so mutig, wie du vielleicht glaubst.«

»Wovor hast du Angst?«

Ich wich seinem Blick aus. »Meine Familie war bisher mein Lebensmittelpunkt. Wenn ich mich von ihnen abwende, stehe ich völlig allein da.«

Jay atmete tief durch. »Sie haben dir von klein auf eingebläut, dass du von ihnen abhängig bist.«

Ich sah zu Boden. »Auf die Unterstützung von Freunden kann ich nicht zählen. Sie gehören zu der Sorte, die nur ihren Spaß mit dir haben wollen.«

»Da kennst du Paige aber schlecht.«

»Paige und ich kennen uns erst seit Kurzem.«

»Das tun wir auch und dennoch setzt du dich für Levy und mich ein.«

»Das ist etwas anderes.«

»Warum?«

»Vielleicht tue ich es, weil ich wegen meiner Familie ein schlechtes Gewissen habe.«

Jays Wangenmuskeln zuckten. »Ist das so?«

»Weißt du, was dein Großvater zu mir gesagt hat?«, fragte ich, ohne auf seine Antwort zu warten. »Wir sollen seinen Rat befolgen und keine Freunde werden. Ansonsten holt uns die Vergangenheit wieder ein und wir beschwören ein weiteres Drama herauf, das der Feindschaft unserer Familien neuen Zündstoff liefert.«

Jay nickte. »Er sorgt sich um mich, und um dich wahrscheinlich auch. Die Frage ist, ob es dafür nicht bereits zu spät ist.«

Ich sah ihn mit großen Augen an. »Du meinst, wir sind schon Freunde?«

Er trat so dicht an mich heran, dass ich zu ihm aufsehen musste. »Nein, Prinzessin, sind wir nicht.«

Mein Herz verkrampfte. Ich wollte zurückweichen, doch er hielt mich an der Taille fest und zog mich an sich.

»Wenn wir nur Freunde wären, würden wir das hier nicht tun«, sagte er und seine Lippen fanden meine.

Dieses Mal lag keine Wut oder Verbitterung in seiner Berührung. Sein Kuss war eine Einladung und er wartete darauf, ob ich sie annehmen würde.

»Was willst *du*?«, fragte er nochmals, während seine Lippen meine weiterhin berührten.

Das war der Moment, in dem ich meine Arme um seinen Hals schlang, mich an ihn schmiegte und seinen Kuss voller Hingabe erwiderte. Ich wollte ihn, so sehr, wie ich noch nie zuvor etwas gewollt hatte.

Jay zuckte unter meinen ungestümen Bewegungen zusammen. Ich hatte völlig vergessen, dass er verletzt war. Doch als ich ihn loslassen wollte, hob er mich hoch und setzte unseren Kuss umso leidenschaftlicher fort. Ich schaffte es nicht, mich länger zurückzuhalten. Wenn das ein Traum war, wollte ich nie mehr aufwachen.

Ich hatte völlig ausgeblendet, dass wir uns auf dem Seitenstreifen der Straße befanden, und wurde mir dieser Tatsache erst wieder bewusst, als Motorräder an uns vorbeifuhren und die Biker beinahe lauter als ihre Maschinen grölten.

Waren sie umgekehrt, da Jay ihnen nicht gefolgt war? Ich schaute mich um. Sie hielten direkt neben uns und blockierten die Straße. Doch Jay lachte nur und machte keine Anstalten, mich loszulassen. »Hast du Lust auf eine Spritztour?«

Ich sah ihn an, zögerte. Passierte das hier gerade wirklich?

»Komm schon, Tara«, rief Paige. Ich entdeckte sie hinter Finn. Sie riss die Arme in die Höhe und jubelte.

Nun lachte ich auch und nickte. Da küsste Jay mich erneut – vor aller Augen.

»Kommt in die Gänge!«, rief Finn.

Jay zog seine Lederjacke aus und legte sie über meine Schultern. »Der Fahrtwind ist kalt«, sagte er und lief zu seinem Motorrad. Dass er nur noch ein T-Shirt trug, schien ihn nicht zu interessieren. Er nahm seinen Zweithelm aus dem Topcase, saß auf und klopfte hinter sich auf den Sitz. Sobald ich Platz genommen hatte, reichte er mir den Helm, setzte seinen eigenen auf und startete den Motor. Als wir uns in die Kolonne einreihten und alle gemeinsam losfuhren, bekam ich Gänsehaut.

Finn und Paige waren direkt neben uns. Sie hielt mir ihre Hand entgegen, die ich lachend ergriff. Wie sie streckte ich auch den anderen Arm zur Seite aus und reckte das Gesicht in den Fahrtwind. Ich hatte mich noch nie so frei gefühlt.

Der Wind streichelte mein Gesicht. Ich schlang die Arme um Jays Mitte, achtete jedoch darauf, seine Rippen nicht zu fest zu umklammern, um ihm nicht wehzutun.

Die Fahrer beschleunigten. Unter Jays Führung wirkte die schwere Maschine, als würde sie schweben.

Wir fuhren die Küstenstraße entlang, bergabwärts kribbelte es in meinem Bauch. Ich konnte nicht fassen, was ich hier gerade erlebte. Die berüchtigten Road Kings verschafften mir einen der glücklichsten Momente meines Lebens. Sie akzeptierten mich auf diesem Trip in ihrer Mitte. Es war ein Zeichen, dass sie Jay respektierten. Er war jemand, dem sie vertrauten, und ich tat es ebenso.

Unser Gespräch und all seine Vorhaltungen gaben mir zu denken. Doch darüber würde ich mir erst zu Hause den Kopf zerbrechen. Das Hier und Jetzt würde schneller vorbei sein, als mir lieb war. Bis dahin wollte ich in vollen Zügen genießen, dass ich zumindest an diesem Abend zu Jay gehörte.

35. KAPITEL

Eine halbe Stunde später hielten wir vor einem kleinen Diner. Ich stieg ab und strich Jay über den Arm. Seine Haut war eiskalt.

»Du bist völlig durchgefroren«, sagte ich, zog seine mir viel zu große Lederjacke aus und reichte sie ihm.

»Behalte sie an«, erwiderte er, stieg ebenfalls ab und machte keine Anstalten, sie entgegenzunehmen.

»Du musst dich aufwärmen.« Ich legte sie ihm um die Schultern und nahm ebenso wie er den Helm ab.

Er zog sich die Jacke an und schlang sie, so weit wie möglich, auch um mich. Ich schmiegte mich an ihn und strich ihm wärmend über den Rücken. Dass uns einige Road Kings beobachteten, ignorierte ich, weil es Jay offenkundig egal war.

»Ich hole mir einen Kaffee«, sagte er. »Willst du auch einen?«

»O ja.« Ich suchte in meinen Hosentaschen nach Kleingeld.

Jay seufzte. »Ich kann dir nicht die Welt zu Füßen legen, doch ich bin durchaus dazu in der Lage, dir einen Kaffee auszugeben.« Er zwinkerte mir zu und ging mit Finn und ein paar anderen Bikern hinein.

Paige kam grinsend zu mir. »So, so. Die Mädchen beißen sich an ihm die Zähne aus und ausgerechnet die Frau, die er hassen wollte, lässt er an sich ran.« Sie grinste noch breiter. »Und die

Prinzessin wählt keinen Prinzen, sondern …« Sie verzog nachdenklich den Mund. »Tja, wen eigentlich?«

»Einen Piraten?«, schlug ich vor und stieß ihr sachte den Ellenbogen in die Seite. »Fang bitte nicht auch noch damit an, mich Prinzessin zu nennen.«

Sie lachte. »Das kann was werden. Hinterlasst bitte keinen Scherbenhaufen.« Ihr Blick huschte hinter mich, weshalb ich mich umdrehte und mir über Lauras Anwesenheit bewusst wurde. Sie lehnte an einem Motorrad und quatschte mit einem King.

»Vorsicht, heiß«, sagte Jay, der mit Finn aus dem Diner zurückkam. Er überreichte mir den Becher.

Ich nahm ihn entgegen und lächelte zögernd. »Danke.«

»Alles okay?«

Ich wich seinem Blick aus und nickte. Mir fiel auf, dass Finn mich musterte, ebenso wie die meisten hier.

Paige bemerkte meine Verunsicherung. »Sie beißen nicht«, warf sie ein und schlang die Arme um Finn. »Na gut, der hier manchmal schon.« Er hielt seinen Kaffeebecher in die Höhe, während sie ihn küsste.

»Es ist alles gut, Prinzessin«, sagte Jay und lächelte.

»Sie wissen genau, wer ich bin«, flüsterte ich. »Und sie hassen meinen Dad genauso wie er sie.«

Jay zuckte mit den Schultern. »Sie wissen, was deine Familie meiner angetan hat, und verstehen deshalb nicht, warum ich mich mit dir abgebe. Aber es ist allein meine Entscheidung, mit wem ich meine Zeit verbringe. Wenn sie es nicht akzeptieren, ist es deren Problem, nicht meins.« Den letzten Satz sprach er laut und deutlich. Es war offensichtlich, dass diese Information ihnen galt.

Einen kurzen Moment lang war es auffallend still. Dann räusperte sich der Rothaarige, den ich schon auf dem Parkplatz vom Steakhouse kennengelernt hatte. »Lasst uns weiterfahren«, forderte er alle auf, warf seinen leeren Kaffeebecher im hohen Bogen in einen Mülleimer und setzte sich auf sein Motorrad.

»Ich klinke mich für heute aus«, sagte Jay.

Der Mann sah von ihm zu mir, brummte etwas Unverständliches und nickte schließlich. »Dann bis morgen.« Er startete seine Maschine, die anderen ebenso.

»Bis morgen«, sagte Paige, umarmte mich und saß hinter Finn auf.

Die Kolonne brauste mit einem ohrenbetäubenden Lärm davon. Laura drehte sich nach uns um, bis sie in die Kurve fuhren und aus unserem Sichtfeld verschwanden.

»Setz dich zu mir«, forderte Jay mich auf, nahm rückwärts auf der Harley Platz, rückte nach vorn und klopfte vor sich auf den Sitz.

Mein Herz schlug augenblicklich schneller. Ich kam seiner Aufforderung nach, sodass wir schließlich einander zugewandt auf seinem Motorrad saßen. Er hielt mich mit einem Arm fest, meine Beine lagen über seinen.

»Ich glaube, ich muss dir mal etwas über die Kings erzählen.« Er trank einen Schluck aus seinem Becher und sah mich an.

»Unser Ruf ist so schlecht, weil deine Familie ihn uns verpasst hat. Es gibt ein paar von uns, die hin und wieder Mist bauen, und ich versuche erst gar nicht, das schönzureden. Allerdings bleibt einem in unseren Kreisen manchmal keine andere Wahl, als mit dem Strom zu schwimmen.«

Ich verengte die Augen. »Wie meinst du das?«

Er trank erneut. »Wenn du in unserem Viertel zu keiner Gang gehörst, bist du aufgeschmissen. Johnson treibt unter anderem Schutzgelder ein. Würden die Kings nicht auf unserer Seite stehen, würde er einen Anteil aus den Werkstatteinnahmen erpressen.«

Mir klappte der Mund auf. »Und was passiert mit Leuten, die keine Gang hinter sich haben und von ihm erpresst werden?«

»Entweder sie zahlen oder sie müssen mit seiner Bestrafung rechnen. Es vergeht kein Tag, an dem in unserem Stadtteil kein Gewaltverbrechen begangen wird. Du musst dich anpassen, um zu überleben.«

Ich rieb mir den Hals, spürte eine Beklemmung in der Brust. Das war alles so fernab meiner Realität. Nachdenklich ergriff ich Jays Hand und strich ihm mit dem Daumen behutsam über die verkrusteten Fingerknöchel.

Jay nahm mir meinen leeren Kaffeebecher ab, beugte sich langsam, mit vor Schmerz verzogenem Mund, nach unten und stellte ihn mit seinem Becher auf den Boden.

»Als mein Großvater damals ins Gefängnis musste, stand mein Dad vor dem Nichts. Er hatte Lilly und in gewisser Weise auch seinen Vater verloren. Zu Großmutter hatte er keinen

Kontakt mehr. Die Kings waren die Einzigen, die sich um ihn gekümmert und ihn später beim Aufbau der Werkstatt unterstützt haben. Außerdem sind sie seine besten Kunden.«

Ich betrachtete noch immer seine verletzte Hand und nickte.

»Die Kings geben uns nicht nur Schutz, sondern sind für uns wie eine große Familie.« Jay entzog mir seine Hand, legte sie unter mein Kinn und hob meinen Kopf. Ich sah ihm in die Augen. »Du musst keine Angst vor ihnen haben. Begegne ihnen unvoreingenommen, dann werden sie es dir gegenüber auch sein.«

Sein warmherziger Blick brachte mich innerlich zum Seufzen. Ob ihm bewusst war, wie sehr ich mich von ihm angezogen fühlte? Ich näherte mein Gesicht seinem, doch bevor unsere Lippen aufeinandertrafen, hielt ich inne und wich zurück.

»Können wir uns bitte kurz über Laura unterhalten?«

Jay legte den Kopf schräg, fasste mich an den Hüften und hob mich so weit zu sich, dass unsere Oberkörper sich berührten. Er fuhr mit einer Hand unter mein Haar und ließ sie im Nacken liegen. Ein wohliger Schauer jagte mir den Rücken hinab. Er brachte mich mit der kleinsten Berührung zum Brennen. Doch ich ließ mich nicht vom Thema abbringen.

»Was läuft zwischen euch?«

Seine Lippen streiften meine Wange. »Gar nichts.«

»Du warst mit ihr beim Hafenfestival, im Dezibel und vorhin …«

Er biss mir sanft in die Unterlippe und brachte mich somit nicht nur zum Schweigen, sondern auch um den Verstand. Ich vergrub die Hände in seinem Haar und musste all meine Selbstbeherrschung aufbringen, um mich ihm dennoch wieder ein Stück zu entziehen.

»Bitte, Jay. Ich muss wissen, was sie dir bedeutet.«

Er atmete tief durch und rückte nun seinerseits ein wenig von mir ab. »Wenn ich es dir erkläre, könntest du es falsch verstehen.«

In meinem Brustkorb machte sich ein hohles Gefühl breit. »Darauf müssen wir es dann wohl ankommen lassen«, erwiderte ich. »Für mich ist das hier kein Spiel. Ich muss wissen, woran ich mit dir bin.«

Er wich meinem Blick aus und strich sich das Haar aus der Stirn. »Sie sieht das locker. Wir haben von vornherein vereinbart, dass es nichts Festes ist.«

Ich schluckte. Mein Magen krampfte sich zusammen. »Lässt du dich nie auf etwas Ernstes ein?«

Jay sah mich wieder an. »Bisher bin ich noch keiner Frau begegnet, mit der ich über eine ernst gemeinte Beziehung überhaupt nachgedacht habe.« Er ergriff meine Hände. »Ich mache keine Versprechen. Wir müssen das auf uns zukommen lassen und sehen, was passiert. Du gehst mir unter die Haut, Prinzessin. Mit dir fühlt sich alles vollkommen anders an. Aber gerade deswegen bin ich unsicher. Das zwischen uns ist für mich völlig neu.«

Dem hohlen Gefühl wich ein Kribbeln. Für mich war es auch unbekanntes Terrain. Im Gegensatz zu Jay hatte ich jedoch keinerlei Erfahrungen.

Er legte die Stirn in Falten. »Gehst du den Weg mit mir weiter oder willst du umkehren?«, fragte er.

Ich verstärkte den Griff unserer Hände. »Solange du nicht die Richtung änderst, bin ich dabei.«

Jay verzog den Mundwinkel zu einem schiefen Lächeln. »Könnte sein, dass ich mal falsch abbiege und es nicht gleich merke.«

»Dann sage ich dir rechtzeitig Bescheid«, erwiderte ich.

Er zog mich wieder zu sich. »Versprochen?«

Ich nickte und schmiegte mich an ihn. Eine Weile hielten wir uns in einer festen, innigen Umarmung. Er verbarg das Gesicht in meinem Haar, während meine Stirn auf seiner Schulter ruhte. Mit der Nasenspitze fuhr ich seinen Hals hinauf und küsste ihn auf die Wange. Da drehte er den Kopf und verführte mich zu einem Kuss, mit dem wir unser Übereinkommen besiegelten. Ich konnte nicht sagen, wie lange es gut gehen würde. Ob es nun Monate, Wochen oder nur Tage waren – ich wollte jede Sekunde mit ihm genießen.

»Bevor ich dir begegnet bin, hätte ich nicht gedacht, dass ich jemals auf einem Motorrad mitfahren würde«, sagte ich, als wir uns Minuten später voneinander lösten. »Und weißt du was? Ich liebe es.«

Er lachte. »Möchtest du es selbst mal versuchen?«

Ich sah ihn mit großen Augen an. Da stieg Jay ab und bedeutete mir, auf dem Sitz nach vorn zu rutschen.

»Du musst die Kupplung ziehen«, erklärte er, legte seine Hand auf den linken Griff und zeigte es mir.

»Du willst mich jetzt nicht ernsthaft mit deinem Motorrad fahren lassen?«

»Mit dem linken Fuß drückst du den Schalthebel nach unten, um den ersten Gang einzulegen«, fuhr er unbeirrt fort. »Dann die Kupplung langsam kommen lassen und rechts vorsichtig am Gasgriff drehen.«

»Ich glaube nicht, dass ich mich das traue«, sagte ich und betrachtete die Schalthebel misstrauisch. »Die Maschine ist viel zu groß und zu schwer für mich.«

Jay lächelte. »Es ist nur eine Frage der Balance. Vertraue mir und vor allem dir. Ich bin sicher, dass du es schaffst.«

Ich schluckte.

»Hier ist ausreichend Platz.« Jay deutete mit dem Kinn auf den leeren Parkplatz. Nur weiter hinten stand ein Geländewagen. »Wenn das Motorrad etwas macht, was du nicht willst, brauchst du nur die Kupplung zu ziehen. Dann rollst du aus.«

Ich schluckte abermals und sah zum Diner, in dem nur ein Pärchen an einem Fensterplatz saß und in ein Gespräch vertieft war.

»Du musst es nicht tun, wenn du nicht willst«, sagte Jay.

Ich atmete tief durch, nahm den Helm vom Lenker und setzte ihn auf. Da zog Jay seine Lederjacke aus und reichte sie mir. Ich streifte sie über. Vor Aufregung sprang mir beinahe das Herz aus der Brust.

»Hab keine Angst, ich laufe neben dir her und passe auf dich auf.« Er startete den Motor und legte mir eine Hand auf den Rücken. Mein Puls raste. »Auf keinen Fall darfst du abrupt die

Bremse ziehen«, rief er über den dröhnenden Motor hinweg. »Sonst stürzt du.«

Na super. Meine Hände waren inzwischen klitschnass. Doch wenn ich weiter zögerte, würde ich einen Rückzieher machen.

Ich wagte den ersten Versuch und würgte die Maschine prompt ab. Doch ich probierte es noch mal und fuhr nach dem dritten Anlauf tatsächlich los.

Ich schrie und lachte gleichzeitig. Jay rannte neben mir her und half mir, das Gleichgewicht zu halten. Obwohl ich im ersten Gang blieb und langsam fuhr, war ich völlig verkrampft.

Nach und nach wurde ich jedoch merklich entspannter. Jay ließ mich das Anfahren immer wieder üben. Wir lachten. Ich hatte weiterhin Respekt vor der Harley, aber sie kam mir nicht mehr Furcht einflößend vor.

Nachdem ich den Motor schließlich ausgestellt hatte, war ich so erschöpft, als hätte ich den ganzen Tag lang Leistungssport betrieben.

»Du bist ein Naturtalent«, sagte Jay und hielt mir die Faust hin, damit ich meine dagegenschlug. Es kam mir vor, als wäre er ebenso stolz auf mich wie ich selbst. »So langsam sollte ich dich wohl nach Hause fahren.«

Er hatte recht, denn es dämmerte bereits. Ich stieg ab und nachdem Jay Platz genommen hatte, saß ich hinter ihm wieder auf.

»Na, dann los.« Er setzte seinen Helm auf und startete erneut den Motor. Wir brausten davon.

Während der Fahrt schaute ich zum dunkler werdenden

Himmel hinauf. Ich schmiegte mich an Jays Rücken und versuchte ihn dadurch zu wärmen. Dabei hätte ich so gern die Zeit angehalten, um diesen Abend noch länger mit ihm auszukosten. Doch wir näherten uns immer weiter der Stadt und schließlich bog er in die Straße, die zu unserem bewachten Wohnviertel führte. Er hielt auf dem Seitenstreifen.

»Ich lasse dich besser hier absteigen«, sagte er. »Es käme wahrscheinlich nicht gut an, wenn du mit mir gesehen wirst.«

»Da könntest du leider recht haben.« Ich saß ab, reichte ihm den Helm und seine Jacke. »Du kommst morgen vermutlich noch nicht wieder zur Uni?«, fragte ich und strich ihm zärtlich über die Krusten auf seiner Wange.

»Besser nicht«, erwiderte er und verstaute den Zweithelm im Topcase. Nachdem er sich die Jacke übergestreift hatte, zog er mich nochmals zu sich heran. »Aber du weißt, wo du mich findest.«

Sein Abschiedskuss war viel zu kurz. Als er mich losließ, nahm ich sein Gesicht zwischen meine Hände und küsste ihn erneut. Es fiel mir unsagbar schwer, mich nach diesem gemeinsamen Abend von ihm zu trennen. An meinen Lippen fühlte ich, dass er lächelte.

»Danke«, flüsterte ich.

»Wofür?«

»Für diesen schönen Abend und dafür, dass du mir dein Motorrad anvertraut hast.« Ich war immer noch erfüllt mit Stolz.

»Darauf kannst du dir was einbilden. Außer mir bist du die Einzige, die es fahren darf.«

Ich strahlte ihn an und trat nun langsam vor ihm zurück.

»Gute Nacht, Prinzessin.«

»Gute Nacht, Jay.«

Ich würde von seinem Lächeln nie genug bekommen. Als er davonfuhr, sah ich ihm mit wild schlagendem Herzen nach.

36. KAPITEL

Als ich mich dem Pförtnerhaus näherte, war die Nacht hereingebrochen. Die Securitys würden sich sicherlich wundern, dass ich um diese Zeit zu Fuß unterwegs war. Es bestand jedoch keine Chance, ungesehen an ihnen vorbeizukommen.

»Miss Owens«, sagte der eine, als ich an dem breiten Fenster vorüberging. Er kam heraus. »Ist alles in Ordnung?«

Ohne zu stoppen, blickte ich zu ihm zurück. »Ich bin mit dem Taxi gekommen«, log ich und deutete hinter ihn, als könnte ich es dort noch wegfahren sehen.

Er drehte sich um und schaute auf die leere Straße. Sein Kollege war ebenfalls nach draußen getreten. Die beiden sahen sich mit gerunzelter Stirn an.

»Ist mein Bruder schon zu Hause?«, erkundigte ich mich.

»Ja, er ist vor zehn Minuten ins Gelände gefahren.«

Ich versuchte, mir nichts anmerken zu lassen, hob zum Abschied die Hand und drehte ihnen den Rücken zu. Es fiel mir schwer, einen gleichmäßigen Schritt beizubehalten und nicht loszurennen.

Verdammt. Damit hatte ich nicht gerechnet. Da meine Zimmertür offen stand, hatte Nate meine Abwesenheit sicherlich bemerkt. Wenn Dad und Grandpa mitbekommen hatten, dass er ohne mich zurückgekehrt war, hatte ich ein Problem.

Ich zog mein Handy aus der Hosentasche. Bisher hatte Nate nicht versucht, mich anzurufen, und ich konnte gerade nicht sagen, ob mich das beruhigte oder sorgte.

Unser Eingangstor war verschlossen und öffnete sich eigentlich bei Erkennung der Fahrzeuge. Da ich meine Keycard nicht dabeihatte, blieb mir nichts anderes übrig, als über den Zaun zu klettern. Allerdings war der zweieinhalb Meter hoch und mit Eisenspitzen versehen.

»Mist.« Vor Nate würde ich mich sowieso rechtfertigen müssen. Da konnte er mich zumindest vorher unbeschadet aufs Grundstück lassen.

Ich rief ihn an und machte mich bei jedem Freizeichen auf seine Standpauke gefasst.

»Wo steckst du?«, flüsterte er, als er den Anruf entgegennahm.

»Ich steh vor dem Tor. Kannst du mich bitte reinlassen?«

Es entstand eine Pause. Er ging vermutlich in die Vorhalle. Die Schaltfläche für das Tor befand sich neben der Haustür.

Ein Surren ertönte und das Tor entriegelte. Ich trat ein und zog es hinter mir zu. Während ich die lange Einfahrt hinauflief, drückte ich den Anruf weg. Nate öffnete mir die Haustür und legte sich den Zeigefinger auf die Lippen. Die Hunde ließen sich glücklicherweise nicht blicken.

Wir schlichen nebeneinander die Treppe hinauf. Er betrat vor mir mein Zimmer und schloss hinter mir die Tür.

»O Mann, ich bin vielleicht erledigt«, sagte ich und ließ mich auf mein Bett fallen.

»Hast du mir zufälligerweise irgendetwas zu sagen?«, zischte er. »Ich habe euch eben zusammen gesehen. Dich und Jay.« Er ließ sich auf meinen Schreibtischstuhl sinken und krallte die Hände ins Haar. »Scheiße, Tara.«

Ich kniete mich auf die Matratze. »Du hast versprochen, ihm ohne Vorurteile zu begegnen«, flüsterte ich.

Er hob den Kopf und sah mich an. »Zu diesem Zeitpunkt dachte ich, es geht dir allein darum, dass er nicht vom College fliegt. Ich dachte, du setzt dich für ihn ein, weil er die Sozialstunden für seinen Bruder ableistet und selbst nichts verbrochen hat. Ich dachte, er tut dir leid und du willst, dass er eine Chance auf ein besseres Leben bekommt.« Nate stockte und schnappte nach Luft.

Das Gewicht in meiner Brust erdrückte mich. Ich wollte zu ihm gehen und die Kluft, die sich zwischen uns auftat, überbrücken. Doch das konnte ich nur, indem ich meine Gefühle weiter verleugnete. Und dazu war ich nicht länger bereit. »So ist es«, sagte ich. »Und außerdem habe ich mich in Jay verliebt.«

Nate starrte mich an. Erst zeigte er keinerlei Regung, dann schüttelte er unentwegt den Kopf. Schließlich stand er auf, trat zum Fenster und schaute hinaus. Wir schwiegen minutenlang.

»Es ist einfach passiert«, sagte ich, als ich die Stille nicht mehr aushielt. »Ich wollte es selbst nicht wahrhaben. Aber meine Gefühle für Jay werden von Tag zu Tag stärker.«

Mein Bruder wandte sich zu mir um. »Er ist ein Road King, verdammt noch mal.«

Ich nickte. »Die Gang hat sich um seinen Vater gekümmert, als Dean Cox ins Gefängnis musste.«

Er streckte die Arme zur Seite aus. »Und du weißt, warum er verhaftet wurde, Tara.«

»Tante Lilly wäre noch am Leben, wenn Grandpa und Dad ihre Beziehung zu Steve akzeptiert hätten«, erwiderte ich.

»Sie wäre auch noch am Leben, wenn sie sich nicht von ihrer Familie abgewandt hätte«, entgegnete er. Sein Blick verdeutlichte mir, dass er nicht nur Lilly, sondern ebenso mich meinte.

Ich stand auf und ging langsam auf ihn zu. »Dann halte bitte zu mir. Zwing mich nicht zu einer Entscheidung.«

Nate seufzte. »Ich will nicht, dass Dad dich nach England schickt. Aber das wird er tun, wenn er von Jay und dir erfährt.«

Der Druck in meiner Brust ließ etwas nach, denn in diesem Moment erkannte ich, was Nate am meisten zu schaffen machte. Sei es nun durch England oder Jay – er hatte Angst, dass unsere enge Bindung zerbrechen würde.

Ich machte den letzten Schritt auf ihn zu und fragte mich, wie nah Dad und seine Schwester sich wohl damals gestanden hatten, bevor sie sich in Steve verliebte. Vielleicht hatte er ähnlich empfunden wie Nate.

Als mein Bruder mir eine Hand reichte, umfasste ich sie mit beiden Händen.

»Ich hab dich so lieb, Nate. Du bist mein Bruder und gleichzeitig mein bester Freund. Wenn wir beide einander vertrauen und zueinanderhalten, wird es nichts geben, was uns jemals entzweien kann.«

Er presste die Lippen aufeinander, schloss die Augen und atmete tief durch. »Warum ausgerechnet Silver?«

Ich umarmte ihn und hielt ihn, so fest ich konnte. »Das kann ich dir nicht beantworten. Mein Herz hat sich einfach für ihn entschieden.«

Nate zögerte, erwiderte meine Umarmung dann jedoch mit derselben Intensität. »Dad wird es nicht erlauben.«

»Das ist mir bewusst. Aber es ist mein Leben und meine Entscheidung. Auf keinen Fall werde ich nach England gehen.«

»Er ist mächtig, Tara. Du wirst dich ihm beugen müssen.«

Ich sah zu ihm auf. »Glaubst du, er geht so weit und setzt mich vor die Tür, wenn ich mich weiter mit Jay treffe?«

Nate verzog den Mund und hob die Schultern. »Er wird das Problem an der Wurzel packen. Dort, wo es ihm selbst nicht wehtut.«

Ich trat zurück und verengte die Augen. »Weißt du etwas, wovon ich nichts weiß?«

»Dad hat es nicht geschafft, Jay vom College fliegen zu lassen. Also wird er einen anderen Weg finden, ihn von dir fernzuhalten.«

»Was hat er vor?«, stieß ich aus.

»Das hat er mir nicht gesagt. Aber Jay sollte auf jeden Fall vor ihm auf der Hut sein.«

Ich setzte mich aufs Bett, stemmte die Ellenbogen auf die Knie und vergrub mein Gesicht in den Händen. Wie weit würde Dad gehen? Konnte er Jay in Schwierigkeiten bringen?

Nate ging zur Tür. Er griff nach der Klinke und hielt inne. »Mehr kann ich nicht tun. Ich habe dich gewarnt, und Jay auch.«

Ich stand auf. »Jay?«

Er nickte. »Ich habe ihm gesagt, dass Dad gegen ihn vorgehen wird, wenn er sich weiterhin mit dir abgibt. Er wird richtige Probleme bekommen.«

Das Gewicht kehrte in meine Brust zurück. »Und was hat Jay dazu gesagt?«

»Dass er keine Angst vor ihm hat und es allein deine Entscheidung ist.«

37. KAPITEL

Am nächsten Tag gab ich mir größte Mühe, freundlich zu sein, und setzte am Frühstückstisch ein falsches Lächeln auf. Nachdem ich mal wieder die halbe Nacht lang gegrübelt hatte, stand mein Entschluss fest, meinen Kontakt zu Jay geheim zu halten, bis ich herausgefunden hatte, was Dad gegen ihn plante. Jay und ich mussten uns beratschlagen. Um ihn sehen zu können, war es wichtig, dass Dad vorerst keinen Verdacht schöpfte. Deshalb musste ich die folgsame Tochter spielen.

Ich gab vor, nach der Uni in der Bibliothek zu lernen. Nate warf mir einen frustrierten Blick zu, da ihm sicherlich klar war, dass ich in Wahrheit zu Jay wollte. Doch er sparte sich jeglichen Kommentar. Ich war ihm unendlich dankbar.

Dad schien nichts zu ahnen. Er diskutierte mit Grandpa über die Gegenkandidaten, die sich für die nächste Wahl aufstellen ließen, und Mom war merklich erleichtert, dass die Stimmung sich wieder gebessert hatte. Dazu trugen auch die zuckersüßen Welpen bei, die sich schon jetzt in unsere Herzen geschlichen hatten. Noch hatten sie die Augen geschlossen und schliefen viel. In etwa drei Wochen würden sie anfangen, ihre Umwelt zu erkunden. Dann ging Moms Arbeit erst richtig los.

Ich streichelte sie ausgiebig und konnte mich erst von ihnen losreißen, als Nate mich auf die Beine zog und wir zur Uni aufbrachen. Während ich ihm hinterherfuhr, beobachtete er mich hin und wieder über den Rückspiegel. Die ganze Situation belastete ihn ebenso wie mich.

Paige hatte mir nachts unzählige Nachrichten geschickt, in denen sie wissen wollte, was Jay und ich noch allein gemacht hatten. Meine Antwort waren ein Smiley und ein Herz-Emoji gewesen, womit sie sich sogar zufriedengegeben hatte.

Jay hatte ich auch erst schreiben wollen, es letztendlich aber bleiben lassen. Er hatte mir erklärt, dass es eine neue Situation für ihn war, und ich sagte mir, er würde sich melden, wenn ihm der Sinn danach stand. Trotzdem verunsicherte es mich, nichts von ihm zu hören. Wir waren uns gestern Abend sehr nah gekommen und jetzt kam es mir vor, als würden wir uns mit jeder verstreichenden Stunde wieder voneinander distanzieren. Seit ich mich von ihm verabschiedet hatte, vermisste ich ihn.

Während der Vorlesung grinste Paige mich unentwegt an. Da sie nicht wusste, inwieweit Nate eingeweiht war, verlor sie über Jay kein Wort. Und mein Bruder hüllte sich ebenfalls in Schweigen.

Am liebsten hätte ich die Kurse geschwänzt, um sofort zu Jay zu fahren. Der Vormittag zog sich in die Länge und nicht einmal der Psychologiekurs von Professor Kelsey konnte mich heute begeistern. Er hatte mir beim Betreten des Saals zugenickt und schaute gelegentlich zu mir. Durch Jay waren wir irgendwie Verbündete. Obwohl ich diesen Mann kaum kannte, mochte ich ihn. Ihm war es schließlich zu verdanken, dass Jay weiterhin studieren durfte.

Wenn ich bloß wüsste, was Dad als Nächstes gegen ihn plante. Wie konnte ich ihn nur dazu bringen, Jay in Ruhe zu lassen? Bestand überhaupt eine Chance, dass er Jay jemals an meiner Seite akzeptieren würde?

Als ich schließlich zu meinem Auto lief, war meine Vorfreude auf das Wiedersehen mit Jay verflogen. Ich wusste nicht, ob ich richtig handelte. Es war egoistisch von mir, seine Nähe zu suchen, immerhin wollte Dad ihm meinetwegen Ärger machen. Doch wie sollte ich es schaffen, auf Abstand zu gehen? Ich hatte noch nie so intensiv für einen Menschen empfunden.

Auf der Fahrt nach Dorchester schaute ich mich an jeder roten Ampel um. Langsam, aber sicher litt ich unter Verfolgungswahn. Ich wollte Jay nicht schon wieder in Schwierigkeiten bringen.

Der Holzzaun kam in Sicht. Sofort spürte ich ein Kribbeln im Magen, gleichzeitig nahm jedoch auch meine Unsicherheit zu. Wollte er mich heute bereits wiedersehen? Womöglich hatte er sich überlegt, dass es doch ein Fehler war, wenn wir uns aufeinander einließen.

Spätestens als ich in die Einfahrt fuhr und sein Motorrad nicht auf dem Hof stand, bereute ich es, ihm vorher nicht geschrieben zu haben. Da Steve in der Garage an einem Auto schraubte und mich bemerkte, konnte ich allerdings nicht einfach umlenken und wieder verschwinden. Es wäre unhöflich gewesen, nicht zumindest Hallo zu sagen.

Ich parkte neben dem Wohnwagen und stieg aus. Er wischte sich die Hände an einem Tuch ab und kam mir entgegen.

»Hey.«

»Hallo.« Ich lächelte verlegen.

»Jay macht gerade ein paar Besorgungen. Aber ich kann ihn anrufen und ...«

»Nein, nein«, fiel ich ihm ins Wort. »Das ist nicht nötig. Ich wollte nur ... Ihm meine Mitschrift vom Mathe-Kurs bringen, damit er den Stoff nicht verpasst.« Gott, ich musste aufhören zu stottern.

»Das ist nett.« Er lief an mir vorbei zum Wohnwagen. »Ich brauche einen Kaffee. Möchtest du auch einen?«

»Nein danke. Ich lasse die Unterlagen einfach da und mache mich wieder auf den Weg.«

Er öffnete die Tür und sah zu mir zurück. »Falls du noch Zeit hast, würde ich mich gern kurz mit dir unterhalten.«

Mir war nach Weglaufen zumute. Er lächelte, also tat ich es ebenso und nickte. Ich setzte mich auf einen der vier Klappstühle, die um einen runden Holztisch standen. Mein Blick schweifte zu dem kleinen Fenster über dem Garagentor. Ich war hier, bei Jay zu Hause. Aber er war nicht da und ich fühlte wieder diese Distanz. Inzwischen kam es mir fast so vor, als hätte ich unseren gemeinsamen Abend nur geträumt.

Steve kam aus dem Wohnwagen und reichte mir eine Coladose. »Falls du doch einen Kaffee möchtest, sag Bescheid.« Er setzte sich neben mich, pustete in seine Tasse und trank einen Schluck.

Ich stellte die Cola auf den Tisch, wusste nicht, wohin mit meinen Händen. Daher schob ich sie schließlich unter meine Oberschenkel.

»Mein Vater sagte mir, dass er mit dir gesprochen hat.«

Jetzt wusste ich, worauf diese Unterhaltung hinauslief. »Ich möchte der Feindschaft zwischen unseren Familien keinen neuen Zündstoff liefern«, presste ich hervor. Deans Bedenken hatten sich regelrecht in mir festgebrannt.

»Das glaube ich dir, Tara. Aber das tust du allein schon dadurch, dass du hier bist.«

Ich starrte die Tischplatte an und nickte. »Dann sollte ich besser gehen.«

»Das wollte ich damit nicht sagen. Ich weiß selbst, wie es sich anfühlt, wenn das Herz einen lenkt. Damals ist alles außer Kontrolle geraten und dennoch haben Lilly und ich nicht voneinander lassen können.«

Ich sah ihn an, erinnerte mich an ein Foto, auf dem er als junger Mann lachend mit Dad und Tante Lilly abgebildet war.

Er seufzte und trank wieder einen Schluck. »Ich hatte nicht geplant, mich in meine Stiefschwester zu verlieben. Wochenlang habe ich gegen meine Gefühle angekämpft und unter der Situation gelitten.« Ein Lächeln huschte über sein Gesicht. »Und dann hat sie mir gestanden, dass sie für mich das Gleiche empfand.« Er sah mich an. »Von da an waren wir unzertrennlich. Sie war die Liebe meines Lebens.«

»Es tut mir unsagbar leid, was passiert ist«, flüsterte ich.

Sein Blick glitt ins Leere. »Ich gehe nur einmal im Jahr zu ihrem Grab. An ihrem Todestag. Die Vorstellung, dass sie dort unter der Erde ...« Er schluckte und ließ langsam den Atem entweichen. »Es vergeht kein Tag, an dem ich sie nicht vermisse.«

Ich wusste nicht, was ich sagen sollte. Seine Hand lag auf dem Tisch und ich legte meine zögernd darüber. Ich fragte mich, wer Jays Mom war. Lebte sie noch? Hatte sie ihn und seinen Dad verlassen? Da Steve gerade so traurig wirkte, traute ich mich nicht, nachzuhaken.

»Eigentlich möchte ich dir nur sagen, dass ich nachvollziehen kann, wie es Jay und dir geht.« Er lächelte sanft. »Ihr wollt es vielleicht nicht wahrhaben, könnt letztendlich jedoch nichts gegen eure Gefühle tun.«

Ich sah ihn dankbar an. Warum konnte mein Dad nicht genauso darüber denken?

»Aber ihr müsst mir etwas versprechen.« Er legte die freie Hand über meine und seine. »Redet mit mir, wenn deine Familie euch Probleme macht. Ich hatte meinem Vater damals verschwiegen, dass wir aus der Stadt fliehen wollten. Hätte ich ihn in unsere Pläne eingeweiht, wäre es vielleicht nicht zu dem Unglück gekommen. Meine Liebe zu Lilly hat den Konflikt ausgelöst, deine Familie hat um sie gekämpft und mein Vater musste schließlich den Preis dafür zahlen, obwohl er der einzige Unschuldige war.«

Er sprach derart offen mit mir, dass seine Reue für mich fast greifbar war. Ich spürte ein Stechen in der Brust, wollte ihm sagen, wie wenig er für die Tragödie konnte. Doch das würde bedeuten, meiner Familie im gleichen Atemzug die alleinige Schuld zu geben.

»Hey, was geht ab?«, fragte Levy, der durch das offene Tor gelaufen kam. Mir fiel auf, dass er humpelte.

Ich stand auf.

»Ihr seht aus, als würde gleich die Welt untergehen«, sagte er, blieb vor uns stehen und schaute uns abwechselnd an.

Steve erhob sich ebenfalls. »Ich war untröstlich, weil du mal wieder zu spät bist.«

Levy kaute voller Hingabe seinen Kaugummi und schien einen Moment lang zu überlegen, ob er das ernst meinte. Schließlich grinste er schief, streifte den Rucksack von den Schultern und reichte mir zum Gruß die Hand.

»Wie geht es dir?«, erkundigte ich mich.

»Außer der Tatsache, dass ich lieber mit meiner Freundin abhängen würde, statt schon wieder ein Auto zu waschen, ganz gut.«

»Wenn sie Zeit mit dir verbringen möchte, kann sie dir auch gern helfen, damit du schneller fertig bist«, erwiderte Steve.

Levy verdrehte die Augen. »Darf ich dann später noch zu ihr?«

»Nur wenn Jay dich fahren und wieder abholen kann.«

»Na toll. Das ist ja fast wie im Gefängnis.«

Steve stellte seine Kaffeetasse geräuschvoll auf den Tisch. »Wir wollen dich nicht einsperren, sondern beschützen.«

Levy ließ den Kopf hängen und trottete zur Garage. »Das weiß ich«, murmelte er, drehte den Schlauch auf und füllte Wasser in einen Eimer.

»Ich muss jetzt weiterarbeiten«, sagte Steve zu mir. »Du kannst gern auf Jay warten.« Er ging zur Hebebühne, stellte sich unter den Wagen und begann zu schrauben.

Die Sorgen dieser Familie waren allgegenwärtig und dennoch fühlte ich mich bei den Silvers wohl. Ich wollte bleiben, konnte es nicht erwarten, Jay wiederzusehen. Aber allmählich lief mir die Zeit davon. Ich sah auf meine Armbanduhr, war unschlüssig, was ich tun sollte.

»Du hast nicht zufällig Lust, mir ein bisschen Gesellschaft zu leisten?«, fragte Levy. Er wrang einen Schwamm über der Motorhaube eines Kleinwagens aus und grinste mich an.

Ich schmunzelte. »Klar, warum nicht. Dieses Mal darf ich allerdings nicht wieder nass werden.« Ich ging zu ihm.

»Nicht mal ein bisschen?«

Ich schüttelte den Kopf. Zu Hause wollte ich nicht die nassen Klamotten erklären müssen. Er reichte mir einen weiteren Schwamm, wobei mir die blauen Flecken auf seinem Arm auffielen.

»Waren das deine speziellen Freunde?«

»Nee, dieses Mal war es mein Erzeuger höchstpersönlich.« Er führte den Schwamm grob und hektisch über das Blech, als würde er den Lack lösen wollen.

»Du solltest ihn anzeigen.« Ich stand regungslos da und beobachtete ihn.

»Das bringt nichts. Es gibt bereits eine Verfügung, dass er sich mir nicht nähern darf. Doch das interessiert ihn nicht.«

»Dann verstößt er gegen die Auflagen. Ihr müsst das melden.«

»Haben wir schon. Er streitet es ab und mein verantwortlicher Betreuer hat außerdem Angst vor ihm.«

Ich tauchte den Schwamm gerade in den Wassereimer und hielt mitten in der Bewegung inne. »Bedroht Johnson ihn?«

»Er bedroht alle und jeden. Es ist seine Art, Dinge zu klären.«

»Aber ... Damit kann man ihn doch nicht durchkommen lassen.«

Levy ließ eine Kaugummiblase zerplatzen. »Außer den Kings traut sich niemand, ihm in die Quere zu kommen.«

Wie auf Kommando hörte ich das näher kommende Dröhnen eines Motorrads. Mein Puls ging schlagartig in die Höhe. Ich wusste nicht, wer Jay gefährlicher werden konnte. Cliff Johnson oder mein Dad? Allerdings hatte ich nur auf einen von ihnen Einfluss, und ich musste mich der Verantwortung stellen, Jay wenigstens dahingehend zu schützen.

38. KAPITEL

Jay stellte das Motorrad neben meinem Auto ab. Sein Blick glitt zu mir und ich wartete sehnsüchtig darauf, dass er lächelte. Doch seine Miene blieb verschlossen.

»Hast du etwas erreichen können?«, fragte Steve und ging ihm entgegen.

Ohne mich aus den Augen zu lassen, griff er in die Innentasche seiner Lederjacke und holte einen Umschlag hervor. »Das Protokoll meiner Zeugenaussage«, erklärte er und überreichte seinem Vater das Kuvert. »Ob sie den Hinweisen nachgehen werden, kann ich nicht sagen.«

Steve hielt das Papier zwischen Daumen und Zeigefinger. »Ich muss mir erst die Hände waschen.« Er lief zum Wohnwagen.

»Kannst du mich dann zu Julia fahren?«, fragte Levy, als Jay sich uns näherte.

Mein Herz donnerte in meiner Brust. Er wirkte so selbstbewusst und stark, durch seine Wunden aber gleichzeitig auch verletzlich. Ich wollte ihm in die Arme laufen und ihn nie mehr loslassen. Stattdessen rührte ich mich nicht vom Fleck.

»Heute nicht«, erwiderte er Levy und blieb neben ihm stehen. »Du weißt, weshalb.«

Levy stieß einen tiefen Seufzer aus und klatschte den

Schwamm in den Wassereimer. »Ich hasse mein Leben.« Jay sah ihn mahnend an, woraufhin er, sich ergebend, die Hände hob und sich wieder dem Waschen des Autos widmete.

»Hey«, sagte ich, als Jay sich mir nun zuwandte. Ein verlegenes Räuspern konnte ich in letzter Sekunde unterdrücken.

»Hey.« Er lächelte nicht, doch in seinen Augen bemerkte ich dieses Strahlen, das ich so sehr mochte.

»Ich hätte dir schreiben sollen, bevor ich vorbeikomme.«

Nun verzog er den Mundwinkel zu einem schiefen Lächeln. »Es ist schön, dass du da bist.«

Unsere Hände fanden sich. Er trat dicht an mich heran und senkte seinen Kopf zu mir herab.

»Echt jetzt?«, warf Levy ein. »Ich muss in Abstinenz leben und euch dann auch noch beim Fummeln zusehen?«

Jay atmete tief durch, während ich die Lippen aufeinanderpresste und mein Lachen unterdrückte.

»Komm, ich möchte dir etwas zeigen«, sagte er und zog mich hinter sich her in die Garage.

»Schon klar. Ich kann mir denken, was du Tara zeigen willst«, rief Levy uns nach.

Ich drehte mich zu ihm um, woraufhin er anzüglich mit den Augenbrauen wackelte und breit grinste. Mir schoss Hitze in die Wangen. Vermutlich hatte Levy mit seinen fünfzehn Jahren bereits mehr Erfahrungen gesammelt als ich.

Jay ließ mich los und stieg vor mir die schmale Treppe hinauf. Mir war warm und kalt zugleich. Ich sehnte mich nach seiner Nähe und hatte gleichzeitig Angst davor. Je mehr wir uns aufeinander einließen, desto schwieriger wurde es für uns, wieder auf Abstand zu gehen.

»Wir müssen reden«, sagte ich, nachdem ich seine Zimmertür hinter uns geschlossen hatte.

»Du machst mich fertig, Prinzessin«, erwiderte er, weshalb ich ihn irritiert ansah. Gleich darauf sah ich etwas durchs Zimmer huschen und aufs Bett springen. »Jetzt schau dir an, wie es hier aussieht?«, schimpfte Jay mit dem rot getigerten Kätzchen, das anscheinend diverse Kleidungsstücke kreuz und quer im Raum verteilt hatte.

»Du hast sie bei dir aufgenommen?« Meiner Stimme hörte man an, wie überrascht ich war.

Jay hob sie mit einer Hand hoch, was sie mit einem Mauzen kommentierte. »Dr. Lorris meinte, sie hätte sich in mich verliebt. Er hat mich so lange weichgeklopft, bis ich sie mitgenommen habe.«

Ich trat zu ihm und streichelte ihr über den Kopf. »Sie wird es gut bei dir haben, da bin ich mir sicher.«

Er verzog den Mund. »Wenn ich mich hier so umsehe, ich aber wohl nicht mit ihr.«

Ich lachte. »Sie muss sich erst noch eingewöhnen. Wir könnten ... Du könntest ihr einen Kratzbaum bauen und ihr etwas zum Spielen besorgen, damit sie sich vor Langeweile nicht an deinen Sachen vergreift.«

Jay setzte das Kätzchen auf den Boden. »Ich werde sie schon noch zähmen. Inzwischen habe ich mit Prinzessinnen meine Erfahrungen.«

Ich hob die Augenbrauen. »Ach, tatsächlich?«

Er nickte, fasste mich an der Taille und zog mich an sich.

»Die eine Prinzessin verwüstet dir aber nur das Zimmer, die andere dein ganzes Leben.«

Jay strich mir eine Haarsträhne aus dem Gesicht und legte seine Hand auf meine Wange. »Ich ihres genauso.«

Sein Lächeln ging mir durch und durch. »Mein Bruder hat mitbekommen, dass Dad dir weiterhin Ärger machen will«, flüsterte ich. »Er wird dich erst in Ruhe lassen, wenn wir Abstand voneinander halten.«

»Dein Vater kann mir nichts vorschreiben.« Er hielt mein Gesicht nun mit beiden Händen und sah mir tief in die Augen. »Es ist deine Entscheidung, ob du mich weiterhin treffen willst, nicht seine.«

»Wenn ich bloß wüsste, was er vorhat.« Ich seufzte.

»Hör auf, dich um mich zu sorgen«, sagte Jay und legte seine Stirn gegen meine. »Denk dabei auch mal an dich.«

»Um mich geht es gerade nicht«, erwiderte ich.

»O doch, das tut es. Hier geht es einzig und allein um dich. Du darfst dich nicht immer nur um andere kümmern.« Er sah mir tief in die Augen. »Willst du mit mir zusammen sein? Ich werde deine Entscheidung akzeptieren, solange sie deine eigene und nicht seine ist.«

Meine Hände zitterten, als ich sie auf seine Brust legte. Ich spürte seinen Herzschlag, der ebenso wie meiner raste.

»Denk an die Konsequenzen, die sich für *dich* ergeben«, sagte Jay. »Mit meinen komme ich klar. Ich habe keine Angst vor deinem Vater. Er kann niemandem schaden, der schon am Boden ist.«

Sein warmherziger Blick und die Art, wie er mein Gesicht zärtlich zwischen seinen Händen hielt, brachten mich zum Schmelzen. Ich hatte meine Entscheidung längst getroffen, denn ich war hier, bei Jay, da ich mich unwiderruflich in ihn verliebt hatte.

Als Antwort schlang ich die Arme um seinen Hals, stellte mich auf die Zehenspitzen und küsste ihn.

Jay zog mich weiter an sich und ich presste mich gegen ihn. Er hielt mich an der Taille und vergrub eine Hand in meinem Haar. Seine Lippen und seine Zunge berauschten mich mit ihrem sinnlichen Spiel. Ich war seiner Anziehungskraft völlig erlegen. Jede Berührung und jeder Kuss weckten meine Sehnsucht nach mehr.

Er seufzte, löste seine Lippen von meinen und verbarg das Gesicht in meinem Haar. »Du bringst mich um den Verstand, Prinzessin. Wenn ich dich jetzt nicht loslasse, kann ich nicht mehr aufhören.«

Ich lehnte meinen Kopf gegen seine Brust und bemühte mich, ruhig zu atmen. »Dein Vater hat mich vorhin auf uns angesprochen. Hast du ihm von uns erzählt?«

Jay wich einen Schritt zurück und sah mich an. »Was hat er gesagt?«

»Er hat von sich und Lilly erzählt.«

Mit den Zähnen fuhr Jay über seine Unterlippe. »Und weiter?«

»Es ist ihm wichtig, dass wir ihm nichts verheimlichen.«

Jay sah aus dem kleinen runden Fenster. Er wirkte nachdenklich, ging spürbar wieder auf Distanz.

»Was hast du?« Ich trat hinter ihn.

»Er spricht immer nur von Lilly, nie über meine Mutter.«

Ich legte meine Hand auf seinen Rücken, woraufhin er sich zu mir umdrehte.

»Sie war eine Austauschstudentin aus Deutschland. Er hat eine einzige Nacht mit ihr verbracht, in der sie ungewollt schwanger wurde.« Er presste die Lippen aufeinander und atmete tief durch. »Tja, was soll ich sagen. Ich passte wohl nicht in ihre Zukunftspläne. Als sie die Schwangerschaft bemerkte, war es für eine Abtreibung zu spät. Sie hatte Angst, dass ihre Familie davon erfuhr, wahrscheinlich weiß diese bis heute nicht, dass sie in Boston einen Sohn hat.« Er setzte sich auf die Matratze. Das Kätzchen sprang sofort auf seinen Schoß und ließ sich von ihm kraulen. »Sie brachte mich hier in Boston zur Welt und hat mich Dad überlassen, bevor sie nach Deutschland zurückkehrte. Er hat nie wieder etwas von ihr gehört.«

Ich ging vor ihm in die Hocke und legte meine Hände auf seine Knie. Seine Enttäuschung war spürbar.

»Dein Dad liebt dich. Über alles. Das ist es, was zählt.«

Als würde Steve ahnen, dass wir gerade über ihn sprachen, rief er in diesem Moment Jays Namen.

»Ich hab noch zu tun«, sagte er, hob das Kätzchen von seinem Schoß und stand auf.

Hand in Hand liefen wir zur Tür. Jay schenkte mir sein hinreißendes Lächeln und ließ mir bei der schmalen Treppe den Vortritt.

Steve ging im Hof auf und ab und telefonierte. Levy war inzwischen mit dem Autowaschen fertig geworden und schraubte an einem alten verrosteten Motorrad.

»Tut mir leid«, sagte Steve, nachdem er den Anruf beendet hatte. »Ich habe mit deinem Großvater einen Termin bei der Bank. Kannst du bitte den Wagen fertig machen? Das Öl muss noch gewechselt werden.«

Als Jay nickte, stieg Steve in den Abschleppwagen und fuhr vom Hof.

Jay trat zu mir. »Ich verabschiede mich besser gleich von dir, bevor ich voller Öl bin.« Er zog mich an sich. »Wann sehe ich dich wieder?«, flüsterte er und strich mit seinen Lippen über meinen Hals. »Im College kann ich mich noch nicht blicken lassen.«

»Am Wochenende sieht es schlecht aus. Aber am Montag könnte ich nach den Vorlesungen wieder kurz vorbeikommen.«

Er schmunzelte. »Abgemacht?«

Ich nickte. Obwohl Levy uns beobachtete, umarmten wir uns noch mal, hielten uns einen Augenblick lang, so fest wir konnten. Meine Gefühle für Jay schwappten wie eine große Welle über mich hinweg, rissen mich mit und tauchten mich in einen Strudel, in dem ich schwerelos dahintrieb. Trotz all der Schwierigkeiten war ich noch nie so glücklich.

Nachdem wir uns voneinander gelöst hatten, winkte ich Levy zum Abschied zu.

»Bis Montag«, sagte er und grinste wieder. Im nächsten Moment erstarrte er und schaute an mir vorbei zur Einfahrt.

Ich folgte seinem Blick, sah fünf Männer auf uns zukommen. Ein großer Blonder mit einem Vollbart lief voran. Er war mir fremd, und doch erkannte ich auf den ersten Blick, dass er Levys leiblicher Vater war.

»Scheiße.« Jay packte mich am Arm und drängte mich zu meinem Cabrio. »Du musst verschwinden.« Er öffnete die Autotür und stieß mich regelrecht hinein. »Sofort!« Sein Blick war flehend.

Ich startete den Motor. Mit zittrigen Fingern umklammerte ich das Lenkrad. Als ich das Gaspedal durchtrat und an den Männern vorbeibrauste, traf mein Blick auf den von Cliff Johnson. Über den Rückspiegel sah ich, dass er mir nachblickte, bis die Staubwolke, die ich bei meinem überstürzten Aufbruch auf dem Kiesboden aufgewirbelt hatte, seine Gestalt verschluckte.

Kaum war ich auf der Straße, tastete ich nach meinem Handy und wählte Paiges Nummer. »Bitte geh ran, bitte geh ran!«, bettelte ich bei jedem Klingelton. Doch mein Flehen blieb ungehört.

Ich fuhr zwischen den fahrenden Autos Slalom, konnte nur hoffen, dass mich kein Streifenwagen aus dem Verkehr zog. Meine Schläfen pulsierten, die Muskeln schmerzten unter meiner Anspannung. Als ich das Steakhouse endlich erreichte und auf den Parkplatz raste, bekam ich vor Aufregung kaum noch Luft. Ich legte vor dem Eingang eine Vollbremsung hin und sprang bei laufendem Motor aus dem Auto.

»Jay braucht eure Hilfe!«, rief ich und rannte auf die Road Kings, die draußen bei ihren Motorrädern standen, zu.

»Was ist passiert?«, erkundigte sich Finn, der aus der Gruppe der sechs Männer heraustrat.

»Johnson. Er ist bei der Werkstatt. Steve ist nicht da. Nur Jay und Levy. Johnson ist nicht allein.« Die Worte sprudelten so schnell aus meinem Mund, dass ich nicht sicher war, ob sie mich verstanden hatten.

Doch die Road Kings reagierten sofort und stiegen umgehend auf ihre Maschinen.

»Beruhige dich, Tara.« Finn legte mir die Hände auf die Schultern. »Setz dich irgendwo hin und atme tief durch. Wir kümmern uns darum.« Er lief zu seinem Motorrad und raste den anderen hinterher.

39. KAPITEL

Paige kam aus dem Steakhouse gelaufen und sah zwischen den davonfahrenden Bikern und mir hin und her. Der Motor meines Autos lief noch.

»Ist Steve hier bei Dean?«, fragte ich und sah mich nach dem Abschleppwagen um. »Er wollte seinen Vater abholen und mit ihm zur Bank fahren.«

»Die sind schon weg«, erwiderte sie. »Ist alles in Ordnung?«

»Levys Vater ist bei der Werkstatt aufgetaucht. Er und vier weitere Männer. Jay hat mich weggeschickt. Er war richtig panisch.«

Paige kam zu mir und nahm mich in die Arme. »Er wollte, dass du dich in Sicherheit bringst.«

Ich löste mich von ihr und wich zurück. »Was passiert dort? Wir sollten die Polizei rufen.«

Sie schüttelte den Kopf. »Die Kings regeln das.«

»Und für wie lange? Eine Woche oder ein paar Tage?«

Paige seufzte. »Ich habe schon versucht, es dir zu erklären. Johnson macht mit einigen Cops Geschäfte und wird dementsprechend gedeckt, damit sie selbst nicht mit auffliegen. Ein Polizeieinsatz würde nur dafür sorgen, dass ein paar der Kings, die vorbestraft sind, eine Zeit lang hinter Gitter wandern. Aber wie du siehst, brauchen wir hier jeden Mann.«

Ich schüttelte unentwegt den Kopf, wusste nicht, was ich tun sollte.

»Fahr nach Hause, Tara. Sobald Finn zurück ist und ich etwas weiß, melde ich mich bei dir.«

»Wieso bist du dir so sicher, dass er wohlbehalten zu dir zurückkommt?«, brach es aus mir heraus. Ich bereute meine Worte sofort, da Paige die Augen aufriss und tief durchatmete. »Es tut mir leid. Ich fühle mich nur so hilflos und ...«

»Das tue ich auch«, sagte sie. »Aber uns bleibt nichts weiter übrig, als damit klarzukommen. Wenn du dich einmischst, bringst du Jay nur noch in größere Schwierigkeiten.«

»Hey, kannst du mal zur Seite fahren?«, rief ein Mann. »Ich will ausparken.«

Ich rieb mir mit der Handfläche übers Gesicht. »Versprich mir, dass du dich bei mir meldest, sobald du was weißt«, sagte ich.

Sie nickte. Ein paar Sekunden lang sahen wir uns an und schlossen uns schließlich nochmals in die Arme.

»Geht das vielleicht etwas schneller?«, rief der Typ.

Paige nickte mir noch einmal ermutigend zu, dann ging ich zu meinem Auto. Als ich losfuhr, musste ich an mich halten, nicht zur Werkstatt zurückzufahren. Allerdings hatte Jay mich nicht ohne Grund fortgeschickt. Es war ihm wichtig gewesen, dass ich so schnell wie möglich von dort verschwand. Deshalb zwang ich mich, den Heimweg einzuschlagen.

Während ich mich von Dorchester entfernte, fuhren meine Gedanken Achterbahn. Ich war unsicher, wie ich mich nun verhalten sollte. Eigentlich hatte ich meine Gefühle für Jay geheim halten wollen, um ihm nicht noch mehr zu schaden. Aber nach dem, was ich heute erlebt hatte, konnte ich nicht einfach untätig bleiben und dabei zusehen, wie Jays Familie unter Johnson litt. Dad war der Bürgermeister und dadurch in der Lage, etwas zu bewirken. Er würde sicherlich aufhorchen, wenn ich ihm erzählte, dass einige Polizisten in einen Korruptionsfall verstrickt zu sein schienen. Was auch immer Johnson mit ihnen am Laufen hatte, würde ans Tageslicht kommen, wenn Dad seine Beziehungen spielen ließ. Ich brauchte seine Hilfe, und deshalb musste ich mit ihm ganz in Ruhe und behutsam über Jay reden.

Es war spät geworden. Als ich zu Hause ankam, saßen alle auf der großzügigen Eckcouch im Wohnzimmer. Bonny lag mit ihren schlafenden Welpen auf einem Lager vor dem Kamin, Artus und Karuso daneben. Es schien, als würden sie die Kleinen bewachen. Mom und Dad schauten im Fernsehen die Nachrichten. Grandpa las ein Buch und Nate scrollte über das Display seines Handys.

Dad sah zu mir. Wenn jemand den Silvers helfen konnte, dann er. Ich würde ihm im Gegenzug versprechen, mich zukünftig von ihnen fernzuhalten. Das Wichtigste war, dass sie endlich vor Johnson in Sicherheit waren.

»Ich brauche deine Hilfe, Dad.« Bewusst straffte ich die Schultern und sah ihm direkt in die Augen. »Gerade war ich bei Jay und …«

Dad stand abrupt auf und kam zu mir gelaufen, Grandpa schnappte nach Luft, Mom strich sich über die Arme, als würde sie frieren, und Nate schloss die Augen.

Für einen kurzen Augenblick herrschte Stille.

»Es gibt einen Mann, der die Silvers ständig bedroht«, setzte ich an, als er vor mir stehen blieb. »Sein Sohn lebt bei ihnen, weil ihm vor Jahren das Sorgerecht entzogen wurde. Cliff Johnson beansprucht Levy aber wieder für sich und will ihn in seine illegalen Geschäfte reinziehen.« Ich hatte kaum Luft geholt, stockte kurz und rang nach Atem. »Dieser Mann ist im Drogengeschäft ganz vorn dabei«, berichtete ich weiter. »Er treibt Schutzgelder ein und glaubt wohl, in Dorchester das Sagen zu haben. Außerdem ist er mit seinen Anhängern für die derzeitigen Hauseinbrüche verantwortlich und …«

»Das reicht!«, stieß Dad aus. Sein Gesicht war rot angelaufen, er schnaufte wie ein Tier.

Grandpa schüttelte unentwegt den Kopf. »Du musst das unterbinden«, sagte er zu seinem Sohn, weshalb ich erleichtert aufatmete. Allerdings sagte mir sein strenger Blick, dass ich seine Reaktion falsch aufgefasst hatte.

»Du bist doch nicht mehr ganz bei Trost!«, schrie Dad mich an, weshalb ich zusammenzuckte. »Was denkst du dir dabei, dich mit solchen Leuten abzugeben?«

Er begann auf und ab zu gehen. Roberta stand mit einem Tablett voller Limonadengläser in der Tür und wirkte wie erstarrt. Mom und Nate waren ebenfalls aufgestanden. In ihren Blicken sah ich Sorge, in dem von Grandpa blankes Unverständnis. Er schüttelte weiterhin den Kopf.

»Wenn sich herumspricht, mit welchen Leuten deine Tochter verkehrt, wird dich das deine nächste Kandidatur kosten.«

Ich konnte kaum atmen. Es fühlte sich an, als würde mir jemand die Luft aus der Lunge pressen. »Du musst diesen Mann melden«, flehte ich Dad an. »Ich kann sein Aussehen beschreiben und über die Road Kings können wir bestimmt auch erfahren, wo er wohnt. Wenn wir ...«

»Schluss jetzt!« Dad blieb wieder direkt vor mir stehen.

»Ich verspreche dir, mich von ihnen fernzuhalten. Aber bitte, hilf ihnen!«

»O ja, du wirst dich von ihnen fernhalten – dafür sorge ich. Nicht auszudenken, was dir hätte zustoßen können. Du lässt mir wirklich keine andere Wahl: Ich werde dafür sorgen, dass du wieder zu Verstand kommst.«

»Ich rufe in Oxford an und gebe im Wohnheim Bescheid«, meldete sich Grandpa erneut zu Wort.

»Nein, bitte ...«, schaltete Nate sich ein. Er kam zu mir und stellte sich an meine Seite.

»Ich werde nicht nach England gehen«, brach es aus mir heraus.

Dad riss mir meinen Autoschlüssel aus der Hand. »Das werden wir ja sehen.«

»Versteht ihr denn nicht? Johnson ist gefährlich. Er schmiert Polizisten, die ihn bei seinen Machenschaften decken.«

Dad hob das Kinn. »Und verstehst du denn nicht, dass die Road Kings ebenso Kriminelle sind, bei denen du nichts zu suchen hast?«

»Vielleicht haben ein paar von ihnen keine weiße Weste, aber sie leben in einer völlig anderen Welt als wir und müssen im

Strom mitschwimmen, um dort überleben zu können«, gab ich Jays Worte wieder.

»Jetzt nimmst du sie auch noch in Schutz.« Dad wandte mir den Rücken zu. Seine Schultern hoben und senkten sich auffallend schnell. »Geh auf dein Zimmer, Tara. Ich bin maßlos enttäuscht von dir.«

Es kam mir vor, als hätte ich Blei in meinen Adern. Abwechselnd spreizte und ballte ich die Finger. »Ich bin kein kleines Kind mehr, das du einfach aufs Zimmer schicken kannst.«

Dad fuhr zu mir herum.

»Schon gut«, sagte Nate und ergriff meine Hand. »Jetzt atmen wir erst einmal alle tief durch. Im Moment ist ja wohl kein vernünftiges Gespräch möglich.«

So schwer es mir fiel, ich musste ihm recht geben. Daher ließ ich mich bereitwillig von ihm aus dem Wohnzimmer führen. Erst wenn Dad sich beruhigt hatte, konnte ich einen neuen Versuch wagen. Dass Grandpa mit ihm einer Meinung war und ihn in seinem Vorhaben, mich nach England zu schicken, unterstützte, machte es nicht leichter.

»Verdammt«, fluchte Nate, sobald wir in seinem Zimmer ankamen. Er schloss die Tür. »Genau das sollte nicht passieren.« Er schmiss sich aufs Bett und presste sein Gesicht ins Kissen.

»Dad will es einfach nicht verstehen«, sagte ich und legte mich neben ihn. »Das ist kein Spaß. Die Silvers brauchen Hilfe, bevor die Situation mit Johnson weiter eskaliert. Wenn niemand eingreift, ist es vielleicht irgendwann zu spät.«

Nate erwiderte nichts, seufzte nur in sein Kissen. Es war verwunderlich, dass er überhaupt noch Luft bekam.

Ich zog mein Handy aus der Hosentasche und überprüfte, ob ich ausreichend Akku hatte. Wann würde Paige sich melden? Nicht zu wissen, was nach meinem überstürzten Aufbruch bei der Werkstatt passiert war, machte mich fertig. Der Knoten in meinem Bauch wurde immer größer.

Meine Gedanken kreisten unentwegt um Jay und Levy, bis Nate näher zu mir rückte und mich eingehend ansah.

»Ist dir eigentlich klar, dass unsere Familie gerade auseinanderbricht?«

Ich drehte mich auf den Rücken und starrte an die Decke. Jetzt, wo er es aussprach, wurde es auch mir bewusst. Dennoch konnte ich nicht von meinen Überzeugungen abrücken und wegsehen. Und meine Gefühle für Jay ließen sich auch nicht einfach abschalten.

»Es tut mir leid«, flüsterte ich.

»Du bist ja nicht allein dafür verantwortlich«, erwiderte er und drehte sich ebenfalls auf den Rücken. »Es ist alles so verworren.«

Ohne ihn anzusehen, tastete ich nach seiner Hand. »Was auch geschieht, zwischen uns beiden wird sich nichts ändern.«

Er atmete tief durch. »Doch, das wird es. Denn du wirst nicht mehr hier sein.«

»Ich weiß nicht, was als Nächstes passieren wird. Aber ich werde auf keinen Fall nach Oxford gehen.«

Nate rollte sich auf die Seite, stemmte den Ellenbogen in die

Matratze, stützte seinen Kopf und musterte mich. »Ich versuche gleich noch mal, mit Dad zu reden«, sagte er, als im selben Moment mein Telefon klingelte.

Ich setzte mich schlagartig auf. Paiges Name erschien auf dem Display. Es fiel mir beinahe aus der zittrigen Hand.

»Bitte sag mir, dass alles gut ist«, flehte ich und hielt mir das Handy ans Ohr.

»Hey, Tara«, meldete sich Finn.

Ich versteifte mich. »Was ist passiert?«

Sein Zögern bescherte mir eine Gänsehaut.

»Finn?«

Er atmete hörbar und lange aus.

»Du musst schnell herkommen«, rief Paige im Hintergrund.

»Okay«, erwiderte ich und sprang auf. »Wo seid ihr?«

Dieses Mal hörte ich Finn scharf einatmen.

»Rede mit mir oder gib Paige das Telefon«, forderte ich ihn auf. Ich schwitzte plötzlich aus allen Poren.

»Wir sind in der Klinik«, sagte er nun.

Nate war ebenfalls aufgestanden und trat neben mich. Ich hielt mich an ihm fest.

»Levy hat es schlimm erwischt. Sein Erzeuger hat ihn zusammengeschlagen. Er wird gerade notoperiert.« Finn seufzte und fluchte gleichzeitig.

»Was ist mit Jay?«, flüsterte ich und lehnte mich gegen meinen Bruder. Da ich den Lautsprecher eingestellt hatte, konnte er jedes Wort mithören.

»Jay ist nur leicht verletzt. Aber wir machen uns Sorgen. Er ist völlig neben der Spur. Noch ist er hier und wartet auf das Ende der OP und die Diagnose der Ärzte. Doch später will er Johnson mit den Kings suchen und zur Rechenschaft ziehen.«

Ich zuckte bei seinen Worten wie unter Stromschlägen zusammen. Es raschelte und dann sprach Paige zu mir:

»So, wie er gerade drauf ist, wird das kein gutes Ende nehmen. Er lässt sich von niemandem etwas sagen. Du musst versuchen, zu ihm durchzudringen und ihn zur Vernunft zu bringen.«

Ich hielt das Handy derart verkrampft, dass meine Hand schmerzte. »In welchem Krankenhaus seid ihr?«

»Im Carney in der Notaufnahme.«

»Ich mache mich sofort auf den Weg«, versprach ich und legte auf.

Mit wenigen Schritten war ich an der Tür. Doch Nate holte mich ein und verstellte mir den Weg.

»Bitte, ich muss zu Jay.« Vergeblich versuchte ich, ihn zur Seite zu schieben.

»Das habe ich mitbekommen«, sagte er. »Ich bringe dich zu ihm.«

40. KAPITEL

Nate und ich rannten nebeneinander die Treppe zur Vorhalle hinab. Mir war klar, was mein Bruder hier für mich riskierte. Der Stress mit Dad war für ihn ebenfalls vorprogrammiert.

Ich vermutete, dass Grandpa, Mom und Dad sich noch immer im Wohnzimmer aufhielten und zumindest einer von ihnen unseren Aufbruch bemerkte. Roberta hatte um diese Zeit schon Feierabend. Als wir das Haus verließen, war uns noch niemand über den Weg gelaufen. Wir hasteten zu Nates Auto. Während wir die Einfahrt entlangfuhren, sah ich mich immerzu um. Erst nachdem wir das Tor und später das Pförtnerhaus passiert hatten, atmete ich auf.

»Danke, Nate.« Ich legte meine Hand auf seinen Unterarm. »Ich danke dir so sehr.«

»Schon gut.« Er sah mich kurz an. »Ich hoffe, Jays Bruder kommt schnell wieder auf die Beine. Es ist schlimm, was dem Jungen passiert. Versprich mir bitte trotzdem, dass du dich nicht in diese Sache verwickeln lässt.«

Abermals sah er zu mir und ich zwang mich zu einem trägen Nicken.

Die Fahrt kam mir ewig vor. Ich konnte nicht stillsitzen. Finn meinte, Jay wäre nur leicht verletzt. Aber ich konnte nicht einschätzen, was ein Road King darunter verstand. Levy musste hingegen richtig viel abbekommen haben. Es war erschreckend, zu welcher Gewalt Johnson fähig war.

Als wir endlich bei der Klinik ankamen und Nate vor dem Eingang hielt, klingelten gleichzeitig unsere Handys. Grandpas Name erschien auf meinem Display, das von Nate kündigte Dads Anruf an.

»Das bedeutet wohl, dass sie unsere Abwesenheit bemerkt haben«, stieß er aus und seufzte. Er wandte sich mir zu, legte den Arm auf meine Lehne und sah mich an. »Ich kümmere mich darum. Ruf mich an, wenn ich dich wieder abholen kann. In der Zwischenzeit versuche ich, Dad noch mal ins Gewissen zu reden.«

Ich schnallte mich ab, lehnte mich zu ihm hinüber und umarmte ihn. »Das werde ich dir nie vergessen.«

Nate gab mir einen Kuss auf die Stirn. »Wir haben immer zusammengehalten, Schwesterchen. Ich möchte nicht, dass sich das jemals ändert.«

»Es wird sich niemals ändern«, bestätigte ich und öffnete die Autotür. »Ich melde mich bei dir.«

Wir nickten uns zu und ich stieg aus dem Wagen. Während ich zur Eingangstür eilte, hörte ich ihn hinter mir losfahren. Mein Handy klingelte erneut, deshalb schaltete ich es aus.

Am Empfangstresen diskutierten zwei Männer lautstark mit einer Schwester. Ich lief an ihnen vorbei und orientierte mich an den Schildern, die auf die Notaufnahme verwiesen. Auf den Gängen war viel los. Eine Glastür war mit der Aufschrift *Wartesaal* versehen, dahinter entdeckte ich Paige. Sie saß neben Finn und hielt seine Hand. Sein Blick ging starr ins Leere. Ein paar Road Kings standen in einer Gruppe zusammen und redeten auf Dean ein, der in seinem Rollstuhl saß und zu Boden sah. Und dann entdeckte ich Jay. Er saß in der hinteren Ecke des Raumes, mit dem Rücken gegen die Wand gelehnt auf dem Fußboden. Erschöpft stützte er die Ellenbogen auf die angezogenen Knie und hielt die Hände über dem gesenkten Kopf. Steve näherte sich ihm langsam an und legte ihm eine Hand auf die Schulter. Doch er schlug sie beiseite, stand auf und ging auf Abstand.

Ich stand wie festgenagelt da. Mir schnürte sich die Kehle zu. Der Geruch von Desinfektionsmittel brannte mir in der Nase. Die Glastür war die letzte Barriere, die mich gegen das Leid dieser Familie abschirmte. Ich musste mich kurz sammeln, bevor ich zu ihnen trat. Gerade fühlte ich mich, als würde ich selbst zerbrechen.

Paige bemerkte mich, stand auf und winkte mich zu sich. Da ich noch immer zögerte, kam sie zur Tür gelaufen, öffnete sie und streckte die Hand nach mir aus. Sie zog mich in den Wartesaal.

»Jay steht völlig neben sich«, flüsterte sie. »Die Dreckschweine haben ihn zu viert festgehalten und ihn dabei zusehen lassen, wie sie Levy fertigmachen.«

Ich erschauderte. Ein stechender Schmerz fuhr mir ins Herz. Alle anderen hatten mich inzwischen wahrgenommen, nur Jay nicht. Er stand mit dem Rücken zu uns und hielt die Arme um sich geschlungen. Es wirkte, als versuche er verzweifelt, sich zusammenzuhalten.

Paige drängte mich in seine Richtung. Steve nickte mir bestärkend zu. Ich näherte mich Jay langsam an, wollte ihn halten und ihm sagen, dass alles gut werden würde.

Im Raum herrschte plötzlich eine angespannte Stille, als hätten alle Anwesenden gemeinsam mit mir den Atem angehalten. Meine Hand zitterte, als ich sie ausstreckte. Kaum streiften meine Finger Jays Rücken, fuhr er herum und wich zurück.

Als er realisierte, dass ich es war, erstarrte Jay mitten in der Bewegung. Er stieß so heftig die Luft aus, als hätte ich ihm die Faust in den Magen gerammt. Sein Blick hatte etwas Herausforderndes. Zwischen seinen Augen bildete sich eine tiefe Falte, von der ich nicht sagen konnte, ob sie Verwirrung oder Ablehnung signalisierte. Wie ein Tier in einem Käfig starrte er mich an, doch dass er nicht weiter zurückwich, machte mir Mut.

Meine Muskeln schmerzten vor Anspannung. Ich wagte einen neuen Versuch, hob die Hand und streckte sie nach ihm aus. Sein Brustkorb begann sich auffällig schnell zu heben und senken. Da er sich ansonsten nicht rührte, machte ich einen zögernden Schritt auf ihn zu. Meine Hand berührte seine Brust, legte sich auf sein rasendes Herz – mein eigenes zertrümmerte mir fast die Rippen.

Er neigte den Kopf zur Seite, atmete tief durch. Seine Verzweiflung war für mich greifbar. Bis zu diesem Moment hatte ich nicht gewusst, wie viel Traurigkeit ich empfinden konnte. Ich überwand die letzte Distanz zwischen uns und klammerte mich an Jay, als wäre nicht ich sein Rettungsanker, sondern er meiner.

Jay war wie erstarrt, doch ich schmiegte mich an ihn und

hielt ihn, so fest ich konnte. Zuerst spürte ich seinen Kopf, der sich zögernd meinem näherte. Dann seine Hände, die sich kaum merklich auf meine Taille legten. Sein Griff wurde langsam fester und schließlich zog er mich enger an sich und hielt mich mit einer Intensität, die mir wortwörtlich die Luft nahm. Nie hatte ich mich einem Menschen so nah gefühlt wie Jay in diesem Augenblick.

»Ich weiß nicht, ob Levy noch leben würde, wenn du die Kings nicht zu uns geschickt hättest«, flüsterte er in mein Haar.

Mir war, als würde mir jemand ein glühendes Eisen in die Brust rammen. »Ihr müsst Cliff Johnson anzeigen.«

Er stieß die Luft aus. »Weißt du, was die Ironie an der Sache ist? Sie haben uns aufgesucht, weil ich kurz zuvor genau das getan habe.«

Ich hob den Kopf und sah ihn an. »Du hattest eine Zeugenaussage erwähnt. Die ging also gegen Johnson?«

Er nickte. »Als du heute bei der Werkstatt auf mich gewartet hast, kam ich vom Police Department. An dem Tag, an dem wir uns mit Johnsons Gang geprügelt hatten, wollte er Levy bei der Planung einer neuen Einbruchserie mit einbeziehen. Dadurch wusste ich von Levy, wann und wo sie das nächste Mal zuschlagen wollen, und habe im Revier die Adresse preisgegeben.« Er seufzte und schüttelte den Kopf. »Ich weiß nicht, wie viele Cops inzwischen bei seinen Machenschaften mit drinstecken. Auf jeden Fall hat Johnson zeitnah von meiner Anzeige erfahren und Levy büßen lassen, dass er Einzelheiten an mich verraten hat.« Jay presste die Lippen zusammen. »Sie haben ihn wegen mir so zugerichtet und mich gezwungen, dabei zuzusehen, wie sie …« Er stockte, ließ mich los, ging in die Hocke und hielt sich eine Hand vors Gesicht. »O Gott. Ich konnte nichts tun. Johnson hat noch auf ihn eingetreten, als er längst regungslos am Boden lag. Ich bin schuld, dass …«

»Dich trifft überhaupt keine Schuld«, fiel ich ihm ins Wort und kniete mich zu ihm. Ich nahm sein Gesicht zwischen meine Hände und sah ihn eindringlich an. Der Schmerz in seinen Augen zerriss mir das Herz. »Johnson ist derjenige, der dafür verantwortlich ist. Und seine Leute und die Cops, die deine Aussage verraten haben, hängen mit drin.« Ich sah ihm fest in die Augen. »Dich. Trifft. Keine. Schuld.«

»Amen«, sagte Finn, und in diesem Moment wurde mir bewusst, dass uns die anderen beobachteten.

»Du sagst es, Kleine.« Einer der Kings nickte mir zu.

»Mr Silver?«

Ein Arzt in einem OP-Kittel hatte den Wartesaal betreten und sah in die Runde. Jay sprang sofort auf.

»Das bin ich«, erwiderte Steve und ging auf den Mann zu, den Jay noch vor ihm erreichte.

»Was ist mit Levy?«, brach es aus ihm heraus.

Der Arzt sah ihn mit gerunzelter Stirn an.

»Das ist in Ordnung«, sagte Steve. »Er ist sein Bruder.« Da wir anderen uns ebenso näherten, fügte er hinzu: »Wir sind eine große Familie. Bitte sagen Sie uns, wie es meinem Jungen geht.«

Räuspernd zog sich der Arzt den Kittel aus und knüllte ihn zusammen. »Levy hat zwei gebrochene Finger sowie eine angebrochene Rippe. Die offene Unterarmfraktur haben wir operativ behandelt, eine Platzwunde am Kinn genäht. Soweit wir sehen konnten, sind keine Organe verletzt. Allerdings war er während der OP instabil. Die Prellungen erschweren ihm das Atmen. Wir haben ihn daher vorübergehend ins künstliche Koma versetzt.«

Ich war wie eingefroren, hörte nicht mehr, was der Arzt noch sagte. Paige stand neben mir und hielt sich an meinem Arm fest. Mein Blick ruhte die ganze Zeit auf Jay.

»Können wir zu ihm?«, fragte er. Finn war an seiner Seite und legte ihm die Hand auf die Schulter, die er sofort abschüttelte.

»Nur eine Person«, erwiderte der Arzt. »Wir müssen ihn so lange im künstlichen Koma lassen, bis die Schwellungen zurückgegangen sind.«

Es herrschte eine beinahe unheimliche Stille. Nur Deans Seufzen war zu hören. Ich drehte mich zu ihm um. Er war in seinem Rollstuhl in sich zusammengesunken und hielt sich die zittrige Hand an die Stirn. Wie viel Leid musste diese Familie noch ertragen?

Ich wand mich aus Paiges Griff, löste mich aus der Gruppe und lief zu ihm. Neben ihm ging ich in die Hocke und berührte seine Hand, mit der er die Armlehne umklammerte.

Er hob den Kopf und sah mich aus müden Augen an. Ich hätte so gern die richtigen Worte gefunden, um ihn zu trösten.

Dean legte seine andere Hand auf meine und tätschelte sie, als wolle er mir mit dieser Geste sagen, dass alles gut werden würde.

»Macht euch keine Sorgen«, sagte einer der Kings. »Das Geld fürs Krankenhaus werden wir irgendwie besorgen können.«

Ich schloss die Augen und schrie innerlich auf. In mir kochte die Wut, ohne dass ich sagen konnte, auf wen oder was ich am meisten wütend war. Auf die Ungerechtigkeit, die Gewalt, die Ausweglosigkeit, die Geheimnisse, die Lügen. Mit Johnson hatte meine Familie nichts zu tun. Aber wenn die Owens dafür verantwortlich waren, dass die Silvers in diesen Verhältnissen leben mussten, dann trugen sie vielleicht auch an Levys Schicksal einen Teil der Schuld. Oder nicht? Wären sich Levy und die Silvers unter anderen Umständen überhaupt begegnet? Jede Handlung brachte gute oder schlechte Konsequenzen mit sich. Jede einzelne Entscheidung wirkte sich auch auf andere Menschen aus.

Als Jay mit dem Arzt hinter der Milchglastür verschwand, stand ich auf und blickte mich um. Für mich war der Zeitpunkt gekommen, meine eigenen Entscheidungen zu treffen, auch wenn das bedeutete, mein Leben dadurch in eine unvorhersehbare Richtung zu lenken.

»An was denkst du, Tara?« Dean sah zu mir auf.

»Ich würde so gern helfen«, sagte ich mehr zu mir selbst.

»Das kannst du.« Steve kam näher und stützte sich auf die Griffe des Rollstuhls. »Ich werde diese Nacht bei Levy bleiben, mache mir aber auch Sorgen um Jay. Du hast offenbar gerade als Einzige einen Draht zu ihm. Könntest du bitte auf ihn aufpassen, damit er nicht auf dumme Gedanken kommt?«

»Das tun wir alle«, ließ Finn ihn wissen, bevor ich selbst zum Antworten kam.

Steve nickte ihm zu und beugte sich dann zu seinem Vater

hinab. »Ich bringe dich jetzt zum Auto. Und du brauchst gar nicht erst zu widersprechen. Stan wird dich nach Hause fahren. Ich bleibe hier bei Levy. Wenn sich etwas Neues ergibt, wirst du es von mir erfahren.« Steve schob ihn an und verließ mit ihm den Wartesaal.

Die Kings standen wieder in einer Gruppe beieinander. Sie sprachen nicht. Levys Zustand ging ihnen sichtlich nah. Finn hielt Paige im Arm und sah zu der Tür, durch die Jay mit dem Arzt verschwunden war.

Ich setzte mich auf einen freien Stuhl, nahm mein Handy zur Hand und schaltete es ein, um meinem Bruder zu schreiben. Inzwischen hatte ich mehrere verpasste Anrufe von Dad und Grandpa. Nate hatte mich auch dreimal angerufen und mir zudem Nachrichten geschickt.

Nate: Kein vernünftiges Gespräch möglich. Hier drehen gerade alle durch!

Nate: Ich sage ihnen nicht, wo du bist. Aber ich sollte dich abholen, bevor es völlig eskaliert.

Der Knoten in meinem Bauch meldete sich zurück. Die letzte Nachricht hatte er vor fünfzehn Minuten geschickt. Ich überlegte gerade, was ich tun sollte, da ging eine weitere Nachricht ein.

Nate: Sie sind auf dem Weg zu den Silvers.

41. KAPITEL

Ich bedankte mich bei Nate für die Info, teilte ihm mit, dass ich diese Nacht mit den anderen im Krankenhaus bleiben würde, und bat ihn, sich keine Sorgen zu machen.

Anschließend schaltete ich das Handy wieder aus.

»Weiß deine Familie, dass du hier bist?«, fragte Paige und setzte sich zu mir. Im selben Augenblick betrat Jay wieder den Wartesaal.

»Wo ist mein Vater?«

»Er bringt Dean zum Auto«, informierte ihn Finn. »Stan fährt ihn nach Hause.«

Jay wandte sich an die Kings. »Seid ihr dabei?«

»Was immer du sagst«, erwiderte einer. Sie traten auf ihn zu.

Ich sprang auf. »Tu jetzt bitte nichts Unüberlegtes.«

Jay sah mich an. Er streckte den Rücken durch und drehte sich halb von mir weg. »Fahr nach Hause, Prinzessin.« Er ging Richtung Tür.

»Mach bloß keinen Scheiß«, rief Finn und folgte ihm.

Die Kings setzten sich ebenfalls in Bewegung. Da überholte ich sie und stellte mich ihnen in den Weg.

»Ihr wollt Jay dabei helfen, Levy zu rächen. Aber wenn ihr ihm jetzt zu Johnson folgt, tragt ihr nur dazu bei, dass er sich mit dieser Aktion seine Zukunft verbaut.«

»Bist du fertig mit deiner Ansprache?«, fragte Jay hinter mir.

Ich drehte mich zu ihm um. Er war zurückgekommen, stand dicht bei mir. »Nein, bin ich nicht. Glaubst du, Levy würde das hier wollen? Natürlich muss Johnson dafür zur Rechenschaft gezogen werden, wie für vieles andere auch. Allerdings hilft Gewalt hier nicht weiter.«

Jays Blick war eisig. »Ich mache diesen Bastard fertig«, stieß er zwischen zusammengebissenen Zähnen aus.

»Klar, das ist eine megagute Idee.« Ich hob das Kinn. »Dann wanderst du wegen Johnson vielleicht auch noch ins Gefängnis. Levy wird sich sicher darüber freuen.«

»Wenn du ihn da liegen sehen könntest, würdest du mich verstehen.« Er deutete zur Intensivstation. »Er ist auf Maschinen angewiesen, sein Gesicht ist zugeschwollen, sein Körper übersät mit blauen Flecken. Wären die Kings nicht aufgetaucht, würde er jetzt höchstwahrscheinlich nicht mehr leben.«

Ich stand nur da, völlig außer Puste. »Trotzdem würde er nicht wollen, dass du für ihn deine Zukunft aufs Spiel setzt.«

Die Härte verschwand aus Jays Blick, stattdessen erkannte ich in seinen Augen blanke Verzweiflung. »Es gibt keinen anderen Weg mehr. Ich muss mich um Johnson kümmern, sonst wird Levy nie vor ihm sicher sein.«

Ich fasste ihn an den Schultern, strich seine Arme hinab und ergriff seine Hände. »Erinnerst du dich an unser Gespräch vorm Diner? Du hast mich gefragt, ob ich den Weg mit dir weitergehen oder umkehren will.«

Jay verengte die Augen. Seine Hände lagen schlaff in meinen.

»Solange du nicht die Richtung änderst, bin ich dabei«, wiederholte ich meine Antwort. »Ich habe dir versprochen, dir rechtzeitig Bescheid zu geben, wenn du falsch abbiegen willst.« Da er weiterhin nicht auf die Berührung meiner Hände reagierte, ließ ich ihn los. »Es ist so weit, Jay«, flüsterte ich und sah ihm tief in die Augen. »Du stehst an einem Scheideweg und ignorierst die Warnschilder. Bitte ... Denk nach, bevor du vorschnell handelst. Lass uns in Ruhe überlegen, wie wir Johnson auf legale Weise drankriegen.«

Es war totenstill.

Jay zeigte keine Regung. Doch als ich langsam zurückwich, trat er mit einem tiefen Seufzen näher und lehnte seine Stirn gegen meine.

»Die Kleine hat recht«, sagte ein King hinter mir.

»Ihr Name ist Tara«, blaffte Finn ihn an. »Und ja, sie hat recht. Jay hilft Levy nicht, indem er sich selbst schadet.«

Jay seufzte erneut. Er sagte nichts, schlang aber die Arme um mich und verbarg sein Gesicht in meinem Haar. Eine Weile hielten wir uns einfach zusammen. Der Knoten in meinem Magen lockerte sich allmählich, doch die Sorge blieb.

»Du solltest nach Hause fahren, bevor du Stress mit deinem Vater bekommst«, sagte Jay schließlich. Seine Stimme war nun ganz sanft.

»Zu spät«, erwiderte ich. »Den hab ich schon.«

Er legte die Hand unter mein Kinn und hob meinen Kopf an, damit ich ihn ansah.

»Nate hat mich hergebracht«, sagte ich. »Von ihm weiß ich, dass sie mich inzwischen bei eurer Werkstatt suchen.«

Jay hob die Augenbrauen. »Tja, es ist niemand zu Hause.«

Ich sah zu Boden. »Sie haben mir den Autoschlüssel weggenommen. Ich denke, sie werden mich nicht mehr rauslassen, bis ich im Flieger nach Oxford sitze.«

»England?«, brach es aus Paige heraus.

Jay ließ mich los und verschränkte die Hände im Nacken.

»Die Vergangenheit wiederholt sich«, sagte Steve. Keiner von uns hatte bemerkt, dass er zurück war. Wir drehten uns zu ihm um. »Lilly wollten sie auch nach England schicken.« Er kam langsam näher. Sein Blick schweifte zwischen Jay und mir hin und her. »Was gedenkt ihr nun zu tun?«

Ich kannte keine Antwort auf seine Frage, und da Jay ebenfalls schwieg, ging es ihm wohl genauso.

Steve blieb vor uns stehen. »Hört bitte auf meinen Rat und unterschätzt die Owens nicht. Ihr könnt nicht vor ihnen davonlaufen. Sie werden euch überallhin folgen.«

»Was sollen sie dann tun?«, fragte Finn.

»Warten.«

Jay zog die Stirn in Falten. »Wie meinst du das?«

»Ihr seid noch jung und gerade erst dabei, euch eine Zukunft aufzubauen. Wenn ihr in ein paar Jahren euer Studium abgeschlossen habt und selbst dazu in der Lage seid, für euch zu sorgen, könnt ihr euch wiedersehen. Und solltet ihr dann immer noch so füreinander empfinden, wie ihr es jetzt tut, kann euch niemand mehr daran hindern, zusammen zu sein.«

Meine Brust wurde so eng, dass es schmerzte.

Jay stellte sich zwischen seinen Vater und mich. »In ein paar Jahren … Weißt du eigentlich, was du da sagst?«

»O ja, das weiß ich ganz genau.« Er legte Jay die Hände auf die Schultern. »Könnte ich die Zeit zurückdrehen, würde ich genauso handeln. Ich habe Lilly für immer verloren, weil wir uns keinen Tag missen wollten und dachten, wir könnten uns gegen die Owens behaupten.« Steve sah an Jay vorbei zu mir. »Glaubt mir, so hart das jetzt klingt, eure Geduld wird sich irgendwann auszahlen.« Er ließ Jay los und drückte im Vorbeigehen meine Hand, bevor er hinter der Milchglastür verschwand.

Meine Gedanken überschlugen sich. Alles, was ich im Moment wollte, war, bei Jay zu bleiben. Doch tief in meinem Inneren wusste ich, dass Steve recht hatte. Um unseren Kontakt zu unterbinden, würde Dad alles daransetzen, Jay zu schaden, und bestimmt würde ihm das auch irgendwie gelingen. Die Silvers hatten schon durch Johnson genug schwerwiegende Probleme. Vielleicht konnte ich ihnen helfen und Dad einen Deal vorschlagen. Wenn er den Silvers beistand und sich gegen Johnson einsetzte, war ich dazu bereit, nach Oxford zu gehen – nur dann.

Die Kings verabschiedeten sich von Jay, Finn, Paige und reichten auch mir die Hand. »Du bist in Ordnung, Tara«, sagte einer. Ein anderer zog mich sogar in eine Umarmung und tätschelte mir den Rücken.

Paige schmunzelte. »Jetzt werden schon die harten Kerle bei dir weich.«

»Was machen wir mit dem angebrochenen Abend?«, erkundigte sich Finn.

»Ich sollte besser nach Hause«, sagte ich und wandte mich Jay zu. »Dein Vater hat recht. Meine Familie wird sich gegen uns stellen. Wir sollten uns vorerst auf unser Studium konzentrieren und sehen, ob ...«

Noch während ich das sagte, machte er einen Schritt auf mich zu und presste seine Lippen auf meine. Meine Entschlossenheit schmolz dahin. Wir zwei, das fühlte sich richtig, gut und vollkommen an.

Jay knurrte an meinem Mund, löste sich von mir, ergriff meine Hand und zog mich mit sich fort. Wir verließen den Wartesaal, eilten durch die mittlerweile leeren Gänge und zum Ausgang hinaus.

Ich spürte Regentropfen auf meinem Gesicht und sah sie in den Lichtkegeln der Laternen, die den Parkplatz beleuchteten.

»Was habt ihr vor?«, rief Finn hinter uns.

Jay stoppte abrupt und drehte sich zu ihm um. »Wir wollen einfach mal für uns sein.« Er legte den Arm um mich und zog mich an seine Seite. Ich war mir sicher, er fühlte wie ich, dass wir dabei waren, uns zu verlieren.

Finn strich sich durch sein kinnlanges schwarzes Haar. »Versprich mir, dass du keinen Mist baust«, forderte er ihn auf.

»Versprochen«, erwiderte Jay. Er schlang auch den anderen Arm um mich und führte mich zu seinem Motorrad.

Wie beim letzten Mal reichte er mir seine Jacke, die ich ohne

Widerworte ergriff. Als ich hinter ihm aufstieg, sah ich zu Finn und Paige zurück. Sie nickte mir zu und lächelte.

Wir brausten davon, ließen erst das Krankenhaus und dann die Stadt hinter uns. Entlang des Ozeans fuhren wir immer tiefer in die Nacht. Es begann stärker zu regnen, was mich jedoch nicht im Geringsten störte. Ich zwang mich dazu, alle Gedanken an meine Familie und die Sorgen um Levy und die Silvers auszublenden. Die nächsten Stunden gehörten nur Jay und mir. Bis zu unserem Abschied konnte uns das niemand nehmen.

42. KAPITEL

Jay hielt außerhalb der Stadt an einem Strandabschnitt. Hier parkten zwei Autos, aber soweit ich es in der Dunkelheit ausmachen konnte, war niemand zu sehen.

»Einmal in der Woche gehe ich mit Finn und Levy surfen«, sagte Jay, saß nach mir ab und deutete einen kleinen Abhang hinab. »Wir helfen beim Surfverleih und wachsen die Bretter. Dafür dürfen wir ein paar Stunden lang wellenreiten.«

Ich hatte mich auch schon im Surfen versucht, war jedoch im Gegensatz zu Nate nur mittelmäßig. In unserem Bootshaus standen die verschiedensten Surfbretter herum. Er nutzte meistens ein und dasselbe.

»Möchtest du gerade hier sein?« Er neigte den Kopf zur Seite und musterte mich.

»Nirgendwo anders als bei dir«, erwiderte ich.

Der Regen nahm schlagartig zu, am Horizont zuckten Blitze. Wir waren ohnehin schon klatschnass. Wassertropfen rannen aus Jays Haar. Ich streckte die Hand aus und strich ihm die Strähnen aus der Stirn. Da ergriff er meine Hand, leuchtete mit dem Handy einen schmalen Pfad aus und lief vor mir die Düne hinab. Es war zu dunkel, um den Ozean erkennen zu können, die heranbrausenden Wellen waren jedoch deutlich zu hören. Gelegentlich erhellten Blitze die Umgebung und brachten die dichte Wolkendecke zum Erglühen. Das Gewitter kam näher. Lautes Donnergrollen ließ mich zusammenzucken.

Hand in Hand rannten wir durch den Sand. Obwohl ich erschöpft war und fror, genoss ich es, mit Jay hier zu sein. Solange er in dieser Nacht mit mir zusammen war, konnte ich sicher sein, dass er sich von Johnson fernhielt.

Zwischen zwei Dünen befand sich eine Holzhütte mit einer Terrasse. Alte Surfbretter waren an die Wände genagelt, bunt gestrichene Fensterläden schützten die Scheiben vor der Gischt. Jay tastete über einem Fenster den Rahmen ab und zog aus einer Vertiefung einen Schlüssel hervor. Triumphierend hielt er ihn in die Höhe und schloss uns die Tür auf.

»Michael hat bestimmt nichts dagegen, dass wir hier vor dem Gewitter Schutz suchen«, sagte er und bedeutete mir mit einer ausladenden Handbewegung, einzutreten.

Ich lächelte, machte einen Knicks und ging voran.

Als Jay die Tür hinter uns schloss und den peitschenden Regen aussperrte, fühlte ich mich gleich geborgen. Er schaltete die Lichtleiste an dem kleinen Tresen ein. In der Raummitte standen sich zwei alte Ledersofas gegenüber. Der Tisch zwischen ihnen war offenbar selbst gebaut, die Tischplatte bestand aus einem Surfbrett. Auf beweglichen Kleiderständern hingen Neoprenanzüge, in einem Regal, das über eine komplette Wand verlief, waren die unterschiedlichsten Bretter aneinandergereiht.

»Wie wäre es mit einem heißen Tee?«, fragte Jay.

»Das klingt gut.« Ich ging zu ihm hinter den Tresen.

Er füllte einen Wasserkocher und deutete auf ein Schubfach. »Dort findest du verschiedene Sorten.«

Ich öffnete es, sah aber nur allerlei Krimskrams, unter anderem eine Schere, Zwirn, einen Leimstift, Büroklammern, und eine Packung Kondome. Bei ihrem Anblick stutzte ich.

»Nein, ich meinte die Schublade daneben«, sagte Jay.

Ich hob die Augenbrauen, schob das Fach zu und öffnete das linke. Hier waren einige Tees zu finden. Ich entschied mich für Zitrone-Ingwer, nahm zwei Beutel heraus und wandte mich ihm wieder zu.

Jay hatte sein T-Shirt ausgezogen und wrang es über dem Waschbecken aus. Er stand seitlich zu mir. Die Sehnen an seinem Unterarm traten hervor. Seine Muskeln formten sich unter seinen Bewegungen. Ich schluckte.

»Wir müssen aus den nassen Sachen raus.« Er streifte seine Boots ab und begann sich die Jeans aufzuknöpfen. Ihm schien überhaupt nicht bewusst zu sein, was er damit in mir auslöste. Vorhin hatte ich gefroren. Jetzt war mir plötzlich viel zu heiß.

Er ließ seine Jeans achtlos auf dem Boden liegen und ging, nur noch mit einer schwarzen engen Boxershorts bekleidet, zur Tür. Dort nahm er Decken von den übereinandergestapelten Stühlen und warf mir eine zu.

Ich fing sie auf und zog die Lederjacke aus. Sie hatte meine Bluse größtenteils trocken gehalten, nur vorn, wo ich sie offen getragen hatte, war der Stoff durchnässt.

Jay war wieder bei mir, nahm zwei Tassen aus dem Regal und goss heißes Wasser über die Teebeutel. Dann wandte er sich mir zu und lächelte mich an.

Ich hatte bisher die drei obersten Knöpfe meiner Bluse geöffnet und hielt inne. Als sein Blick auf meinen Ausschnitt fiel, schoss mir Hitze in die Wangen. Ahnte er, wie unerfahren ich war?

Sein Lächeln verschwand. Er sah mir in die Augen und schob seine Hand in meinen Nacken.

»Bitte glaube nicht, ich hätte dich hergebracht, um …« Er stockte.

»Weshalb hast du mich hergebracht?«, flüsterte ich und legte ihm meine Hände auf die nackte Brust. Seine Körperwärme übertrug sich auf meine Finger, strömte meine Arme hinauf und erfüllte meinen gesamten Körper mit einem Kribbeln.

»Ich habe dich hergebracht, weil du schon dabei warst, dich von mir zu verabschieden, und ich das nicht hinnehmen wollte«, erwiderte er mit rauer Stimme. »Und wir sind hier, da mir kein anderer Ort eingefallen ist, an dem wir ungestört sind.«

»Du hättest keinen besseren aussuchen können«, sagte ich und strich mit den Fingern bis zu seinem flachen Bauch. Er streichelte mir über die Stirn, die Schläfe, die Wange bis zum Hals.

»Ich will mich nicht von dir verabschieden, Prinzessin.«

»Uns bleibt wohl vorerst keine andere Wahl, wenn wir uns nicht komplett verlieren wollen.«

Er ließ mich los, trat zurück, nahm seine Tasse und lief zu einer Ledercouch. Dass er wieder auf Distanz ging, hinterließ in meinem Bauch ein hohles Gefühl. Dabei waren wir noch im selben Raum, bisher lag kein Ozean zwischen uns.

Ich zog hastig meine nassen Sachen aus und hüllte mich

in die Decke. Ohne zu ahnen, dass Jay mich heute in Unterwäsche zu sehen bekommt, war meine Wahl am Morgen auf das schwarze Spitzen-Set gefallen, das mir besonders gut gefiel.

Mit meiner Teetasse ging ich zu ihm. Ich wollte ihm so nah wie möglich sein und mich an ihn schmiegen, damit wir uns gegenseitig wärmten. Da er mich nicht einmal ansah, setzte ich mich auf die andere Couch, ihm gegenüber.

Jays Decke lag unberührt neben ihm. Er hatte sich zurückgelehnt, hielt seine Tasse in beiden Händen und beobachtete den aufsteigenden Dampf.

»Wo siehst du dich in fünf Jahren?«, fragte er, ohne aufzusehen.

Ich biss mir auf die Lippe und überlegte. Das leere Gefühl breitete sich weiter aus. »Ich weiß es nicht«, flüsterte ich schließlich.

Er hob den Kopf. »Welche Ziele hast du?«

Ich zuckte mit den Schultern. »Mal schauen, was sich nach dem Studium ergibt. Es bestehen verschiedene Möglichkeiten. Ich könnte Öffentlichkeitsarbeit leisten, verschiedene Veranstaltungsformate organisieren, als Politikredakteurin arbeiten ...«

»Tara.« Jay sprach meinen Namen so wütend aus, dass ich zusammenzuckte.

Er stellte seine Tasse auf dem Tisch ab und seufzte. »Du hörst dich an, als würdest du mir aus einem Werbeprospekt für Politikwissenschaften vorlesen.«

Ich wich seinem Blick aus und trank einen Schluck.

»Es macht mich fertig, wenn ich daran denke, dich eine Weile nicht zu sehen und dass du in der Zwischenzeit vielleicht alles verdrängt hast, was dich ausmacht«, sagte er. »Ich habe Angst, die Tara zu verlieren, in die ich mich verliebt habe.«

Er stand auf, ging ein paar Schritte und blieb mit dem Rücken mir zugewandt stehen.

Ich starrte ihn an. »Also willst du mich gar nicht erst wiedersehen?«, kam es mir stockend über die Lippen. Ich setzte die Tasse ab, stand auf und ging auf ihn zu. Die Decke hielt ich wie einen Schutzschild um mich.

Jay fuhr zu mir herum. »Ich will dich gar nicht erst aufgeben müssen, verdammt.« Plötzlich war er bei mir und schlang die Arme um mich. »Und vor allem will ich nicht, dass *du* dich aufgibst – für niemanden.« Er zog mich an sich und küsste mich auf den Scheitel. »Schon gar nicht meinetwegen.«

Er hielt mich und ich klammerte mich an ihn. Erst fühlte ich blanke Verzweiflung, dann wurde ich mir unserer Nähe bewusst. Wir trugen nur Unterwäsche. Die Decke lag über meinen Schultern und dem Rücken. Unsere fast nackten Körper schmiegten sich aneinander, Haut an Haut.

Jay schien sich auch darüber klar zu werden. Er rührte sich nicht mehr, sein Körper spannte sich merklich an.

»Soll ich dich loslassen?«, flüsterte er an meinem Ohr. Sein Atem streichelte mich und ich fühlte die Auswirkungen bis in die letzten Nervenenden.

Ich wollte nicht, dass er mich losließ. Im Gegenteil: Ich sehnte mich nach seinen Berührungen und bettelte nach mehr, indem ich mein Gesicht in seine Halsbeuge presste und ihn dort küsste.

»Gott, Tara. Du spielst mit dem Feuer.«

Als Antwort glitt ich mit den Händen in seinen Nacken und vergrub sie in seinen Haaren. Gleichzeitig stellte ich mich auf die Zehenspitzen und presste meine Lippen auf seinen Mund.

Falls das überhaupt möglich war, drückte er mich noch enger an sich. Ich spürte seine Härte zwischen uns, wobei sich mein Unterleib prickelnd zusammenzog. Alles in mir schrie nach ihm. Nie zuvor hatte ich mich nach etwas so sehr gesehnt.

Jay unterbrach unseren Kuss und wich ein wenig zurück. Seine Augen glühten. Er erhitzte mich allein durch seinen intensiven Blick. »Du hast keine Vorstellung davon, wie sehr ich dich will«, brachte er heiser hervor. »Aber ich habe nicht damit gerechnet, dass wir heute hier landen werden.« Er schloss die Augen und atmete tief durch. »Ich habe nichts dabei.«

Ich schmunzelte, ließ ihn los und ging wieder hinter den Tresen. Dort öffnete ich das Schubfach, nahm die Kondompackung heraus und hielt sie triumphierend in die Höhe.

Jay lachte und kam zu mir. Er nahm mir die Schachtel aus der Hand und grinste. »Ich hatte keine Ahnung, dass Michael die hier aufbewahrt.«

Wärme breitete sich in meiner Brust aus. »Dann bringst du also nicht regelmäßig Mädchen hierher?«

Er wandte sich von mir ab, ging zur Couch, blieb vor dem Tisch stehen und warf die Packung darauf. »Das ist nicht meine Art, Prinzessin.«

Wir sahen uns in die Augen, näherten uns langsam wieder einander an. Als sich unsere Lippen erneut fanden, gab es für uns kein Halten mehr. Jay packte mich an den Oberschenkeln und hob mich hoch. Die Decke glitt von meinen Schultern, als ich die Beine um seine Mitte schlang und mich an ihn presste.

Ich merkte, wie er kurz zusammenzuckte. Seine Rippe bereitete ihm offenbar immer noch Schmerzen. Ich stellte mich auf die Couch. Dadurch war ich sogar ein klein wenig größer als er.

Ich streichelte sein seidiges Haar, bedeckte sein Gesicht mit Küssen. Jay strich meinen Rücken hinab und öffnete mit nur einer Hand meinen BH. Ich sollte ihm sagen, dass es für mich das erste Mal war. Doch ich wollte nicht, dass er aufhörte, wollte Jay genau so, wie er in diesem Moment war. Wild, ungestüm, leidenschaftlich.

Als seine Lippen meinen Hals hinabwanderten, erschauderte ich. Seine Hände fanden meine Brüste, weshalb ich unwillkürlich den Atem anhielt. Mit seiner Zunge trieb er jede einzelne Zelle meines Körpers in den Wahnsinn. Meine Beine wurden weich und gaben nach. Doch Jay fing mich auf und legte mich sanft auf die Couch. Das Leder unter mir war kalt und bildete den Kontrast zu Jays erhitztem Körper über mir.

Jays Hände waren überall. Ich bildete mir ein, seine Fingerkuppen so intensiv zu spüren, dass ich seine Fingerabdrücke unter Hunderten von anderen wiedererkennen würde. Sanft fuhr ich mit den Nägeln seinen Rücken hinab und spürte seine Gänsehaut. Ich drückte den Rücken durch, wand mich unter ihm. Mit den Händen glitt ich unter den Bund seiner Boxershorts, krallte sie in seinen Hintern und versuchte, ihn noch näher an mich zu ziehen.

Er atmete schwer, stand auf, zog seine Shorts aus und streifte sich ein Kondom über. Währenddessen entledigte ich mich meines Slips und machte es mir auf der Couch bequem.

Er lächelte schelmisch, als er sich langsam wieder auf mich sinken ließ. Da ich ihn nun vollkommen nackt auf mir spürte, konnte ich ein Stöhnen nicht länger unterdrücken und Jay schien dieser Moment auch den letzten Rest seiner Selbstbeherrschung zu kosten.

Wir küssten uns, als wäre Atmen völlig überflüssig. Seine Zunge teilte hungrig meine Lippen und ich hieß sie herzlich willkommen. Er presste seine Hüften gegen meine und ich schlang die Beine um ihn. Ich sagte seinen Namen, während er meinen an meinem Hals flüsterte. Und dann drang er mit einer schnellen Bewegung in mich ein.

Ich zuckte unter dem stechenden Schmerz zusammen und Jay erstarrte. Er stützte sich auf seine Hände und sah mich an. In seinen bernsteinfarbenen Augen las ich Verwirrung.

»Bitte, hör nicht auf.« Ich legte ihm die Hände in den Nacken und zog seinen Kopf langsam zu mir herab.

Er lehnte seine Stirn gegen meine, zögerte. Als ich mit den Lippen einladend über seinen Mund streifte, atmete er zitternd aus und küsste mich sanft. Ein nie zuvor empfundenes Glücksgefühl brach über mich herein. Das Blut in meinen Adern fühlte sich an wie flüssige Lava.

Während wir miteinander verschmolzen, verbarg er sein

Gesicht an meinem Hals. Ich hielt mich an ihm fest und er sich an mir. Dies konnte unmöglich unser Ende sein. Es fühlte sich nicht wie ein Abschied an, sondern wie der Beginn von etwas Großem. Bisher hatte es außerhalb meiner Vorstellungskraft gelegen, eine so tiefe Verbindung zu einem Menschen zu spüren. In dieser Nacht schenkte ich Jay mein Herz und ich klammerte mich an die Hoffnung, dass es nicht zerbrach.

43. KAPITEL

Nur langsam fand ich in die Wirklichkeit zurück. Unser beider Atem ging immer noch stoßweise. Ich war körperlich und emotional erschöpft, und dennoch fühlte ich mich, als könnte ich Berge versetzen.

»Wieso hast du es mir nicht gesagt? Es war dein erstes Mal, oder?«, fragte Jay.

Wir lagen einander zugewandt. Er hatte die Decke um uns geschlungen, hielt mich in seinen Armen und küsste mich auf die Stirn.

»Hätte es einen Unterschied für dich gemacht?«

Er stemmte sich auf den Ellenbogen, stützte seinen Kopf und sah mich an. »Natürlich. Ich hätte viel vorsichtiger sein müssen. Wenn ich geahnt hätte, dass du noch nie ...«

Ich legte ihm meine Finger auf die Lippen. »Für mich war es so perfekt, wie es war. Anders hätte ich es nicht gewollt.«

Er lächelte. Sein Blick war so liebevoll, dass es mir vor Glück beinahe das Herz zerriss. Jay hatte mir gestanden, sich in mich verliebt zu haben, und in diesem Moment spürte ich es bis in den letzten Winkel meiner Seele.

»Ich liebe dich«, flüsterte ich.

Sein Lächeln verschwand aus seinem Gesicht, doch seine Augen erstrahlten. »Dann bleib bei mir.«

»Ich muss gehen, um dich zu schützen.«

Er schüttelte den Kopf. »Ich kann allein auf mich aufpassen, Prinzessin.«

Noch vor ein paar Wochen hatte ich *Prinzessin* wie eine Beleidigung aufgefasst. So sanft, wie er es aussprach, empfand ich es inzwischen als Kosewort.

»Du hast mich vorhin gefragt, welche Ziele ich habe«, sagte ich und streichelte über seine Wange. »Vielleicht hilft es mir beim Planen, wenn du mir deine verrätst.«

Jay setzte sich auf, griff nach meiner Hand und verschränkte seine Finger mit meinen. »Ich möchte mich später auf Fälle von Menschen spezialisieren, die sich keinen Anwalt leisten können. Es kam schon zu vielen Fehlurteilen, weil ein angemessener Rechtsbeistand fehlte. Mein Großvater ist dafür ein gutes Beispiel.«

Ich setzte mich ebenfalls auf. »Wurde ihm kein Pflichtverteidiger gestellt?«

»Doch, schon. Aber damit führte man ihm auch vor Augen, dass er der einzige Verdächtige war. Für einen Anwalt, der der Wahrheit hätte auf den Grund gehen können, fehlte meinem Großvater das Geld. Abgesehen davon hatte er gegen den einflussreichen Owens-Clan sowieso nicht die geringste Chance.«

Ich betrachtete unsere miteinander verwobenen Finger. »Es wird wahrscheinlich niemals herauskommen, was damals wirklich passiert ist«, sagte ich mehr zu mir selbst.

»Sobald ich meinen Abschluss in der Tasche habe, werde ich Akteneinsicht verlangen. Es sind zu viele Jahre vergangen, um noch jemand anderen im Nachgang verurteilen zu können. Aber ich werde mein Bestes geben, zumindest eine Entschädigung für meinen Großvater herauszuschlagen. Dass man ihn für Lillys Tod verantwortlich macht, wird ihm bis zu seinem Tod zu schaffen machen. Er hat sie wie eine eigene Tochter geliebt.«

Ich lehnte mich an ihn. »Du wirst ein guter Anwalt werden, da bin ich mir sicher. Und dann kannst du auch gegen Cliff Johnson gerichtlich vorgehen.«

Er küsste mich auf die Schläfe. »Ich fürchte, bei Johnson muss mir früher etwas einfallen.« Er stand auf, ging zum Tresen, hob die Jeans auf und fischte sein Handy aus der Tasche. Während er mit seinem Dad telefonierte und sich nach Levys Zustand erkundigte, lief er im Raum auf und ab. Es schien ihn nicht zu stören, dass ich ihn dabei beobachtete, obwohl er splitterfasernackt war.

Als er den Anruf beendet hatte, kroch er wieder zu mir unter die Decke.

»Wie geht es Levy?«

»Unverändert, aber stabil.«

Er öffnete meine Hand und zeichnete mit dem Zeigefinger die Linien meiner Handinnenfläche nach. Es fühlte sich an, als würde er kleinste elektrische Impulse auf mich übertragen.

»Sag bloß, du kannst handlesen?«

Er schmunzelte. »Nur bei dir.«

»Und was siehst du?«

»Dass du dir ab heute von niemandem mehr vorschreiben lässt, wie deine Zukunft auszusehen hat. Du tust das, was dir wichtig ist, woran du selbst glaubst und was dich glücklich macht.« Er küsste meine Handinnenfläche und sah mich dann an.

»Du machst mich glücklich«, flüsterte ich.

Er senkte seinen Kopf, seine Lippen näherten sich langsam meinen. »Wenn du mich lässt, bin ich an deiner Seite.«

Die Wärme seiner tiefen Stimme erreichte mich mitten im Herzen. Ich beugte mich ihm entgegen, bis unsere Lippen aufeinandertrafen und sanft miteinander verschmolzen.

Jay hob mich auf seinen Schoß, streichelte mit einer Hand meinen Rücken hinab und fasste mit der anderen in mein Haar. Seidig weich forderte seine Zunge meine zu einem verführerischen Spiel heraus, bevor wir uns noch einmal im Strudel der Leidenschaft verloren.

Von irgendwo weit weg hörte ich Jays Handy klingeln. Er seufzte, hatte seine Arme samt der Decke um mich geschlungen. Ich lag mit dem Rücken an ihm und drehte mich zu ihm um.

»Guten Morgen.« Ich hob den Kopf und küsste ihn auf die Wange.

Er blinzelte, öffnete schließlich die Augen und begrüßte mich mit seinem unwiderstehlichen Lächeln.

Sein Handy hatte aufgehört zu klingeln, meldete sich jetzt aber erneut.

»Es scheint wichtig zu sein«, sagte er, küsste mich auf die Stirn und stieg über mich hinweg. Er ging zum Tresen, auf dessen Anrichte sein Handy lag.

»Finn, was gibts?«

Sein Kopf fuhr zu mir herum. Er sah mich mit großen Augen an und schien mit einem Schlag hellwach zu sein.

Ich setzte mich auf, hielt die Decke vor meine Brust. »Was ist los?«

»Bist du ganz sicher?«, fragte er Finn. Während er ihm lauschte, las er meine Sachen zusammen und reichte sie mir. Eine wortlose Aufforderung, mich anzuziehen.

Ich tat es sofort, ließ ihn dabei nicht aus den Augen.

»Beruhige dich. Tara und ich klären das. Ich fahre dann ins Krankenhaus, um Dad bei Levy abzulösen. Wir sehen uns später.« Er legte auf, fuhr sich durch die Haare und sah mich an. »Dein Vater hat die Cops eingeschaltet. Sie stellen gerade ganz Dorchester auf den Kopf, um dich zu finden.«

Einen Moment lang war ich wie erstarrt. Dann fischte ich mein eigenes Handy aus der Hose und schaltete es ein. Den verpassten Anrufen und eingegangenen Nachrichten schenkte ich keine Beachtung, sondern wählte sofort Dads Nummer.

»Wo steckst du?«, meldete er sich zu Wort. Er klang wütend, aber auch irgendwie müde.

»Ich komme jetzt nach Hause, du kannst die Polizei also zurückpfeifen.«

Jay beobachtete mich und zog sich dabei hastig an.

»Warum tust du uns das an, Tara?«

»Das sollten wir dann in Ruhe besprechen«, erwiderte ich und beendete den Anruf. »Ich fasse es nicht«, sagte ich und legte die Decke zusammen.

Wir räumten auf und verließen wenig später die Hütte. Unsere Klamotten waren noch nass. Immerhin hatte es aufgehört zu regnen. Es dämmerte.

Hand in Hand liefen wir am Strand entlang und sprachen kein Wort. Die Schleierwolken am Himmel waren vom Morgenrot umgeben und wirkten zum Greifen nah. Das sanfte Licht spiegelte sich auf dem Ozean wider, dessen Wellen weiße Gischt vor sich hertrieben und rauschend ans Ufer brandeten. Die Kulisse war wunderschön, Jay schien sie jedoch nicht wahrzunehmen. Er hielt den Kopf gesenkt und den Blick zu Boden gerichtet. Unsere Sorgen waren mit dem anbrechenden Tag zurückgekehrt.

»Wie geht es jetzt für uns weiter?«, fragte er, als wir bei seinem Motorrad ankamen.

»Ich weiß es nicht. Unfassbar, dass Dad die Polizei eingeschalten hat, nur weil ich mal ein paar Stunden weg war. Er reagiert, als hätte ich mich tagelang nicht sehen lassen.«

Jay nahm mich in die Arme. »Versprich mir nur, dass du dich nicht aufgibst.«

»Ich gebe mein Bestes. Vorerst kann ich nur versuchen, noch mal mit meinem Dad zu reden, ihm alles zu erklären und ihm meinen Standpunkt klarzumachen.«

»Warum habe ich gerade das Gefühl, dass wir uns nicht wiedersehen?« Jay hielt mich fester.

Er sprach das aus, wovor ich die größte Angst hatte. Ich stellte mich auf die Zehenspitzen und küsste ihn, als wäre es das letzte Mal, dass ich die Gelegenheit dazu bekommen würde. Mit all meinen Sinnen konzentrierte ich mich auf seine weichen Lippen, um nie zu vergessen, wie sie sich angefühlt hatten – wie wir uns angefühlt hatten. Der Gedanke, Jay zu verlieren, schnürte mir die Kehle zu.

»Ich ruf dich heute Nachmittag an«, versprach ich atemlos, nachdem wir uns voneinander gelöst hatten.

Jay sah mich an, und doch hatte ich den Eindruck, er sah durch mich hindurch. Er öffnete den Mund, als wollte er mir noch etwas sagen. Aber er schwieg. Mit der Hand strich er meinen Arm hinab, hielt kurz meine Hand und wich dann langsam zurück, bis unsere Finger auseinanderglitten.

Er setzte sich auf die Maschine und startete den Motor. Ich saß hinter ihm auf und schmiegte mich an ihn. Jay hatte mir wieder seine Jacke überlassen und ich wollte ihn zumindest mit meinem Körper wärmen.

Durch die nassen Sachen fühlte sich der Fahrtwind noch kälter an. Ich bettete meinen Kopf auf seine Schulter und schloss die Augen. Es war ungewiss, wohin uns die Fahrt in die Realität führte.

Wir erreichten die Stadt. Jay fuhr zwischen den Autos, die um diese frühe Uhrzeit schon unterwegs waren, Slalom. Da ertönte hinter uns plötzlich eine Sirene.

Er sah in den Rückspiegel und ich blickte mich nach dem Streifenwagen um. Erst dachte ich, wir wären zu schnell gefahren. Doch als Jay am rechten Straßenrand hielt, kam ein weiterer Polizeiwagen mit eingeschalteter Sirene von der anderen Seite der Kreuzung herangeprescht und stellte sich vor uns quer.

Vor und hinter uns sprangen Polizisten aus den Autos und zogen ihre Dienstwaffen.

»Runter von der Maschine und Hände über den Kopf!«, schrie einer.

Das alles geschah so schnell, dass ich gar nicht gleich realisierte, was hier passierte. Ich kam erst wieder richtig zu mir, als sie Jay von mir wegzerrten.

»Sind Sie okay, Miss?«

»Was?« Ich starrte den Polizisten, der mich zu einem der Streifenwagen drängte, verwirrt an.

»Sie sind jetzt in Sicherheit.« Er öffnete mir die hintere Wagentür.

Ich riss mich von ihm los und sah mich nach Jay um. Er lag bäuchlings auf dem Boden, hielt die Hände über dem Kopf verschränkt. Einer der Cops tastete ihn ab, während zwei andere ihre Waffen auf ihn richteten.

»Nein!«, schrie ich. »Das ist ein Missverständnis!« Ich wollte zu ihm rennen, wurde aber von dem Polizisten, der neben mir stand, festgehalten.

Sie legten Jay Handschellen an, beachteten meine Zurufe nicht. Zwei zogen ihn auf die Beine. Obwohl er sich nicht wehrte, drückten sie ihn brutal gegen den Wagen.

»Jay …« Ich versuchte verzweifelt, mich aus dem Griff des Mannes zu winden, lieferte mir mit ihm einen regelrechten Kampf.

»Ich regle das«, rief Jay mir zu. »Mach dir keine Sorgen.«

Als sie ihn auf die Rückbank drängten, begegneten sich unsere Blicke. Und dann musste ich hilflos dabei zusehen, wie zwei Cops mit ihm davonfuhren.

44. KAPITEL

»Er hat nichts getan«, beteuerte ich zum hundertsten Mal.

Ich saß auf der Rückbank des Streifenwagens. Nachdem die Polizisten mich darüber informiert hatten, dass Dad gegen Jay Anzeige erstattet hatte und sie mich jetzt zu meiner Familie brachten, wurde ich von ihnen gänzlich ignoriert.

Ich schrieb Paige eine Nachricht, in der ich ihr schilderte, was passiert war und wo sie Jays Motorrad finden konnten. Während ich auf ihre Antwort wartete, fiel mir das Handy fast aus der Hand, so sehr zitterte ich.

Wir erreichten die Einfahrt zur bewachten Wohnsiedlung. Die zwei Pförtner winkten den Streifenwagen umgehend durch. Es schien sich herumgesprochen zu haben, dass die Cops mich nach Hause brachten.

Das Tor zu unserem Grundstück schwang in dem Moment auf, als wir vorfuhren. Dad stand schon vor der Tür auf dem Absatz der Eingangstreppe. Nate kam heraus, als der Wagen vor dem Haus hielt. Er eilte die Stufen herab auf mich zu. Wir fielen uns in die Arme.

»Bist du okay?«, fragte er.

»Nichts ist okay. Ich verstehe gerade die Welt nicht mehr.«

Artus und Karuso kamen seitlich neben dem Haus angelaufen. Sie bellten, wurden aber sofort von Dad zurückgepfiffen und trotteten wieder ab. Er nickte den beiden Männern zu und bedankte sich bei ihnen. Daraufhin verabschiedeten sie sich, stiegen ein und fuhren davon.

»Was passiert hier?«, brach es aus mir heraus. Ich nahm zwei Stufen auf einmal und baute mich vor ihm auf.

»Komm ins Haus«, sagte er, drehte sich um und ging hinein.

»Aus welchem Grund wurde Jay verhaftet?« Ich eilte ihm nach und hielt ihn am Arm zurück.

»Ist dir eigentlich klar, dass wir uns deinetwegen große Sorgen gemacht haben?« Er wurde bei jedem Wort lauter.

»Dafür gab es keinen Grund.«

»Keinen Grund?« Jetzt schrie er. »Immer wieder habe ich euch erklärt, wie gefährlich die Road Kings sind, und da gehören die Silvers bekanntermaßen dazu.« Er deutete mit einer abfälligen Handbewegung an mir hinab. »Sieh dich an. Du trägst sogar ihre Jacke.« Er hob den Finger, seine Wangenmuskeln zuckten. »Das werde ich nicht dulden. Wenn herauskommt, dass meine Tochter sich mit Verbrechern abgibt, habe ich die Presse am Hals. Das kann mich mein Amt kosten, Tara.«

Ich verengte die Augen. »Was genau macht sie für dich denn zu Verbrechern? Könnten sie etwas über unsere Familie preisgeben, das nicht ans Licht kommen darf?«

Dad machte einen Satz auf mich zu. »Dean Cox hat meine Schwester auf dem Gewissen, ebenso wie sein Sohn, der uns Lilly entrissen hat. Es entehrt deine Tante, dass du dich mit diesen Leuten abgibst.«

»Wieso habt ihr uns nie davon erzählt?«, fragte Nate.

»Weil wir diese Tragödie nie verwunden haben. Euer Grandpa ist seitdem ein gebrochener Mann.«

Ich atmete tief durch. »Warst du damals dabei, als das Unglück passierte?«

Er hob das Kinn. »Ja, das war ich.«

»Und hast du mit eigenen Augen gesehen, wie Tante Lilly starb?«

Er rieb sich die Brust. Seine Antwort kam zögernd und deutlich ruhiger. »Ich werde den Anblick meiner Schwester nie vergessen. Sie lag leblos vor mir. Überall war Blut.« Er schloss die Augen, als wollte er die Erinnerung an ihren Tod aus seinen Gedanken vertreiben. »Es gibt kaum eine Nacht, in der ich nicht von ihr träume.«

Ich schluckte. Es war das erste Mal, dass ich seine Trauer um Lilly spürte.

»Aber hast du auch gesehen, wie sie stürzte?«

Er öffnete die Augen wieder, sah jedoch zu Boden. Sein Schweigen war mir Antwort genug.

»Wenn du es nicht gesehen hast, warum hast du dann gegen Dean Cox ausgesagt?«, flüsterte ich.

Nate stand noch immer neben mir und ergriff bestärkend meine Hand.

»Es gab genug Zeugen, die es gesehen haben«, antwortete Dad und straffte die Schultern.

Ich stieß die Luft aus. »Dann ist das deren Aussage und hätte nicht deine vor Gericht sein dürfen. So etwas nennt man Meineid.«

»Wenn es von mehreren Personen bestätigt wurde, ist es nicht gelogen«, entgegnete er und presste die Lippen zusammen.

Nate räusperte sich neben mir. »Aber heute hast du eindeutig gelogen, Dad. Warum behauptest du, Jay hätte Tara entführt, obwohl du weißt, dass das nicht stimmt?«

Ich riss die Augen auf, sah von meinem Bruder zu dem Mann, der mir als Vater völlig fremd geworden war. »Du hast Jay wegen Entführung angezeigt?«

Er rieb sich den Nacken. »Dieser Junge ist nichts für dich.«

Mir klappte der Mund auf. Ohne Nate loszulassen, wich ich vor Dad zurück. »Ich hatte ernsthaft darüber nachgedacht, mich auf einen Deal mit dir einzulassen und deine Forderungen zu erfüllen, damit du Jay in Ruhe lässt. Und dabei hatte ich noch nicht einmal ansatzweise geahnt, wie weit du gehen würdest.« Ich schüttelte unentwegt den Kopf. »Du bringst einen Unschuldigen hinter Gitter, nur weil du ihn für meiner nicht für würdig hältst!«

Ich ließ Nate los, rempelte Dad im Vorbeigehen an und durchquerte die Vorhalle. Da sah ich Grandpa am Eingang zur Küche stehen und hielt inne. Ich wartete darauf, dass er etwas sagte. Doch seine Miene blieb versteinert, sein Mund verschlossen. Daher ging ich weiter und rannte die Treppe hinauf.

Im ersten Stock kam mir Mom im Morgenmantel entgegen. »Tara, Schatz.« Sie schlang die Arme um mich. »Gott sei Dank, du bist wieder da.«

»Ich hatte Nate geschrieben, dass ihr euch keine Sorgen zu machen braucht«, entgegnete ich.

»Wenn du mit diesen Leuten verkehrst, ist es doch verständlich, dass wir Angst um dich haben.«

Ich seufzte und löste mich aus ihrer Umarmung. »Wie kannst du dir ein Urteil bilden, obwohl du sie nicht einmal kennst? Weißt du, dass Dad die Polizei eingeschaltet hat?«

Sie strich mir eine Haarsträhne hinters Ohr. »Nachdem du nicht bei dieser Werkstatt warst, gab es keine andere Möglichkeit, dich zu finden.«

Ich wich ihrer Berührung aus. »Jay war dabei, mich nach Hause zu fahren, als sie ihn meinetwegen verhaftet haben.«

Kopfschüttelnd wandte ich mich von ihr ab und lief in mein Zimmer. Ich musste schnell aus den nassen Sachen raus. Dann würde ich zum Police Department fahren, um Dads Anzeige zu widerlegen.

»Was hast du vor?«, erkundigte sich Nate. Er kam in mein Zimmer und sah mir dabei zu, wie ich mein Handy ans Ladekabel steckte und mich aus der nassen Jeans schälte.

»Kannst du mich aufs Revier fahren?«

»Das wird Dad nicht zulassen.« Nate setzte sich auf mein Bett. »Er hält die Zügel in der Hand und will uns seine Macht demonstrieren. Vorhin hat er unsere Kreditkarten sperren lassen.«

Wir sahen uns an. Geld hatte für uns nie eine Rolle gespielt, wir hatten immer mehr als genug davon. Für uns war es selbstverständlich gewesen. Und nun wollte Dad uns zeigen, dass wir von ihm abhängig waren. Solange wir kein abgeschlossenes Studium in der Tasche hatten, brauchten wir seine Unterstützung. Doch ich war an einem Punkt angekommen, an dem mir seine Machtspiele egal waren. Was auch immer das für mich bedeutete, ich spielte nicht mehr mit.

Ich ging vor Nate in die Hocke und legte meine Hände auf seine Knie. »Deine Situation ist eine andere als meine. Dad bestraft dich nur, weil du mir hilfst.«

Nate hob den Kopf. »Was versuchst du mir damit zu sagen?«

»Dass ich jetzt gehen muss. Ich kann nicht länger in diesem Haus bleiben.«

Er legte seine Hände auf meine. »Wohin willst du denn? Zu Jay? Ich erinnere dich ja nur ungern, aber er ist nicht zu Hause.«

»Darum werde ich mich als Erstes kümmern. Ich sorge dafür, dass er so schnell wie möglich freikommt.«

Nate stand auf, ich ebenfalls. »Dad wird nicht zulassen, dass du uns verlässt.«

»Er kann nichts dagegen tun, Nate.«

»Was, wenn er sich weigert, dein Studium weiter zu finanzieren?«

»Andere müssen es auch allein schaffen«, erwiderte ich. »Paige geht nebenher arbeiten, also kann ich das wohl ebenso. Außerdem habe ich gute Chancen auf ein Stipendium. Dr. Lorris wird mir sicherlich gern ein Empfehlungsschreiben aufsetzen.« Ich drückte den Rücken durch und spürte allein schon bei dem Gedanken an mein Vorhaben, wie sich der Knoten in meinem Bauch löste. Vor meinem inneren Auge sah ich Jay lächeln. Ich hatte tatsächlich Ziele und gestand mir endlich ein, was ich selbst wollte. »Politikwissenschaften interessieren mich nicht«, sagte ich und schnappte nach Luft. »Ich möchte Tierärztin werden.«

Nate starrte mich an. Doch dann umspielte seine Mundwinkel ein sanftes Lächeln. »Ich will nicht, dass du gehst«, flüsterte er.

Ich legte meine Hände auf seine Schultern. »Außer, dass ich nicht mehr hier wohne, wird sich nichts zwischen uns ändern. Das verspreche ich dir. Ich melde mich, damit du weißt, wo du mich finden kannst.«

Wir umarmten uns.

»Roberta wird es auch das Herz brechen, wenn du fortgehst«, flüsterte er.

»Nach dem Studium wäre es sowieso dazu gekommen«, entgegnete ich.

Nate wich zurück und verzog den Mund. »Okay, ich gebe auf. Mir gehen die Argumente aus.«

Ich lächelte. »Einen letzten Gefallen müsstest du mir bitte noch tun.«

»Was immer du willst, Schwesterchen.«

»Lenk Dad ab, damit ich das Haus unbemerkt verlassen kann.«

45. KAPITEL

»Gib mir zehn Minuten«, sagte ich zu Nate. »Ich ziehe mich nur schnell um. Dann schaust du, ob die Luft rein ist, und ich verschwinde.« Ich sah ihm an, wie traurig er war. Gleichzeitig wusste ich, dass er verstand, warum ich so handeln musste.

Hektisch fischte ich saubere Unterwäsche und Socken aus dem Schubfach der Kommode. Aus dem Schrank zerrte ich eine beliebige schwarze Jeans und sah dann Jays grauen Pullover. Ich nahm ihn an mich und schmiegte mein Gesicht in den Stoff, bevor ich mit den Sachen ins Badezimmer eilte.

In Windeseile putzte ich mir die Zähne. Als ich die Unterwäsche auszog, bemerkte ich im Slip ein wenig Blut und wusch es mit der Hand im Waschbecken aus, bevor ich ihn mit den anderen Sachen in den Wäschekorb warf. Bei dem Gedanken daran, wie nah Jay und ich uns in der vergangenen Nacht gekommen waren, verspürte ich sofort wieder ein prickelndes Ziehen im Unterleib.

Ich brauste mich notdürftig ab. Außer meinem Ausweis, dem Handy und den Sachen, die ich nun anzog, würde ich nichts aus meinem alten Leben mitnehmen. Alles, was ich besaß, gehörte eigentlich Dad, ich würde mich jedoch nicht länger von ihm kaufen lassen. Als ich mir Jays Pullover über den Kopf streifte, fühlte ich mich ihm gleich wieder näher.

Nate wartete in meinem Zimmer. »Dein Handy hat geklingelt.«

Ich zog es vom Kabel, wischte über das Display und rief die unbekannte Nummer zurück.

»Tara?«, meldete sich Finn zu Wort.

Ich hätte nicht gedacht, dass ich mal erleichtert sein würde, seine Stimme zu hören. »Habt ihr schon etwas erreichen können?«

»Wir wissen inzwischen, auf welches Revier sie Jay gebracht haben. Er durfte einen Anruf tätigen und hat sich bei Kelsey gemeldet. Der Professor ist auf dem Weg zu ihm. Steve und Dean haben wir noch nicht informiert. Sie haben mit Levy genug Sorgen am Hals. Wir wollen versuchen, Jay auf Kaution frei zu bekommen, bevor sie von seiner Verhaftung erfahren.«

»Woher nehmt ihr denn das Geld?«

»Die Kings legen zusammen und das meiste streckt Kelsey vor.«

»Vielleicht braucht es das gar nicht«, erwiderte ich. »Sie haben Jay meinetwegen verhaftet und ich werde klarstellen, dass da ein Missverständnis vorliegt. Könntest du mich abholen und zum Police Department fahren? Ich habe nicht einmal mehr Geld für ein Taxi.«

»Du und kein Geld?« Finn schnaufte zynisch.

»Wenn ich dieses Haus gleich verlasse, stehe ich vor dem Nichts.«

Es herrschte Stille.

»Finn?«

Er räusperte sich. »Wann und wo soll ich dich abholen?«

»So schnell wie möglich.« Ich gab ihm die Adresse durch. »Wir treffen uns vor dem Pförtnerhaus.«

»Alles klar. Ich beeile mich.«

»Danke, Finn. Bis gleich.« Ich legte auf, nahm Jays Lederjacke vom Schreibtischstuhl und zog sie an. Beim Blick ins Schuhregal entschied ich mich für meine knöchelhohen Boots, da sie am robustesten waren. Das Handy stopfte ich zusammen mit dem Kabel und meinem Ausweis in die Jackentasche. Dann sah ich mich ein letztes Mal in meinem Zimmer um.

Mir wurde wehmütig ums Herz. Dennoch wusste ich, dass es für mich die einzig richtige Entscheidung war. Die wunderschöne Aussicht aus meinem Fenster würde ich vermissen.

»Bereit, wenn du es bist«, sagte Nate, als ich mich ihm zuwandte.

Als wir gemeinsam zur Treppe liefen, hörten wir Mom und Dad streiten. In der Vorhalle war zum Glück niemand zu sehen. Ich vermutete, dass sie sich im Wohnzimmer aufhielten. Das machte es leichter, als ich gedacht hatte.

Kaum waren wir auf den untersten Stufen, kamen die Hunde angelaufen. Karuso und Artus bellten nicht und wuselten auch nicht wie sonst um mich herum. Vermutlich spürten sie, dass etwas anders war. Ich ging in die Hocke, um mich von ihnen zu verabschieden. Zu gern wäre ich noch schnell zu Bonny und den Welpen gegangen. Aber ich wollte das Risiko nicht eingehen, doch noch ertappt zu werden. Ich streichelte die beiden Rüden und küsste sie ins weiche Fell.

Schweren Herzens wandte ich mich von den Hunden ab. Mit ihnen ihm Schlepptau liefen wir zur Tür.

»Ich melde mich heute Abend bei dir«, sagte ich leise, legte die Hand auf den Türknauf und drehte ihn herum. Doch die Tür war verschlossen.

»Jetzt geht er wirklich zu weit«, sagte Nate und sah mich fassungslos an.

»Dann bleibt mir nur der Hinterausgang«, flüsterte ich. In diesem Moment verstummten die aufgebrachten Stimmen.

Mom erschien in der Vorhalle. Sie ging auf die Treppe zu, bevor sie uns an der Tür bemerkte und schlagartig stehen blieb.

»Was habt ihr vor?« Sie kam vorsichtig näher, als wären wir Wildtiere, die bei einer hastigen Bewegung aufschreckten.

»Ich muss jetzt gehen, Mom.«

»Du gehst nirgendwohin«, sagte Dad, der nun ebenfalls in der Vorhalle auftauchte. »Roberta hat das Frühstück fertig. Lasst uns essen.«

»Ist das dein Ernst?«, stieß ich aus. »Du willst einfach zur Tagesordnung übergehen, als wäre nichts passiert?«

Roberta erschien in der Küchentür und warf mir einen verunsicherten Blick zu. Ihr entging nichts in diesem Haus.

»Es ist alles vorbereitet«, sagte Grandpa. Er kam aus seinem Arbeitszimmer und reichte Dad ein Dokument, das dieser mit den Augen überflog. Von Nate und mir nahm er keinerlei Notiz.

»Gut, dann soll es so sein.« Dad nickte ihm zu. »Ich nehme morgen mit Tara den ersten Flieger.«

Sein selbstbewusster Ton brachte mein Blut zum Kochen.

»Ich fliege ganz bestimmt nicht mit dir nach England«, ließ ich ihn wissen und straffte die Schultern. »Du kannst nicht über mein komplettes Leben bestimmen.«

»Solange ich es finanziere, schon.«

Ich hatte darauf gewartet, dass er diesen Trumpf ausspielte. »Das brauchst du nicht länger zu tun.«

Seine Augenbrauen schnellten in die Höhe. »Ach? Dir ist aber schon klar, dass du dein Studium dann vergessen kannst?«

»Das Studium, das du für mich vorgesehen hast, interessiert mich sowieso nicht.«

Er schnappte nach Luft.

»Das reicht jetzt«, ergriff Grandpa das Wort und kam auf Nate und mich zu. »Ohne uns bist du nichts. Also komm zur Vernunft, Tara.«

»Kommt ihr bitte endlich zur Vernunft«, mischte Nate sich ein. »Nur weil ihr die Silvers nicht leiden könnt, muss das nicht heißen, dass Tara Jay deshalb nicht mögen darf. Er und sie können nichts für die Tragödie, die damals passiert ist. Da waren wir noch nicht einmal geboren.«

Grandpa stieß den Atem aus. »Eure Tante wäre noch am Leben, wenn es diese Familie nicht gäbe.«

Ich biss mir auf die Innenseite meiner Wangen, doch ich konnte die Wahrheit nicht länger leugnen. »Und ebenso könnte sie noch bei uns sein, wenn du ihre Beziehung zu Steve erlaubt hättest. Stattdessen habt ihr die beiden durch die halbe Stadt gejagt«, entgegnete ich.

Grandpa wurde innerhalb von Sekunden bleich. »Ist dir eigentlich bewusst, was du da sagst? Der Einfluss des Jungen bringt dich völlig um den Verstand.«

»Warum durften die beiden sich nicht verlieben?«, hakte ich nach.

»Lilly war mein Ein und Alles. Sie war minderjährig und er ihr Stiefbruder. Wenn ihre Beziehung herausgekommen wäre, hätte ich meine Kandidatur an den Nagel hängen können. Dann wäre unsere Familie nicht das, was sie heute ist.« Er schnaufte, redete sich in Rage. »Und Cox hat es doch nur darauf angelegt, mir zu schaden. Er hat die Beziehung der beiden nur geduldet, um sie gegen mich aufzubringen, denn er wusste, dass es mir das Herz brechen würde, wenn Lilly mit Steve zu ihm zog. Da Kate ihn für mich verlassen hatte, war das seine Rache.«

»Das hat sie gar nicht«, unterbrach ich ihn. »Dean sagte, er und Kate waren bereits getrennt, als sie mit dir zusammenkam. Und außerdem konnte er die Gefühle von Lilly und Steve nicht beeinflussen. Die beiden waren es, die sich ineinander verliebten.«

»Dean, du nennst ihn Dean?« Jetzt schrie er. »Wie oft bist du ihm schon begegnet? Hat er dich auch am Haken? Siehst du nicht, dass dieser Mann seine Tentakel nach dir ausstreckt, um sich an mir zu rächen? Er manipuliert dich, genau wie Lilly damals. Wie sie sich an ihn geklammert hat – als wäre nicht ich, sondern er ihr Vater. Ich musste sie ihm regelrecht entreißen, und selbst dann hat sie sich noch gegen mich gewehrt.«

Ich zuckte zusammen, verengte die Augen. »Wie kann Dean

für ihren Tod verantwortlich sein, wenn du sie ihm entrissen hast?«

Er sprach sich weiter in Rage und beschuldigte Dean, unsere Familie wieder spalten zu wollen. Auf meine Frage ging er nicht ein. Doch ich hatte nun das Bild vor Augen, wie er seine Tochter im Tumult aus Deans Armen zerrte.

»So ist es geschehen, nicht wahr?« Ich hob den Kopf und sah ihn an. »Es war nicht deine Absicht, Lilly wehzutun. Aber das Unglück passierte, als du sie Dean entrissen hast, sie sich gegen dich wehrte und dabei folgenschwer stürzte.«

Ich hatte es ganz ruhig und leise ausgesprochen. Da in diesem Moment im Raum eine Totenstille herrschte, hatten mich dennoch alle verstanden.

»So ein Unsinn«, sagte Dad und trat an Grandpa heran.

Dieser wirkte wie erstarrt. Zwar sah er mich an, schaute aber mit leerem Blick durch mich hindurch. »Es wäre nie so weit gekommen, wenn er sie mir nicht hätte wegnehmen wollen«, flüsterte er mehr zu sich selbst und bestätigte damit meine Vermutung. Für mich kam diese Aussage einem Schuldgeständnis gleich. Er wirkte wie in Trance.

Dad wich vor ihm zurück, seine Lippen bewegten sich, ohne dass er etwas sagte. Mom schlug sich die Hand vor den Mund und schüttelte unentwegt den Kopf.

»Geh, Schwesterchen«, wies Nate mich an. »Hier wird dich niemand mehr aufhalten. Dafür sorge ich.«

Ich sah ihn an. Er deutete mit dem Kinn Richtung Veranda und nickte mir bestärkend zu. Dad schien den ersten Schock überwunden zu haben und redete nun unentwegt auf Grandpa ein. Dieser machte allerdings nicht den Eindruck, als könnte er auch nur ein Wort von dem, was er sagte, aufnehmen. Seine Haltung war gebeugt, der Blick zu Boden gerichtet. Er schien mit einem Schlag um Jahre gealtert zu sein.

Mom klammerte sich an Dads Arm. Ihre Aufmerksamkeit lag auf den beiden, nicht auf Nate und mir.

Das war der Moment, in dem ich noch einmal Nates Hand drückte und mich schließlich davonschlich. Kurz blieb ich bei Roberta stehen, die mich hastig in eine Umarmung zog und dann mit Nachdruck Richtung Veranda drängte. Also rannte ich los.

Artus und Karuso begleiteten mich, als ich das Haus draußen halb umrundete. Ich hatte keinen Blick mehr für den riesigen Garten, in dem ich so viele Stunden meines bisherigen Lebens zugebracht hatte. Meine Gedanken waren einzig bei Jays Familie, die mein eigener Grandpa aus Eifersucht und Hass zugrunde gerichtet hatte. Nie würde es etwas geben, das diesen Verrat wiedergutmachen konnte.

Als ich die Einfahrt hinabrannte, befürchtete ich, sie würden die Haustür aufreißen und mich aufhalten. Doch nichts dergleichen geschah. Das Tor war verriegelt, ich war entschlossen, es zu überwinden. Gerade begann ich zu klettern, da sprang die Verriegelung mit einem elektrischen Surren auf.

»Danke, Brüderchen«, flüsterte ich und schlüpfte hindurch.

46. KAPITEL

»Miss Owens.« Einer der Security nickte mir zu, was ich im Vorbeilaufen erwiderte.

Finn wartete bereits neben dem Pförtnerhaus auf mich. »Cooles Outfit«, sagte er und deutete auf Jays Lederjacke.

»Hat sich inzwischen etwas Neues ergeben?«, erkundigte ich mich und saß hinter ihm auf.

»Nicht dass ich wüsste. Ich habe mich nach unserem Telefonat gleich auf den Weg gemacht. Was hat dich aufgehalten?«

»Frag besser nicht«, erwiderte ich und nahm den Helm, den er mir nach hinten reichte, entgegen.

Die zwei Wachmänner beobachteten uns irritiert. Einer griff zum Telefon. Ich konnte mir vorstellen, dass er meine Familie vorsichtshalber über den zwielichtigen Biker, der die Tochter des Hauses abholte, informieren wollte.

»Lass uns schnell verschwinden«, forderte ich ihn auf.

Finn lachte, salutierte den Männern und gab Gas.

So richtig konnte ich noch nicht begreifen, welche Wendung mein Leben soeben genommen hatte. Hätte mir das vor wenigen Wochen jemand vorausgesagt, hätte ich denjenigen für verrückt gehalten. Die Familie, in der ich aufgewachsen war, hatte nach außen hin eine tadellose Fassade, dabei war sie in Wahrheit völlig verkorkst. Es erschütterte mich, auf welch tragische Weise meine Tante so jung sterben musste – durch die Hand ihres eigenen Vaters. Ich konnte nicht fassen, wie er dieses Geheimnis derart lange mit sich herumtragen konnte. Obwohl er wusste, dass sie seinetwegen gestürzt war, hatte er Dean vorsätzlich beschuldigt. Er war anscheinend so blind vor Hass, dass er die Verantwortung tatsächlich nicht bei sich selbst sah.

Je länger die Fahrt dauerte, desto mehr stieg meine Anspannung. Was, wenn meine Aussage gegen die meines Dads kein Gewicht hatte?

Als wir das Police Department erreichten, krampfte sich mein Magen zusammen.

Finn parkte auf der gegenüberliegenden Straßenseite. »Danke, ab hier komme ich allein klar«, sagte ich, stieg ab und reichte ihm den Helm.

Er stellte den Motor aus. »Ich warte hier auf dich.«

»Das brauchst du nicht.«

»Ich warte hier auf dich«, wiederholte er.

Er schmunzelte und ich tat es auch. Bevor ich mich von ihm abwandte, atmete ich einmal tief durch.

»Äh, Tara«, rief Finn mir nach.

Ich blieb stehen und blickte zurück. »Ja?«

»Die Lederjacke solltest du besser bei mir lassen.« Jetzt grinste er mich breit an.

»Oh.« Ich sah an mir hinab, zog die Jacke aus und warf sie ihm zu.

»Hol Jay da raus.« Er zwinkerte mir zu.

Ich überquerte die verkehrsberuhigte Straße und ging auf den Eingang zu. Ob Jay überhaupt noch hier im Revier war? Allein die Tatsache, dass er zu den Road Kings gehörte, war für die Cops ein gefundenes Fressen. Und dass er wegen angeblichen Drogenbesitzes bereits Sozialstunden ableistete, hatten sie sicherlich auch registriert.

Beim Betreten des Police Departments gelangte ich in einen Vorraum mit einem Schalter. Eine leicht bekleidete, übertrieben geschminkte Dame diskutierte mit einem Cop, der hinter einer Glasscheibe saß. Gegenüber waren fünf Stühle an der Wand fixiert, auf zweien saßen Männer, die mich unverhohlen anstarrten. Ich blieb stehen und wartete ungeduldig, dass die Frau ihr Problem klärte.

Ein kurzer Gang führte vom Vorraum zu einer weiteren Tür, vor der eine Frau und ein Mann, beide uniformiert, standen. Sie unterhielten sich miteinander. Dabei schnappte ich den Namen meines Dads auf und wurde hellhörig.

»Der Nächste«, rief der Cop hinter der Glasscheibe, während zugleich die Frau schimpfend an mir vorbeilief.

Ich sah zu den wartenden Männern, von denen keiner Anstalten machte, aufzustehen. Daher trat ich an den Schalter.

»Guten Tag. Ich möchte eine Aussage zu Protokoll geben.«

»Weisen Sie sich aus«, forderte er mich auf. Ohne von seiner Tastatur aufzublicken, öffnete er zwischen uns ein Schubfach.

Mist, meinen Pass hatte ich in der Tasche der Lederjacke und somit bei Finn gelassen. Wenn ich jetzt erst wieder nach draußen lief, musste ich mich danach vielleicht erneut anstellen.

»Mein Name ist Tara Owens«, sagte ich. »Mein Vater ist Scott Owens.«

Der Mann sah auf und musterte mich. Seine Miene verriet, dass er mich sofort erkannte.

»Worüber möchten Sie eine Aussage abgeben?«, erkundigte er sich.

»Bezüglich der Festnahme von Jay Silver.«

Er räusperte sich und tippte auf der Tastatur herum. »Gehen Sie zu den Kollegen«, wies er mich an und deutete zu der Tür, vor der diese standen.

Ich nickte und kam seiner Aufforderung nach. Sie unterbrachen ihr Gespräch, als sie mich kommen sahen.

»Arme zur Seite ausstrecken«, wies die Frau mich an und begann, mich abzutasten.

Ihr Kollege musterte mich und nickte mir lächelnd zu. Es machte beinahe den Eindruck, er versuchte mit mir zu flirten.

»Alles klar«, sagte sie. »Folgen Sie mir.« Sie ging vor mir durch die Tür, die direkt in ein Großraumbüro führte. Stimmengewirr erfüllte den Raum, mehrere Telefone klingelten und auf Tastaturen wurde eingehämmert.

»Ich muss bitte mit dem zuständigen Ermittler im Fall von Jay Silver sprechen«, ließ ich sie wissen.

»Das bin ich«, sagte ein untersetzter Mann mit Halbglatze, der in diesem Moment an uns herantrat. »Detective Spooner«, stellte er sich vor und reichte mir die Hand. »Ich wurde bereits über Ihr Kommen informiert.« Er wies mir den Weg zu seinem Schreibtisch, der sich inmitten von vielen anderen befand.

»Bitte, nehmen Sie Platz.«

Ich setzte mich ihm gegenüber und betrachtete die aufgetürmten Akten. Die Luft war stickig und viel zu warm. Es waren eindeutig mehr Anwesende als Ventilatoren im Raum. Durch die Aufregung war meine Kehle trocken. Zu gern hätte ich etwas getrunken, aber er bot mir nichts an und ich wollte nicht danach fragen.

»Nachdem Jay Silver verhaftet wurde, habe ich heute Morgen schon mit Ihrem Vater telefoniert. Er sagte, Sie müssten erst einmal zu sich kommen, bevor Sie Aussagen zu der Entführung machen könnten. Deshalb überrascht es mich, Sie hier zu sehen.«

»Dann wird es Sie noch mehr überraschen, wenn ich Ihnen sage, dass ich gar nicht entführt worden bin.«

Seine Augenbrauen wanderten nach oben und reichten fast bis zu seinem nicht vorhandenen Haaransatz.

»Jay Silver wird zu Unrecht festgehalten und ich möchte Sie darum bitten, ihn unverzüglich freizulassen.«

Er sah mich verwirrt an. Statt mir etwas zu erwidern, setzte er seine Lesebrille auf und öffnete auf seinem Computer eine Datei. »Ich habe hier Jay Silvers Befragung vorliegen und bin gespannt, inwieweit diese mit Ihren Angaben übereinstimmen wird.« Er nahm ein Diktiergerät aus seinem Schreibtischschubfach, schaltete es ein und legte es vor mir auf den Tisch. Dann nannte er meinen Namen, Datum und Uhrzeit, bevor er mir auffordernd zunickte.

Obwohl ich nichts zu verbergen hatte, bekam ich feuchte

Hände. Detective Spooner achtete wahrscheinlich auch genau auf meine Körpersprache. Deshalb widerstand ich dem Drang, meine Hände an der Hose abzustreichen. Ich musste darauf vertrauen, dass Jay bei seiner Befragung die Wahrheit gesagt hatte und unsere Angaben am Ende übereinstimmten. Daher sah ich dem Detective in die Augen und begann zu erzählen.

Er faltete die Hände auf dem Tisch und hörte mir aufmerksam zu. Während ich ihm berichtete, wo Jay und ich in der vergangenen Nacht gewesen waren, warf er hin und wieder einen Blick auf seinen Computerbildschirm. Die intimen Details ließ ich aus, was Jay sicherlich ebenso getan hatte.

Als ich endete, sah Spooner mich über den oberen Rand seiner Brille an. »Wenn Sie freiwillig mit ihm zusammen waren, weshalb hat Ihr Vater dann eine Entführung gemeldet?«

»Weil er den Kontakt zu Jay Silver unterbinden möchte«, erwiderte ich wahrheitsgemäß.

»Warum das?«

»Mein Dad hat in Bezug auf meinen Freund andere Vorstellungen als ich.« Ich konnte hier nicht alle Fakten preisgeben. Hoffentlich hatte er mein kurzes Zögern nicht bemerkt.

Er schaltete das Diktiergerät aus. »Nun ja, dann wird die Anklage wohl fallen gelassen«, sagte er. »Allerdings muss ich vorher nochmals ihren Vater dazu anhören. Immerhin steht Ihre Aussage gegen seine.«

»Aber Jay kommt doch frei, oder?«

»Wie gesagt, erst muss ich mit Scott Owens sprechen.« Spooner nahm das Telefon zur Hand. Vermutlich wählte er Dads

Nummer. Wollte er nur mit ihm telefonieren oder bestellte er ihn her? Bei der Vorstellung, hier auf ihn zu treffen, wurde mir übel. Einerseits hoffte ich, dass er nicht ans Telefon ging, andererseits war es notwendig, um Jay freizubekommen. Für ihn würde ich nicht kampflos aufgeben. Und auf keinen Fall würde ich mich wieder von Dad nach Hause bringen lassen.

»Mr Owens, Detective Spooner hier. Es geht um Ihre Anzeige gegen Jay Silver. Ihre Tochter ist gerade bei mir und ...« Er stockte und hielt den Hörer etwas vom Ohr weg. »Ja, sie ist hier ... In Ordnung ...« Er senkte die Hand und sah das Telefon an. Anscheinend hatte Dad aufgelegt.

»Er macht sich sofort auf den Weg«, ließ er mich wissen und rieb sich die Nasenwurzel.

Ich runzelte die Stirn. Was, wenn Dad weiterhin log? Immerhin ging es hier um seine Authentizität und er würde sich sicherlich nicht von mir bloßstellen lassen. Als Bürgermeister hatte seine Aussage großes Gewicht. Allerdings war ich das angebliche Opfer und bestritt, es zu sein. Auch mir musste man glauben.

Es war kaum zu ertragen, dass Dad den Silvers in Bezug auf Johnson, einen hochgradig Kriminellen, nicht helfen wollte – dafür aber Jay, der offenkundig unschuldig war, anzeigte. Ich fühlte mich so hilflos. Als hätte Jay durch Johnson nicht schon genug Ärger. Dieser Mann hatte sehr deutlich gemacht, was passierte, wenn Jay ihm in die Quere kam. Und Levy würde ihn trotzdem niemals anzeigen, da er wusste, dass sonst die Silvers dafür büßen mussten. Wie man es auch drehte und wendete,

Johnson hatte die Silvers in der Hand. Sie konnten nichts gegen ihn tun.

Mein Blut schoss vor Verzweiflung und Wut spürbar heiß durch meine Adern. Ich blickte auf. Aber was, wenn ich es tat?

»Da gibt es noch etwas, das ich mit Ihnen besprechen möchte«, sagte ich zögernd.

Ich war hin- und hergerissen, ob ich gerade einen Fehler beging und vielleicht mehr Probleme schaffte, als sie zu lösen. Doch mein Entschluss stand fest. Ich musste es durchziehen.

Spooner setzte die Brille ab und faltete abermals seine Hände auf dem Tisch. Er sah mich erwartungsvoll an.

In meinem Magen grummelte es, mein Herz schlug unregelmäßig und meine Hände begannen zu zittern. Hier ging es um einen gefährlichen und gewalttätigen Mann. Doch ich war eine Owens und dieser Name hatte in Boston nicht zu unterschätzenden Einfluss. Also würde ich zumindest versuchen, Johnson Ärger zu machen.

Ich ballte die Hände zu Fäusten und streckte den Rücken durch. »Hiermit stelle ich Strafanzeige gegen Cliff Johnson.«

47. KAPITEL

Detective Spooner hatte das Diktiergerät wieder eingeschalten und ich erzählte ihm alles, was ich über Johnson wusste. Bezeugen konnte ich allerdings nur die Misshandlungen an seinem Sohn, dem er eigentlich durch eine gerichtliche Verfügung gar nicht zu nah kommen durfte.

»Waren Sie dabei, als er den Jungen angegriffen hat?«, erkundigte sich Spooner.

Ich zögerte. Da ich Johnson bei der Werkstatt der Silvers mit seinen Männern nur hatte ankommen sehen und nicht mehr dabei war, als er Levy zusammenschlug, schüttelte ich den Kopf.

»Einige Road Kings sind während der Tat dazugekommen und könnten genauere Angaben machen«, berichtete ich.

»Die Road Kings?« Sein abfälliger Tonfall gefiel mir nicht.

»Hören Sie: Johnson hat Levy gestern fast zu Tode geprügelt. Der Junge liegt im Krankenhaus auf der Intensivstation. Es sollte also keine Rolle spielen, wer die Tat bezeugt.«

Er lehnte sich zurück. »Zeugenaussagen nützen nichts, solange es keine Beweise für die Tat gibt. Um Johnson dauerhaft festnehmen zu können, brauchen wir aber genau die oder zumindest die Anzeige durch das Opfer. Ansonsten ist er auf Kaution nach wenigen Stunden wieder auf freiem Fuß.«

Ich seufzte. »Levy hat Angst vor seinem Erzeuger. Johnson droht ihm damit, seine neue Familie zu bestrafen.«

Spooner rieb sich mit der flachen Hand übers Gesicht. »Dann kann ich leider nichts machen. Und Sie kann ich auch nicht als Zeugin werten, da Sie die Tat nicht mit eigenen Augen gesehen haben.«

Er reichte mir eine Karte mit seiner Telefonnummer. »Falls Ihnen noch etwas einfällt, rufen Sie mich gern an. Vielleicht können Sie den Jungen dazu bringen, doch gegen seinen Vater auszusagen.«

»Seinen Erzeuger«, stammelte ich.

Der Detective verzog den Mund und nickte. Sein Blick glitt an mir vorbei. Er stand umgehend auf.

Ich brauchte mich nicht umzudrehen, um zu wissen, wer sich gerade näherte. Als Dad ihm über den Tisch hinweg die Hand reichte, zog ich den Kopf ein.

Jemand brachte einen weiteren Stuhl herbei und er nahm neben mir Platz. »Ich bin so schnell gekommen, wie ich konnte«, sagte er und sah mich dabei von der Seite an.

Ich starrte auf einen Aktenstapel.

»Ihre Tochter hat angegeben, dass sie nicht von Jay Silver entführt worden ist«, kam Spooner gleich zur Sache.

Dads Blick haftete weiterhin auf mir. »Nun, dann war das wohl von meiner Seite aus ein Versehen.«

Mein Kopf schnellte zu ihm herum.

»Bedeutet das, Sie ziehen die Anzeige zurück?«, hakte Spooner nach.

»So ist es«, antwortete er und legte mir behutsam seine Hand auf den Unterarm.

Ich schüttelte sie ab und stand wie vom Blitz getroffen auf. »Dann ist ja jetzt alles geklärt. Lassen Sie Jay frei?«

Er nickte. »Ich muss erst noch die erforderlichen Papiere ausfüllen und benötige Ihre Unterschrift«, sagte er an Dad gewandt.

»Vielen Dank.« Ich reichte ihm die Hand. »Wegen der anderen Sache werde ich mich bei Ihnen melden, sobald Levy vernehmungsfähig ist.«

Spooner nickte abermals.

»Welche andere Sache?«, fragte Dad, als ich mich bereits auf dem Absatz umdrehte.

Ich eilte fluchtartig aus dem Großraumbüro, konnte nicht fassen, dass er nachgegeben hatte. Anscheinend plagte ihn doch ein schlechtes Gewissen. Oder er glaubte, dass er mich dadurch wieder nach Hause locken konnte.

Als ich das Department verließ, war ich überrascht, dass Finn tatsächlich noch auf der gegenüberliegenden Straßenseite auf mich wartete.

»Und? Wie ist es gelaufen?«

Ich lächelte. »Jay kommt frei.« Während ich es aussprach, quoll meine Brust vor Wärme über.

Finn jubelte, packte mich an den Hüften, hob mich hoch und drehte sich mit mir im Kreis. Ich war so überrascht, dass ich erstarrte, und als er sich darüber klar wurde, was er tat, ließ er mich beinahe fallen. Er setzte mich ab und wich zurück. Ihm war die Situation mindestens so peinlich wie mir.

»Tara«, rief Dad hinter mir.

»Lass uns schnell verschwinden«, flüsterte ich, trat zu Finns Motorrad und zog mir Jays Jacke über.

»Tara, bitte.« Dad stoppte, da Finn ihm den Weg verstellte.

»Was willst du?«, platzte es aus mir heraus. Er kam mir vor wie ein Fremder.

»Dich nach Hause holen«, erwiderte er kleinlaut.

Doch als Antwort schüttelte ich den Kopf. »Ich verabscheue, was ihr getan habt. Und ich schäme mich dafür, eine Owens zu sein. Ich habe euch nichts mehr zu sagen.«

Er senkte den Blick. »Es tut mir leid.«

Finn hielt ihn mit ausgestrecktem Arm auf Abstand und sah zwischen ihm und mir hin und her. Es wunderte mich, dass Dad ihn nicht beiseitedrängte.

»Unter denjenigen, bei denen du dich entschuldigen müsstest, stehe ich ganz bestimmt nicht an erster Stelle«, flüsterte ich. Mein Hals kratzte. Mir fehlte mit einem Mal die Stimme.

Dad sah weiterhin zu Boden. Seine Haltung war gebeugt.

»Hast du unterschrieben, damit Jay freigelassen wird?«, fragte ich, als er nichts sagte.

»Spooner muss erst den Entlassungsbericht schreiben.«

»Das kann ja wohl nicht so lange dauern.« Ich deutete zum Eingang. »Geh nicht, bevor du nicht unterzeichnet hast. Jay verdient es nicht, auch nur noch eine Minute länger festgehalten zu werden.«

»Was hat es mit deiner Aussage gegen diesen Cliff Johnson auf sich?«, fragte er.

Ich schnappte nach Luft. Durfte Spooner ihm überhaupt davon erzählen?

»Moment mal«, mischte Finn sich ein. »Soll das heißen, du hast Johnson angezeigt?«

»Wir können ihm das nicht durchgehen lassen«, erwiderte ich. »Er muss für das, was er Levy angetan hat, bestraft werden.«

Finn riss die Augen auf. »Scheiße, dir scheint nicht klar zu sein, was du getan hast.« Er fuhr sich durch sein schwarzes Haar und begann auf und ab zu gehen.

»Wieso? Was ist los?«

»Du verrücktes Mädchen hast gerade dafür gesorgt, dass Johnson dich ins Visier nimmt. Er macht mit korrupten Cops Geschäfte. So, wie er über Jays Aussage informiert wurde, wird er auch von deiner erfahren. Du bist jetzt nicht mehr vor ihm sicher.«

Mir kroch ein kalter Schauer den Rücken hinunter.

»Wie bitte?« Dad fasste Finn an der Schulter und drehte ihn zu sich um. »Meine Tochter ist in Gefahr?«

Finn reckte das Kinn. »Tara hat die Zündschnur eines Pulverfasses in Brand gesetzt. Johnson wird seine Leute auf sie hetzen.«

Ich schluckte. In meinem Bauch spürte ich einen dumpfen Druck. Es fühlte sich an, als würde mir jemand die Faust in die Magengrube pressen.

»Wer ist denn dieser Cliff Johnson überhaupt?«, stieß Dad aus.

»Er bedroht die Silvers«, brachte ich kurzatmig hervor. »Seinetwegen hatte ich dich um Hilfe gebeten.«

Dad starrte mich an.

»Verdammt«, fluchte Finn. »Wenn er jetzt nur die kleinste Gefahr sieht, dass Levy wegen deiner Aussage Anzeige gegen ihn erstattet, ist auch er im Krankenhaus nicht mehr sicher.«

»Das habe ich nicht gewollt.« Immerzu schüttelte ich den Kopf. »Ich wollte doch nur helfen, diesen Mann zu fassen.«

»An Johnson kommt man nicht ran«, entgegnete Finn. »Willkommen in unserer Welt. Du konntest nicht wissen, worauf du dich einlässt.«

»Und dieser Mann hat keine Ahnung, worauf er sich mit den Owens einlässt«, warf Dad ein und schnaufte. Er nahm sein Smartphone zur Hand. »Anruf Gabriel Ross«, lautete sein Sprachbefehl. Dann schaltete er den Lautsprecher ein.

Während der Signalton erklang, tauschten Finn und ich irritierte Blicke. Er wusste anscheinend wie ich, dass Ross der Polizeichef von Boston war.

»Scott, was verschafft mir die Ehre?«, meldete sich dieser zu Wort.

»Ist dir der Name Cliff Johnson ein Begriff?«, kam Dad sofort auf den Punkt.

»Ja, das ist er durchaus. Warum fragst du?«

»Er stellt eine Bedrohung für meine Tochter dar. Ich benötige umgehend Wachschutz für Tara und einen Jungen namens ...« Er sah mich fragend an.

»Levy Johnson«, antwortete Finn an meiner Stelle.

»... Levy Johnson«, gab Dad weiter. »Er liegt im Krankenhaus ...« Er presste das Telefon gegen seine Brust. »In welchem Krankenhaus?«, erkundigte er sich bei Finn.

»Carney«, erwiderten wir gleichzeitig.

»... Im Carney. Er ist ein wichtiger Kronzeuge und bedarf sofortiger Überwachung. Die Einzelheiten erkläre ich dir später. Jetzt muss unverzüglich gehandelt werden.«

Am anderen Ende der Leitung klapperte eine Tastatur. »Diesen Mann haben wir schon länger im Auge. Ich leite sofort alles in die Wege.« Er seufzte. »Wenn du hier wirklich einen Kronzeugen für uns hast, können wir Johnson vielleicht endlich drankriegen.«

»Bitte beeilt euch, Gabriel. Vielleicht hat er in der Zwischenzeit schon von Taras Aussage erfahren.«

»Deine Tochter hat gegen ihn ausgesagt? Weshalb?«

»Einzelheiten später«, erwiderte Dad.

Die ganze Zeit hatte ich mir auf die Zunge gebissen, um mich nicht in das Gespräch einzumischen. Doch nun konnte ich nicht länger schweigen.

»Hallo, Mr Ross«, meldete ich mich zu Wort. »Hier ist Tara. Es wird Sie sicherlich interessieren, dass Johnson mit hiesigen Polizisten korrupte Geschäfte am Laufen hat.«

Einen Moment lang herrschte Stille.

»Ich merke schon, wir haben einiges miteinander zu bereden«, erwiderte er und legte auf.

»Ich geb den anderen Bescheid.« Finn griff zu seinem Telefon und wandte sich von uns ab.

Dad sah sich um. »Du solltest von der Straße runter«, sagte er. »Hier ist es nicht länger sicher für dich.«

48. KAPITEL

Jay war noch nicht ins Gefängnis gebracht worden, sondern saß in einer Zelle des Departments. Ich hatte darum gebeten, zu ihm zu dürfen, bis Detective Spooner den Entlassungsbericht geschrieben hatte. Dad saß wieder bei ihm am Schreibtisch, während ich einem Deputy in den Gebäudeflügel folgte, in dem sich die Arrestzellen befanden.

Ein langer Gang führte zu einem vergitterten Schalter, hinter dem zwei Cops vor mehreren Bildschirmen saßen. Ich erkannte Videoaufzeichnungen von den jeweiligen Zellen, konnte Jay auf die Schnelle aber nicht entdecken. Der Deputy nickte ihnen zu, woraufhin sich eine schwere Metalltür mit einem elektrischen Surren entriegelte.

Der Deputy betrat vor mir einen großen Raum, in dem acht Zellen nebeneinanderlagen. Hinter den dicken Metallstäben waren mehrere Insassen zusammengesperrt. Auf der gegenüberliegenden Seite befand sich ein Tisch, an dem zwei Cops saßen.

»Tara«, vernahm ich Jays Stimme.

Ich entdeckte ihn in der vorletzten Zelle und wollte sofort zu ihm. Doch ich wurde von dem Deputy am Arm zurückgehalten.

»Langsam, langsam. Keinen körperlichen Kontakt zu den Gefangenen.« Er deutete auf eine Linie am Boden. »Halten Sie Abstand.«

Ich wand mich aus seinem Griff und trat vor die Zelle. Jay umklammerte die Gitterstäbe, sah mich mit seinem vertrauten verwegenen Blick an. Die Pfiffe und anzüglichen Zurufe der anderen Insassen blendete ich aus. Alles, was zählte, war, dass ich wieder bei ihm war. Allein seine bloße Gegenwart raubte mir den Atem.

»Was tust du hier?«, fragte er und lehnte seine Stirn gegen das Gitter. »Das ist kein Ort, an dem du sein solltest.«

»Genauso wenig wie du«, erwiderte ich. »Deine Entlassungspapiere werden gerade unterschrieben. Wir holen dich hier raus.«

Er hob eine Augenbraue. »Hat Kelsey die Kaution so schnell durchbekommen?«

»Nein, ich habe klargestellt, dass es ein Missverständnis war, und mein Dad hat die Anzeige zurückgezogen.«

Kaum hatte ich seinen Namen ausgesprochen, öffnete sich die Tür und er betrat mit Detective Spooner den Raum. Dieser reichte einem der anwesenden Cops ein Dokument.

Beim Anblick meines Dads verspannte Jay sich merklich.

»Mr Silver, Ihr Haftbefehl wurde aufgehoben«, informierte Spooner ihn.

»Alle nach hinten zurücktreten und Hände über den Kopf«, forderte einer der Cops die Männer auf, die sich mit in Jays Zelle befanden. Als sie dem nachkamen, schloss sein Kollege die Tür auf und ließ Jay heraustreten.

Ich stürmte in seine Arme. Er fing mich auf, hielt mich. Dad wandte sich ab und ging aus dem Raum.

Der Detective lief zum Tisch und hob das Dokument in die Höhe. »Ich benötige noch Ihre Unterschrift«, sagte er.

Jay löste sich von mir, ergriff aber meine Hand. Wir traten zu Spooner, der ihm einen Kugelschreiber reichte.

»Wir hören voneinander«, sagte er, als Jay mich aus dem Raum führte. Ich sah mich nach ihm um und nickte.

Jay runzelte die Stirn. »Was hast du denn noch mit dem Detective zu schaffen?«

»Ich befürchte, ich habe Mist gebaut«, erwiderte ich.

Er blieb im Gang neben dem vergitterten Schalter stehen und sah mich fragend an.

»Finn meinte, Johnson hat es jetzt auf mich abgesehen. Und durch meine Schuld auch wieder auf Levy.« Ich berichtete ihm in aller Kürze die Details.

Jay nahm mein Gesicht zwischen seine Hände, hielt es im festen Griff und sah mir tief in die Augen. Er setzte zum Sprechen an, blieb aber stumm. Es war offensichtlich, dass er sich sorgte und die Information erst einmal verdauen musste.

»Lass mich dich jetzt nach Hause bringen«, sagte Dad. Er hatte am Ende des Ganges auf uns gewartet und war unbemerkt wieder näher gekommen. »Mit dem Wachschutz bist du dort sicher.«

»Wachschutz?«, hakte Jay nach, ließ mich los und ging zu Dad auf Distanz. Der Blick, den er ihm zuwarf, war eisig.

»Ich habe polizeiliche Überwachung angeordnet«, antwortete Dad.

Jay strich sich durchs Haar und schüttelte den Kopf. »Es gibt einige Cops, die mit Johnson unter einer Decke stecken. Wenn Sie den falschen vertrauen, kann es für Tara gefährlich werden.« Er sah mich an. »Die Kings sind die Einzigen, die dich jetzt beschützen können.«

Ich sah ihn mit großen Augen an, Dad neben mir seufzte.

»Es werden auch Cops zu Levy ins Krankenhaus geschickt«, informierte ich ihn.

Jay atmete tief durch und fluchte. Ein Cop hinter dem Schalter reichte ihm seine persönlichen Sachen, bestehend aus einem Schlüsselbund, ein paar losen Geldscheinen und seinem Handy. Er schaltete es ein, nahm wieder meine Hand und zog mich mit sich.

»Was haben Sie vor?« Dad folgte uns.

»Tara und meinen Bruder beschützen, was sonst?«, erwiderte Jay unfreundlich.

Als wir die Empfangshalle betraten, telefonierte er und bestellte die Road Kings zum Revier. Dann wandte er sich an mich. »Ich muss zu Levy ins Krankenhaus. Wir dürfen niemandem trauen. Johnson wird versuchen, seine Männer einzuschleusen, und das kann auch einer der Sicherheitsleute sein. Durch deine Aussage hat sich die Situation verändert. Du bist nicht irgendjemand. Er muss damit rechnen, dass Levys Misshandlung für ihn zum Problem wird. Wenn Levy ihn nun anzeigt, können sie ihn festnehmen, ohne dass er die Chance auf eine Kautionsbewilligung erhält.«

Dad lief unruhig auf und ab. »Ich werde euch begleiten«, sagte er.

»Nein, das werden Sie nicht«, entgegnete Jay. »Sie werden sich von meiner Familie fernhalten.«

»Hier geht es auch um meine Tochter«, stieß Dad aus und baute sich vor Jay auf.

»Ich werde nicht zulassen, dass ihr etwas geschieht«, erwiderte Jay ganz ruhig. »Wir werden sie bewachen.«

»Die Road Kings«, sagte Dad verächtlich.

»Genau die«, entgegnete ich. »Du wirst dich damit abfinden müssen, weil es allein meine Entscheidung ist, mit wem ich gehe.«

Dad atmete mehrfach tief durch. »Ich könnte einen privaten Wachdienst ordern.«

Ich schüttelte nur den Kopf. Jay lief zur Eingangstür und blickte nach draußen. Ich ließ Dad stehen, ging zu ihm und lehnte meine Stirn gegen seinen Rücken. »Es tut mir leid. Ich wollte Levy nicht in Gefahr bringen.«

Jay drehte sich zu mir um und strich mir mit beiden Händen durchs Haar. »Das weiß ich.« Unsere Lippen fanden sich. Seine Küsse waren mir inzwischen vertraut. »Du hast dich tatsächlich mit Johnson angelegt«, flüsterte er.

Ich schlang die Arme um seinen Hals. Dad beobachtete uns mit einer angespannten Haltung. Er hatte die Hände neben seinem Körper zu Fäusten geballt und machte den Eindruck, er würde jede Sekunde auf Jay losstürmen. Doch zu meiner Erleichterung hielt er sich zurück.

Es dauerte nicht lange, da näherten sich draußen dröhnende Motoren.

»Wir müssen los«, sagte Jay.

Ich nickte.

»Tara, bitte.« Dad trat zu uns.

»Ich ruf dich an«, versprach ich. Immerhin hatte er eingelenkt und seine Anzeige gegen Jay zurückgezogen. »Aber ich komme nicht wieder nach Hause.«

Er rieb sich den Nacken. »Was kann ich tun ...?« Er stockte.

»Mir vertrauen«, entgegnete ich und lächelte zögernd. Dann wandte ich mich von ihm ab und folgte Jay nach draußen.

Eine Kolonne von etwa zwanzig Bikern hielt vor dem Department und erweckte einige Aufmerksamkeit. Jay und ich rannten zu ihnen und blieben neben dem Rothaarigen, den ich schon vom Steakhouse kannte, stehen.

»Hey, Stan. Leihst du mir dein Motorrad und fährst bei jemand anderem mit?«, fragte Jay ihn.

Er nickte und stieg ab. »Dein Bike ist inzwischen wieder bei der Werkstatt. Finn und ich haben uns darum gekümmert.«

Jay legte ihm eine Hand auf die Schulter. »Danke.« Er sah in die Runde. »Wir fahren zum Krankenhaus.«

Er setzte sich auf Stans Maschine. Ich machte Anstalten, seine Lederjacke auszuziehen, was er mit einem Kopfschütteln quittierte. »Schicker Pullover übrigens«, sagte er und lächelte. Mit einer Kopfbewegung bedeutete er mir, hinter ihm Platz zu nehmen.

Ich schmunzelte und folgte seiner Aufforderung. Gemeinsam mit den anderen Road Kings fuhren wir los. Dad stand am Eingang vom Department und sah uns nach. Im Moment blieb ihm nichts weiter übrig, als meinen Kontakt zu ihnen zu akzeptieren.

Während der Fahrt sah ich mich immerzu um. Ich durfte mich nicht verrückt machen, befürchtete aber, dass wir von Johnsons Männern verfolgt wurden. Mir fiel ein Lieferwagen auf, der unserer Route folgte. An der nächsten Ampelkreuzung verlor ich ihn aus meinem Sichtfeld, kurz darauf entdeckte ich ihn zwischen den anderen fahrenden Autos wieder. Spätestens, als vier Kings sich aus der Kolonne zurückfallen ließen, ihn einkesselten und ausbremsten, war ich mir sicher, dass mich mein Gefühl nicht getäuscht hatte.

Beim Krankenhaus fuhren wir auf den Parkplatz und rannten dann zum Gebäude. Jay hielt mich dicht an seiner Seite, die Kings säumten uns ein. Es beeindruckte mich, wie die Biker sich für mich einsetzten.

Ich zog den Kopf ein, als würde auf jedem Häuserdach ein Scharfschütze auf mich lauern. Erst nachdem wir durch die Eingangstür waren, fühlte ich mich wieder sicherer.

»Johnson hat wirklich seine Männer auf mich angesetzt«, sagte ich, als ich wieder an den Lieferwagen dachte.

»Wir passen auf dich auf, Prinzessin. Jetzt weiß er, dass wir bei dir sind.«

»Er wird sicherlich nicht gleich aufgeben, oder?«

Jay zögerte einen Augenblick. »Wenn er nicht an dich und Levy rankommt, bleibt ihm eigentlich nichts anderes übrig, als zu fliehen. Das wird ihm allerdings schwerfallen, weil er sich hier viel aufgebaut hat.«

Wir erreichten die Intensivstation. Allerdings erhielten nur Familienmitglieder Zugang und diese auch nur in begrenzter Anzahl. Höchstens zwei Personen durften sich bei Levy aufhalten. Finn saß im Wartesaal, von dem aus man zur Intensivstation gelangte. Er und Jay umarmten sich zur Begrüßung.

»Wie ist der Stand?«, fragte Jay mit Blick auf die zwei Cops, die vor der Tür Stellung bezogen hatten und die Kings mit hochgezogenen Augenbrauen musterten. Der Wachschutz war also schon eingetroffen.

»Bisher unverändert. Morgen wollen die Ärzte Levy aus dem künstlichen Koma holen.«

Jay nickte. »Die Intensivstation hat doch bestimmt auch einen zweiten Zugang«, überlegte er laut.

»Ja, einen Notausgang«, erwiderte Finn. »Dort sind ebenfalls zwei Cops abgestellt. Ich hätte ihnen ja gern Gesellschaft geleistet, aber ich bin kein Familienmitglied. Steve lässt Levy nicht aus den Augen.«

Jay nickte abermals und sah zu der Schwester, die hinter einem langen Tresen saß und an einem Computer arbeitete. »Ich muss mit meinem Dad sprechen.«

»Geh nur, wir passen auf Tara auf.«

Er hatte mich, seit wir vom Motorrad abgestiegen waren, kein einziges Mal losgelassen.

»Ich bin hier in Sicherheit«, sagte ich und deutete auf die Kings. »Außerdem musst du Steve hin und wieder auch mal ablösen.«

Jay seufzte. Er zögerte. Da ging die Milchglastür auf und kein Geringerer als Gabriel Ross betrat das Wartezimmer. Er war über den Anblick der Biker sichtlich überrascht und hielt inne.

»Hallo, Mr Ross«, grüßte ich ihn.

Er wandte sich mir zu und musterte mich. Es dauerte einen Moment, bis er mich erkannte.

»Tara Owens«, sagte er, kam auf mich zu und reichte mir die Hand. Von Jay nahm er keine Notiz und ich war mir nicht sicher, ob dieser überhaupt wusste, wen er hier vor sich hatte.

»Jay Silver, der Bruder des Opfers«, stellte ich ihn vor. »Jay, das ist Gabriel Ross, der Polizeichef.«

Mit einem Mal herrschte Stille. Einer der Kings hatte sich beim Trinken verschluckt, weshalb ihm Stan grob auf den Rücken klopfte.

Ross nickte Jay zu.

»Ich habe gerade noch mal mit Ihrem Vater telefoniert«, sagte er an mich gewandt. »Levy ist für uns von großer Wichtigkeit, um endlich etwas gegen Johnson in der Hand zu haben. Allerdings rennt uns die Zeit davon. Johnson hat mitbekommen, dass es für ihn brenzlig wird. Es besteht also akute Fluchtgefahr.«

»Was wollen Sie dagegen unternehmen?«, erkundigte sich Jay.

»Die Ärzte besprechen sich gerade. Es ist dringend erforderlich, dass der Junge so schnell wie möglich aufwacht. Wir können erst zuschlagen, wenn sicher ist, dass er sich an die Geschehnisse vor dem Koma erinnern kann, und bereit ist, Johnson anzuzeigen.«

49. KAPITEL

Ross hatte dafür gesorgt, dass ich mit zu Levy ins Zimmer durfte. Er schwebte zwischen Schlaf- und Wachzustand. An eine Befragung war noch nicht zu denken.

Die Ärzte hatten vor zwölf Stunden und siebenunddreißig Minuten damit begonnen, die Dosierung der Medikamente herunterzufahren. Ich blickte von der laut tickenden Wanduhr zu dem Monitor, der Levys Vitalfunktionen anzeigte. Mittlerweile hatten sie den Beatmungsschlauch entfernt, Levy atmete selbstständig.

Steve saß neben seinem Bett und starrte immerzu auf die Vitalparameter. Jay und ich hatten an der gegenüberliegenden Wand auf Stühlen Platz genommen. Er war auf der Sitzfläche ganz nach vorn gerutscht und eingeschlafen. Ich hielt seine Hand.

Nach jedem Verlassen des Zimmers mussten wir einen neuen grünen Kittel anziehen. Neben der Tür hing zudem ein Desinfektionsspender für die Hände.

Levys Zustand konnte ich kaum ertragen. Ich hatte ihn als lustigen, aufgeweckten Jungen kennengelernt. Ihn jetzt dort so hilflos und verletzt liegen zu sehen, trieb mir Tränen in die Augen.

Auf seiner linken Gesichtshälfte verlief ein großflächiger Bluterguss, an seinem Hals erkannte ich deutliche Würgemale.

Seine Unterlippe war verkrustet. Am Kinn klebte ein großes Pflaster. Beim Anblick des äußeren Fixateurs, der durch vier Schrauben mit Levys gebrochenem Unterarmknochen verbunden war, drehte sich mir der Magen um. Ich brauchte dringend frische Luft.

Langsam, damit Jay nicht aufwachte, ließ ich seine Hand los und stand auf. Da hob Steve den Blick und sah mich aus müden Augen an.

»Ich muss mir kurz die Beine vertreten«, flüsterte ich.

Nachdem beschlossen worden war, Levy einen Tag früher als geplant aus dem Koma zu holen, hatte ich mit Nate telefoniert. Inzwischen waren einige Stunden vergangen und er machte sich sicherlich weiterhin Sorgen. Da ich auf der Intensivstation das Handy nicht eingeschaltet hatte, wollte ich kurz in den Wartesaal gehen und mich wieder bei ihm melden. Dad hatte ich zumindest eine Nachricht geschrieben und ihn über die aktuelle Lage informiert. Damit wollte ich verhindern, dass er hier ungebeten im Krankenhaus auftauchte, wenn ich nichts von mir hören ließ.

Leise schob ich die gläserne Zimmertür auf. Gerade als ich sie wieder hinter mir schließen wollte, seufzte Levy auf.

Ich eilte zu Steve ans Bett. Wir starrten ihn an.

Levy blinzelte, der Signalton seiner Herzfrequenz beschleunigte sich. Und dann öffnete er mit flattrigen Lidern die Augen.

»Levy«, brach es aus Steve heraus. Er stand auf und beugte sich über ihn.

Jay war von seinem Ruf wach geworden und trat ebenfalls

ans Bett. Er sah seinen Bruder mit glänzenden Augen an und betätigte den Notknopf.

Kurz darauf stürmte der Arzt herein. »Treten Sie bitte zur Seite«, forderte er uns auf. Hinter ihm erschien eine Krankenschwester.

Mein eigener Herzschlag übertrumpfte das Piepen von Levys EKG-Gerät. Jays und meine Hand fanden sich. Wir ließen Levy nicht aus den Augen.

»Er braucht noch Zeit, um vollends zu sich zu kommen«, sagte der Arzt, nachdem er mit einem Stethoskop Levys Brust abgehört hatte.

»Mein Name ist Dr. Andrew. Du befindest dich im Carney Hospital. Kannst du dich daran erinnern, was passiert ist?«

Levy zeigte keine Regung, sah ihn nur aus halb geschlossenen Augen an. Ich spürte am ganzen Körper Gänsehaut.

»Es wird alles wieder gut, mein Junge«, meldete sich Steve zu Wort und tätschelte ihm die gesunde Hand.

Daraufhin stieß Levy ein Stöhnen aus. Sein Brustkorb begann zu zucken.

Ich konnte nicht ertragen, wie er litt, und wandte mich ab. Vor dem Fenster blieb ich stehen und sah auf die Straße hinaus. Passanten schlenderten den Gehweg entlang, auf einem Spielplatz lachten Kinder. Ihr Leben verlief in geordneten Bahnen, ebenso wie meines bis vor Kurzem noch sorglos gewesen war. Solange es einem selbst gut ging, machte man sich kaum darüber Gedanken, welch Tragödien sich in anderen Familien abspielten.

»Ich wurde informiert, dass der Junge wach ist«, sagte Detective Spooner, der in diesem Moment das Zimmer betrat. Er war von Gabriel Ross herbestellt worden und hatte die Anweisung erhalten, schnellstmöglich Levys Aussage aufzunehmen.

»Kannst du dich daran erinnern, was passiert ist?«, wiederholte Dr. Andrew seine Frage.

Levy nickte schwach, sah den Arzt und Steve abwechselnd an.

Spooner trat zum Bett. »Wir benötigen deine Aussage, Levy«, sagte er, ohne sich ihm vorzustellen. Er schaltete sein Diktiergerät ein. »Wer hat dir das angetan?«

Levys Lider flatterten. Er driftete wieder ab.

»Du musst uns sagen, wer es war«, bedrängte Spooner ihn. »Vorher können wir ihn nicht festnehmen.«

Levy blinzelte und schüttelte kaum merklich den Kopf.

»Sehen Sie denn nicht, dass er Angst hat?« Steve drängte Spooner zurück.

»Wir brauchen Levys Aussage. Nur durch seine Anzeige können wir Johnson unwiderruflich festnageln.«

Levy wimmerte. Er hatte sicherlich Schmerzen.

»Dieses Mal können wir ihn drankriegen«, sagte Jay und strich ihm sanft übers Haar. »Tara hat gegen ihn ausgesagt und alles ins Rollen gebracht.«

Levys Blick suchte und fand mich.

Ich trat langsam näher und lächelte ihn an. »Ich ziehe das vor Gericht mit dir durch. Das tun wir alle. Er wird euch nie wieder Leid zufügen können.«

»Er wird uns ... nicht mehr wehtun?«, fragte er stockend und mit schwacher Stimme.

»Nie wieder«, erwiderte Spooner.

Levy sah zu ihm und betrachtete das Diktiergerät, das der Detective ihm entgegenstreckte. Er sog angestrengt durch den Mund die Luft ein, sodass ich dachte, er müsste gleich wieder beatmet werden. Doch stattdessen zog er an dem dünnen Schlauch, der zur Nasenkanüle führte und ihn mit zusätzlichem Sauerstoff versorgte, um sich davon zu befreien.

»Cliff Johnson hat mir das angetan«, flüsterte er schwach. »Er bedroht meine Familie und mich seit Jahren ...«

Jay zog mich unvermittelt an sich. Ich war unendlich erleichtert und erwiderte Jays Umarmung, so fest ich konnte.

»Danke«, sagte er. Ich bemerkte, dass er zitterte.

»Gut gemacht«, lobte Detective Spooner, nachdem er das Diktiergerät ausgeschaltet hatte. Er nickte Levy zu, griff zu seinem Handy und hielt es sich ans Ohr. »Wir haben die Aussage des Opfers«, rief er, während er das Zimmer verließ.

»Jetzt gönnen Sie dem Jungen Ruhe«, meldete sich Dr. Andrew zu Wort. Er erkundigte sich nach Levys Schmerzen und gab der Schwester die Anweisung, die Medikamente wieder minimal zu erhöhen.

Steve flüsterte Levy etwas zu, woraufhin dieser verhalten lächelte und die Augen schloss. Er streichelte ihm über die unverletzte Wange, trat dann zu Jay und mir und umarmte uns gleichzeitig. »Jetzt müssen sie Johnson nur noch kriegen.«

»Fahren Sie nach Hause«, sagte Dr. Andrew. »Levy schläft erst einmal weiter, und das sollten Sie auch tun.«

»Sie kennen unsere Situation«, entgegnete Steve. »Würden Sie die Liste derjenigen, die sich in Levys Zimmer aufhalten dürfen, bitte erweitern? Dann würde ich Ihren Ratschlag tatsächlich befolgen.«

Dr. Andrew lächelte. »Geben Sie mir eine Liste mit den Namen derer, denen Sie Besuchsrecht erteilen wollen.« Er hob den Zeigefinger. »Aber es dürfen sich jeweils nur zwei Personen im Patientenzimmer aufhalten.«

Wir warteten, bis Steve alle Namen der anwesenden Kings aufgelistet hatte. Ein Teil von ihnen würde bis zu Johnsons Festnahme im Wartesaal bleiben und jeweils zwei leisteten Levy in dessen Krankenzimmer Gesellschaft. Der Rest begleitete uns zum Steakhouse. Jay war der Meinung, dass ich dort außerhalb des Krankenhauses am sichersten war. Ins Klubhaus der Kings würden sich Johnsons Anhänger nicht trauen.

Jay legte einen Arm um mich und wir eilten gemeinsam mit den Bikern zum Parkplatz. »Haltet die Augen nach Johnsons Männern offen«, rief er.

»Die werden gerade andere Probleme haben, als sich noch um uns zu kümmern«, erwiderte Finn. »Wenn Johnson geschnappt wird, sind sie alle mit dran. Die werden wissen, wenn er das Weite sucht, und ebenfalls zusehen, schnellstmöglich wegzukommen.«

»Wir müssen trotzdem vorsichtig sein«, sagte Jay und stieg auf Stans Motorrad. Dieser nahm hinter Finn Platz, ich hinter Jay. »Wir fahren kurz bei der Werkstatt vorbei. Ich brauche mein Bike und will schnell ein paar Sachen zusammenpacken.«

Er fuhr los und die Hälfte derjenigen, die mit uns beim Krankenhaus angekommen waren, schloss uns während der Fahrt ein. Es war Sonntagnachmittag, auf den Straßen war dementsprechend wenig los. Die ganze Zeit huschte mein Blick umher, und wenn wir an einer Ampel halten mussten, beäugte ich argwöhnisch die Passanten. Ich entspannte mich erst, als wir die Werkstatt erreichten.

Jay eilte die Treppe zu seinem Zimmer hinauf. Ich wechselte auf sein Motorrad, das Finn und Stan in der Garage abgestellt hatten.

Als Jay zurückkam, reichte er mir einen Rucksack, den ich schulterte. Er hatte sich eine Lederjacke angezogen, die ebenfalls den Schriftzug der Road Kings trug. Den Reißverschluss hatte er bis zur Hälfte zugemacht, oben heraus ragte der Kopf des rot getigerten Kätzchens, das missbilligend miaute.

»Du willst nicht wissen, wie mein Zimmer aussieht«, sagte er, saß auf und startete den Motor.

Wir machten uns wieder als Kolonne auf den Weg. Wenn ich daran dachte, wie mein erster Besuch im Steakhouse vonstattengegangen war, konnte ich nicht glauben, dass ich jetzt ausgerechnet an diesem Ort sicher sein sollte. An besagtem Tag hatte Finn sich mit Paige gestritten, nachdem sie mich dorthin bestellt hatte. Jay hatte mich vor die Tür gesetzt und regelrecht von dort verjagt. Nicht zu vergessen, dass ich freiwillig selbst keinen Fuß hineinsetzen wollte.

Als wir heute auf den wie immer vollbesetzten Parkplatz fuhren, schüchterten mich dieser Ort und auch die Kings kein bisschen mehr ein. Im Gegenteil: Ich fühlte mich ihnen zugehörig.

Nachdem ich abgestiegen war, fragte ich mich, wo wir im Steakhouse übernachten sollten. Da ergriff Jay meine Hand und führte mich statt zum Haupteingang um das Gebäude herum.

»Wir können bei meinem Großvater auf der Couch schlafen«, informierte er mich. Er ließ mich los, kraulte das Kätzchen hinter den Ohren und fischte einen Schlüsselbund aus der Jackentasche.

Als wir eintraten, kam Dean uns im Rollstuhl entgegen. Jay beugte sich zu ihm hinab und umarmte ihn.

»Hallo, Tara«, begrüßte Dean mich anschließend.

Ich lächelte und reichte ihm die Hand.

»Wie geht es Levy?«, erkundigte er sich, als Steve im selben Moment die Wohnung betrat. »Er wird gesund werden«, erwiderte er. »Ich geh kurz duschen und schlaf eine Runde. Dann fahre ich wieder ins Krankenhaus.«

Jay öffnete seine Jacke, hob das Kätzchen heraus und setzte es auf den Schoß seines Großvaters.

»Wen hast du denn da mitgebracht?« Dean lächelte und strich ihr übers Fell. Prinzessin sprang allerdings sofort von seinem Schoß und begann die Umgebung zu erkunden.

Die Wohnung war nicht groß, aber für ihn allein völlig ausreichend. Im Raum stand eine braune Ledercouch mit einem kleinen Tisch. Davor befand sich ein Sideboard mit einem Fernseher, daneben ein Bücherregal und ein Schrank. Eine Küchenzeile war im Wohnbereich integriert, deren Arbeitsfläche der Sitzhöhe des Rollstuhls angepasst war. Die Badezimmertür stand offen, ich sah ein behindertengerechtes WC und eine ebensolche Dusche.

Jay schüttete seinen Rucksack über der Couch aus. Zum Vorschein kamen Klamotten, Katzenfutter und zwei Gesetzbücher.

Mir wurde wieder klar, was der Anlass für Jays Arrangement war, warum er überhaupt Anwalt werden wollte und sich mit Gesetzgebungen auseinandersetzte.

»Ich muss euch etwas sagen«, flüsterte ich, als Steve gerade ins Badezimmer verschwinden wollte. Er hielt inne, sah zurück und lächelte mich an.

Seine Freundlichkeit gab mir den Rest. Die Ungerechtigkeit, die diese besonderen Menschen durch meine Familie erlitten hatten, brach mir jetzt noch das Herz. Obwohl ich eine Owens war, nahmen sie mich liebevoll bei sich auf. Meine Augen und meine Kehle brannten. Ich versuchte erst gar nicht, die Tränen zurückzuhalten.

»Was ist los?«, fragte Jay und zog mich an sich.

Wenn ich ausgesprochen hatte, was ich ihnen sagen musste, würde er sicherlich vor mir zurückweichen. Deshalb kam ich ihm zuvor, löste mich von ihm und ging ein paar Schritte rückwärts.

»Was hast du denn?« Er wirkte irritiert und auch Steve und Dean sahen mich mit gerunzelter Stirn an.

»Ich weiß jetzt, was damals geschehen ist, und kann euch endlich eine Antwort darauf geben, wie meine Tante starb«, brachte ich heiser hervor. Mir war plötzlich kalt. Ich zitterte. Als müsste ich gleich für lange Zeit untertauchen, nahm ich einen tiefen Atemzug. Und dann begann ich ihnen von meinem Grandpa zu erzählen.

50. KAPITEL

Als ich erwachte, realisierte ich nur langsam, wo ich war. Noch immer herrschte diese erdrückende Stille, die wie ein bleischwerer Umhang auf mich herabgesunken war, nachdem ich die Schuld meines Grandpas vor Jay, Steve und Dean eingestanden hatte. Nie zuvor hatte ich mich so ausgelaugt gefühlt.

Die Gewissheit hatte ihnen die Sprache verschlagen. Dean hatte gewusst, dass meine Familie ihn vorsätzlich beschuldigt und angeklagt hatte. Jetzt aber unumstößlich zu wissen, dass Lilly wegen meines Grandpas gestürzt und verunglückt war, machte den Verrat noch unbegreiflicher.

Jay war nicht zurückgewichen. Eine Weile hatte er wie sein Vater regungslos dagestanden und war dann auf die Couch gesunken. Als ich mich schließlich getraut hatte, mich zu ihm zu setzen, hatte er mich wortlos in den Arm genommen und ich war irgendwann vor Erschöpfung eingeschlafen.

Nun war er nicht mehr bei mir, nur Prinzessin lag neben mir und schnurrte. Steve sah ich durch eine offene Zimmertür im Bett schlafen. Dean saß mir am Couchtisch im Rollstuhl gegenüber und sah mich an.

»Es tut mir so unsagbar leid«, flüsterte ich.

Er nickte, schwieg noch immer. Die Stehlampe hinter ihm tauchte das Zimmer in spärliches Licht.

Ich blickte mich zum Fenster um. Draußen war es inzwischen dunkel geworden.

»Wo ist Jay?«, erkundigte ich mich.

»Er hält Wache.«

Ich lehnte mich zurück und schaltete mein Handy ein. Von Dad hatte ich zwei verpasste Anrufe. Mom, Nate und Dr. Lorris hatten mir Nachrichten geschrieben.

Nate: Bist du okay?

Ich: Ja. Wir sind jetzt im Steakhouse. Mach dir bitte keine Sorgen. Ist bei dir alles gut?

Obwohl es fast Mitternacht war, antwortete er umgehend.

Nate: Du fehlst mir. Unser Zuhause ist nicht mehr dasselbe ohne dich. Ich habe das Gefühl, hier zu ersticken.

Ich: Lassen sie dich in Ruhe?

Nate: Grandpa kommt nicht mehr aus seinem Schlafzimmer raus. Dad ist im Büro, und Mom und Roberta trösten sich gegenseitig.

Ich: Das tut mir leid. Aber es gab keinen anderen Weg mehr für mich.

Nate: Ich weiß.

Ich: Gute Nacht.

Nate: Gute Nacht. Du weißt, meine Zimmertür wird immer für dich offen stehen.

Ich: ♥

Mom hatte mir Bilder von den Welpen geschickt und geschrieben, dass sie mich vermisste und ich bitte für eine Aussprache nach Hause kommen sollte. Dr. Lorris hatte von ihr alles erfahren und machte mir in seiner Nachricht ein Angebot, das mich zum Lächeln brachte. Ich war gerade dabei, ihm zu schreiben, da rief Dad wieder an.

»Ich habe jetzt erst gesehen, dass du mich erreichen wolltest«, meldete ich mich zu Wort.

»Kannst du bitte nach draußen kommen? Die Kings lassen mich nicht zu dir.«

»Du bist beim Steakhouse?« Ich stand auf und zog mir die Jacke über. »Mein Dad ist hier«, flüsterte ich Dean zu und hob das Handy wieder ans Ohr. »Ich komme«, ließ ich ihn wissen, schob das Smartphone in die Hosentasche und lief zur Tür.

Draußen stieß ich auf Jay, Finn und Paige, die neben dem Lieferanteneingang auf Getränkekästen saßen und plauderten.

»Tara«, rief Paige, sobald sie mich erblickte. Sie kam mir entgegengelaufen und wir fielen uns in die Arme. »O Mann, ich kann nicht glauben, was hier gerade abgeht«, sagte sie.

Jay und Finn kamen zu uns.

»Na, schon ausgeschlafen?« Jay legte den Arm um mich. Sein Lächeln erreichte mich tief im Herzen.

Ich lehnte meine Stirn gegen seine Brust. »Es tut mir leid, was mein Grandpa Dean angetan hat.«

Jay küsste mich auf die Schläfe. Seine Lippen verweilten auf meiner Haut. Es schien, als würde er nachdenken.

»Wo ist er?«, rief Steve.

Ich blickte mich um. Er schob Dean im Rollstuhl vor sich her und, ohne das Tempo zu drosseln, an uns vorbei. »Ich fasse es nicht, dass er sich hierhertraut.«

»Mein Dad ist hier«, ließ ich Jay, Finn und Paige wissen, da sie Steve und Dean sichtlich irritiert nachsahen.

Wir folgten den beiden.

Der Parkplatz war noch immer bis auf den letzten Stellplatz belegt. Dad parkte mit seinem Sportwagen mitten in der Einfahrt. Die Kings kontrollierten schon am Tor, wen sie aufs Gelände ließen. Sie hatten ihn quasi umstellt.

Er sah uns kommen und stieg aus dem Wagen. Ein King hielt ihn zurück. Erst nachdem Jay ihm zunickte, durfte Dad passieren.

Es war unwirklich, ihn hier an diesem Ort zu sehen. Aus dem Steakhouse drang Rockmusik. Während er näher kam, sah er mich unverwandt an. Wir waren auf dem großflächigen Eingangspodest stehen geblieben. Er stoppte vor den Stufen.

Einen Augenblick lang schien die Zeit stillzustehen. Niemand bewegte sich oder sagte etwas. Vor allem Dean wirkte wie erstarrt und Steve hielt sich derart verkrampft an den Griffen des Rollstuhls fest, als versuche er mit aller Macht, sich davon abzuhalten, auf Dad loszugehen.

»Wieso bist du hergekommen?«, meldete ich mich schließlich als Erste zu Wort. »Wir hatten vereinbart, dass wir telefonieren.«

»Nichts und niemand kann mich davon abhalten, meine Tochter zu sehen«, erwiderte er. »Außerdem bist du nicht ans Telefon gegangen.«

»Es hat sich nichts verändert«, stieß Steve zwischen zusammengebissenen Zähnen aus. »Wirst du jemals damit aufhören, Menschen zu kontrollieren?« Er ließ die Griffe des Rollstuhls los, ballte die Hände neben seinem Körper zu Fäusten und trat an die oberste Stufe. »Verschwinde und lass dich hier nie wieder blicken.«

»Solange Tara bei euch ist, kann ich mich nicht fernhalten«, entgegnete er. »Bitte ... Ich habe meine Schwester verloren, ich kann nicht auch noch meine Tochter verlieren.«

Mein Herz schmerzte, ich schwankte. Doch Jay war bei mir, legte einen Arm um mich und hielt mich fest an seiner Seite.

Steve stand da wie erstarrt. Dean atmete schwer.

»Ich habe es nicht gewusst«, brach es aus Dad heraus. »All die Jahre war ich davon überzeugt, dass Dean ...« Er stockte.

Dean schloss die Augen. Ohne den Blick von Dad abzuwenden, ging Steve rückwärts, blieb neben dem Rollstuhl stehen und legte ihm die Hand auf die Schulter.

»Wie alle anderen habe ich der Aussage meines Vaters geglaubt«, fuhr Dad fort und presste dann die zittrigen Lippen aufeinander.

»Weil du es glauben wolltest«, sagte Steve so leise, dass ich ihn kaum verstand. »Du hast Lillys und meine Beziehung nicht akzeptiert.«

Dad stieg auf die erste Stufe. »Du warst mein Bruder, sie meine Schwester und zusammen waren wir die besten Freunde. Doch dann habt ihr euch zurückgezogen, habt mich ausgeschlossen …«

»Wir haben dich nicht ausgeschlossen«, schrie Steve. »Wir waren verliebt, verdammt noch mal! Da ist es normal, dass man auch ein bisschen Zeit für sich allein haben will.«

»Sie war deine Stiefschwester«, flüsterte Dad.

Steve trat wieder zur obersten Stufe. »Lilly war die Liebe meines Lebens.«

»Ich habe sie ebenso geliebt«, schluchzte Dad. Der Mann, der immer alles im Griff hatte, begann zu weinen. Er hielt sich den Unterarm vor die Augen, bemühte sich um Fassung. Doch seine Schultern zuckten unter seinen verkrampften Atemzügen.

Jay umarmte mich noch fester. Vielleicht tat er es, um mir Halt zu geben, oder sich selbst, oder um sich davon abzuhalten, sich einzumischen. Finn, Paige und die Kings beobachteten die Szene. Ich sah zu den Fenstern. Doch im Steakhouse schien bisher niemand bemerkt zu haben, was sich draußen abspielte.

»Lerne aus deinen Fehlern und begehe nicht dieselben wie damals«, durchbrach Dean die eingetretene Stille.

Dad sah auf, Steve fuhr zu seinem Vater herum und auch Jay und ich starrten Dean an.

»Du hast eine wundervolle Tochter und allein ihretwegen werde ich dich nicht zum Teufel jagen.« Er sah Dad mit erhobenem Haupt an. »Akzeptiere ihre Verbindung zu Jay. Das Schicksal hat es so gewollt. Die beiden gehören zusammen, ebenso wie einst Lilly und Steve füreinander bestimmt waren.«

Steve rieb sich die Brust und wandte sich von uns allen ab. Es war ersichtlich, wie schmerzlich er Lilly vermisste und dass die alten Wunden gerade aufrissen.

»Ich weiß, dass ich meine Fehler nie wiedergutmachen kann«, sagte Dad mit brüchiger Stimme. »Das Einzige, was ich noch zu geben vermag, ist, mich von nun an zu bessern und euch finanziell zu entschädigen.«

Steve stieß die Luft aus. »Ich will dein Geld nicht«, ließ er ihn wissen, ohne sich zu ihm umzudrehen.

Ein Pärchen kam aus dem Steakhouse, ging lachend an uns vorbei und die Treppe hinab. Nachdem sie auch Dad passiert hatten, blickten sie sich nach ihm um und tuschelten.

»Du solltest jetzt gehen«, sagte ich und deutete mit dem Kinn zu seinem Sportwagen. »Du parkst in der Einfahrt und die beiden wollen wegfahren.«

»Ich bin ursprünglich hergekommen, um euch die Nachricht persönlich zu überbringen, dass Cliff Johnson gefasst wurde«, erwiderte er.

Jay und ich machten gleichzeitig einen Schritt auf ihn zu. Steve trat ebenfalls wieder näher.

»Gabriel hat mich angerufen und darüber informiert. Er war bis nach Gloucester gekommen und hatte dort ein Boot bestiegen. Beim Auslaufen wurde er auf Gabriels Befehl hin von der Wasserschutzpolizei gestoppt.«

»Sie haben ihn«, flüsterte ich und hielt mir die Hand vor den Mund.

Dad nickte. »Mit ihm waren sechs weitere Männer an Bord und zudem kiloweise Rauschgift. Somit können Johnson Levys Misshandlung und Drogenbesitz zur Last gelegt werden.«

»Sagt mir bitte, dass ich nicht träume«, brach es aus Finn heraus. Er jubelte, die anderen Road Kings kamen näher.

»Gehörte die restliche Besatzung auch zu Johnson?«, fragte Jay.

»Soviel ich weiß, zwei davon. Einer der festgenommenen Männer scheint ein Drogenboss zu sein. Zumindest hat Gabriel angedeutet, dass das FBI schon länger hinter ihm her war.«

»Wenn das stimmt, bekommt Johnson nicht nur durch den massiven Drogenbesitz Probleme, sondern auch weil er damit gehandelt hat«, warf Steve ein.

»Ich kann euch versichern, dass ihr diesen Mann für alle Zeit los seid«, entgegnete Dad. »Einer von Johnsons Leuten hat wohl schon bei der Festnahme angefangen, eine mildere Bestrafung für sich auszuhandeln, indem er Informationen anbot.«

»Da werden jetzt einige reden, um ihre eigene Haut zu retten«, sagte Jay.

»Ja, die hauen sich gegenseitig in die Pfanne«, pflichtete Finn ihm bei.

»Und was die korrupten Cops angeht ...«, warf Dad ein. »Da hat Gabriel ein Disziplinarverfahren eingeleitet.«

Die Kings jubelten, einige klatschten sich ab. Stimmengewirr und Lachen lag in der Luft. Dean war der Einzige, der bloß still vor sich hin lächelte.

Ich verspürte im ganzen Körper ein Kribbeln. Als Jay mich an den Hüften fasste und hochhob, raste mein Herz so schnell, dass ich glaubte, es würde jeden Moment vor Glück zerspringen. Er setzte mich ab und küsste mich mit unbändiger Leidenschaft. Vor meinem Dad, vor seiner Familie, vor seinen Freunden, vor den Road Kings. Und ich erwiderte den Kuss mit derselben Intensität.

Ein Hupen brachte uns schließlich ins Hier und Jetzt zurück. Dads Sportwagen stand dem Pärchen im Weg.

»Du wirst nicht mit mir kommen, oder?«, fragte er.

Ich schüttelte den Kopf, schenkte ihm aber ein Lächeln, stieg zu ihm die Treppe hinab und umarmte ihn. »Lass mir noch ein paar Tage Zeit, um den Kopf frei zu bekommen. Dann können wir uns zusammensetzen und über alles reden.«

Dad zitterte und hielt mich so fest, dass ich kaum Luft bekam. Da das Pärchen abermals hupte, gab er mich schließlich frei. Er lächelte mich an, nickte, wandte sich um und lief zu seinem Wagen. Ich winkte ihm, als er davonfuhr.

»Das muss gefeiert werden«, sagte Dean und deutete zum Steakhouse. »Ich gebe eine Runde aus.«

»Ha, und ich die nächste«, rief Stan. Er war einer der Ersten, die im Gebäude verschwanden.

Als ich die Stufen wieder hinaufgestiegen war, umarmte Paige mich überschwänglich. »Das wird wohl nicht die letzte

Party sein, die du hier mit uns feierst.« Sie zwinkerte mir zu und eilte den anderen nach.

»Ich fahre ins Krankenhaus«, sagte Steve und lief zum Abschleppwagen. »Levy wird erleichtert sein, wenn ich ihm die Neuigkeit überbringe.«

Finn schob Dean an, stoppte dann aber noch mal und blickte sich zu Jay und mir um. »Ich hätte nicht gedacht, dass ich das mal sagen werde.« Er grinste breit. »Ihr habt meinen Segen.«

»Wie großzügig von dir«, rief Jay ihm nach und lachte. Er sah zur Einfahrt, wo immer noch drei Kings standen und Wache hielten.

»Ich bin so glücklich, Jay.«

Er nahm meine Hände und führte sie hinter seinen Rücken. »Und wie geht es jetzt für uns weiter, Prinzessin?«

»Hm ...« Ich tat, als müsste ich überlegen. »Was würde dir denn gefallen?«

Jay schmunzelte. »Na ja, da du kurzfristig von zu Hause ausgezogen bist, könnte ich dir ein Zimmer über einer Garage anbieten ...«

Ich sah zu ihm auf und strich ihm das Haar aus der Stirn. »Das ist ein sehr großzügiges Angebot von dir. Aber für uns beide haben wir da zu wenig Platz und außerdem kennen wir uns noch nicht lange.«

Er verengte die Augen. »Heißt das, du wirst doch nach Hause zurückkehren?«

Ich schüttelte den Kopf. »Dr. Lorris hat mir eine Nachricht geschrieben. Er hat von Mom erfahren, dass ich Streit mit meiner Familie habe, und stellt mir gern ein Bereitschaftszimmer im Tierheim zur Verfügung. Dort kann ich dann in Ruhe darüber nachdenken, was ich zukünftig machen will. Die Tiere und dich habe ich dabei allerdings schon fest einkalkuliert.«

Jay strich mir eine Haarsträhne hinters Ohr. »Das freut mich zu hören.«

Ich legte den Kopf in den Nacken und sah ihn an. In diesem Moment erinnerte ich mich daran, wie er am letzten Tag der Orientierungswoche meine Aufmerksamkeit geweckt hatte. Seine Größe, die aufrechte Haltung, der lockere Gang, die zerzausten Haare, seine hellen Augen, das unwiderstehliche Lächeln. Jay hatte mich beeindruckt und von Anfang an in seinen Bann gezogen.

»Als ich dich das erste Mal unter dem Baum sah, habe ich sofort gespürt, dass du mein Leben verändern wirst«, sagte ich.

Er lehnte seine Stirn gegen meine. »Ich fand dich hinreißend.«

»Du hast mich gehasst.«

»Nein, das habe ich nie. Ich wollte es, doch stattdessen habe ich mich in dich verliebt.«

Seine Lippen streiften meine Wange. Ich erschauderte, wühlte meine Finger in sein Haar und presste mich an ihn.

»Ich kann dir nichts bieten, zumindest jetzt noch nicht«, flüsterte er und hauchte sanfte Küsse auf meinen Hals. »Alles, was ich dir schenken kann, ist mein Herz.«

In meinem tiefsten Inneren tanzten Funken. Ich hatte das Gefühl, zu schweben. »Das ist alles, was ich je gewollt habe«, erwiderte ich und verführte Jay zu einem innigen Kuss.

EPILOG

3 Jahre später

Der Weckruf meines Handys ertönte. Ich tastete im Halbschlaf nach dem Nachttisch, um es auszustellen. Jay seufzte neben mir und verkroch sich unter die Bettdecke.

»Es ist Wochenende«, murmelte er. »Wir können ausschlafen.«

Ich küsste ihn durch das Laken auf den Kopf. »Levy wird nur einmal achtzehn. Paige und ich müssen noch letzte Vorbereitungen für die Party treffen.« Ich rückte zur Bettkante, doch bevor ich aufstehen konnte, bekam Jay mich am Bein zu fassen und zog mich zu sich unter die Decke.

Er rollte sich halb auf mich und biss mich sanft in den Hals. Mir lief ein wohliger Schauer vom Scheitel bis in die Zehenspitzen.

Ich streichelte ihm durchs Haar, schloss die Augen, und genoss seine Liebkosungen, bis er die Bettdecke beiseiteschlug, sein Gewicht verlagerte und mit mir auf Augenhöhe kam. Mit dem Finger zog er die Konturen meines Gesichts nach und lächelte sanft.

»Was hältst du davon, wenn ich mitkomme und dir und Paige bei den Vorbereitungen helfe?«, fragte er.

Ich küsste ihn auf die Stirn. »Das wäre sehr nett von dir.«

Unsere Lippen fanden sich zu einem zärtlichen Spiel. Am liebsten wäre ich noch länger in seinen Armen liegen geblieben. Es fiel mir schwer, mich von ihm zu lösen und aufzustehen.

Jay sah zu, wie ich mir ein T-Shirt von ihm überzog, das mir fast bis zu den Knien reichte. Dann verließ ich unser Zimmer und musste schmunzeln, weil Nate auf der Couch mit dem Controller in der Hand eingeschlafen war. Er hatte mich gehört und erwachte, ebenso wie Prinzessin, die auf der Armlehne gedöst hatte. Der Fernseher lief noch.

»Wolltest du gestern Abend nicht mit deinen Football-Jungs um die Häuser ziehen?«, fragte ich.

Er gähnte. »Hab ich gemacht. Danach war ich kein bisschen müde und hab noch eine Runde gezockt.«

Ich zerzauste ihm die Haare. »Schlaf weiter, damit du heute Abend fit bist.« Ich verschwand im Bad.

Bevor ich mich unter die Dusche stellte, stopfte ich die Schmutzwäsche der Jungs sowie meine eigene in die Waschmaschine und schaltete sie ein. Eigentlich war Jay diese Woche mit der Wäsche dran. Da ich sein Angebot, Paige und mir zu helfen, gern annehmen wollte, kümmerte ich mich im Gegenzug darum.

Dean hielt das Steakhouse heute ab achtzehn Uhr für die Feier geschlossen. Alle Kings wollten kommen und zudem hatten wir Levys Freunde eingeladen. Er selbst hatte noch keine Ahnung.

Als Nate und ich zwei Tage zuvor bei unseren Eltern zum

Essen gewesen waren, hatte Roberta unser Lieblingsessen, vegetarische Lasagne, zubereitet und uns für Jay eine Portion eingepackt. Er hielt sich nach wie vor aus unseren Familientreffen heraus, aber immerhin sprachen er, Steve und Dean wieder mit meinem Dad. Dieser hatte mir ein Präsent für Levy überreicht, das ich mit zu den anderen auf den Tisch legen würde.

Das beste Geschenk überhaupt hatte meine Familie ihm vor drei Jahren gemacht, nachdem er sich von seinen Verletzungen erholt hatte. Einer von Bonnys damaligen Welpen durfte bei Levy ein neues Zuhause finden und fühlte sich auf dem Werkstattgelände richtig wohl. Levy hatte seine Hündin nach seiner verstorbenen Mutter benannt. Er und Emma waren unzertrennlich.

Grandpa war vor einem Jahr unerwartet an einem Herzinfarkt gestorben. Er hatte sich seine Schuld bis zum Ende nicht eingestehen können. Zwar hatte es eine Aussprache gegeben, aber das Verhältnis zwischen ihm und seinem Sohn war nicht mehr dasselbe gewesen. Dad hatte sich bemüht, ihm jedoch nicht gänzlich verzeihen können, dass er ihn angelogen hatte.

Ich wickelte ein Handtuch um meinen Körper und putzte mir die Zähne. Währenddessen ging ich ins Wohnzimmer, wo Jay inzwischen neben Nate auf der Couch saß. Sie hielten die Controller in der Hand und lieferten sich ein Motorradrennen. Mein Bruder schimpfte, weil Jay gerade über die Ziellinie fuhr. Er strich sich durch sein kurzes Haar und ließ sich frustriert gegen die Lehne fallen.

Jay stand auf, lief um die Couch herum und küsste mich aufs

Haar. »Ich geh noch schnell duschen. Dann bin ich auch startklar.«

Ich folgte ihm ins Badezimmer und spülte mir den Mund aus.

»Bis heute Abend«, sagte Nate, als ich wieder durchs Wohnzimmer lief. Er verschwand in seinem Zimmer und ließ die Tür offen stehen.

Ich zog mich in Jays und meinem Schlafzimmer um. Die Wand hinter unserem Bett zierten Fotos von uns beiden, und auch ein paar meiner Zeichnungen hatte Jay gerahmt und aufgehängt. Seine Gesetzbücher und meine Bücher für Veterinärmedizin stapelten sich auf dem Fensterbrett. Ich hatte ein Stipendium erhalten und absolvierte mein Praktikum im Tierheim. Toby hatte sein Studium mittlerweile beendet und den Schäferhund namens Jay bei sich aufgenommen. Ich würde nach meinem Abschluss neben ihm und Dr. Lorris ebenfalls als selbstständige Tierärztin im Tierheim einsteigen.

Als Jay sich angezogen hatte, machten wir uns auf den Weg. Unsere Dachgeschosswohnung befand sich in einem vierstöckigen Backsteinhaus in Beacon Hill und war auch für Dean über den Fahrstuhl zugänglich. Steve und Levy lebten mittlerweile bei ihm im Steakhouse, in einer zusätzlich angebauten Wohnung. Dads angebotenes Geld hatten sie ausgeschlagen, aber Dean hatte eine hohe Abfindung erhalten, nachdem herausgekommen war, dass damalige Zeugenaussagen falsch gewesen waren. Dass mein Grandpa dahintersteckte, wurde der Öffentlichkeit allerdings verschwiegen.

Inzwischen lebten wir beinahe ein Jahr mit meinem Bruder

hier und mir kam es so vor, als wäre es schon immer so gewesen. Ich liebte Bostons historischen Stadtteil.

»Fahr vorsichtig, Prinzessin«, sagte Jay, als wir in der Parknische bei unseren Maschinen ankamen.

Ich streifte den Helm über und saß auf. Gleichzeitig starteten wir die Motoren und lächelten uns an. Dann fuhren wir nebeneinander los. Ich war mir sicher, dass wir von unserem gemeinsamen Weg nie falsch abbiegen würden.

ENDE